ALVAR NURMI

IN DEN WIPFELN DER KIEFER

RACHE Kommissar Mika Hämäläinen aus Helsinki durchlebt seine dunkelsten Tage. Vor einem halben Jahr ist seine Frau Niina verschwunden. Sie sollte ihre Tochter Anni von der Kindertagesstätte abholen, war aber nicht aufgetaucht. Seitdem fehlt von ihr jede Spur. Mit Hilfe des Privatdetektives Daavid Pesonen versucht er, dem Rätsel auf die Spur zu kommen. Physisch und psychisch angeschlagen wird der Kommissar mit einem neuen Mordfall konfrontiert. Ausgerechnet der Kollege vom Landeskriminalamt Hamburg, der im Rahmen eines Austauschprogramms für drei Wochen die Arbeit der finnischen Beamten begleiten sollte, wird in der Nacht seiner Ankunft ermordet aufgefunden. War es ein geplanter Mord an dem deutschen Kollegen oder eine tragische Verwechslung? Hämäläinen ahnt nicht, dass er es mit einem brandgefährlichen Täter zu tun hat, dessen Rachefeldzug gerade erst seinen Anfang genommen hat ...

© privat

Unter dem Pseudonym Alvar Nurmi veröffentlicht der Schriftsteller Bernd Keller, Jahrgang 1980, seinen ersten Kriminalroman über Kommissar Mika Hämäläinen aus Helsinki. Der Autor lebt mit seiner Familie in der Region Freiburg. Die Figur des Kommissar Hämäläinen entstand aus seiner Liebe zu Finnland und der Freude daran, anderen Menschen eine spannende Geschichte zu erzählen.

ALVAR NURMI

IN DEN WIPFELN DER KIEFER

*Ein Fall
für Mika Hämäläinen*

GMEINER

Die automatisierte Analyse des Werkes, um daraus Informationen
insbesondere über Muster, Trends und Korrelationen gemäß § 44b UrhG
(»Text und Data Mining«) zu gewinnen, ist untersagt.

Immer informiert

Spannung pur – mit unserem Newsletter informieren wir Sie
regelmäßig über Wissenswertes aus unserer Bücherwelt.

Gefällt mir!

Facebook: @Gmeiner.Verlag
Instagram: @gmeinerverlag

Besuchen Sie uns im Internet:
www.gmeiner-verlag.de

© 2024 – Gmeiner-Verlag GmbH
Im Ehnried 5, 88605 Meßkirch
Telefon 0 75 75 / 20 95 - 0
info@gmeiner-verlag.de
Alle Rechte vorbehalten
1. Auflage 2024

Lektorat: Claudia Senghaas, Kirchardt
Herstellung: Mirjam Hecht
Umschlaggestaltung: U.O.R.G. Lutz Eberle, Stuttgart
unter Verwendung eines Fotos von: © niilo isotalo / Unsplash
Druck: GGP Media GmbH, Pößneck
Printed in Germany
ISBN 978-3-8392-0600-3

VORWORT

Liebe LeserInnen,

Finnland ist ein faszinierendes Land. Ich liebe die Weite der Kiefern- und Birkenwälder, die zahllosen Seen, den Klang der finnischen Sprache und die Kultur des Saunierens.
Bestimmte Begriffe und Begebenheiten in meiner Geschichte möchte ich Ihnen zum besseren Verständnis gern erläutern.

Mökki ist die Bezeichnung für das finnische Ferienhaus. Es handelt sich meist um ein Blockhaus, das am Wasser liegt und über eine integrierte Sauna oder ein separates Saunahaus verfügt.

Die *Sauna* hat in Finnland eine zentrale Bedeutung und gehört fest zur Kultur des Landes.

Puisto ist das finnische Wort für Park.

Floorball ist ein Spiel, das mehr dem Eishockey als dem Hockey ähnelt und meist in Turnhallen gespielt wird.

In Finnland leben auch schwedische Muttersprachler, die sogenannten »Finnlandschweden«. Schwedisch ist neben Finnisch offizielle Landessprache. In vielen Gemeinden und Städten gibt es zweisprachige Straßenschilder, so auch in Helsinki. In meiner Geschichte benutze ich nur die finnischen Straßennamen.

In Helsinki (*Helsingin*) gibt es zwei Eishockeymannschaften: *Helsingin IFK* und *Jokerit* (Helsingin Jokerit ry).

Eine Geschichte zu erzählen bedeutet auch, sich Freiheiten zu nehmen. So habe ich unter anderem die Polizeidienststellen von Helsinki und Turku in andere Straßen verlegt und mir auch bei der Bezeichnung der Dienststellen, von Dezernaten sowie den Rangbezeichnungen innerhalb der Polizei Freiheiten genommen.

Darüber hinaus zieht Kommissar Hämäläinen die Ermittlungen anderer Dienststellen an sich, führt Vernehmungen alleine durch, oder diese werden als Befragungen bezeichnet, Personen können entgegen dem Melderecht unter falschem Namen in Hotels einchecken, ein Privatdetektiv erhält Passagierdaten von Fluggesellschaften, und ein Obduktionsbericht kann auch mal später vorliegen, als es bei einer wahren Ermittlung der Fall wäre.

Die Namen von Hotels, Zeitungen, Restaurants (Aufzählung nicht abschließend) und den handelnden Personen habe ich frei erfunden. Ähnlichkeiten oder Übereinstimmungen mit real existierenden Personen oder Orten sind rein zufällig.

In meiner Geschichte verständigen sich die deutschen und die finnischen Beamten auf Englisch. Das im Englischen gebräuchliche Du wurde hierbei durch das im Deutschen gebräuchliche Sie ersetzt, sofern die Ermittler noch kein persönlicheres Verhältnis für das Du aufgebaut haben.

Herzlichst,
Ihr Alvar Nurmi.

PROLOG - SONNTAG, TAMPERE, FINNLAND, IM SEPTEMBER

Beharrlich malträtierten seine Zähne den Kaugummi, während er die einzelnen Teile behutsam zusammensteckte, die verbliebenen Ölflecke beseitigte und die gereinigte Waffe zurück auf den schmalen Tisch legte. Mit Waldbeerenaroma warb die Kaugummipackung, die er in einem Tankstellenshop gekauft hatte. In Wahrheit war es ein undefinierbarer künstlicher Geschmack, der sich auf seine Zunge gelegt hatte, um schon nach wenigen Minuten einen geschmacklosen Klumpen zurückzulassen.

Er griff nach den beiden Magazinen und befüllte sie mit je 15 Patronen, wobei er nicht annahm, die gesamte Munition zu benötigen. Die Stimme aus dem Fernseher berichtete währenddessen von einem Massaker in einer somalischen Provinz, deren Name so unaussprechlich klang, dass er ihn sofort wieder vergaß. Auf das Massaker folgte ein schweres Unwetter in Österreich, dessen Wucht einen Erdrutsch ausgelöst hatte.

Zum wiederholten Male wusch er sich danach die Hände. Allmählich wurde die Haut rissig. Er hatte keine Erklärung, woher der Waschzwang rührte. Es störte ihn. Er lenkte die Gedanken in eine andere Richtung und blickte zur Uhr. Kurz vor 17 Uhr am späten Nachmittag. Er schlüpfte ins Bett, ignorierte das schmutzige Laken, schloss die Augen und dachte an das letzte Jahr zurück.

Anfänglich hatte er Unterschlupf in einer kleinen Pension gefunden, die von einer rüstigen alten Dame geführt worden war. Die Pension war nur im örtlichen Telefonverzeichnis aufgeführt, weshalb er sich ein ums andere Mal gefragt hatte, wieso die Zimmer dennoch meist belegt waren. Bedauerlicherweise waren der alten Dame Dauergäste lästig, und so hatte sie eines Morgens die Rechnung präsentiert und auch die Zimmerschlüssel verlangt. Aus Abenteuerlust hatte er die folgende Nacht in dem luftigen, kargen Gemäuer eines leer stehenden Gebäudes verbracht. Die Nacht war kalt, und der Regen hatte einen Weg durch das Dach gefunden. Darum war es bei diesem einmaligen Ausflug geblieben.

An und für sich war die Sache klar. Er war ein Untergetauchter, der erst wieder in Erscheinung treten würde, wenn er seine Verräter für ihre Taten zur Rechenschaft gezogen hatte. Früher waren sie ein verschworener Haufen gewesen. In diesem Glauben hatte er gelebt. So lange, bis er die Wahrheit begriffen hatte. Er war von Anfang an das Bauernopfer gewesen. Irgendwann war ihnen der Betrug zu gefährlich geworden, und sie hatten ihn erledigen wollen. Sie waren unfassbar geschickt und kaltblütig vorgegangen, hatten alles so aufgebaut und geplant, dass sie ihn als den allein Schuldigen hinstellen konnten. Als geldgierigen und skrupellosen Verbrecher. Sie mussten ihn nur kaltstellen.

Nachdem sie vergeblich versucht hatten, ihren perfiden Plan auszuführen und ihn zu töten, war er abgehauen. In Panik. Er hätte zur Polizei gehen können. Es hätte ihm das Leben gerettet, ihn gleichzeitig aber auch in den Knast gebracht. Wer hätte ihm schon geglaubt? Irgendwann war die Panik gewichen und der Wunsch nach Rache gewachsen. Er war fest entschlossen, und morgen würde seine Mission beginnen.

Er stand von dem durchgelegenen Bett auf, das sich nahtlos in das spärlich eingerichtete Hotelzimmer einfügte, und breitete am Schreibtisch abermals die Landkarte aus. Überall waren Markierungspunkte gesetzt. Sein weiteres Vorgehen war genauestens geplant. Einen festen Zeitplan verfolgte er nicht, da es immer irgendwelche Unwägbarkeiten gab. Bis ins Detail war er unzählige Varianten durchgegangen, hatte Umwege und Verzögerungen eingerechnet. Nun lag es an ihm, sie einen nach dem anderen für das büßen zu lassen, was sie ihm angetan hatten. Zuweilen verblüffte es ihn noch, welche Wandlung er vollzogen hatte. Die Gefühlskälte und das unerbittliche Verfolgen eines Planes widersprachen seinem früheren Wesen. Doch ihr Verrat hatte ihm die Augen geöffnet und ihn zu dem Menschen gemacht, der er heute war.

Nachdem er die Landkarte zusammengefaltet hatte, griff er nach dem Briefkuvert auf dem Nachttisch und zog ein Bündel Geldscheine daraus hervor. Er zählte genau 3.000 Euro, die ihm für die nächsten Wochen ausreichend erschienen.

Am Anfang seiner Nichtexistenz war Geldmangel ein ernsthaftes Problem gewesen. Seine Arbeitslosigkeit hatte ihm wenige Reserven gelassen. Er schmunzelte, wenn er daran zurückdachte, wie er anfänglich ohne jedes Talent eine Karriere als Taschendieb versucht hatte. Am einprägsamsten blieb das Erlebnis mit einer älteren Frau, die völlig hysterisch mit ihrem Gehstock auf ihn eingedroschen hatte, während er vergeblich versuchte, ihr die Handtasche zu entreißen. Er entschied schließlich, kleine Tankstellen auszurauben, die von nur einer Person geführt wurden. Dazu besorgte er sich auf abenteuerliche Weise eine Waffe. Er folgte einem Typen, den er in einer der unzähligen Bars in Tallinn kennengelernt hatte. Der klein gewachsene Kerl, der augenscheinlich aus Nordafrika stammte und kaum älter als 20 Jahre schien, lotste ihn durch Hinterhöfe, Häuserflure und einen dunklen Kellergang, bis sie schließlich vor einer Eisentür standen. Die drei Gestalten, die sich hinter der Tür verbargen, machten ihm Angst. Er stand wuchtigen Typen mit finsteren Mienen und schwarzen Anzügen gegenüber.

Bei dieser Gelegenheit begriff er auch, wie nah an der Wirklichkeit die Darstellung der Gangster in Kinostreifen lag. Sie boten ihm drei Waffen zur Auswahl, ohne einen konkreten Preis aufzurufen, und ihn beschlich das Gefühl, dass er diesen Ort nur unversehrt verlassen würde, wenn er ausreichend Geld auf den Tisch legen konnte. 400 Euro hatte er bei sich. Zu seiner Erleichterung durfte er das Häuserlabyrinth bei bester Gesundheit verlassen und besaß für den Preis von 350 Euro eine Pistole.

Seinerzeit völlig unerfahren im Umgang mit Schusswaffen, fasste er den Entschluss, ein intensives Training durchzuführen, das ihn am Ende sogar in die Medien bringen sollte. Er kannte noch heute jedes einzelne Wort aus dem Artikel, der damals in der landesweit bekannten Tageszeitung abgedruckt war.

Helsingin Kuriiri
Unbekannter richtet Rinderherde hin. Tat gleicht einer Hinrichtung.
Wie erst jetzt bekannt wurde, hat ein Unbekannter in der Nacht von Dienstag auf Mittwoch in der Region Pirkanmaa 15 Rinder erschossen. Das Weideland liegt abseits des Bauernhofes, von dem die Tiere stammten, am südlichen Ausläufer eines unbewohnten Sees, weshalb die Tat völlig unbemerkt verübt werden konnte. Nach Angaben der örtlichen Polizei feuerte der Täter wahllos auf die einzelnen Tiere. Einige der Rinder verendeten qualvoll. Insgesamt zählten die Ermittler 45 Schusswunden in den Kadavern der Tiere. Über ein mögliches Motiv des Täters machten die Ermittler keine Angaben. Besorgte Landwirte fordern verstärkte Kontrollen der örtlichen Polizei und organisierten bereits pri-

vate Nachtwachen. Der Polizeichef von Tampere,
Petri Filppula, warnte davor, Selbstjustiz zu üben.

Er legte das Kuvert mit den Geldscheinen zurück auf den Nachttisch und erprobte ein letztes Mal die Verkleidung. Ein Jahr lang hatte er unzählige Tarnungen ausprobiert, wieder und wieder daran gefeilt. Niemand, da war er sich sicher, würde ihn jetzt erkennen. Nur ein dummer Zufall oder ein unvorhersehbares Ereignis konnte ihm zum Verhängnis werden. Nach kaum fünf Minuten war die Wandlung erfolgt. Er schaute zufrieden in den Spiegel und rauchte entspannt eine Zigarette. Er entschied, die Tarnung nochmals im Alltag zu testen und beim Schnellimbiss um die Ecke ein Sandwich zu essen.

Die Vorbereitungen waren abgeschlossen, er fühlte sich bereit. Mit dem ersten Zug um 7 Uhr würde er Tampere am nächsten Tag verlassen. Es war mild und vereinzelte Wolken huschten einsam über die Stadt, dem Horizont entgegen.

MONTAG - HELSINKI, FINNLAND

Die Stewardess servierte ein Thunfischbrötchen, das er nur zur Hälfte aß, und einen lauwarmen Kaffee, der mehr nach schwarzem Tee schmeckte. Das Flugzeug schlängelte sich durch die dichte Wolkendecke und legte den Blick auf die Sonne frei. Sven Hansen hatte den ersten Flug um 7.30 Uhr genommen. Er würde schon zur Mittagszeit mit den finnischen Kollegen zusammentreffen.

Seit nunmehr zehn Jahren gab es zur Förderung der Zusammenarbeit der europäischen Polizeiapparate ein Austauschprogramm zwischen der finnischen und der deutschen Polizei. Hansen, Ermittler vom LKA Hamburg, würde für drei Wochen die Arbeit der Polizeidirektion Helsinki im Dezernat für Gewaltverbrechen begleiten. Er würde das dortige Polizeisystem kennenlernen und aktiv an der täglichen Ermittlungsarbeit teilnehmen.

Hansen, 42 Jahre alt, war über 20 Jahre im Polizeidienst tätig. Im Gegensatz zu vielen Kollegen ging er mit Gelassenheit und ohne Unmut seinem Beruf als Polizist nach, auch wenn er deren Standpunkte verstehen konnte. Über die Jahre war ein System gewachsen, das nur noch wenig mit dem Polizeiapparat aus seinen Anfängen als junger Beamter gemein hatte. Schlechter Bezahlung und stetigem Personalabbau gepaart mit unqualifizierten Führungskräften standen steigende Kriminalitätsraten, zunehmende Gewalt gegen Beamte und die Beschränkung der Befugnisse gegenüber. Hansen verschloss keinesfalls die Augen vor dieser Realität. Er befand sich aber in der glücklichen Lage, finanziell abgesichert zu sein. Somit hatte er die Gewissheit, jederzeit aussteigen zu können. Daher betrachtete er vor allem ausbleibende Beförderungen und ungerechte Vorgesetzte aus einem anderen Blickwinkel.

Erstmals hatte Hansen eine Bewerbung für den Erfahrungsaustausch abgegeben und prompt die Zusage erhalten. Ein Grund dafür war zweifellos die Wahl der Stadt gewesen. Auch Montreal und Madrid waren Bestandteil des Programms mit dem LKA Hamburg, und die Mehrzahl der Bewerber gab diesen beiden Standorten den Vorzug.

Er fasste sich an die rechte Wange. Der obere Backenzahn schmerzte seit gestern Mittag, und er fürchtete, in Helsinki wohl oder übel einen Zahnarzt aufsuchen zu müssen. Allein der Gedanke an eine bevorstehende Zahnbehandlung trieb ihm Schweißperlen auf die Stirn.

Bei der Ankunft schien die Sonne, die Arbeiter auf dem Flugvorfeld waren sommerlich gekleidet. Zwei kräftige Männer in gelben Signalwesten wuchteten die ersten Koffer auf den Gepäcktransporter. Hansen konnte es kaum erwarten, wieder aus dem Flieger herauszukommen, musste er doch seit geraumer Zeit auf die Toilette. Flugzeugtoiletten widerstrebten ihm, weshalb er sie nur im äußersten Notfall benutzte. Hansen öffnete das Gepäckfach und griff nach der Jacke. Zufrieden registrierte er, wie die Stewardess die hintere Tür zum Ausstieg öffnete. Passenderweise hatte er in der vorletzten Reihe gesessen.

Die drei Zollbeamten, die sich vor den zwei Durchgängen für zollfreie und anmeldepflichtige Waren aufgestellt hatten, entwickelten kein gesteigertes Interesse daran, ihrer Arbeit nachzugehen. Gelangweilt nickten sie Hansen und den anderen Fluggästen zu und ließen sie die Zollstelle ohne Kontrolle passieren. Behutsam schob Hansen seinen ramponierten Rollkoffer durch das Terminal. Er hatte mit gebrochener Kunststoffverkleidung auf dem Gepäckband gelegen. Am Gepäckschalter »Lost & Found« war niemand zu sehen gewesen, weshalb er auf eine Beschwerde verzichtet hatte. Im Buchladen hielt er vergeblich nach einer deutschen Zeitung Ausschau. Vor dem Terminal schlug ihm kurz darauf die angenehme Spätsommerluft entgegen.

»Sven Hansen?«

Er drehte sich um. Ein dicker uniformierter Mann mit Halbglatze steuerte direkt auf ihn zu. Hansen schätzte ihn auf Mitte 30. In der Hand hielt der finnische Kollege ein Foto. Hansen vermutete, dass er selbst darauf abgebildet war.

»Ja.«

»Jussi Aaltonen. Willkommen in Finnland. Um ein Haar hätte ich mich verspätet. Auf der Zufahrtsstraße hat es einen Auffahrunfall gegeben. Ich hoffe, Ihre Anreise war angenehm?«

»Es lief alles reibungslos, bis ich meinen Koffer auf dem Gepäckband gesehen habe. Ich werde mir einen neuen kaufen müssen, dabei ist dieser hier keine zwei Jahre alt und war nur selten in Gebrauch.«

»Mein Schwager arbeitet in der Entwicklungsabteilung eines Handykonzerns. Wenn es zutrifft, was er sagt, dann haben viele Produkte heutzutage eine vom Hersteller festgelegte Lebensdauer. Vielleicht wurde der Koffer mit Absicht instabil konstruiert?«

Hansen interessierte, was Aaltonen über die festgelegte Lebensdauer von Produkten sagte. Wobei er die Schäden an seinem Koffer eher dem kompromisslosen Umgang der Flughafenmitarbeiter zuordnete. Auf dem Weg zum Wagen bemerkte er den unnatürlichen Gang von Jussi Aaltonen. Er zog das rechte Bein nach und litt offenkundig unter Schmerzen.

»Ich wurde vor einem Monat an einem Zebrastreifen angefahren«, erklärte Aaltonen, als ihn Hansen fragend ansah. »Es war ein Paketdienstfahrer, der am Handy hing.

Ich hatte einen Schutzengel. Er hat mich seitlich getroffen und ist noch in die Eisen gestiegen. Ich habe eine starke Prellung und Dutzende Blutergüsse davongetragen.«

»Warum arbeiten Sie? Ihre Schmerzen sind nicht zu übersehen.«

»Die Schmerzen sind immer da. Bei der Arbeit bin ich abgelenkt. Meiner Frau wäre es auch lieber, wenn ich zur Erholung in unser *Mökki* gefahren wäre.«

Die Fahrt vom Flughafen in die Innenstadt von Helsinki war kurzweilig, die Unfallstelle an der Zufahrtsstraße bereits geräumt. Das Polizeipräsidium lag in der Neitsytpolku und war ein imposanter Bau aus den 40er-Jahren. Raumhohe Fenster zierten die breite Front des massiven Ziegelsteingebäudes. Aufwendig verzierte Marmorsäulen trugen das große Vordach. Der Haupteingang lag am Ende einer gewaltigen Treppe, die sich nahezu über die gesamte Breite der zur Straße gelegenen Seite des Gebäudes erstreckte. Durch eine große Eisentür traten sie in das Innere des Präsidiums. Jussi Aaltonen begrüßte den älteren Mann an der Anmeldung freundlich, wechselte ein paar Worte mit ihm und deutete auf Sven Hansen. Der Alte nickte verstehend und betätigte einen Knopf. Dann schwang die Eingangstür lautlos auf.

Um 13.30 Uhr quälte sich Kommissar Mika Hämäläinen durch einen ärztlichen Befund, der die Verletzungen beschrieb, die einem jungen Chinesen zugefügt worden waren. Dass er sich so schwertat, lag nicht etwa an ihm oder dem Bericht, der gestochen scharf formuliert war. Es waren die Kopfschmerzen, die ihn plagten. Als er sich kaum noch konzentrieren konnte, begann er gedankenverloren, kreuz und quer in den Ermittlungsunterlagen zu blättern, bis die verschiedenen Berichte und die Abzüge, die den verdroschenen Chinesen zeigten, wild über seinem Schreibtisch verteilt lagen.

Dann tauchte Jussi Aaltonen unerwartet mit dem deutschen Kollegen im Zimmer auf. Zum Ärger von Hämäläinen war es im Sekretariat des Präsidiums offensichtlich zu Schlampereien gekommen, was die genaue Weitergabe von Terminen und Uhrzeiten anbelangte, weswegen er noch nicht auf den Besucher aus Deutschland vorbereitet war.

Jussi Aaltonen blickte entsprechend erstaunt auf den Schreibtisch, der einem Wühltisch im Sommerschlussverkauf ähnelte, ehe er den groß gewachsenen Deutschen vorstellte. »Kommissar Sven Hansen vom LKA in Hamburg.«

Hämäläinen schaute erst sichtlich irritiert auf, so zumindest berichtete es ihm Aaltonen später am Tag, und schnellte dann aus dem Stuhl hoch. Er hasste es, überrumpelt zu werden.

»Herzlich willkommen im Polizeipräsidium Helsinki. Mika Hämäläinen«, begrüßte er ihn auf Englisch. Er ließ eine entschuldigende Handbewegung in Richtung des Schreibtisches folgen, verzichtete aber auf rechtfertigende Worte.

»Ich vertrete Dezernatsleiterin Jaana Tiivola, die sich auf einer Fortbildung zur Fallanalytikerin in den USA befindet, was Ihnen im Vorfeld sicherlich mitgeteilt wurde. Ich soll Sie auch in ihrem Namen herzlich willkommen heißen. Sie sollen in den kommenden drei Wochen neben den beruflichen Inspirationen auch die Gelegenheit finden, die Schönheiten unserer Stadt und die finnische Kultur kennenzulernen.«

»Vielen Dank. Ich wünsche mir sehr, Ihre Kultur und Ihre Stadt kennenzulernen. Ich habe es bisher nie weiter in den Norden geschafft als nach Dänemark«, antwortete Sven Hansen, dessen grüne Augen einen wachsamen Eindruck vermittelten und im Einklang mit den kurz geschnittenen schwarzen Haaren standen, die der markanten und faltenlosen Stirn eine besondere Betonung gaben. Er trug eine beigefarbene Leinenhose und ein schlecht gebügeltes Karohemd.

»Ein Fall schwerer Körperverletzung, wahrscheinlich die chinesische Wettmafia«, bemerkte Hämäläinen, nachdem er sah, wie Sven Hansen auf die herumliegenden Fotografien blickte. »Der Mann wird keine bleibenden Schäden davontragen. Vermutlich hat er Gelder abgezweigt. Er hatte Glück, denn für gewöhnlich belassen es die Chinesen nicht bei Prellungen.«

»Gibt es in Finnland auch eine Wettmafia?«

Er sieht nicht aus wie ein Polizist, kam es ihm in den Sinn.

»Wir sind eine Eishockeynation. Mit Eishockey werden ebenfalls hohe Summen generiert.« Er bedeutete dem deutschen Kommissar, Platz zu nehmen. Sein Kopf schmerzte, und das Gespräch strengte ihn an.

»Wie ich sehe, haben Sie erfolgreich an einem Wettkampf teilgenommen«, meinte Hansen und deutete auf das eingerahmte Bild, das trotz des ganzen Chaos auf dem Schreibtisch hervorstach.

»Es wurde bei den letzten nationalen Polizeimeisterschaften aufgenommen. Ich habe beim Kleinkaliberwettbewerb den dritten Platz belegt.«

»Ich würde nicht annähernd so erfolgreich bei einem Schießwettbewerb abschließen.«

»Im besten Fall werden wir die Waffe dienstlich niemals einsetzen müssen, oder waren Sie bereits dazu gezwungen?«

»Nein. Abgesehen von Handgemengen mit Betrunkenen und Wurfgeschossen auf Demonstrationen bin ich von bedrohlichen Situationen verschont geblieben«, sagte Hansen.

»*Central Hotel*«, stieß Hämäläinen überrascht aus, als er den Unterlagen entnahm, wo ihr deutscher Gast untergebracht war. »Wie haben Sie denn das bewerkstelligt? Sind Sie im Besitz brisanter Informationen über Ihre Vorgesetzten? Soweit ich weiß, ist die deutsche Polizei sehr sparsam, was die Einquartierung ihrer Leute angeht.«

Hansen warf ihm einen fragenden Blick zu.

»Sie wissen, wo Sie untergebracht sind? Es ist eines der besten Hotels der Stadt. Ein Fünfsternehaus mit einem ausgezeichneten Restaurant.«

»Ein Fünfsternehaus? Das ist wirklich ungewöhnlich. Es kommt schon einer Belobigung gleich, wenn einem das LKA ein Viersternehotel reserviert. In der Mehrzahl der Fälle entpuppt es sich jedoch als ein Haus, welches diesen vierten Stern nur noch führen darf, weil der letzte Qualitätscheck Jahre her ist oder der Tester die Bewertung in einem angetrunkenen Zustand geschrieben hat. Bei der Reservierung wird wohl jemand nicht aufmerksam genug auf den Preis geachtet haben. Ich werde morgen bei meiner Dienststelle anrufen und das offenkundige Missverständnis aufklären. Eine Nacht kann ich ohne Zweifel begründen.«

»Schlagen Sie das *Polar Hotel* vor«, warf Jussi Aaltonen ein. »Das hat drei Sterne, hell und freundlich eingerichtete Zimmer, dazu ein italienisches Restaurant mit einem mürrischen Besitzer, aber ganz passablem Essen. Es liegt etwas abseits vom Zentrum und ist daher preisgünstig.«

»Ein guter Vorschlag«, antwortete Hansen, während er in seinen Rucksack griff und eine edle Flasche Wein sowie ein Kinderbuch für Hämäläinens Tochter daraus hervorzog. »Mit den besten Wünschen von Frank«, sagte er und überreichte Hämäläinen die mitgebrachten Präsente.

Frank Lehmann war Leiter der Abteilung für Wirtschaftskriminalität beim LKA Hamburg und der direkte Vorgesetzte von Sven Hansen. Hämäläinen war ihm freundschaftlich verbunden, seit er zu Beginn der deutsch-finnischen Kooperation selbst vier Wochen in Hamburg zugebracht und Einblick in den deutschen Polizeialltag erhalten hatte.

Er sprach seinen Dank aus und führte den deutschen Gast durch das Präsidium. Danach fuhren sie ins Stadtzentrum und aßen in der Aleksanterinkatu zu Mittag. Schließlich brachte Aaltonen den deutschen Kollegen ins *Central Hotel*.

Um 16 Uhr vertrat Hämäläinen Jaana Tiivola in einer wichtigen Dezernatsleiterbesprechung. Das gemeinsame Abendessen mit Hansen war auf den nachfolgenden Tag verschoben worden. Helsinki war in den letzten Wochen auf dem Radar des internationalen Drogenschmuggels aufgetaucht. Mit sichtbarem Erfolg hatte die estnische Regierung dem Drogenproblem im eigenen Land den Kampf angesagt. Fähren, Grenzübergänge und die Hauptverkehrsadern des Landes waren seit Wochen im Visier von Zoll und Polizei. Täglich wetteiferten die regionalen Dienststellen über die Medien und präsentierten ihre Beute. Die Regierungspartei SPE sonnte sich in ihrem Erfolg.

Die Wahrheit, so viel wusste er, war eine andere. Die Umfragewerte der bei der Parlamentswahl erfolgreichen SPE waren bereits nach einem Jahr in den Keller gefallen. Viele falsche Entscheidungen und großspurige Versprechen an die Wähler, die nicht eingelöst worden waren, hatten die Umfragewerte einbrechen lassen. Die Kehrseite der Medaille zeigte sich schnell. Die Bosse der Drogenkartelle waren wenig beeindruckt von dem Vorgehen der estnischen Staatsmacht. Sie hatten ihre Millionengeschäfte eiligst auf neue Routen verlagert und verbrachten die Drogen auch weiterhin an ihre Bestimmungsorte.

Im Grunde war es eine Besprechung der Dezernate für Drogenbekämpfung und Waffen. Hämäläinen sollte nur eine Einschätzung liefern, ob durch den zunehmenden Drogenschmuggel ein Anstieg von Gewaltverbrechen zu befürchten war. Er konnte dies zum gegenwärtigen Zeitpunkt verneinen. Sie waren übereingekommen, in den nächsten Wochen stärkere Kontrollen an den großen Fähren sicherzustellen. Die Drogen aus Russland, die in Estland veredelt wurden, waren für den südeuropäischen Markt bestimmt. Die Routenverlagerung über Finnland bedeutete für die Drogenkartelle einen Umweg, der bares Geld verbrannte. Zeit ist Geld, nirgendwo sonst kam diesem Spruch mehr Bedeutung zu. Das Programm der SPE verschlang große Summen, weshalb das geballte Vorgehen gegen den Drogenschmuggel schon bald wieder in den üblichen Bahnen verlaufen würde. Dann würden sich die Routen der Schmuggler, ähnlich den Fäden einer Spinne, wieder zu einem neuen Netz verflechten.

Die Besprechung endete am frühen Abend, und Hämäläinen ging direkt essen. Zum Glück waren die Kopfschmerzen im Laufe des Tages verschwunden. Auf dem Weg zum Restaurant kam ihm die Frage in den Sinn, wieso die Drogenschmuggler Finnland auserkoren hatten, da der Weg über Weißrussland und Polen weitaus schneller war. Er wollte die Kollegen bei nächster Gelegenheit danach fragen.

Das Four Seasons, das direkt am Westhafen lag, schien langsam in die Jahre zu kommen. Die Speisekarten waren abgegriffen, die Holztische verschrammt und auch die Lampenschirme nicht mehr blütenweiß. Dafür gab es hier die besten Fischgerichte der Stadt. Die hübsche Kellnerin führte ihn an einen Einzeltisch am Fenster. Er bestellte gegrillten Dorsch und einen französischen Weißwein, den er nach Gefühl auswählte. Er verstand nicht viel von Weinen, war aber der Auffassung, dass dieser zu einem Fischgericht am besten passte.

Seine Tochter Anni schlief heute bei ihrer Oma, was ihm für wenige Stunden die Möglichkeit verschaffte, Luft zu holen. Am Donnerstag war er 38 Jahre alt geworden, und es war zweifelsohne der freudloseste Geburtstag seines Lebens gewesen. Noch immer verging kein Tag, an dem Hämäläinen nicht darüber nachgrübelte, was wohl geschehen war, an jenem 13. März dieses Jahres. Er war imstande, jede Einzelheit von morgens bis abends abzurufen. Doch für heute Abend wollte er die negativen Gedanken beiseiteschieben und sich dem Leben zuwenden.

Am Nebentisch stritt ein junges Pärchen. Durch die Heftigkeit der Auseinandersetzung fühlte sich Hämäläinen einen kurzen Augenblick lang in seine eigene Sturm-und-Drang-Zeit zurückversetzt. Die Rothaarige mit dem tiefen Dekolleté befand, ihr Freund habe genug getrunken, was dieser natürlich anders sah. Die Wogen glätteten sich rasch, und der junge Mann orderte das ersehnte Bier.

Hämäläinen betrachtete eine Möwe, die auf dem Geländer der Außenterrasse saß und nach unbewachten Tellern Ausschau hielt, als die Kellnerin den Fisch brachte. Während er den Dorsch aß, legte ein deutsches Kreuzfahrtschiff mit viel Getöse ab und fuhr in die Nacht davon. Lichter tanzten, und freudetrunkene Passagiere winkten zum Abschied.

DIENSTAG

Mit einem Glas Wein in der Hand stand Hämäläinen inmitten eines Olivenhains in der hügeligen Ebene der Toskana und genoss den Blick auf die malerische Landschaft, als er durch die Melodie seines Handys unsanft aus dem Schlaf gerissen wurde. Der Radiowecker zeigte 1.30 Uhr nachts. Mühsam kämpfte er sich hoch, tastete nach dem Telefon und merkte, wie ihm schlecht wurde.

»Ja?«

Jussi Aaltonen, der in dieser Nacht Bereitschaft hatte, war in der Leitung. »Bist du ansprechbar?«

»Mir wäre es lieber, wenn ich noch immer in Italien wäre.«

»Italien? Was ist mit Italien?«

»Vergiss es. Was ist passiert?«

»Es hat ein Verbrechen im *Central Hotel* gegeben. Eine männliche Leiche. Das ist auch schon alles, was ich dir an Informationen geben kann. Kannst du kommen?«

»Ich mache mich sofort auf den Weg. Anni ist heute Nacht bei ihrer Großmutter. Wer hat die Leiche gemeldet?«

»Entschuldige. Ein paar Informationen mehr habe ich natürlich doch. Die Leiche liegt in einem Hotelzimmer. Der Gast aus dem schräg gegenüberliegenden Zimmer hat sie entdeckt. Das ist derzeit aber wirklich alles, was ich weiß.«

»Das ist dürftig. Wo bist du?«

»Auf der Helsinginkatu. Ich bin in fünf Minuten vor Ort.«

»Ich hatte gehofft, du nimmst mich mit. Ich habe mir wohl den Magen verdorben. Im *Four Seasons*.«

»Im *Four Seasons*? Dem edelsten Fischladen der Stadt? Du musst dir wohl ein Taxi rufen oder einen Wagen der Streife anfordern.«

»Die Streife wird genug Arbeit mit der Absicherung des Tatortes haben, und bevor ich mir eines dieser heruntergekommenen Stadttaxis rufe, fahre ich lieber selbst«, stöhnte er und hielt sich dabei den Bauch.

»Wie du meinst. Ich konnte Nyholm noch nicht erreichen. Die Leitstelle versucht es weiter.«

Hämäläinen kam ein Gedanke. »Das *Central Hotel* meintest du? Dort wohnt der Kollege Hansen.«

Mehrere Sekunden wartete er auf eine Antwort von Jussi Aaltonen. Dann stellte er fest, dass die Leitung unterbrochen war und drückte die Rückruftaste. Vergebens. Das Besetztzeichen ertönte. Es war auch alles besprochen worden.

Hämäläinen suchte seine Autoschlüssel und fand sie nach ein paar Minuten in einem der Schuhe, die aufgereiht vor der Kommode im Flur standen. Sofort dachte er an Anni. Ein flüchtiges Lächeln huschte über sein kantiges Gesicht. Anni war die einzige Konstante in einer persönlichen Welt, die aus den Fugen geraten war. Sie hatte den Verlust ihrer Mutter erstaunlich gut gemeistert und ihrem Vater die nötige Kraft gegeben, um nicht gänzlich aus der Bahn geworfen zu werden. Im Schlafzimmer zog er einen warmen Pullover aus dem Schrank. Danach rannte er unvermittelt auf die Toilette und kotzte. Langsam richtete Hämäläinen sich von der Kloschüssel auf. Die Übelkeit war schlagartig verschwunden. Er hatte für 75 Euro gegessen und beschloss, sich zu beschweren.

Um 2.05 Uhr lenkte Hämäläinen seinen Ford Mustang Baujahr 1970 auf den Hotelparkplatz. Es regnete in Strömen. Zwei mobile Lichtmasten erhellten das geschotterte

Areal, auf dem reges Treiben herrschte. Die Blaulichter chaotisch geparkter Streifenwagen sendeten rhythmische Lichtblitze, die sich in den unzähligen Regentropfen verfingen und wie eine Gewitterfront über der Szenerie hingen.

Gerade noch rechtzeitig reagierte er auf die Person, die urplötzlich in seinem Sichtfeld auftauchte. Er riss das Lenkrad herum und trat auf die Bremse bis zum Anschlag. Nasser Kies wirbelte auf, es tat einen leichten Schlag, und der Ford Mustang kam zum Stehen. Sorgenvoll betrachtete Hämäläinen den mobilen Lichtmast, der bedrohlich hin und her wippte und ihn an die grässlichen Wackeldackel erinnerte, die manche Menschen auf ihrer Hutablage liegen hatten. Er atmete tief durch und stellte den Motor ab. Entschuldigend hob der Uniformierte die Hand. Ein Beamter der Streife war rückwärts getreten, ohne sich umzusehen. Die Müdigkeit, dachte er und war froh, keinen Kollegen angefahren zu haben.

Hämäläinen schritt durch die Lobby des Hotels in Richtung Aufzug. Ein seltsames Gefühl ergriff ihn, während er in der Kabine stand und nach oben fuhr. Kurz darauf trat er aus dem schmalen Korridor heraus, der von der Tür des Hotelzimmers zum Schlafbereich führte. Noch bevor Hämäläinen das Gefühl einordnen konnte, durchfuhr ihn ein eiskalter Schauer. Unwillkürlich kniff er die Augen zusammen und presste seine Kiefer aufeinander. Mit diesem Anblick hatte er wahrlich nicht gerechnet. Hämäläinen war von einem gewöhnlichen Tötungsdelikt ausgegangen, da Aaltonen bei ihrem Telefonat nur unzureichende Informationen besessen hatte. Ein toter Körper mit ein oder zwei Einschusswunden, vielleicht eine größere Blutlache. Das war es, was er angenommen hatte. Die Realität zerschmetterte diese Vorstellungen. Auch nach langen Jahren im Dezernat für Gewaltverbrechen berührte es ihn, wenn er unvorbereitet mit so einer Szenerie konfrontiert wurde.

Auf dem breiten Doppelbett lag eine männliche Leiche. Der Körper war übersät von Einschusswunden, die auch den Schädel deformiert hatten. Das Gesicht war nicht mehr zu erkennen. An vielen Stellen klebte Blut. Es war an die Wand gespritzt, hatte den Schirm der Nachttischlampe rot eingefärbt und auf dem flauschigen Teppich eine kleine Lache gebildet. An einigen Stellen war das Blut mit Teilen der Gehirnmasse vermengt. Gerade als Hämäläinen eine Ahnung bekam, woher das seltsame Gefühl rührte, streckte ihm Kriminaltechniker Micke Nurmi den Ausweis des Toten entgegen.

Es war ein Dienstausweis des LKA Hamburg, ausgestellt auf Sven Hansen. Hämäläinen war fassungslos. Dennoch schaffte er es, sich innerlich aufzurichten und trotz aller Umstände seine Arbeit zu tun. Er musste, so schwierig es war, einen ersten Eindruck vom Tatort gewinnen. Ein guter Ermittler – und das war er ohne jeden Zweifel – zeichnete sich durch Instinkt und Gespür aus, fand Hinweise in solchen Räumen, wo andere lediglich das Blut wahrnahmen und ihre Übelkeit unterdrückten. Auch wenn er zu dem Kollegen aus Deutschland noch kein persönliches Verhältnis aufgebaut hatte, erschütterte ihn dessen Tod bis ins Mark.

Neun Jahre wurde nun schon ein Austausch zwischen deutschen und finnischen Kriminalbeamten durchgeführt. Hämäläinen war einer der Beamten auf finnischer Seite, die Pionierarbeit für das Projekt geleistet und alle kritischen Kommentare ignoriert hatten. Viele Freundschaften gingen aus dem Programm hervor, ganz zu schweigen von dem fachlichen Nutzen. Jetzt diese Tragödie. Der deutsche Kollege, den er erst vor wenigen Stunden kennengelernt hatte, war kaltblütig hingerichtet worden.

Seine Augen blieben an jedem Detail haften, durchleuchteten den Raum systematisch. Hansens Leichnam lag auf der linken Seite des großen Doppelbettes. Der Täter hatte ihn wohl im Schlaf erschossen. Das Zimmer war geräumig. In einer Ecke stand der beschädigte Koffer von Hansen. Die Kleidung war achtlos in die Schränke geräumt. Am Rand eines Glaspodestes, neben dem Fernseher, lagen eine Geldbörse und ein Reiseführer. Die Geldbörse schien unangetastet. Sie enthielt reichlich Bargeld, eine Bank- und eine Kreditkarte.

»Wo ist der Mann, der ihn gefunden hat?«

»Er wartet in der Lobby«, flüsterte Aaltonen mit belegter Stimme und weit aufgerissenen Augen. Die Halsschlagader pulsierte sichtbar unter seiner Haut. Es war unverkennbar, wie sich blankes Entsetzen und große Wut vermischten.

»Fahr den Mann ins Präsidium. Ich will noch heute Nacht mit ihm sprechen. Seine Erinnerung ist noch frisch. Er soll sich ausruhen, damit er bei Sinnen ist, wenn ich später ins Präsidium fahre. Wie ist sein Name?«

»Antti Juusela.«

»War er der Einzige, der die Polizei verständigt hat?«

»Ja.«

»Die Lage hat sich geändert, wir haben einen Anhaltspunkt«, warf Robert Nyholm ein, der kurz zuvor in das Zimmer getreten war und einen Anruf auf dem Handy erhalten hatte. »Vielleicht können wir dieses Schwein zeitnah schnappen.«

»Sag schon«, stieß Hämäläinen aus. Es nervte ihn, wenn Nyholm nicht direkt auf den Punkt kam.

»Saara und zwei weitere Kollegen sind im Untergeschoss auf eine junge Frau gestoßen. Eija Åsten, 22 und in Ausbildung zur Hotelfachfrau. Sie war in einem der unteren

Räume an eine Stange gefesselt. Ihr Mund war zugeklebt. Die Arme. Sie muss höllische Angst gehabt haben. Wie es aussieht, hat der Täter ihr die Generalkarte abgenommen. Jeder der Bediensteten besitzt eine solche Karte. Eija Âsten steht unter Schock. Das Wenige, was sie sagte, war sehr wirr. Sie wurde ins Krankenhaus eingeliefert und ist derzeit unsere wichtigste Zeugin. Saara wird mit dem behandelnden Arzt sprechen. Sie werden uns verständigen, sobald Eija Âsten vernehmungsfähig ist. Wie die Notärzte meinten, kann ein schwerer Schock über eine Woche andauern.«

»Davon wollen wir nicht ausgehen«, bemerkte Hämäläinen. Das schwarze Handydisplay informierte ihn über einen leeren Akku. Im Stillen hatte er sich längst echauffiert, dass Nyholm über das gefesselte Zimmermädchen informiert worden war und nicht er selbst als leitender Ermittler.

»Was kannst du über den Todeszeitpunkt sagen?«, fragte er Kalle Friberg, den neuen Leiter der Rechtsmedizin.

»In den letzten zwei bis drei Stunden dürfte dieses Gemetzel passiert sein. Den genauen Zeitpunkt nach der Obduktion.«

Hämäläinen fand Kalle Friberg ohne Zweifel sympathisch. Dennoch würde es noch einige Zeit dauern, bis er sich an den Umstand gewöhnt hatte, dass dessen Vorgänger jetzt Rosen züchtete, anstatt tote Körper zu untersuchen.

Er fixierte Nyholm. »Du koordinierst die Befragungen. Gäste, Personal, Angestellte des Restaurants. Es werden alle Gäste befragt, die hier in den letzten drei Tagen übernachtet haben, auch wenn sie bereits abgereist sind. Es wird sicher nicht einfach. Insbesondere, was die ausländischen Staatsbürger angeht. Befragt zudem das Personal von Hotel und Restaurant, das heute frei oder keine Schicht mehr hatte. Ich will jede Einzelheit wissen. War in den letzten Tagen etwas ungewöhnlich? Wer hat Hansen am Abend gesehen, ist ihm über den Weg gelaufen oder sogar mit ihm ins Gespräch gekommen? Finde heraus, warum nur Antti Juusela bei der Polizei angerufen hat und ob das Hotel eine Überwachungskamera besitzt.«

Hämäläinen hielt inne. Er musste ruhig bleiben. Mit aller Macht stemmte er sich gegen die Gedankenflut, die versuchte, seinen Verstand zu überschwemmen. Als Ermittler war es wichtig, einen kühlen Kopf zu bewahren, wenngleich dies bisweilen eiserne Disziplin und einen unbeugsamen Willen gegen sich selbst verlangte. Der Ermittler atmete tief durch und setzte seine Anweisungen fort. »Ich möchte wissen, wer die Gäste sind, warum sie hier logieren und woher sie kommen. Erstelle zudem eine Liste aller persönlichen Gegenstände von Sven Hansen, die ihr vorfindet, und schicke mir die Liste noch heute Nacht in einer E-Mail. Um 9 Uhr halten wir eine erste Besprechung ab. Informiere die Kollegen.«

Er verließ das Zimmer um 3.05 Uhr. Auf dem Hotelflur stolperte er beinahe über einen Reinigungswagen des Housekeepings, der umgestürzt auf der Seite lag. Ein Rad war abgebrochen. Es lag abseits des Chaos, das ausgelaufene Seife und Reinigungsmittel hinterlassen hatten. Das asiatische Zimmermädchen stieß mehrere Flüche aus, während es versuchte, die Schweinerei zu beseitigen.

Hämäläinen schäumte vor Wut. Auch wenn sich die Leiche in einem Hotelzimmer befand, war der gesamte Korridor, auf dem das Zimmer lag, Teil des Tatortes. Das lernte jeder Polizist auf der Akademie, ganz gleich, ob er später Streife fuhr oder Pförtner wurde. Solange Spuren gesichert wurden, durfte keine Person diesen sensiblen Bereich betreten, der es nicht ausdrücklich erlaubt war. Mit rüden Worten schickte er das Zimmermädchen in die Lobby und stapfte den Flur entlang. Der wachhabende Polizist saß zusammengesunken auf einem der schmalen Plastikstühle in einer mit Zeitschriften bestückten Sitzecke und schnarchte leise.

Hämäläinen hatte niemals derart gebrüllt wie in diesen Sekunden, in denen sich all seine Bestürzung wegen der Tragödie in dem Ärger über die Nachlässigkeit des Kollegen entlud. Gleichzeitig fragte er sich, wieso das Zimmermädchen bei einem Großaufgebot an Polizei unverdrossen seiner Arbeit nachging. Überall wimmelte es von Polizei, und der Zugang zum Korridor war mit Absperrband blockiert.

In der Lobby trat er aus dem Aufzug und traf auf Saara Toivonen, die aus dem Krankenhaus zurückgekehrt war und keine weiteren Neuigkeiten mitgebracht hatte. Saara schlug vor, ihm die Stelle zu zeigen, an der sie Eija Åsten gefunden hatten. Über eine schmale Treppe gelangten die beiden in das Untergeschoss, bogen nach links ab und kamen in einen spärlich beleuchteten Gang, von dem zur Linken und Rechten jeweils vier Räume abgingen. In einem der Räume auf der linken Seite, der als Wäschelager und Bügelstation diente, blieb Saara stehen.

»Hier hat sie gekauert und uns voller Angst angestarrt.« Saara Toivonen deutete auf ein mit Handtüchern befülltes Regal an der Stirnseite des Raumes. Hier hatte Eija Åsten die schlimmsten Minuten ihres jungen Lebens durchlebt.

Jetzt kniete dort Hannu Mielonen, ein Kollege der Kriminaltechnik, dem unter dem weißen Schutzanzug sichtbar der Schweiß über den Rücken rann. Die Blicke von Hämäläinen und Mielonen trafen sich, und sie begrüßten einander mit einem stummen Nicken. Hämäläinen und Saara betrachteten den Ort des Geschehens, dann gingen sie weiter. Am Ende des langen Gangs erreichten sie eine Tür, die ins Freie führte. Routiniert stülpte er sich Einmalhandschuhe über. Der Wind drückte gegen das stählerne Türblatt, und er bekam es nur mit Mühe auf. Sie traten in einen geteerten und unbeleuchteten Innenhof. Die Tür knallte ins Schloss, und der Regen peitschte ihnen ins Gesicht. Ein Bretterzaun mit einem metallenen Einfahrtstor umgab den Innenhof. Das Tor stand offen. Hämäläinen lief aus dem Innenhof heraus. Ihn fröstelte. Seine Augen folgten einem schmalen Zufahrtsweg, der in einer Linkskurve auf den Hotelparkplatz führte und von drei Laternen beleuchtet wurde. Am oberen Ende der Zufahrt parkte ein Streifenwagen. Die zwei Polizistinnen, die darin saßen, hielten diesen Bereich des Hotelgeländes im Blick. Er trat unter den Lichtschein einer Laterne und gab den beiden ein Zeichen. Sie verstanden die Handbewegung, schalteten das Licht ein und ließen den Streifenwagen bergab rollen.

Ein überfüllter Müllcontainer stand in dem Innenhof, dessen sonstige Bestimmung offenkundig ein Rauchertreff war.

Saara holte eine Plastiktüte aus der rechten Tasche ihres Anoraks und sammelte im Licht der Scheinwerfer die Zigarettenkippen ein, die im Innenhof verteilt lagen. Sie waren durch den Regen aufgequollen.

Durchgefroren und tropfnass kehrten die beiden Ermittler in die unteren Räumlichkeiten zurück. Sie vermuteten beide, dass der Täter über diese Tür in das Hotel gelangt war. Auf den ersten Blick wirkte sie unversehrt, doch Hämäläinen wies Hannu Mielonen an, auch dort und am Metalltor nach Einbruchspuren zu suchen, während Saara ihm die Plastiktüte mit den Zigarettenkippen reichte.

Hämäläinen verließ das Hotel im Dunkel der Nacht ohne einen klaren Gedanken. Er brauchte Abstand, musste realisieren, was gerade passiert war. Mit hochgestelltem Kragen stapfte er durch den Regen zu seinem Wagen. Der Schock saß tief. Auf der Fahrt ins Präsidium stellte er sich viele Fragen, konnte aber keine Erklärungen, geschweige denn

Antworten finden. Es war zu verworren. Warum war ein deutscher Polizist, der offensichtlich keine persönlichen Verbindungen nach Finnland hatte, erschossen worden? Der Gedanke an die Übermittlung der Todesnachricht ließ seinen Magen neuerlich krampfen. Mit schmerzverzerrtem Gesicht parkte er den Wagen auf einem Grünstreifen am Fahrbahnrand und öffnete hastig die Fahrertür.

Nachdem Hämäläinen erbrochen hatte, setzte er die Fahrt fort. Aus dem Radio drangen die Klänge einer Rockband. Einem Diavortrag gleich zogen die schrecklichen Bilder unentwegt an seinem geistigen Auge vorbei. Jedes einzelne Bild war mit vielen Fragezeichen unterlegt. Irgendetwas war ihm aufgefallen. Er wusste nicht, was es war. Wie ein Taucher glitt dieses Wissen lautlos durch die Gehirnregionen, weigerte sich jedoch standhaft aufzutauchen.

Was habe ich übersehen, was habe ich nicht bemerkt?

Auf dem Stuhl, zentral vor dem weißen Tisch, saß ein schmächtiger Mann Anfang 30. Vor ihm stand ein dampfender Becher mit Kaffee, den er mit den Händen dankbar umschloss. Obwohl noch relativ jung, hatte der Mann schon ergrautes Haupthaar. Hämäläinen schloss die Tür des Vernehmungszimmers, nahm neben Jussi Aaltonen Platz und schaltete das Mikrofon ein. Die Lampe über ihnen flackerte nervös.

»Vernehmung des Zeugen Antti Juusela. Uhrzeit – 3.59 Uhr. Antti Juusela, fühlen Sie sich in der Lage, zu dieser Uhrzeit vernommen zu werden?«

»Ja.«

»Schildern Sie ausführlich, aber ohne Ausschmückungen, was passiert ist. Geben Sie nur das wieder, was Sie tatsächlich erlebt haben, und beziehen Sie keine Schlussfolgerungen in Ihre Schilderungen ein.«

Der junge Mann richtete sich auf, sein Blick war klar, und er sprach laut und deutlich. »Ich war bis kurz vor Mitternacht an der Hotelbar, ehe ich müde wurde und auf mein Zimmer gegangen bin. Wie es hin und wieder so ist, lag ich noch eine Weile wach.«

Etwas mit Juusela stimmte nicht. Hämäläinen hatte es sofort gemerkt.

»Plötzlich vernahm ich einen Knall, unmittelbar darauf folgte ein weiterer. Es hörte sich für mich sofort wie Schüsse an. Sie klangen gedämpft, irgendwie hohl. Nach einer kleinen Pause folgten abermals mehrere Schüsse.«

»Wie viele Schüsse waren es?« Er registrierte die geschliffene Ausdrucksweise des Zeugen.

»Schwer zu sagen. Mehr als zehn, schätze ich. Danach war es totenstill. Nach einer Weile öffnete ich die Tür und spähte in den Gang hinaus. Der linke Teil des Korridors war leer. Ich reckte den Kopf vorsichtig um die Tür herum, und auch zur Rechten war niemand. Ich bemerkte dann die geöffnete Tür von Zimmer 107. Erst glaubte ich, der dortige Gast wäre ebenfalls interessiert daran, die Geschehnisse zu ergründen. Es brannte aber kein Licht, und es erschien auch niemand auf dem Flur. Also bin ich einfach in das Zimmer eingetreten. Zum Teufel. Das war die erste Leiche meines Lebens. Dass einem Menschen einfach der Schädel weggepustet werden kann.«

Antti Juusela zitterte, und seine Stimme war mit jedem Wort leiser geworden.

Hämäläinen erlebte es häufig, wie Menschen schlagartig ihrer Selbstkontrolle beraubt wurden. Es war, als würde eine Mauer niedergerissen, hinter der sich die eigene Würde und der Stolz versteckt hielten. Von jetzt auf gleich entglitten ihnen die Gesichtszüge, verloren sie ihre gewohnte Ausdrucksweise und ihre Manieren. Das waren auch die

Momente, in denen das Unterbewusstsein Dinge zum Vorschein brachte, an die sich die Menschen in ihrer Selbstbeherrschung nicht mehr erinnert hatten. Leider nicht in diesem Fall.

»Sie waren die einzige Person, die die Schüsse wahrgenommen hat. Zumindest hat die Notrufzentrale nur Ihren Anruf erhalten.«

»War das eine Frage?«

»Betrachten Sie es als Frage.«

»Es war Mitternacht durch. Die meisten Gäste schliefen. Die Schüsse waren zu leise, um das ganze Hotel aufzuwecken.«

»Was ist Ihnen sonst noch aufgefallen?«, fragte Jussi Aaltonen.

Juusela starrte ihn ungläubig an. »Abgesehen von dem Blut und der Gehirnmasse? Ich war ziemlich geschockt und bin es, offen gestanden, noch immer. Sie sehen einen getöteten Menschen bestimmt täglich, ich hoffentlich nie mehr. Ich habe die Flucht angetreten. Wäre der Täter noch im Bad gewesen, es wäre mir kaum aufgefallen.«

»Was ist der Grund für Ihren Aufenthalt im Hotel?«, fragte Hämäläinen.

»Ich verbringe einige freie Tage in Helsinki.«

»Wann sind Sie angereist?«

»Am Sonntag. Mit dem Auto.«

»Ist seither irgendetwas Erwähnenswertes im Hotel vorgefallen? Hat sich ein Gast beispielsweise seltsam verhalten? Gab es Streitereien?«

»Nein. Bis ich die Schüsse gehört habe, war alles normal.«

»Waren Sie schon öfter in diesem Hotel?«

»Ja. Ich bin gerne in Helsinki. Ich mag den Blick auf die Ostsee und das Großstadtfeeling. Ich wohne zwar gerne in Lahti, aber es ist ein Nest. Jeder kennt jeden.«

Um 4.30 Uhr beendeten die Kommissare die Vernehmung. Eigentlich hatten sie keinen Grund, an der Darstellung des Zeugen Antti Juusela zu zweifeln. Irgendetwas jedoch schien der junge Mann zu verheimlichen. Die Entscheidung war gefallen. Sie würden Antti Juusela ein weiteres Mal vernehmen. Es mochte harmlose Gründe haben, warum Juusela sein Geheimnis wahrte. Oftmals waren es jedoch scheinbar bedeutungslose Begebenheiten, die einer Ermittlung erst richtig Schwung verliehen. Wenigstens konnten sie die Tatzeit auch ohne den Bericht der Rechtsmedizin annähernd genau bestimmen. Gegen 20 Minuten nach Mitternacht war der Mord passiert.

Direkt nach der Vernehmung rief Hämäläinen seine E-Mails ab. Nyholm hatte ihm bereits eine Aufstellung der persönlichen Gegenstände von Sven Hansen geschickt. Er stutzte sofort, denn unter den aufgelisteten Gegenständen fehlte ein Handy. Er griff zum Telefon und rief Nyholm an.

»Also, was haben wir?«, begann Nyholm. »Bislang gibt es keine Hinweise auf den Täter. Das diensthabende Personal des Hotels und des anliegenden Restaurants haben wir befragt. Bei den Gästen stehen wir noch am Anfang. Sven Hansen ist nach seiner Ankunft am Nachmittag im Hotel geblieben, dieses Resümee können wir ziehen. Er hat auch nicht im Restaurant gegessen. Das Hotel ist gerade einmal zur Hälfte ausgelastet. 81 Gäste. Das ist ungewöhnlich wenig für einen teuren Schuppen. Kristian Melart, der Nachtportier, hält sich hierzu sehr bedeckt. Vielleicht sollte man den Geschäftsführer dazu befragen?«

»Das ist ungewöhnlich, steht aber mit Sicherheit nicht mit dem Mord in Verbindung. Ist der Geschäftsführer vor Ort?«

»Nein. Er ist gerade im Urlaub. Melart hat ihn längst über den Mord informiert. Ein eigenartiger Typ. Melart, meine ich. Seine ganze Art. Der Geschäftsführer fährt bei

Sonnenaufgang los und sollte gegen 14.30 Uhr vor Ort eintreffen. Zwei Gäste sind unter falschem Namen abgestiegen. Sie haben ihre Zimmer im Voraus in bar bezahlt. Bei dem einen Gast handelt es sich um einen Paavo Rutanen. Er sagte die Wahrheit frei heraus. Er traf in Helsinki seine Geliebte und wollte wegen seiner eifersüchtigen und findigen Ehefrau möglichst keine Spuren hinterlassen. Sie hat in der Vergangenheit wohl schon einmal in diversen Hotels in Tampere angerufen und nach ihm gefragt. Er war dort beruflich als Vertriebsmitarbeiter einer Lakritz-Manufaktur unterwegs. Sie wusste wohl schon zu dieser Zeit von den anderen Frauen. Der andere Gast heißt Ilari Valkonen. Er ist Zahnarzt in Turku. Wir mussten ihn ausdrücklich darauf hinweisen, dass wir Ermittlungen in einem Mordfall führen, ehe er uns die Gründe offengelegt hat. Heutzutage würden eine Menge Personendaten gespeichert, und er will sich ein Stück Freiheit bewahren.«

»Eine ungewöhnliche Ansicht für jemanden, der von Berufs wegen im Telefonbuch und im Internet registriert ist«, antwortete Hämäläinen.

»Ja. Grundsätzlich müssen wir ihm aber erst einmal glauben. Unter Umständen trifft er auch eine Geliebte und wollte es der Polizei gegenüber nicht offenbaren.«

»Gibt es eine Überwachungskamera im Hotel?«

»Nein und in gewisser Weise unzeitgemäß.«

»Das würde ich nicht sagen. Etliche der erstklassigen Hotels verzichten eigens wegen der Privatsphäre ihrer gut betuchten Gäste auf Überwachungssysteme. Man rechnet allenfalls mit Diebstählen. Waren Eija Åsten und die Frau asiatischer Abstammung die einzigen Zimmermädchen, die heute Nacht Dienst taten?«

»Ja. In der Nacht laufen bloß die Waschprogramme. Die Wäsche wird später in die Trockner umgefüllt. Gebügelt und verteilt wird die Wäsche von der morgendlichen Schicht, die gegen 6 Uhr eintrifft. Unsere Asiatin heißt Manee Thanom und stammt aus Thailand.«

»Was hat sie um diese Zeit auf dem Flur zu suchen gehabt?«

»Ein paar junge Schweden hatten übermäßig getrunken, ihren Verstand aber noch insoweit beisammen, um bei der Rezeption aufzuschlagen und die Beseitigung ihres Mageninhaltes zu fordern«, antwortete Nyholm und lachte. »Frau Thanom hat das Zimmer gereinigt, während die jungen Schweden schnarchend und volltrunken in ihren Betten lagen. Es dauerte weit über eine Stunde. Sie hörte dabei Musik über ihr Telefon, weshalb sie von den Schüssen und dem Polizeiaufgebot zuerst nichts mitbekam.«

»Eine Ahnung, wieso nur Antti Juusela die Polizei verständigte? Abgesehen davon ist es Wahnsinn, welches Risiko der Täter mit einer Waffe ohne Schalldämpfer eingegangen ist.«

»Die besoffenen Schweden und Juusela waren die Einzigen, die mit Hansen auf dem gleichen Flur eingebucht waren. Das Stockwerk darüber wird renoviert und im Stockwerk darunter liegt der Frühstückssaal. Die Schüsse waren vermutlich nur für ihn hörbar«, erwiderte Nyholm. »Wir brechen dann bald ab und machen in ein paar Stunden weiter. Die Kollegen verrichten erstklassige Arbeit, aber es ist spät, die Konzentration bei den Zeugen und auf unserer Seite lässt nach. Wir befragten bislang 15 Gäste. Sie zeigten Verständnis. Die meisten sind durch die Sirenen und das Blaulicht ohnehin wach geworden. Vereinzelt waren sie natürlich in Sorge. Wir haben zuallererst mit den Gästen gesprochen, die heute früh abreisen werden. Die restlichen Gäste verbringen zumindest eine weitere Nacht im Hotel. Was diejenigen Gäste angeht, die in den letzten drei Tagen im Hotel eingebucht und in der Mordnacht bereits abgereist waren, benötigen wir natürlich noch Zeit. Dasselbe gilt für die Angestellten von Restaurant und Hotel, die letzte Nacht nicht im Dienst waren. Ich komme um 9 Uhr zur Besprechung ins Präsidium. Hast du die Aufstellung mit Hansens persönlichen Gegenständen gesehen?«

»Ja. Darüber wollte ich auch mit dir sprechen. Das Handy fehlt. Sven Hansen hatte ein Handy dabei.«

»Jetzt, wo du es ansprichst, fällt es mir selbst erst auf. Wir haben kein Handy gefunden. Der Mörder muss es mitgenommen haben.«

»Wir veranlassen eine Ortung und eine Funkzellenabfrage«, erklärte Hämäläinen und beendete das Gespräch.

Beim Blick zur Uhr dachte er an Jaana Tiivola, die Chefin des Dezernates für Gewaltverbrechen. In Washington D.C. war es jetzt 22 Uhr. Er empfand die Verpflichtung, seine Vorgesetzte wegen des tragischen Ereignisses sofort anzurufen.

»Mika. Ist etwas vorgefallen? Bei euch ist es mitten in der Nacht.«

»Sven Hansen wurde ermordet«, platzte es ohne Umschweife aus ihm heraus.

Eine kurze Stille folgte am anderen Ende der Leitung. »Sag das noch mal.«

»Es ist leider wahr. Er wurde erschossen in seinem Hotelzimmer aufgefunden.«

»Erschossen? Wer sollte es denn auf ihn abgesehen haben, wo er doch erst gestern aus Hamburg gekommen ist? Wann ist es passiert?«

»Etwa 20 Minuten nach Mitternacht. Bisher haben wir nicht den Hauch einer Ahnung, was vorgefallen ist.«

»Raubmord?«

»Nein. Die Geldbörse samt Kreditkarte lag im Zimmer. Nur das Handy fehlt.«

»Das ist entsetzlich, eine echte Tragödie. Weiß Frank Lehmann schon Bescheid?«

»Nein. Ich werde mit Frank heute Vormittag telefonieren. Es ist einfach furchtbar, und wir benötigen sicher alle noch Zeit, um wirklich zu verstehen, was heute Nacht passiert ist.«

»Du informierst mich, wenn es irgendeine Spur oder einen Ansatzpunkt gibt. Ich werde mich am Nachmittag ebenfalls mit Frank in Verbindung setzen und ihm mein Beileid ausdrücken.«

Nach dem Gespräch atmete Hämäläinen tief durch. Bis zur Besprechung um 9 Uhr blieben ihm knapp vier Stunden. Er fühlte sich sterbensmüde.

Die Nacht übergab den Regen an das Tageslicht.

Der größte Besprechungsraum im Präsidium lag im Erdgeschoss, unweit der Kantine. Der Duft von frischem Kaffee stieg aus etlichen Tassen und verbreitete sich im Raum. Vereinzelt aßen die Kollegen belegte Brote und etwas Obst.

Oben auf dem Podest saßen Hämäläinen und Tuomas Kuusela, der Direktor der Polizeidirektion Helsinki, der wegen des tragischen Ereignisses persönlich erschienen war. Hämäläinen hielt ihn für einen aalglatten Karrieretypen, der stets seinen eigenen Vorteil im Auge behielt und sich nicht um die Bedürfnisse seiner Mitarbeiter scherte. Aber in dieser Situation war er eigenartigerweise dankbar für die Anwesenheit des Mannes, dessen Erscheinung in jeder Hinsicht beeindruckend war. Kuusela war groß, breitschultrig und hatte eine unverkennbare Knollennase.

Hämäläinen spürte, wie ihn die Müdigkeit übermannte, und nahm einen Schluck von dem Kaffee, der vor ihm stand.

In den wenigen Stunden, die von der vergangenen Nacht geblieben waren, hatte er vergeblich auf Schlaf gehofft. Er war im Präsidium geblieben und hatte sich in eine der Ausnüchterungszellen gelegt. Die harte Pritsche hatte ihn keinen Schlaf finden lassen, dafür plagten ihn nun stechende Kreuzschmerzen. Er ließ den Blick durch den Raum schweifen. Dem Großteil der Kollegen war es wohl ähnlich ergangen. Müde, traurige, aber auch gleichsam entschlossene Gesichter blickten ihm entgegen. Eine Sache war spürbar: Jeder wollte seinen Teil dazu beisteuern, um den tragischen Tod des deutschen Kollegen Sven Hansen aufzuklären.

Hämäläinen räusperte sich, dann begann er zu sprechen. »Ein furchtbares Ereignis hat sich heute Nacht zugetragen und uns in den Grundfesten erschüttert. So tragisch es auch ist – es ist wichtig, dass wir die Ermittlungen mit kühlem Kopf und ohne Hass durchführen.«

Er machte eine bewusste Pause.

»Ich habe mit Nyholm die weitere Vorgehensweise bei den Befragungen besprochen. Wir geben nachher die entsprechenden Informationen an die betreffenden Kollegen weiter. Kein Wort an die Medien, wir halten zu gegebener Zeit eine Pressekonferenz ab. Viel wissen wir derzeit noch nicht. Unser deutscher Kollege wurde mit unglaublicher Brutalität erschossen, ich will fast sagen: hingerichtet. Wir müssen in alle Richtungen ermitteln, alle Eventualitäten in Betracht ziehen. Jeder Ansatz einer Lösung wird zur Sprache gebracht. Augenblicklich erscheint es völlig rätselhaft, warum unser deutscher Kollege ermordet wurde. Wer kannte ihn? Wer wusste, wo er übernachtet? Mit wem hatte er Kontakt? Spielte der Beruf eine Rolle? Diese und viele andere Fragen stehen im Raum. Das Einzige, was wir wohl ausschließen können, ist ein Raubmord. Ich kann es nicht mit absoluter Gewissheit sagen, dennoch bin ich von einer Sache überzeugt: Der Täter ist nicht unter den Gästen, dem Personal oder den Angestellten des Hotels. Wir können ohnehin niemanden unter Generalverdacht stellen, geschweige denn Schmauchspurentests anordnen und die Zimmer der Gäste durchsuchen. Das würde kein Richter bewilligen. Wir haben kein Handy im Hotelzimmer gefunden. Hansen hatte aber eines dabei, als er bei uns im Präsidium war. Wir werden eine Ortung und eine Funkzellenabfrage veranlassen. Die Handynummer hatte Jussi Aaltonen vor einigen Tagen erhalten, als es um Hansens Abholung vom Flughafen ging.«

Nyholm ergriff das Wort. »Für mich scheidet ein Raubmord ebenfalls aus. Aufgrund des fehlenden Handys müssen wir uns aber fragen, ob Sven Hansen noch weitere Gegenstände entwendet wurden.«

»Ich stimme dir zu.« Insgeheim ärgerte sich Hämäläinen. Warum hatte er eine derart logische und selbstverständliche Tatsache völlig ausgeblendet? Wenngleich die Situation im Hotelzimmer kaum dafür gesprochen hatte. Erst in dieser Sekunde begriff Hämäläinen zudem, wie wenig er über Sven Hansens Familienverhältnisse Bescheid wusste. Er hatte mehrere Stunden mit dem Deutschen zugebracht, ohne sich ein einziges Mal nach dessen Privatleben zu erkundigen. Ihn überkam Scham, da ihm sein Gewissen allzu deutlich vermittelte, weshalb er die Gesprächsthemen an diesem Punkt vorbeigelenkt hatte. Hämäläinen tat es aus egoistischen Motiven. Es war seine eigene Lebenssituation, die ihn daran hinderte, Interesse für die persönliche Welt eines anderen Menschen aufzubringen.

»Sven Hansen war interessiert an der finnischen Kultur und den Sehenswürdigkeiten unserer Stadt. Ich musste mehr Fragen beantworten, als ich stellen konnte«, log er den Kollegen vor. »Ich bin leider nicht imstande zu sagen, ob er verheiratet gewesen ist oder in einer Partnerschaft lebte. Fragen nach seinem Privatleben hat Sven Hansen mit einem charmanten Lächeln beantwortet. Wenn er eine Partnerin hatte, erfahren wir gegebenenfalls, welche Gegenstände und Kleidungsstücke im Koffer waren.«

Das laute Husten von Tuomas Kuusela unterbrach seine Ausführungen. Er nutzte die Zeit und trank einen Schluck Wasser.

»Ich war mit Saara im Untergeschoss des Hotels. Wir sind an einen Hinterausgang gelangt, der in unmittelbarer Nähe zur Wäschekammer liegt, in der Eija Åsten gefesselt wurde. Wahrscheinlich ist der Täter durch diese Tür in das Hotel gelangt. Hannu, habt ihr schon irgendwelche Ergebnisse vorliegen?«

Der Kriminaltechniker Hannu Mielonen nickte. »Spuren fanden wir an der Tür zum Innenhof und dem Metalltor zuhauf, sie werden vom Hotelpersonal natürlich regelmäßig benutzt. Inwieweit wir die unterschiedlichen Spuren auswerten und zuordnen können, lässt sich erst in einigen Tagen, nach einem Mangel an Schlaf, viel Kaffee und einem angewachsenen Überstundenkonto, beantworten. Eines steht mit Sicherheit fest: Die Tür zum Innenhof wurde nicht aufgebrochen. Das Seil und das Klebeband wiesen keine verwertbaren Spuren auf, und die Zigarettenstummel waren eine verquollene unbrauchbare Masse.«

»Eija Åsten wird uns hoffentlich helfen«, warf Hämäläinen ein. »Sobald sie vernehmungsfähig ist, erhalten wir Bescheid.« Er machte eine Handbewegung, die Hannu Mielonen signalisierte fortzufahren.

»Wir waren vor einer knappen Stunde im Klinikum und haben uns die Kleidung von Eija Åsten geben lassen. Nach der Analyse wissen wir, ob unser Täter bei der Fesselung Spuren hinterlassen hat. Beim Hotelzimmer haben wir dieselbe Ausgangslage wie bei der Tür zum Innenhof und dem Metalltor. Es ist uns gelungen, eine Handvoll Spuren zu sichern. Selbst bei einer anständigen Reinigung bleiben in einem Hotelzimmer unweigerlich Spuren vergangener Tage und von anderen Gästen zurück. Es wird eine Weile dauern, aber den Abgleich dieser ganzen Spuren mit der landesweiten Datenbank werden wir in jedem Fall vornehmen. Die Bestimmung der bei der Tat verwendeten Waffe ist eine weitere Aufgabe, mit der wir uns in den kommenden Tagen intensiv auseinanderzusetzen haben. Bei der Munition handelt es sich um 7,65 Millimeter *Browning*. Eine sehr gebräuchliche Munition.«

Dann richtete der Kommissar den Blick auf Kalle Friberg, der einen überraschend fitten Eindruck machte.

»Ich habe noch kein Obduktionsergebnis vorliegen. Der Todeszeitpunkt bewegt sich zwischen Mitternacht und 1 Uhr«, erklärte der Kollege mit ruhiger Stimme.

»Den Todeszeitpunkt können wir anhand der Aussage des Zeugen Juusela weiter eingrenzen. Es passierte etwa 20 Minuten nach Mitternacht«, fuhr Hämäläinen fort.

Anschließend gab Nyholm eine wie immer zu ausführliche Zusammenfassung über den Stand der Befragungen und Ermittlungen vor Ort. Gemeinsam koordinierten sie schließlich das weitere Vorgehen und verteilten die notwendigen Aufträge unter den anwesenden Kolleginnen und Kollegen.

Die folgende Ansprache von Tuomas Kuusela nahm Hämäläinen nur bruchstückhaft wahr, und auch an die nächste Stunde sollte er sich später nur schemenhaft erinnern. Einer der unangenehmen Aspekte der Polizeiarbeit war es, Angehörige über das Ableben eines geliebten Menschen zu informieren. Genauso vielfältig wie die Wesenszüge der Menschen waren ihre Reaktionen. Schreie, Ohnmacht und hemmungsloses Weinen waren die häufigsten Waffen gegen einen Feind, der einen bereits besiegt hatte. Hämäläinen war allerdings auch schon einer bizarren Situation ausgesetzt gewesen. Eine Mutter hatte keinerlei Regung gezeigt. Stattdessen war sie in die Küche gegangen und hatte das Lieblingsgericht ihres verstorbenen Kindes gekocht. Sogar Lachanfälle kamen vor. Menschen, die verzweifelt versuchten, den Tod auszulachen.

Es war ihm als Polizist jederzeit gelungen, derartigen Erlebnissen mit Distanz zu begegnen. Der Tod des deutschen Kollegen aber hatte diese Barriere jäh eingerissen. Vor so einer Situation hatte Hämäläinen sich immer gefürchtet. Noch nie hatte er einem ihm nahestehenden Menschen eine Todesnachricht überbringen müssen. Jetzt war es so weit. Er musste Frank in Hamburg über den Tod eines Kollegen informieren.

Im Hochsommer 2010, Deutschland hatte gerade das Halbfinale der Fußballweltmeisterschaft gegen Spanien verloren, war er nach Hamburg gereist. Vielleicht war es die Neugier auf ein fremdes Land, die ihn aktiv an der Kooperation mitwirken ließ. In der hanseatischen Metropole traf er auf Frank, den grimmig dreinschauenden Oberkommissar mit Hang zum Doppelkinn. Spätestens als sie ihr gemeinsames Faible für Sportwagen aus den 70ern entdeckten, wurden aus Kollegen Freunde. Dennoch schwang anfänglich eine gewisse Skepsis mit. Würde ihre Freundschaft die Entfernung und das persönliche Alltagsleben überstehen? Die Zweifel waren unbegründet gewesen. Über die Jahre war eine tiefe Freundschaft gewachsen.

Tuomas Kuusela trat durch die Tür und nahm auf dem Besucherstuhl in Hämäläinens Büro Platz. Er sah krank aus. Sie blieben beide stumm. Beide wussten, was zu tun war. Hämäläinen wählte die Verbindung nach Deutschland. Sein Herz hämmerte gegen den Brustkorb.

»Kriminalrat Kramer, LKA Hamburg.«

Er war wie versteinert und sagte kein Wort.

»Mit wem spreche ich?«, fragte Kramer.

»Mika Hämäläinen, Polizei Helsinki. Entschuldigen Sie mein Schweigen. Ich hatte Frank Lehmann in der Leitung erwartet«, antwortete er auf Englisch.

»Hallo, Herr Hämäläinen. Frank Lehmann ist heute auf einer Tagung. Kann ich Ihnen weiterhelfen? Kollege Hansen hat doch nichts angestellt?«, erwiderte Kramer jetzt ebenfalls auf Englisch.

Den weiteren Verlauf des Telefonates erlebte er als Zuhörer seiner selbst. Er sagte geradeheraus, wie es war. Sven Hansen würde nichts mehr anstellen. Weil er tot war. Ermordet. Sie standen vor einem Rätsel und waren über die Brutalität des Verbrechens bestürzt. Natürlich erwähnte Hämäläinen das vom Schock gezeichnete Zimmermädchen und die Hoffnung, dass ihre Aussage Licht in das Dunkel bringen könnte. Der Ermittler schilderte alle Einzelheiten, die sie zum gegenwärtigen Zeitpunkt kannten. Stück für Stück spielte sich das Geschehen der letzten Nacht erneut vor ihm ab. Er berichtete von dem Hotelgast, der Hansen gefunden hatte, und davon, dass das Hotelzimmer aufgeräumt wirkte und die Tat einer Hinrichtung glich. Hämäläinen drückte sein tiefstes Beileid aus und versicherte, mit aller Kraft an der Aufklärung des Falles zu arbeiten.

Kriminalrat Kramer reagierte gleichermaßen bestürzt wie verwirrt über Hansens Tod. Unmittelbar nach dem Telefonat wollte er Frank Lehmann auf der Tagung anrufen und ihm die Nachricht mitteilen.

Im Gespräch mit Kriminalrat Kramer spürte Hämäläinen, wie sehr dieser Sven Hansen gemocht hatte. Er hätte dem deutschen Kollegen gerne von verheißungsvollen Ermittlungsansätzen berichtet.

Er reichte den Hörer an Tuomas Kuusela weiter. Dieser besprach mit Kriminalrat Kramer das Vorgehen bei der Identifizierung von Sven Hansen, wenngleich es keinen Zweifel an dessen Identität gab. Sie sprachen auch über die Ortung und die Funkzellenabfrage des Handys und die Überführung des Leichnams. Darüber hinaus brachte Tuomas Kuusela mehr über Sven Hansens Familienverhältnisse in Erfahrung. Er lebte alleine und hatte keine Kinder. Erst als Kuusela den Hörer auflegte, begriff Hämäläinen, wie sehr die Situation sogar den stets hartgesotten wirkenden Polizeipräsidenten bewegte. Mit geschlossenen Augen ließ Kuusela langsam die Luft aus den Lungen entweichen und verlor einen Wimpernschlag lang jegliche Körperspannung. Dann schob er die Schultern nach oben, rückte den Kopf in eine aufrechte Position, drückte das Kreuz durch und verharrte wieder in seiner selbstbewussten und unnahbaren Körperhaltung. Nun hatte es der Polizeipräsident auch wieder gewohnt eilig und verschwand grußlos.

In der Mittagspause fuhr Hämäläinen zur alten Markthalle am Südhafen. Viel zu lange suchte er nach einem Parkplatz und wäre deshalb um ein Haar zurück ins Präsidium gefahren. Unmittelbar neben der Markthalle legte eine der Schwedenfähren ab. Es roch nach Schweröl, und die Möwen umkreisten das riesige Schiff.

Er aß eine *Mustamakkara* mit Preiselbeeren und trank ein Glas Milch dazu. Er liebte diese traditionelle Blutwurst aus Tampere, die seit einigen Wochen an einem der Stände angeboten wurde. In der Markthalle war es warm, und die vielen Touristen nervten ihn. Es zog ihn nur selten hierher. Hämäläinen krempelte die Ärmel hoch, öffnete die obersten beiden Hemdknöpfe und überlegte dann, wie sie die nächsten Tage angehen sollten. Sein engster Ermittlerkreis bestand aus Robert Nyholm, Jussi Aaltonen und Saara Toivonen. Alle drei führten sie gerade weitere Befragungen durch und erhielten dabei die Unterstützung eines Großteils der Kollegen aus dem Dezernat. Die nächsten Tage würden sie weiterhin in der großen Besetzung ermitteln. Über das weitere Vorgehen wollte der Ermittler entscheiden, sobald klar war, wie viele Spuren und Hinweise vorlagen. Auf eine Sache legte er sich aber doch fest: Die Besprechungen würden sie im kleinen Kreis abhalten und die übrigen Kollegen anschließend über die weitere Vorgehensweise informieren.

Nachdem Hämäläinen den letzten Bissen geschluckt hatte, unterrichtete er seine Mutter von dem Mordfall und bat sie darum, zwei weitere Nächte auf Anni aufzupassen. Danach telefonierte er mit dem Krankenhaus. Der Zustand der jungen Frau war unverändert schlecht. An eine Befragung war vorerst nicht zu denken. Aus Sicherheitsgründen war ein Beamter abgestellt worden, der vor dem Krankenzimmer Wache hielt.

Um 14.30 Uhr trat Jan Riksman, der Geschäftsführer des *Central Hotels*, in sein Büro. Riksman war ein Mann von normaler Statur, mit hagerem Gesicht und Dreitagebart. Noch bevor Hämäläinen ihm den Platz anbieten konnte, hatte es sich Riksman bereits auf dem grauen Besucherstuhl bequem gemacht.

»Was wollen Sie von mir? Meine Zeit ist kostbar«, provozierte Riksman. »Sie veranstalten in unserem renommierten Haus ein unglaubliches Tohuwabohu, und ich darf nicht auf dem direkten Weg dorthin, um nach dem Rechten zu sehen?«

»In Ihrem Hotel ist ein Mensch gewaltsam ums Leben gekommen. Das ist schon schlimm genug, doch der Getötete ist auch noch einer unserer Kollegen. Das ist, wie ich meine, ein hinreichender Grund, Sie unverzüglich einzubestellen, und darüber hinaus Rechtfertigung genug, mit einer stärkeren Besetzung vor Ort aufzutreten. Und um es klarzustellen: Die Fragen, die stelle ich.«

Schon jetzt stand für ihn fest, dass sie in diesem Leben keine Freunde mehr werden würden.

»Gab es irgendwelche Probleme in Ihrem Hotel?«, fragte er als Nächstes. »Unzufriedene Gäste beispielsweise oder Streit unter dem Personal? In der Mordnacht waren nur etwa 50 Prozent der Zimmer vermietet. Hat das einen Grund?«

»Die Menschen leben sparsamer. Die wirtschaftliche Lage macht auch vor uns nicht halt«, entgegnete Riksman in einer Stimmlage, die signalisieren sollte, wie lästig er die Befragung fand.

Der Kommissar beschloss, sich nicht weiter provozieren zu lassen, was ihm angesichts des tragischen Mordes an Sven Hansen schwerfiel. »Und? Was ist mit unzufriedenen Gästen oder unzufriedenem Personal?«

»Ab und an gibt es Beschwerden. Genauso gibt es hin und wieder kleinere Spannungen unter dem Personal. Zuletzt bewegte sich aber alles im Rahmen«, erklärte Jan Riksman, der unentwegt mit einem Kugelschreiber gegen den Tisch trommelte.

Hämäläinen stellte noch routinemäßige Fragen in Bezug auf die Dienstpläne und das Buchungssystem. Dann entließ er Jan Riksman mit einem verächtlichen Blick und schloss die Tür. Nun gab es kein Zurück mehr.

Er telefonierte mit Frank Lehmann.

»Sven. Ermordet! Im Schlaf! Es ist mir weiterhin unbegreiflich, was mir Kollege Kramer heute Vormittag mitgeteilt hat.«

»Ich hätte es dir gerne persönlich gesagt.«

»Was denkst du, was passiert ist?«

»Ich habe bisher keine Erklärung«, erwiderte Hämäläinen und schilderte Frank Lehmann, wie der Montag verlaufen war. »Wenn wir uns auf die Befragungen stützen, hat er das Hotel nicht mehr verlassen.«

»Ein Zufallsopfer? Die Zielscheibe einer Person mit Hass auf die Polizei?«

»Das sind Spekulationen, die uns selten weiterhelfen.«

Dann bat er Frank Lehmann darum, die Transaktionen auf den Konten von Sven Hansen zu ermitteln. Während des Gesprächs spürte Hämäläinen, wie schwer sich Frank damit tat, in das Leben seines Kollegen einzutauchen. Auch er glaubte nicht an ein Motiv im privaten Bereich, aber man durfte in Mordfällen nie eine Möglichkeit ausklammern. Dennoch öffnete er seinem Freund sinnbildlich die Tür, und sie kamen überein, noch eine Weile zu warten. Wenn bis dahin konkrete Hinweise oder Spuren ausblieben, mussten sie die Ermittlungen auch auf das Privatleben des deutschen Kollegen ausweiten.

Hämäläinen erfuhr mehr über die Familienverhältnisse von Sven Hansen. Der Vater war schon lange tot, die Mutter litt an Demenz und lebte in einem Pflegeheim. Es gab eine ältere Schwester, die mit ihrem Mann in der Schweiz lebte und mit der er nur einen losen Kontakt gepflegt hatte.

Nach dem Telefonat atmete er befreit durch. Der schwierigste Augenblick des Tages war überstanden.

Am Spätnachmittag rief Nyholm an und informierte ihn über das Ende der Befragungen vor Ort. Brauchbare Hinweise waren ausgeblieben. Noch standen die Gespräche mit den Gästen aus, die in der Tatnacht bereits abgereist waren. Immerhin befanden sich keine Ausländer darunter, was die Sache zusätzlich erschwert hätte. Nyholm hatte die Polizeidienststellen an den Wohnorten der auswärtigen Gäste kontaktiert und um die Durchführung der Befragungen gebeten.

Als Hämäläinen an diesem Abend seine Wohnungstür in der Otavantie zusperrte, rauschte noch immer ein Strudel aus Gedanken durch jeden Winkel seines Hirns. Er wechselte das Hemd und hörte nebenbei die Nachrichten auf dem Anrufbeantworter ab. Die erste Nachricht stammte von dem Mitarbeiter eines großen Telekommunikationsunternehmens, der um die Beantwortung einiger Fragen bat, die angeblich dem Zweck einer effizienteren und freundlicheren Dienstleistung am Verbraucher dienten. Er fragte sich verärgert, wie das Unternehmen an die Telefonnummer gelangt war, und löschte die Nachricht. Der zweite Anrufer war Daavid Pesonen, ein von ihm beauftragter Privatdetektiv. Pesonen bat um baldigen Rückruf. Hämäläinen verspürte sofort einen Hoffnungsschimmer, wobei er nur zu genau wusste, wie trügerisch dieses Gefühl häufig war.

Er wählte Pesonens Nummer, die er längst auswendig kannte.

»Janika Vänttinen. Kannten Sie ihren Namen, bevor Sie die Ermittlungsakte gelesen hatten?«, fragte Pesonen nach der üblichen Begrüßung.

»Nein. Nie von ihr gehört. Wir ließen uns viele Freiheiten. Wieso, was ist mit Janika Vänttinen?«

»Sie hat mir eine Sache erzählt, die Sie schockieren dürfte und mit dem Verschwinden Ihrer Frau bestimmt nicht zusammenhängt. Aber Sie wollen ja alles wissen!«

Er merkte, wie ihm die Luft wegblieb und das Adrenalin durch den Körper schoss.

»Im Dezember waren Janika und Niina auf dem Weihnachtsmarkt am Senatsplatz. Wie es manchmal so kommt, wurde es ein geselliger Abend, den sie kurzerhand in *Jonny's*

Bar verlängerten. Ich sage es nicht gerne.« Er machte eine Pause. »Niina hat Sie an diesem Abend betrogen.«

Die Worte trafen ihn völlig unvorbereitet. »Das glaube ich nicht«, stammelte er.

»Es besteht kaum ein Zweifel«, bedauerte Pesonen. »Ich habe heute Morgen mit Harri Metsola gesprochen, dem Betreiber von *Jonny's Bar*. Erst nachdem ich ihm einen Schein zugeschoben hatte, vergaß der gute Harri für einen Moment, was für ein diskreter Geschäftsmann er eigentlich ist. Harri Metsola erkannte Ihre Frau, ungeachtet der langen Zeit und den vielen anderen Gästen, auf dem Foto wieder. Er vermietet in der Etage über der Bar auch Zimmer. Damals wohnte dort ein südländischer Kerl für mehrere Wochen. Er nannte sich Miguel Esposito und bezahlte das Zimmer bei Ankunft in bar, weshalb Harri Metsola keine elektronischen Daten hatte. Er verlangt für gewöhnlich keine Ausweise. Weiß der Teufel, ob Miguel sein richtiger Name war. Aber er war jeden Abend in *Jonny's Bar* und ist nie alleine auf das Zimmer zurückgegangen. Harri Metsola verfolgte die Verführungskünste von Miguel von Abend zu Abend mit steigendem Interesse, weshalb er sich noch an manche der Frauen erinnerte. Auch an Ihre Frau Niina.«

Mika drückte den roten Knopf, der das Telefongespräch beendete, sank zu Boden und saß einfach nur da. Als die ersten klaren Gedanken zurückkehrten, richtete er sich langsam auf, wankte in den gefliesten Raum am Ende des langen Flurs und drehte den Regler der Sauna auf Anschlag. Während die Sauna aufheizte, verfluchte er diesen Miguel und betäubte seine Wut mit zwei Bier. Nach dem letzten Schluck öffnete er die heiße Kabine.

25 Minuten später torkelte Hämäläinen unter die Dusche, gleichsam benommen von einem kurz vor dem Kollaps stehenden Körper sowie den noch immer unbe-

greiflichen Ausführungen des Privatdetektivs, und es brauchte quälend lange fünf Minuten, bis das kalte Wasser Abhilfe schuf.

MITTWOCH

Hämäläinen erwachte, lange bevor der Wecker klingelte. Er hatte die halbe Nacht wach gelegen. Es ging ihm mies. Wenigstens waren die Kopfschmerzen, ein Überbleibsel des Saunaganges vom Vorabend, nahezu abgeklungen. Niina hatte ihn betrogen. Plötzlich war alles infrage gestellt. Wechselweise waren Schmerz, Sehnsucht und Abscheu durch seinen Körper gekrochen. Dennoch würde Hämäläinen erst dann Ruhe geben, wenn er eine Antwort hatte. Im Verlauf der Nacht war ihm bewusst geworden, dass er sich mit zwei Unglücken konfrontiert sah: Niinas spurlosem Verschwinden und dem Mord an Sven Hansen.

Natürlich ließen sich die Gedanken an Niina nicht plötzlich ausschalten. Trotzdem musste er seinen Fokus von nun an auf die Mordermittlungen legen. Hämäläinen kochte Kaffee, aß ein paar Kekse, die in einer Dose auf dem Küchentisch standen, und rekapitulierte die Geschehnisse der Tatnacht. Weiterhin tobte das Gefühl in ihm, dass er etwas Entscheidendes übersehen hatte. Es lastete wie ein unsichtbarer Schatten auf ihm. Sven Hansen. Das Zimmer. Das Blut. Er hatte jedes Detail parat. Er rieb seine müden blauen Augen und trank einen Schluck von dem starken Kaffee. Als er die Tasse zurück auf den Tisch stellen wollte, glitt sie ihm aus der Hand und krachte auf den Boden, wo sich Kaffee und Scherben gleichmäßig auf den Natursteinfliesen verteilten. Doch es ärgerte ihn nicht eine Sekunde, er war sogar höchst erfreut über dieses Missgeschick.

Er wusste jetzt, was ihn irritiert hatte: Der unsichtbare Gedanke war greifbar geworden.

Kurz darauf fuhr der Ermittler ins Präsidium. Eine Stunde später war er mit Nyholm auf dem Weg zum *Central Hotel*. Die Szene vor dem Hotelzimmer war es gewesen. Der umgestürzte Reinigungswagen, das verzweifelte asiatische Zimmermädchen. Etwas passte hier nicht ins Bild. Hämäläinen war nervös, schließlich wollte er den Fall so schnell wie möglich aufklären. Das war er den Kollegen aus Deutschland schuldig.

Sie wurden in ein geräumiges, aber fensterloses Büro geführt, in dem alles penibel geordnet schien. Hinter dem Schreibtisch saß Jan Riksman in aufrechter Haltung und in einem perfekt sitzenden Anzug. Das künstliche Licht, das von oben auf sie herabfiel, verlieh dem dunklen Blau des Anzuges einen speckigen Glanz. Rikmans schwarzes Haar war akkurat nach hinten gekämmt, das blasse Gesicht frisch rasiert.

Riksman legte die Stirn in Falten. »Weshalb müssen Sie die Schalldämmung unserer Hotelzimmer testen?«

»Sie wissen doch, wir dürfen keine Auskünfte über unsere Ermittlungen geben«, erwiderte Hämäläinen. Er verzichtete darauf, Riksman einen Vortrag über polizeiliche Ermittlungsarbeit zu halten. Es würde ihn ohnehin wenig interessieren. Denn für Menschen wie Jan Riksman standen der

Profit und der Ruf des Hauses über allem. So zumindest betrachtete es Hämäläinen, und er fragte sich, ob er gelegentlich zur Übertreibung neigte.

»Jaja, schon klar«, brummelte Jan Riksman und machte eine abfällige Handbewegung. »Ich rufe bei der Rezeption an und lasse prüfen, ob das ausgewählte Zimmer gerade bewohnt ist.«

»Sie sollten die Gäste der umliegenden Zimmer besser vorwarnen«, ergänzte Nyholm. »Wir werden Platzpatronen einsetzen. Es könnte die Gäste sonst verschrecken.«

Riksman musterte ihn irritiert, während er die Nummer der Rezeption wählte. »Frau Kurki, wird Zimmer 105 aktuell bewohnt? Erst wieder ab morgen, gut. Bringen Sie mir eine Schlüsselkarte in mein Büro. Wie? Nein, der Tatort ist noch versiegelt. Die Polizei … ach, erledigen Sie einfach, was ich Ihnen aufgetragen habe.« Dann legte Jan Riksman auf und schaute die beiden Ermittler direkt an.

»Zufrieden, meine Herren?«

»Zufrieden fürs Erste.«

Nachdem die Mitarbeiterin des Hotels mit der Schlüsselkarte erschienen war und Jan Riksman die Gäste der umliegenden Zimmer höchstpersönlich informiert hatte, konnte es losgehen.

Hämäläinen setzte sich auf das Bett des Hotelzimmers 105, das der Zeuge Juusela bewohnt hatte, und wartete. Nyholm betrat derweil das Hotelzimmer, in dem sie den Leichnam von Sven Hansen gefunden hatten. Um die Geschehnisse aus der Tatnacht nachzustellen, ließ Nyholm die Tür einen Spalt offen stehen. Anschließend zog er einen Gehörschutz über und feuerte mehrere Platzpatronen aus einer Pistole ab. Danach schloss Nyholm die Tür und gab erneut mehrere Schüsse aus der Pistole ab.

»Ich denke, wir müssen nochmals mit Antti Juusela

sprechen«, sagte Hämäläinen im Anschluss an das Experiment.

Die Schalldämmung der beiden Hotelzimmer war überaus effizient. Lediglich als Nyholm die Tür einen Spaltbreit geöffnet hatte, war ein schwaches Geräusch durch die Wand gedrungen und wäre wohl nur seinem Unterbewusstsein aufgefallen, hätte er nicht gezielt darauf geachtet. Deshalb hatte Hämäläinen in der Tatnacht auch nicht gehört, wie der Reinigungswagen krachend umgefallen war.

Er war sich jetzt sicher. Der Zeuge Antti Juusela hatte gelogen. Er hatte keine Schüsse gehört. War dieser Mann etwa der Täter?

Noch am Vormittag wurde Antti Juusela vor seiner Wohnung aufgegriffen und direkt zum Kommissariat gefahren. Wenngleich Juusela in Bezug auf die Schüsse gelogen hatte, wurde er weiterhin als Zeuge betrachtet.

Hämäläinen betrat den Vernehmungsraum in gespannter Erwartung.

Vor ihm saß Antti Juusela und kaute auf seinen Fingernägeln herum. Jussi Aaltonen saß ebenfalls wieder im Raum.

Was Antti Juusela dann erzählte, war leider so glaubhaft wie ernüchternd. Er war ein jämmerlicher Dieb. Manee Thanom, das thailändische Zimmermädchen, entpuppte sich als Liebschaft und Komplizin zugleich. Mit der Generalkarte, die jedes Zimmermädchen besaß, war es ein leichtes Unterfangen gewesen, in Sven Hansens Zimmer einzudringen. Da Juusela nur ein einfacher Dieb war, hatte er nach dem Erblicken von Hansens Leichnam pflichtbewusst die Polizei verständigt. Das Hotelzimmer hatte Juusela mitten in der Nacht betreten, weil er Hansen an der

Hotelbar wähnte. Er hatte den deutschen Polizisten mit einem anderen Gast verwechselt, den er dort beobachtet hatte. Juusela beteuerte, es wäre das erste Mal gewesen und er hätte aus Geldnot diesen schlimmen Fehler begangen.

»Antti Juusela hat die Wahrheit gesagt«, meinte Hämäläinen nach der Vernehmung.

»Das sehe ich genauso«, bekräftigte Jussi Aaltonen.

»Wir stehen wieder am Anfang der Ermittlungen«, ergänzte Hämäläinen und fühlte eine große Leere. Sie hatten einen Dieb überführt. Einen Dieb, der eigentlich keiner war, da er nichts gestohlen hatte. Alle Hoffnung ruhte nun auf Eija Âsten, die weiterhin im Krankenhaus lag. Gemeinsam verließen sie den Vernehmungsraum.

Während Hämäläinen kurz darauf das Protokoll über die Vernehmung von Antti Juusela in die Ermittlungsakte einfügte, rief Kriminaltechniker Hannu Mielonen an.

»Was hat die Vernehmung ergeben?«

»Antti Juusela ist ein Dieb. Genau genommen versuchte Juusela, ein Dieb zu sein«, antwortete er und erzählte Hannu Mielonen dann den weiteren Verlauf der Vernehmung.

»War die Vernehmung auch der Grund deines Anrufes?«, fragte er schließlich.

»Nein. Hansens Handy«, antwortete Mielonen. »Es lagen keine Funkzellen- und Ortungsdaten für die Nummer vor. Ich habe deshalb mit den Kollegen in Deutschland Kontakt aufgenommen. Sie brachten in Erfahrung, dass Hansen die SIM-Karte Ende letzter Woche sperren ließ. Entweder hatte Hansen sein Handy verloren oder es wurde ihm gestohlen. Der Mobilfunkanbieter versendete sofort eine Ersatz-SIM-Karte, die aber erst gestern zugestellt wurde. Hansen wird sich wegen der Reise eine Prepaid-SIM-Karte und ein neues Handy besorgt haben. Die

Kollegen in Deutschland nehmen gerade Kontakt zu allen Mobilfunkanbietern auf, um die registrierten Handynummern von Sven Hansen zu ermitteln. Gleichzeitig prüfen sie die Zahlungsvorgänge auf Hansen Konten, um den Anbieter eventuell auch darüber zu ermitteln.«

»Hansen hat wohl vergessen, uns die neue Nummer mitzuteilen«, stellte Hämäläinen fest. Dann beendeten sie das Gespräch.

Unmittelbar darauf informierte er nacheinander auch die anderen Kollegen im Dezernat über den Verlauf der Vernehmung und das Ergebnis der Funkzellen- und Ortungsdatenabfrage und beraumte für den folgenden Tag eine Besprechung an. Anschließend sackte er in seinen Bürostuhl und schlug mit der geballten Faust auf die Tischplatte. Hämäläinen ignorierte den stechenden Schmerz in der Hand, fischte aus der untersten Schublade des Schreibtischs eine Flasche Whiskey hervor und nahm zwei große Schlucke. Der Whiskey, ein Geschenk der Kollegen zu seinem Geburtstag, war stark und brannte im Rachen. Er pflegte ein Faible für guten Whiskey und Zigarren. Leider war das Geschenk der Kollegen ein übles Gesöff. Niemals zuvor hatte er Frust mit Alkohol bekämpft, und ihm war klar, dass es auch niemals wieder so weit kommen durfte.

Neben dem Frust schwebte zudem Niinas Seitensprung wie ein Damoklesschwert über Hämäläinen. Es gab kaum eine Stunde, in der er nicht daran dachte. Die Gefühle wechselten zwischen der nüchternen Analyse des Betruges, dem verletzten Stolz und der rasenden Eifersucht auf diesen Miguel.

Das Mittagsmenü in der Kantine schmeckte und besserte seine Stimmung. Am Tisch nebenan saß eine Gruppe junger Streifenbeamte und tauschte sich lautstark über eine neue Fernsehserie aus. Sie lachten unentwegt und steckten ihn damit an. Erstmals seit dem schlimmen Mord an dem deutschen Kollegen war der Ermittler mit den Gedanken fernab jeder Arbeit und seiner privaten Probleme.

Entspannt und mit frischer Energie kehrte Hämäläinen zurück an den Schreibtisch und formulierte eine Pressemitteilung. Sie durften nicht länger warten. Die Presse hatte längst etwas von dem Mord mitbekommen. Die ersten Zeitungen in Helsinki hatten schon Artikel veröffentlicht. Von einem Polizisten als Opfer wussten die Journalisten noch nichts. Als Hämäläinen sich nach einigen Streichungen und Verbesserungen mit dem Text arrangiert hatte, schickte er ihn per E-Mail an die Pressereferentin des Dezernates. Danach telefonierte er mit dem Krankenhaus und erhielt eine halbwegs freudige Nachricht. Eija Âsten ging es besser. Wahrscheinlich konnte sie schon am nächsten Tag befragt werden.

Den restlichen Arbeitstag verbrachte Hämäläinen damit, einen Teil der Befragungen durchzulesen, die mittlerweile auf seinem Schreibtisch gelandet waren. Die Kollegen hatten ganze Arbeit geleistet. Durch das Gespräch mit Nyholm wusste er bereits, dass keiner der Befragten wesentliche Angaben gemacht hatte. Dennoch wünschte er sich, dass ihm zwischen den Zeilen etwas Hilfreiches ins Auge stach.

Voll bepackt mit Einkaufstüten kam Hämäläinen am frühen Abend nach Hause und freute sich darauf, Annis Stimme am Telefon zu hören. Er versorgte die Einkäufe, schlüpfte in eine bequeme Jogginghose und wählte dann die Nummer seiner Mutter.

»Anni schläft bereits«, sagte Suvi Hämäläinen. »Wir waren fast den ganzen Nachmittag auf dem Spielplatz, und ihr sind noch während des Abendessens die Augen zuge fallen. Wie geht es dir?«

»Ich komme klar.«

»Mika. Du zerstörst dich und dein Leben«, entgegnete Suvi Hämäläinen, die das mütterliche Gespür dafür besaß, wenn es ihm schlecht ging. »Deine Tochter steht erst am Anfang ihres Weges, und sie braucht ihren Vater dabei. Du musst Niina loslassen, auch wenn es dir schwerfällt und viele Fragen unbeantwortet bleiben.«

Ihre Worte klangen für ihn wie Anklage und Verrat zugleich. Suvi wollte die Vergangenheit vergessen.

»Ich stecke mitten in den Ermittlungen in dem Mordfall an dem deutschen Kollegen. Mir steht der Sinn im Augenblick nicht danach, mit dir über meine Suche nach Niina zu sprechen.«

Noch bevor Suvi antworten konnte, legte er verärgert auf. Sie hatte ihn nicht zum ersten Mal aufgefordert, mit der Sache abzuschließen. Aus Besorgnis um sein seelisches Gleichgewicht hatten auch Freunde und Kollegen erfolglos versucht, ihn von weiteren Nachforschungen abzubringen. Es grenzte an Selbstzerstörung, doch Hämäläinen war geradezu besessen davon, das Rätsel um Niinas Verschwinden zu lösen, weswegen er sich außerstande sah, damit abzuschließen. Wieder und wieder, Tag für Tag, kehrten dieselben bohrenden Fragen und quälenden Erinnerungen zurück.

Am 13. März dieses Jahres, einem verschneiten Dienstag, war Niina spurlos verschwunden. Anni war mit einem grünen Pullover, einer grauen Buddelhose und braunen Schuhen bekleidet gewesen, Niina mit einer ausgewaschenen Jeans, schicken Stiefeln, ihrem weißen Lieblingspullover und einem grauen Seidenschal. Jede Einzelheit dieses Tages war ihm noch präsent, sogar die Themen aus den Nachrichten.

Niina hatte Anni von der Kindertagesstätte abholen wollen, war dort aber nie erschienen. 23 Minuten nach 14 Uhr hatte die Erzieherin angerufen. Er hatte gleich gespürt, dass etwas nicht stimmte. Immer wieder hatte er daraufhin Niinas Nummer gewählt, und immer wieder war nur die Nachricht ertönt, dass der Teilnehmer gerade nicht erreichbar sei.

Am nächsten Morgen war Hämäläinen bei den Kollegen für Vermisstenfälle aufgetaucht. Anfänglich war er auf Skepsis und Unverständnis gestoßen. Er hatte jedoch mit Nachdruck auf Ermittlungen beharrt, weshalb den Kollegen schlussendlich keine andere Wahl geblieben war. Und er sollte leider recht behalten.

Niina blieb bis zum heutigen Tag spurlos verschwunden. Niina, die blonde, lebensfrohe Frau mit den smaragdgrünen Augen und der sanften Stimme. Die Ungewissheit war es, die ihn schier auffraß. Jeder Verkehrsunfall, jede Krankenhauseinlieferung war überprüft worden. Ohne Ergebnis. Ihre persönlichen Sachen waren noch da, einzig ihren Geldbeutel mit Bank- und Kreditkarten sowie dem Personalausweis hatte Niina dabeigehabt. Allerdings wurden bis zum heutigen Tag keine Transaktionen auf diesen Karten festgestellt.

Anfänglich hatte Hämäläinen ein Verbrechen oder einen Unfall vermutet, diese Sichtweise mit der Zeit aber geändert. Bis heute hegte er den festen Glauben, Niina lebend aufzuspüren. Ob er dies aus schierer Verzweiflung oder wirklicher Überzeugung heraus tat, das wusste er sich selbst nicht zweifelsfrei zu beantworten. Sie hatten einander auf einer Party kennengelernt und nur zwei Jahre später geheiratet. Da waren beide 30 Jahre alt gewesen und in die Wohnung in der Otavantie gezogen. In die Wohnung mit dem Wintergarten, der offenen Küche, den anthrazitfarbenen Natursteinfliesen und der Fußbodenheizung. Die Geburt von Anni drei Jahre später hatte ihr gemeinsames Glück gekrönt. Niina hatte ihre

Arbeit in einer Eventagentur aufgegeben und die Erziehung von Anni übernommen. Da Anni ein sehr quirliges Mädchen war und schon sehr früh ihre Trotzphase bekam, hatte Hämäläinen seine Frau oftmals müde und ausgelaugt vorgefunden, wenn er abends nach Hause kam. Seit Niinas Verschwinden fragte er sich, ob vielleicht etwas anderes hinter dieser Müdigkeit gesteckt hatte.

Hämäläinens Kollegen und die von anderen Dienststellen hatten alles in ihrer Macht Stehende getan und bei der Suche nach Niina geholfen. Mitunter hatten sie auch gegen dienstliche Vorschriften verstoßen. Doch all die Anstrengungen waren ohne Erfolg geblieben. Da sich Hämäläinen um seine Tochter Anni kümmern musste und Niina nicht selbst suchen konnte, hatte er vor lauter Verzweiflung den Privatdetektiv Daavid Pesonen engagiert. Er wollte alles nur Erdenkliche über Niina erfahren.

Die gestrige Nachricht von Daavid Pesonen hatte eine Veränderung bewirkt. »War es das wert?« Der Verlassene stellte sich diese Frage mehrfach laut. Ich habe das Leben meiner Frau ausforschen lassen. Doch für welchen Preis? Sie bleibt verschwunden. Stattdessen erfahre ich, dass sie mir Hörner aufgesetzt hat.

Um 18.30 Uhr schaltete Hämäläinen den Fernseher an, streifte sein Trikot über und schaute das Spiel von *Jokerit* bei *Sewerstal Tscherepowez* aus Russland an. Endlich lief die Kontinentale Eishockey-Liga wieder. Das Spiel wurde souverän mit vier zu eins gewonnen und half ihm dabei, ein wenig abzuschalten. Zufrieden, aber mit zwei Bier zu viel, ging er zu Bett.

Er streifte die Uhr vom Handgelenk. Gestern Nachmittag war er mit dem Eilzug aus Helsinki zurückgekehrt und hatte seitdem kaum ein Auge zugetan. Das Adrenalin schoss immer noch durch seine Adern. Nach dem Mord hatte er erneut die öffentliche Toilette im Alppipuisto aufgesucht. Da die Benutzung Geld kostete, blieben Betrunkene und Junkies fern. An diesem Ort hatte er sich umgezogen, die Perücke und die Sonnenbrille abgelegt und die Sachen dann in einer unscheinbaren Tasche verstaut. Danach war er in das Szeneviertel Kallio gefahren und hatte in einer der zahlreichen Kneipen die Nacht zum Tag gemacht.

Er verfiel in ein Gefühl der Erregung, wenn er an die Tatnacht dachte. Es war fast zu einfach vonstattengegangen. Geräuschlos war er in das Zimmer eingedrungen und hatte ihn kurzerhand im Schlaf getötet. Es war übertrieben gewesen, das gesamte Magazin abzufeuern, doch jeder Schuss hatte ihm mehr Genugtuung zurückgegeben. Natürlich hatte im Vorfeld die Überlegung im Raum gestanden, ob er den Schleier lüften und ihn seine letzten Sekunden bewusst erleben lassen sollte. Am Ende jedoch hatte er sichergehen wollen. Er stand schließlich erst am Anfang seiner Mission.

Zufrieden blätterte er in der Zeitung, die er am Morgen in dem Zeitschriftenladen um die Ecke gekauft hatte. Direkt auf der Titelseite wurde über den Mord berichtet. Ein wahrer Kugelhagel, so der Artikel, sollte das Opfer niedergestreckt haben. Ganz besonders erheiterten ihn die Spekulationen über die Hintergründe der Tat. Von Raubmord, einer Auseinandersetzung in der Rockerszene bis hin zu einem Eifersuchtsdrama waren der Bogen gespannt und denkbare Motive und Milieus beschrieben. Er genoss den Ruhm. Dennoch war er Vernunftmensch genug, um sich nicht von seinem Racheplan ablenken zu lassen. Die Tarnung war perfekt gewesen, was sollte das Zimmermädchen der Polizei also schon Bedeutsames berichten? Von einem Mann, relativ groß, mit kräftiger Statur, der während der ganzen Fesselungsaktion nur die Waffe hatte sprechen lassen? Das waren sie, die Wahrheiten über ihn: die schwarzen Haare, die Sonnenbrille, der Vollbart. Alles Teil der Verkleidung. Sollten sie doch den Versuch wagen und eine Phantomzeichnung anfertigen. Denn dann hielt die Polizei wahrlich nach einem Phantom Ausschau.

Er grinste zufrieden und beschloss, noch ein paar Tage auszuspannen, ehe der nächste Verräter an der Reihe war.

DONNERSTAG

Früh am Morgen saß Hämäläinen am Schreibtisch. Er war mitten in der Nacht aufgestanden und fühlte sich ausgelaugt. Erneut hatte er an Miguel und Niina denken müssen und kaum Schlaf gefunden. Um 8.30 Uhr stand die Besprechung an. Zuvor sichtete Hämäläinen weitere Befragungen. Er würde heute noch persönlich mit dem Portier des Hotels sprechen, der in der Tatnacht im Dienst war. Die Befragung war zwar sauber durchgeführt worden und enthielt alle Informationen, dennoch wollte Hämäläinen sich einen persönlichen Eindruck von Kristian Melart verschaffen.

Eine Stunde vor der Sitzung bekam er einen Anruf von Kalle Friberg, der ihm absagte. »Wir haben einen Toten auf dem Tisch, wohl eine Überdosis. Was für ein beschissener

Anblick das jedes Mal ist. Wir müssen die Leichenschau augenblicklich vornehmen, Anweisung der Staatsanwaltschaft. Ich habe dir den Obduktionsbericht zu Sven Hansen per E-Mail geschickt.«

Er öffnete die E-Mail und las den Bericht. Wie sie bereits wussten, war Sven Hansen 20 Minuten nach Mitternacht getötet worden. Insgesamt hatte der Täter 15 Schüsse abgegeben. Der zweite Schuss hatte die Lunge getroffen und Sven Hansen sofort getötet. Offensichtlich waren die Schüsse vom Fußende des Bettes abgefeuert worden. Der Ermittler fragte sich, weshalb Kalle Friberg so lange für den Obduktionsbericht gebraucht hatte. Er druckte den Bericht für die Besprechung aus. Die Druckqualität war miserabel, weshalb er zum Sekretariat ging, um dort nach einem neuen Toner zu fragen.

Hinter der milchtrüben Glastür, die zum Treppenhaus führte, zeichnete sich verzerrt die Fratze jenes Kollegen ab, dessen Gegenwart ihm jedes Mal aufs Neue vor Augen führte, welchen Wandel die Dinge im letzten Jahr genommen hatten. Aleksi Alatalo warf ihm einen flüchtigen Blick zu, während ein lautes Knurren, das Hämäläinen mit einigem Wohlwollen als Begrüßung auffasste, über seine Lippen kroch. Und es brauchte nicht viel, um zu erkennen, mit welchem Widerwillen der Kollege die Tür aufhielt.

Schwachkopf, entgegnete er im Geiste und grüßte betont höflich.

Angefangen hatte es mit dem Unfalltod des Kollegen Joni Kuhta. Er war ertrunken, was auch noch ein Jahr danach wie ein großes Rätsel erschien. Joni Kuhta hatte einen Angelausflug an das *Mökki* der Familie unternommen. Da er am Abend nicht wieder zurückgekehrt und auf dem Handy nur die Mailbox angesprungen war, hatte seine Frau vor Ort nachgesehen. Als sie in stockfinsterer Nacht eintraf, parkte der Peugeot von Joni Kuhta vor dem zweistöckigen Blockhaus, aus dessen Räumen jedoch kein Licht nach außen drang. Sie bemerkte das Fehlen des Ruderbootes und informierte voller Sorge die Kollegen ihres Mannes. Nach intensiver Suche fand man das leere Ruderboot am südwestlichen Ufer, einen Kilometer vom *Mökki* entfernt. Es dauerte weitere zwei Wochen, bis Polizeitaucher die Leiche von Joni Kuhta am Grund des Keitele-Sees aufspürten. Niemand wusste, was genau geschehen war. Die Obduktion ließ keine Rückschlüsse auf ein gesundheitliches Problem zu. Er hatte auch nicht getrunken und außerdem als einer der besten Schwimmer in den Reihen der Polizei gegolten. Ein Verbrechen schlossen sie aus.

Hämäläinen hielt seine ganz eigene Erklärung für den Tod des Kollegen parat. Joni Kuhta war eingenickt und in der Folge aus dem Boot gefallen, da er zu nahe am Rand gesessen hatte. Nur aufgrund seiner stabilen Wasserlage war der alte Holzkahn dabei nicht gekentert. Der Atemreflex hatte eingesetzt, bevor Joni Kuhta wach geworden war. Hämäläinen diskutierte die Theorie mit einem Rechtsmediziner, der ihm beipflichtete, dass es sich sehr wohl so zugetragen haben könnte.

Der Tod des Kollegen bewirkte Veränderungen auf personeller Ebene, an deren Ende er als Stellvertreter von Jaana Tiivola auserkoren wurde. Dieser Posten war in vielerlei Hinsicht von großem Reiz. Die Aussicht, zeitweilig die Verantwortung für 24 männliche und 15 weibliche Beamte zu haben, machte dieses Amt ebenso interessant wie die Konsequenz, die sich daraus hinsichtlich der Ermittlungstätigkeiten ergab. Der Stellvertreter der Dezernatsleiterin wurde automatisch zum leitenden Ermittler in Mordfällen bestellt. Fortan nicht mehr nach den Direktiven anderer zu handeln, sondern selbst zu delegieren und zu entscheiden, welche

Richtung bei den Ermittlungen eingeschlagen wurde, war der maßgebliche Aspekt, der Hämäläinen schnell zusagen ließ. Er war es nun, der entschied, ob er einen Fall selbst leitend bearbeitete oder ihn an einen der anderen erfahrenen Ermittler übertrug. Und natürlich lieferte das Ganze nebenbei eine satte Anhebung des Lohnes. Obwohl Hämäläinen diese berufliche Chance beim Schopf packen musste, überkam ihn ein schlechtes Gewissen, weil ihm Joni Kuhta nie sonderlich sympathisch gewesen war, er durch dessen Tod aber einen beruflichen Aufstieg erfuhr.

Im April, als die Sonne erwachte und auch der letzte Vorgartenschneemann warme Füße bekam, fiel die Mauer der Selbsttäuschung wie ein Kartenhaus in sich zusammen. Er musste der Wirklichkeit ins Auge sehen, die da war, wie wenig er den Konsequenzen, die ein beruflicher Aufstieg mit sich brachte, Beachtung geschenkt hatte. Die endgültige Erleuchtung kam Hämäläinen nach Niinas Verschwinden. Nachdem die Phase des pflichtbewussten Bedauerns vorüber war, begegneten ihm viele Kollegen merklich reservierter als zuvor. Anfänglich lebte er in dem Glauben, es hinge mit seiner wachsenden Verzweiflung zusammen, die die Kollegen unsicher darin werden ließ, welches Verhalten sie ihm gegenüber an den Tag legen sollten. Solange bis er den naiven Blick auf die Dinge endlich ablegte und die wahren Ursachen erkannte: Die neue Stellung hatte eine unsichtbare Linie zwischen ihm und den Kollegen gezogen. Ähnlich einem Wolfsrudel war Hämäläinen zum Alphatier aufgestiegen, und von diesem Zeitpunkt an lagen diejenigen auf der Lauer, mit denen er noch kurz zuvor die kargen Reste der Beute geteilt hatte. Er war nun nicht mehr nur Freund oder Kollege, sondern selbst einer der Leitwölfe. Der Neid einiger Kollegen ließ aus der verborgenen Linie in der Folge einen sichtbaren Riss erwachsen.

Aleksi Alatalo etwa hatte die berechtigte Hoffnung gehegt, selbst zum führenden Ermittler in Tötungsdelikten und Jaana Tiivolas Vertreter bestellt zu werden. Die Verbitterung über die Niederlage fand von da an ihr Ventil in der Behandlung seines Kollegen.

Die Besprechung begann mit Verzögerung, da Robert Nyholm anfänglich fehlte. Er war durch einen Anruf von Seppo Laukanen aufgehalten worden, einem äußerst lästigen Journalisten der *Helsinki News*. Nachdem Nyholm dessen Namen in der Runde erwähnte, erntete er mitleidiges Kopfnicken, weil alle Anwesenden genau wussten, wie schwer es war, diesen unangenehmen Typen abzuwimmeln.

»Ich habe hier den Obduktionsbericht«, begann Hämäläinen und hielt das Stück Papier demonstrativ hoch. »Unsere beiden Kollegen aus der Rechtsmedizin haben gerade einen Toten auf dem Tisch und können deshalb nicht persönlich an der Besprechung teilnehmen.«

Routiniert las er den Obduktionsbericht vor.

»Die Obduktion liefert uns also keine neuen Erkenntnisse«, erklärte er. »Das Gleiche gilt leider auch für die Befragungen vor Ort.«

»Hast du mittlerweile mehr Informationen zu Sven Hansen?«, fragte Saara Toivonen.

»Ja. Er lebte alleine. Dadurch bleibt eine offene Frage: Waren die Gegenstände im Hotelzimmer vollständig?«

Hämäläinen wandte sich Kriminaltechniker Hannu Mielonen zu.

Dieser schnäuzte sich erst lautstark und zwängte dann das Taschentuch in die rechte Hosentasche. Ein müdes Lächeln glitt ihm über die Lippen. »Was die Auswertung der Fingerabdrücke und der DNA-Spuren anbelangt, kann ich noch keine Ergebnisse liefern. Ich bin aber zuversichtlich, dass wir bald solche vorliegen haben. Die vielen Überstunden und der Mangel an Schlaf haben jedoch zwei anderweitige Neuigkeiten hervorgebracht.«

Hannu Mielonen machte eine Pause, und es war förmlich zu spüren, wie alle Anwesenden schlagartig ihre Sinne schärften und gebannt auf die Neuigkeiten warteten.

»An der Jeans von Eija Åsten haftete ein künstliches Haar. Womöglich hat der Täter eine Perücke getragen.«

»Eija Åsten trug eine Jeans?«, fragte Hämäläinen verwundert.

»Ja. Weshalb fragst du?«, entgegnete Mielonen.

»Weil Hotelpersonal für gewöhnlich auch Hotelkleidung trägt.«

»Das *Central Hotel* ist da etwas offener«, klärte Saara ihre Kollegen auf. »Die Zimmerdamen dürfen auf ihren eigenen Wunsch hin dunkle Jeans tragen. Nur die Kittelschürze wird vom Hotel gestellt.«

»Damit wäre dieser Punkt ebenfalls geklärt. Ich habe gestern mit dem Krankenhaus telefoniert, eventuell darf ich heute mit Eija Åsten sprechen. Ich werde sie fragen, ob der Täter eine Perücke getragen hat. Wenn er keine professionell gestaltete Perücke getragen hat, dann könnte ihr etwas aufgefallen sein. Hannu, wie lautet deine andere Neuigkeit?«

»Wir konnten die Geschossteile einem Waffentyp zuordnen. Der Täter benutzte eine *Vz.82*. Diese Pistole stammt aus tschechischer Produktion. Es ist eine ältere Waffe.«

»Das ist wenigstens ein Anfang«, befand Hämäläinen. »Saara, trage alle Fakten zusammen, die es zur *Vz.82* gibt. Wo wird oder wurde sie üblicherweise verwendet, ist sie noch regulär zu erwerben oder nur noch auf dem Schwarzmarkt?«

Saara nickte und notierte sich die Anweisungen in ihrem Notizbuch.

»Dann haben wir die wesentlichen Punkte besprochen«, sagte Hämäläinen und stand vom Stuhl auf. »Ich werde gleich zum Hotel fahren und mit dem Portier Kristian Melart sprechen. Ich möchte mir mein eigenes Bild von ihm machen.«

Auf der Fahrt zum Hotel telefonierte er mit dem Krankenhaus. Der Zustand von Eija Âsten hatte sich deutlich verbessert, und man erlaubte ihm ein kurzes Gespräch mit ihr. Hämäläinen bedankte sich und kündigte seinen Besuch für den Nachmittag an.

Kristian Melart telefonierte, als er an die Rezeption trat. Er hob den Blick und nickte Hämäläinen zu. Kristian Melart trug einen maßgeschneiderten Anzug. Sein Gesicht war durch ausgeprägte Wangenknochen und strahlend weiße Zähne bestimmt. Die tiefliegenden Augen steckten hinter einer rahmenlosen Brille, und das blonde Haar war modisch, aber dem Stil des Arbeitgebers gerecht werdend, frisiert.

»Mika Hämäläinen, Polizei Helsinki. Wir haben vorhin miteinander telefoniert.«

»Stehe ich unter Verdacht, nachdem die Polizei erneut mit mir sprechen möchte?«

»Nein, Sie stehen keineswegs unter Verdacht. Ich leite diese Ermittlung und nehme mir das Recht heraus, mit manchen Personen selbst ein Gespräch zu führen, auch wenn die Kollegen dies bereits getan haben.«

»Ich kann Ihnen auch nicht mehr sagen als Ihren Kollegen.«

»Es wird nicht lange dauern«, antwortete Hämäläinen freundlich.

»Setzen wir uns in den Barbereich«, schlug Kristian Melart vor. »Dort habe ich die Rezeption im Blick, falls ein Gast auftaucht.«

Sie nahmen in bequemen Ledersesseln Platz.

»Erinnern Sie sich an Sven Hansen? Haben Sie mit ihm gesprochen?«

»Ja. Ich erinnere mich an Herrn Hansen. Ich habe jedoch kein Wort mit ihm gewechselt. Ein Polizist hat Herrn Hansen begleitet und das Einchecken für ihn übernommen.«

»Welchen Eindruck hinterließ Sven Hansen bei Ihnen? War er nervös, war er angespannt oder gar beunruhigt?«

»Er stand neben Ihrem Kollegen und hat mir freundlich zugenickt. Das war alles.«

»Hat er mit anderen Gästen gesprochen?«

»Nein. Ich habe ihn nur dieses eine Mal an der Rezeption gesehen. Er hat das Hotel nicht mehr verlassen.«

»Wie sicher sind Sie?«

»Für einen Portier ist es wichtig, sich Gesichter gut einzuprägen. Ihr deutscher Kollege ist nicht mehr an der Rezeption vorbeigekommen.«

»Ist Ihnen irgendetwas aufgefallen an diesem Tag oder an den Tagen zuvor, was ungewöhnlich erschien?«

»Nein. In meinen Schichten verlief alles normal«, entgegnete Kristian Melart, den er um einiges sympathischer als den Geschäftsführer Jan Riksman fand.

»Können Sie mir die Reservierungen zeigen? Sie hatten meinem Kollegen ja bereits einen Ausdruck gegeben.«

»Ja, sicher.«

Kristian Melart öffnete das Programm und zeigte Mika Hämäläinen, wie die Gästebuchungen vorgenommen werden. »Auf dem Ausdruck, den wir Ihrem Kollegen gegeben haben, sind der Gast, die Zimmernummer und die Aufenthaltsdauer aufgeführt. Im Programm ist zusätzlich vermerkt, ob der Gast schon einmal bei uns war, was er der Minibar entnommen hat und ob er zahlungspflichtige Filme angesehen hat«, erläuterte Kristian Melart.

»Welche Funktion hat das Feld ›Bemerkungen‹?«

»Wir haben Stammgäste mit Sonderwünschen oder einem besonderen Charakter. Das wird dort aufgeführt.«

Hämäläinen erblickte einen großen Kalender, der augenscheinlich ebenfalls Notizen über die Gäste enthielt. »Wozu brauchen Sie das Ganze auch in Papierform, wenn Sie die Buchungen doch elektronisch führen?«

»Überlegen Sie mal, was passiert, wenn der Computer Probleme macht. Ein langsamer Server, ein Virus, was auch immer. Wir wären aufgeschmissen. Deshalb führen wir zur Sicherheit die handschriftliche Liste, die die wichtigsten Informationen enthält.«

»Ich würde diese Liste gerne mitnehmen«, erwiderte Hämäläinen, ohne genau zu wissen, welche Erkenntnisse er sich davon erhoffte.

»Ihrem Kollegen haben die Ausdrucke gereicht«, reagierte Kristian Melart verstimmt.

»Ich gebe Ihnen die Aufzeichnungen bald zurück. Kopieren Sie einfach die letzten Seiten«, schlug er freundlich vor und zweifelte plötzlich, ob es Sinn machte, den Kalenderplaner mitzunehmen. Doch jetzt war es zu spät für einen Rückzieher.

Er verließ das Hotel mit hungrigem Magen, fuhr auf direktem Weg zur nächsten Tankstelle und kaufte sich im dazugehörigen Shop zwei Hotdogs. Während er im Auto das Loch in seinem Bauch mit den fettigen und lauwarmen Würstchen bekämpfte, fanden seine Gedanken wie so oft den Weg zu Niina. Tagtäglich quälten ihn dieselben Überlegungen und endeten stets in derselben Sackgasse. War Niina umgebracht worden oder war sie freiwillig gegangen? Wenn Niina freiwillig gegangen war, weshalb war sie gegangen? Und vor allem wohin? Es hatte keine Geldbewegungen durch Niina auf ihrem gemeinsamen Konto gegeben. Das sprach dagegen. Aber wer sollte sie umbringen? Niina, die zehn Jahre lang Judo betrieben hatte und für eine Frau sehr muskulös war, hätte sich doch zu wehren gewusst. Und warum hatte sie ihn betrogen? Warum? Sie hatten schließlich eine gute Ehe geführt, so zumindest empfand Hämäläinen es. Sie hatten regelmäßig im Wintergarten gekuschelt und dabei Wein getrunken, lachend Lieder in der Sauna gesungen und mindestens einmal in der Woche gemeinsam gekocht. Die Vorstellung, wie Niina mit einem anderen Mann Sex hatte, schmerzte ihn. Verzweifelt hämmerte er mit beiden Fäusten auf das Lenkrad ein und ließ einen lauten Schrei los. Es war ein innerer Druck, der Hämäläinen fast täglich befiel und den er kaum mehr auszuhalten glaubte.

Er startete den Motor und legte den Gang ein. Dabei blieb sein Blick auf dem Ketchup-Fleck haften, der die helle Hose zierte. Nach kurzer Suche bei laufendem Motor ertastete er unter dem Beifahrersitz eine Packung Taschentücher. Der Versuch, den Fleck mit Spucke notdürftig wegzuwischen, machte alles nur noch schlimmer. Hämäläinen fuhr viel zu schnell nach Hause in die Otavantie. Er passierte die Tankstelle und den Supermarkt und parkte den Wagen an der Straße vor dem mehrstöckigen Haus, wo er sich in der Wohnung eine saubere Hose anzog. Die Otavantie lag auf der Insel Lauttasaari, die ein westlich gelegener Stadtteil von Helsinki war.

Zurück im Präsidium wählte er die Nummer von Frank.

Dieser nahm sofort ab. »Mika. Ich hoffe, du überbringst Nachrichten, die Licht in das Dunkel bringen. Die Kollegen schlurfen mit hängenden Köpfen über die Gänge und tragen dunkle Kleidung. Alle wollen wissen, was vorgefallen ist. Es ist uns unbegreiflich.«

»Wie weit seid ihr mit der Ermittlung der Handynummer und den Kontoverbindungen von Sven Hansen?«, kam Hämäläinen direkt zur Sache. Er brachte nicht die Kraft auf, auf Franks Worte einzugehen.

»Wir haben alle Mobilfunkanbieter kontaktiert und warten weiterhin auf die Nachricht, bei wem Sven Kunde war. Die Kontoverbindungen liegen ebenfalls noch nicht vor. Wir haben zudem den Laptop von Sven mitgenommen und werden ihn auslesen, sofern unsere IT-Techniker das Passwort knacken. Wenngleich ich bezweifle, dass wir darauf ein Motiv für den Mord, geschweige denn Hinweise auf den Täter finden.«

»Was war dein Kollege für ein Mensch, und was zeichnete ihn als Polizist aus?«

»Sven war warmherzig, aufgeschlossen und höflich. Er hatte meist ein Lächeln auf den Lippen. Wir schätzten ihn alle sehr. Sven war zudem ein vorbildlicher Polizist und reagierte in Stresssituationen jederzeit besonnen. Ich erahne, worauf du hinauswillst. Natürlich könnte Sven mit irgendjemandem in Streit geraten sein, jedoch halte ich es aufgrund seiner besonnenen Art eher für unwahrscheinlich. Zumal Tötungsdelikte wegen Streitigkeiten meist im Affekt aus der jeweiligen Situation heraus passieren. Er wurde im Schlaf ermordet, und der Täter schoss ein ganzes Magazin leer. Das wirkt auf mich geplant.«

»Danke für deine Einschätzung.« Dann sprachen sie noch über Privates. Hämäläinen verschwieg Niinas Untreue. Er wollte sich erst darüber im Klaren werden, welchen Weg er bei der Suche nach ihr künftig einschlagen würde.

Obwohl es sehr kühl war, saß Eija Âsten mit einem Bademantel bekleidet auf dem Balkon ihres Einzelzimmers und rauchte. Dankend lehnte er ab, als sie ihm die Schachtel mit den Kippen entgegenhielt. Wenngleich es der Patientin besser ging, erlaubten die Ärzte Hämäläinen lediglich 15 Minuten mit ihr.

»Wie geht es Ihnen?«

»Gut«, erwiderte Eija Âsten.

»Die Ärzte gewähren mir nicht viel Zeit. Fangen wir daher direkt an. Was ist in dieser Nacht genau vorgefallen?«

»Das ist schnell erzählt. Ich bin auf eine Zigarette in den Innenhof gegangen. Da stand plötzlich der Kerl hinter mir. Er hat mir eine Hand auf den Mund gedrückt und mich in die Wäschekammer gezerrt. Ich hätte zubeißen können, doch ich hatte richtig Schiss. Ich dachte, dann bringt er mich um. Der wirkte total entschlossen. Er hat mich gefesselt und mir den Mund zugeklebt.«

»Das Einfahrtstor stand in der Tatnacht offen. Ist das die Regel?«

»Das Tor steht eigentlich immer auf. Ich weiß nicht einmal, wo der Schlüssel dafür ist. Wenn es denn einen gibt.«

»Wissen Sie, um wie viel Uhr es passierte?«

»Ich glaube, es war deutlich nach 23 Uhr. Gegen 22.30 Uhr habe ich auf die Uhr geschaut. Es dauerte noch eine Weile, bis ich Bock auf eine Zigarette bekam.«

Die Erinnerung an das Geschehene schien Eija Âsten nicht aufzuwühlen. Sie saß lässig auf ihrem Stuhl und spielte entspannt mit ihrem braunen Haar. Hämäläinen bemerkte erst jetzt, wie hübsch sie war.

»Können Sie den Täter beschreiben?«

»Ich glaube schon. Er hatte schwarze halblange Haare, einen Vollbart und eine dieser übergroßen Sonnenbrillen aus den 70ern.«

Großartig, dachte Hämäläinen ernüchtert und hoffte, dass sie doch noch ein paar entscheidende Merkmale aufzählen würde. »Das Gesicht. War es füllig oder hager? Hatte er markante Wangenknochen?«, versuchte er, ihr zu vermitteln, worauf es bei der Beschreibung einer Person ankam.

»Es war ganz normal. Kein Mondgesicht, keine Ecken und keine Kanten.«

»Was für eine Statur hatte er?«

»Er war groß. Jedoch hatte er diesen weiten schwarzen Mantel an. Sein Griff war fest, aber bedeutet das gleich einen starken Mann? Ich bin zierlich. Mich würden wohl die meisten Männer überwältigen.«

»Wie alt schätzen Sie ihn?«

»40. Er kann aber auch erst 30 gewesen sein.«

»Eventuell lassen wir anhand Ihrer Erinnerungen ein Phantombild fertigen«, erklärte Hämäläinen ohne Überzeugung. Er bezweifelte, dass Eija Âsten ihnen eine Hilfe war.

»Wenn es Ihnen weiterhilft.«

»Glauben Sie, er hat eine Perücke getragen?«

»Eine Perücke? Wie kommen Sie denn darauf?«

»Antworten Sie bitte auf meine Frage.«

»Die Antwort lautet nein.«

»Die Jeans, die Sie in der Nacht getragen haben. Wann haben Sie diese vor der Tat zuletzt gewaschen?«

»Wann ich meine Jeans gewaschen habe? Entschuldigung. Ich soll natürlich nur auf Ihre Fragen antworten. Also, es muss am Samstag gewesen sein«, antwortete sie zuerst unsicher. »Ja genau, es war am Samstag«, fuhr sie fort. »Ich war am Freitag auf einer Party und machte die Maschine am Samstag an. Wieso interessiert sie das?«, fragte Eija Âsten und schnippte die aufgerauchte Zigarette achtlos über das Geländer.

Hämäläinen schaute für einen winzigen Moment irritiert.

»Ups«, sagte Eija Âsten und zuckte mit den Schultern.

»Wir haben auf Ihrer Jeans ein künstliches Haar gefunden. Es ist denkbar, dass es vom Täter stammt. Gibt es in Ihrem Umfeld jemanden, der eine Perücke trägt?«

»Nein.«

»Gibt es jemanden, der sich um Sie kümmert, wenn Sie aus dem Krankenhaus entlassen werden?«

»Ich bin Single und lebe alleine. Meine Eltern wohnen in Juva.«

Er hatte keine weiteren Fragen mehr, stand auf und gab Eija Åsten zum Abschied die Hand. Bevor Hämäläinen das Krankenhaus verließ, machte er im Schwesternzimmer halt.

»Eija Åsten macht einen sehr entspannten Eindruck.«

»Das ist nicht ungewöhnlich«, erwiderte die Krankenschwester. »Ein Schock ist eine Schutzreaktion des Körpers in einer Ausnahmesituation. Ist der Schock erst einmal überwunden, hängt es überwiegend von der Psyche der einzelnen Person ab, ob das Erlebte belastend wirkt oder weitestgehend emotionslos behandelt wird. Trotzdem kann es Rückschläge geben.«

»Wann darf sie das Krankenhaus voraussichtlich verlassen?«

»In zwei bis drei Tagen, sofern ihr Genesungsprozess weiterhin positiv verläuft.«

Es war Nachmittag, als er im Präsidium eintraf. In seinem Büro roch es muffig. Er öffnete das Fenster, genoss den frischen Windhauch und ließ das Gespräch mit Eija Åsten Revue passieren, während unten das Dröhnen eines Presslufthammers einsetzte. ›Städtische Strom- und Wasserwerke‹, stand auf dem weißen Van, der hinter einer Absperrung parkte. Hämäläinen erinnerte sich an die Rundmail, die vor einer Woche gesendet worden war. Es war darin auf eine vorübergehende Lärmbelästigung wegen Bauarbeiten hingewiesen worden. Eilig schloss er das Fenster. Der Lärm wurde deutlich erträglicher, und er konnte seine Gedanken über die Befragung von Eija Âsten zu Ende führen. Ihnen blieb keine andere Wahl. Sie mussten es mit einem Phantombild versuchen. Morgen wollte der Ermittler mit den anderen sprechen und ihre Meinungen dazu hören. Er fertigte noch das erforderliche Protokoll über das Gespräch mit Eija Âsten und beendete diesen Arbeitstag.

Kurz darauf fuhr Hämäläinen die Straße vor dem Präsidium entlang. Das Dröhnen des Presslufthammers hatte aufgehört. Die Arbeiter beluden den Van mit Kabeltrommeln und Werkzeug, dann war auch ihr Arbeitstag vorüber.

Es nieselte, und von Süden wehte ein beständiger Wind.

FREITAG

Hämäläinen erwachte vom Klingeln des Weckers und sprühte sogleich vor Energie. Mit schnellen Schritten ging er ins Badezimmer und duschte eiskalt. Danach öffnete er die Tür zum Kinderzimmer und spähte vorsichtig hinein. Anni schlief friedlich und hielt ihr Lieblingskuscheltier fest umschlossen.

Es war ein glücklicher Donnerstagabend gewesen, obwohl sie wenig Zeit gehabt hatten. Am Spätnachmittag war Hämäläinen bei seiner Mutter Suvi eingetroffen. Freudestrahlend hatte Anni ihn empfangen, und die schlimmen Eindrücke der zurückliegenden Tage waren vergessen gewesen. Sie waren sofort nach Hause gefahren. Im Radio hatten bereits die 18-Uhr-Nachrichten begonnen, und er achtete stets darauf, Anni nicht wesentlich später als 19 Uhr zu Bett zu bringen. Er hatte sich an jeder Sekunde erfreut und ihr geduldig mehrere Kurzgeschichten vorgelesen, bis ihr vor Müdigkeit die Augen zugefallen waren. Gelöst und zufrieden war er noch eine Weile an ihrem Bett sitzen geblieben und hatte sie in ihrem friedvollen Schlaf beobachtet.

Im Morgengrauen steuerte Hämäläinen den Ford Mustang auf den Parkplatz des Polizeipräsidiums. Zuvor hatte er Anni bei der Kindertagesstätte abgeliefert, die seit dem Verschwinden von Niina ihr zweites Zuhause geworden war. Das trübnasse Wetter der letzten Tage hatte sich verzogen, die Sonne blinzelte zaghaft hinter weißen Wolken hervor und schenkte ihre ersten Strahlen. Er öffnete die Bürotür und entdeckte zwei rote Mappen, die auf dem Schreibtisch lagen. Die Berichte der Kriminaltechnik.

Es war das Ergebnis, mit dem Hämäläinen gerechnet hatte. Die Spuren von 22 verschiedenen Personen waren festgestellt worden, ohne Treffer in einer der Datenbanken. Dass die Tür im Untergeschoss des Hotels keine Aufbruchsspuren aufgewiesen hatte, wusste er bereits durch das Gespräch mit Eija Âsten. Er legte die Berichte zur Seite, streckte sich und starrte aus dem Fenster. Ein groß gewachsener Täter mit Vollbart, der eine Vz. 82 benutzte, eine Sonnenbrille und vermutlich eine Perücke trug. Im Augenblick können wir nur bei der Waffe ansetzen, stellte er ernüchtert fest. Im Hotel wollte niemand etwas gesehen oder gehört haben, und die zweifelhafte Phantombildzeichnung stand noch aus.

Hämäläinen stand auf und ging auf die Toilette. Im Anschluss rief er Saara, Nyholm und Aaltonen zu einer Besprechung in seinem Büro zusammen.

»Ich habe mit Frank Lehmann telefoniert. Unsere Kollegen in Deutschland versuchen derzeit, das Passwort für Hansens Laptop zu knacken. Auf dessen Mobilfunknummer warten sie weiterhin.«

»Eine Sache stört mich«, sagte Aaltonen. »Vielleicht hat Hansen einfach vergessen, seine neue Nummer im Vorfeld mitzuteilen. Wieso aber teilte er sie auch den gesamten Montag über niemandem von uns mit?«

»Die Frage dabei ist: Hatte es einen triftigen Grund, dass Hansen diese Nummer nicht an uns weitergab? Ich denke – nein«, antwortete Hämäläinen.

Dann beschrieb er das Gespräch mit Eija Âsten. Seine Kollegen teilten die Einschätzung der Kriminaltechnik hinsichtlich der Perücke. Die Beschreibung von Eija Âsten war jedoch sehr dürftig. Sie würden es mit dem Phantombild versuchen, wenngleich er bereits jetzt die überdurchschnittlich hohe Zahl an untauglichen Hinweisen im Sinn hatte. Als Nächstes sprachen sie über die Waffe.

»Wie wir ja schon wissen, kommt die *Vz. 82* aus Tschechien«, begann Saara Toivonen. »Sie wurde bis Anfang der 90er-Jahre produziert und wird insbesondere in Tschechien sowohl von der Polizei als auch den Streitkräften genutzt. Fünf Personen in Finnland haben diese Pistole in ihrem Waffenschein eingetragen, drei davon sind 70 Jahre oder älter, die anderen zwei in den 40ern. Sie müssen wir befragen, auch wenn der Täter wohl nicht darunter ist. Wer eine Waffe besitzt, der weiß, wie Ballistik funktioniert. Zum Schwarzmarkt gibt es noch keinerlei Neuigkeiten.«

»Du hast eine ganze Menge herausgefunden«, lobte Hämäläinen ihre Arbeit. »Gegebenenfalls können uns die fünf Waffenbesitzer über den Schwarzmarkt berichten.«

»Wir sollten Russland, Schweden und Estland in unsere Überlegungen über den Schwarzmarkt miteinbeziehen«, gab Nyholm zu bedenken. »Der Täter kann die Pistole auch im Ausland besorgt haben.«

»Solange wir keine brauchbareren Spuren oder Hinweise in der Hand halten, ermitteln wir in jede Richtung«, sagte Hämäläinen und wies Aaltonen und Nyholm an, Saara bei den Ermittlungen zur Waffe zu unterstützen.

Nach der Besprechung rief er vergeblich bei Frank Lehmann an. Er sprach ihm eine Nachricht auf die Mailbox und holte sich dann einen Kaffee. Bevor Hämäläinen im Krankenhaus anrief, um die Ärzte auf das geplante Phantombild anzusprechen, wollte er noch rasch das handschriftliche Gästeverzeichnis mit dem Computerausdruck abgleichen.

Dabei war er einen Moment unachtsam und stieß die Tasse mit dem Kaffee um. Blitzschnell wälzte sich die schwarze Brühe über den Schreibtisch.

»Verdammter Mist«, fluchte er und griff hektisch nach den Mappen, die am rechten Eck des Schreibtisches lagen und in denen die Befragungsprotokolle, der Obduktionsbericht und der Bericht der Kriminaltechnik steckten. Sie hatten den größten Schwall abbekommen. Die Flüssigkeit tropfte sichtbar aus den Dokumenten. Hämäläinen breitete die Blätter einzeln auf dem Boden aus und tupfte sie behutsam mit einigen Papierhandtüchern ab. Wenigstens waren alle Dokumente noch lesbar. Das handschriftliche Gästeverzeichnis des Hotels war sogar völlig unbefleckt geblieben. Namen für Namen glich er die Listen ab. Sie stimmten überein.

Hämäläinen schob die Unterlagen beiseite und rief die

E-Mails ab. Eine Nachricht von Polizeipräsident Tuomas Kuusela war eingegangen. Tomi Huhtala, ein 29 Jahre alter Streifenbeamter aus Vantaa, würde am kommenden Montag seinen Dienst im Dezernat für Gewaltverbrechen antreten. Die Nachricht löste zwiespältige Gefühle in ihm aus. Als Stellvertreter hatte er es sich zur Aufgabe gemacht, neue Kollegen in die Ermittlungsarbeit im Dezernat einzuführen, und er erfüllte diese Aufgabe für gewöhnlich auch mit dem nötigen Eifer. Aber in dieser heiklen Anfangsphase der Ermittlung, in der sie zudem alle weiterhin unter dem Eindruck vom Anblick eines getöteten Kollegen standen, kam es ihm äußerst ungelegen. Eine Mordermittlung basierte ganz wesentlich auf der Erfahrung, dem gewachsenen Vertrauen in das Talent und in die Gewissenhaftigkeit der Kollegen. Zeit hatten sie sowieso nicht.

Einem inneren Impuls folgend, nahm Hämäläinen erneut die beiden Gästelisten zur Hand und verglich abermals Namen und Daten. Beim zehnten Namen stockte er plötzlich. Schlagartig waren seine Sinne geschärft. Auf der handschriftlichen Gästeliste stand etwas, das er mit dem bloßen Auge nicht lesen konnte. Er kramte nach der Lupe, die in der untersten Schublade seines Schreibtisches vergraben war, und fand sie zwischen einer aufgerissenen Packung mit Keksen und längst vergilbtem Briefpapier. Doch auch die Lupe schuf keine Klarheit. Es war zwar nur eine Vermutung und recht unwahrscheinlich, aber Hämäläinen würde es überprüfen.

Unterwegs zum Hotel erkannte er sein überstürztes Handeln und suchte inmitten des dichten Verkehrs im Handy nach der Nummer der Hotelrezeption.

Gerade noch rechtzeitig registrierte er die Bremslichter des vor ihm fahrenden Lieferwagens und behielt nur mit Mühe das Steuer beim harten Bremsvorgang mit einer

Hand unter Kontrolle. Es war Hämäläinens zweiter Beinaheunfall innerhalb weniger Tage. Das Handy war ihm bei dem Manöver aus der Hand geflogen und gegen die Windschutzscheibe gekracht. Ein mittelgroßer Sprung im Sichtbereich war das Resultat seiner leichtsinnigen Fahrweise.

»Na großartig«, stöhnte er und fuhr das Auto langsam auf den Gehweg neben der Straße. Vorsichtig tastete Hämäläinen die Windschutzscheibe ab. Sie war stabil, um eine baldige Reparatur würde er jedoch kaum herumkommen.

»Gut gemacht, Mika«, verhöhnte er sich selbst. Das Handy lag unbeschädigt im Fußraum der Beifahrerseite. Hämäläinen hob es auf und wählte die Nummer der Hotelrezeption. Schnell hatte er Irina Pekka in der Leitung. Er kannte ihren Namen von den Befragungsprotokollen.

»Mika Hämäläinen, Polizei Helsinki. Ich ermittle in dem Mordfall. Können Sie mir sagen, wer am Tag vor dem Mord tagsüber an der Rezeption arbeitete?«

»Ich schaue in den Dienstplan. Bitte warten Sie eine Sekunde«, bat Irina Pekka. »Kaija Kurvinen«, ergänzte sie dann. »Sie hat erst morgen Abend wieder Dienst.«

»Wie kann ich sie erreichen? Es ist dringend«, log der Kommissar, da es bloß eine Vermutung war, der er nachjagte.

Er notierte Telefonnummer und Adresse auf seinem Notizblock und bedankte sich. Kaija Kurvinen wohnte ganz in der Nähe, weshalb er es auf einen Versuch ankommen ließ und auf einen vorherigen Anruf verzichtete.

Das Glück kehrte zurück. Kaija Kurvinen war zu Hause und öffnete ihm die Tür zum Treppenhaus. Hämäläinen ging zum Aufzug und drückte den Knopf, der ihn in die dritte Etage beförderte. Der Aufzug setzte sich mit einem gewaltigen Krachen in Bewegung, und er befürchtete einen Moment lang den Riss des Halteseils. Doch der Aufzug fuhr unter beständigem Quietschen sicher nach oben. Die Tür glitt auf, und er trat in einen kalten und fensterlosen Hausflur. Der Linoleumboden litt unter Blasen, und die wenigen funktionstüchtigen Glühbirnen spendeten spärliches Licht. Mit einem schwarzen Trainingsanzug bekleidet lehnte Kaija Kurvinen im Türrahmen und nickte freundlich. Sie waren gerade in die Wohnung getreten, da verkündete ein neuerliches Krachen die Weiterfahrt des Fahrstuhls.

»Setzen wir uns in die Küche«, sagte sie und ging voran.

Sie nahmen an einem fettverschmierten Esstisch Platz. Hämäläinen hatte eine simple Frage und kam darum direkt zum Punkt. Er legte das handschriftliche Gästeregister auf den Esstisch und blätterte zu den Aufzeichnungen vom Sonntag. »Ville Kumpu, Zimmernummer 81«, las er vor und deutete auf eine durchgestrichene Zahl, die danebenstand und nicht mehr zweifelsfrei zu entziffern war. »Was hat es mit der durchgestrichenen Zahl auf sich? Hat ein Zimmerwechsel stattgefunden oder war es ein Schreibfehler?«

Kaija Kurvinen nahm das Gästeregister zur Hand und blickte konzentriert auf die entsprechende Stelle.

»Ich habe mich keineswegs verschrieben«, entgegnete sie mit fester Stimme. »Ville Kumpu gefiel das Zimmer nicht. Er wusste wohl selbst nicht so genau, weshalb. Er war einer dieser chronisch nörgelnden Gäste, die wohl keiner gerne in einem Hotel willkommen heißt.«

Hämäläinen horchte auf. Ilari Valkonen alias Ville Kumpu hatte also das Zimmer gewechselt. Gerade als er die nächste Frage stellen wollte, verstand Kaija Kurvinen.

»Jetzt wird mir klar, was Sie wissen möchten«, erwiderte sie mit aufgeregter Stimme und zupfte ihr Haar zurecht.

»Ville Kumpu bewohnte zuerst das Hotelzimmer, in dem später Ihr Kollege getötet wurde.«

Hämäläinen war augenblicklich angespannt. Sie mussten sich nun ernsthaft fragen, ob Sven Hansen Opfer einer tragischen Verwechslung geworden war. Ihm wurde die Tragweite dieser Möglichkeit bewusst. Ilari Valkonen schwebte in Lebensgefahr, sollte der Täter seinen Irrtum bemerken. Gleichwohl konnte auch weiterhin ein direkter Zusammenhang mit Sven Hansen bestehen, und er war dafür verantwortlich, diesen Ermittlungsansatz gründlich weiterzuverfolgen.

»Ich danke Ihnen«, sagte Hämäläinen und stand vom Tisch auf.

»Ich hoffe, Sie können den Mordfall schnell lösen«, erwiderte Kaija Kurvinen und begleitete ihn zur Tür. Vorsichtshalber nahm er die Treppe und rief dann die Stationsleiterin Marjatta Lahti im Krankenhaus an. Sie hatte eine überraschende Nachricht parat. Eija Âsten hatte das Krankenhaus entgegen dem Rat der Ärzte auf eigene Verantwortung verlassen.

Im Präsidium kaufte Hämäläinen zwei Schokoriegel am Snackautomaten im Erdgeschoss. Einen aß er sofort, den anderen in seinem Büro. Kurz darauf telefonierte er mit Eija Âsten.

»Warum haben Sie das Krankenhaus verlassen?«

»Ich habe den Krankenhausgeruch und das schlechte Essen nicht mehr ausgehalten.«

»Es wäre besser gewesen, auf die Ärzte zu hören.«

»Sind Sie jetzt mein Vater?«

Er ignorierte den Kommentar. »Ich rufe wegen des Phantombilds an. Haben Sie morgen Zeit, ins Präsidium zu kommen?«

»Ja.«

»Gut. Können Sie um 12 Uhr kommen?«

»Geht klar«, antwortete Eija Âsten und legte auf.

Hämäläinen ging zwei Stockwerke tiefer und teilte der Phantombildzeichnerin des Präsidiums die Uhrzeit persönlich mit. Danach hielt er mit Saara, Nyholm und Aaltonen die zweite Besprechung des Tages ab. Dieses Mal trafen sie sich in einem der Besprechungsräume, und er berichtete ihnen von den neuen Erkenntnissen.

»Ilari Valkonen schwebt in großer Gefahr, wenn der Täter Sven Hansen irrtümlich erschossen hat«, bemerkte Aaltonen.

»Welche Maßnahmen ergreifen wir zu seinem Schutz?«, fragte Saara, während sie ein Fenster kippte, ein angewidertes Gesicht machte und dabei kurz zu Jussi Aaltonen blickte. Ein starker Schweißgeruch lag in der Luft.

»Wir stellen eine Streife vor dem Wohnhaus ab und gewähren direkten Personenschutz für Ilari Valkonen und seine Ehefrau«, erwiderte Hämäläinen.

»Vielleicht ist Ilari Valkonen deshalb unter einem falschen Namen im *Central Hotel* abgestiegen, weil er von einer drohenden Gefahr gewusst hat«, warf Aaltonen ein.

»Das könnte bedeuten, dass Ilari Valkonen mehr weiß, als er bei der Befragung in der Tatnacht erzählte«, entgegnete Nyholm.

»Wir müssen mit ihm darüber sprechen«, sagte Hämäläinen und sah dann Aaltonen an. »Jussi, du nimmst unverzüglich Kontakt mit Ilari Valkonen auf.«

»In Ordnung«, antwortete Aaltonen und nickte mit dem Kopf.

Nach der Besprechung erfüllte Hämäläinen seine Pflichten als Stellvertreter und klapperte die Büros der Kollegen im Dezernat ab. Dankenswerterweise waren außerhalb der Mordermittlung keine schwerwiegenden Entscheidungen zu treffen, und die Zuordnung der neuen Gewaltdelikte, die täglich hereinflatterten, vergab er wahllos nach dem Gießkannenprinzip.

Schließlich rief er Dezernatsleiterin Jaana Tiivola an.

»Eine Verwechslung? Das wäre eine wahrhaft tragische Geschichte«, befand Jaana Tiivola.

»Ein Mord ist immer tragisch.«

»Damit hast du recht. Durch die Verwechslung hätten wir zumindest die Gewissheit, dass die Tat nicht gegen die Polizei im Allgemeinen gerichtet war.«

»Wie läuft es eigentlich auf der Fortbildung als Fallanalytikerin?«

»Es ist hochinteressant, aber meine Gedanken sind nahezu den ganzen Tag über bei Sven Hansen und unseren Kollegen in Deutschland.«

Sie beendeten das Gespräch, und er war überrascht über die Ehrlichkeit von Jaana Tiivola. Hämäläinen probierte es erneut vergeblich bei Frank Lehmann und schrieb ihm schlussendlich eine Nachricht über die neueste Entwicklung.

Danach nutzte er seit langer Zeit wieder einmal die Sauna im Präsidium. Sie war leer, was ihn erfreute. Er wollte in Ruhe nachdenken. Er hatte sich mit Janika Vänttinen, der Bekannten von Niina aus dem Yogakurs, verabredet – getrieben davon zu erfahren, was an dem Abend in *Jonny's Bar* passiert war. Beim ersten Gang schüttete er gleich mehrere Kellen Wasser auf die Steine. Die Hitze trieb ihn schon nach fünf Minuten unter die kalte Dusche. Während des Abtrocknens in der Umkleide betrachtete Hämäläinen sich im Spiegel. Er hatte einen leichten Bauchansatz bekommen, und seine Arme waren weniger muskulös als noch vor einem Jahr. Seit Niinas Verschwinden hatte Hämäläinen nahezu keinen Sport mehr getrieben. Im Winter hatte er stets Langlauf gemacht und im Sommer die Laufschuhe geschnürt. Aus irgendeinem Grund jedoch war Sport für Hämäläinen kein Ventil, um seine Verzweiflung und seinen Stress loszuwerden. Stattdessen führten sie dazu, dass er eine immer größere Lustlosigkeit auf körperliche Aktivitäten verspürte.

Beim zweiten Saunagang ließ er es ruhiger angehen.

Einigermaßen erholt trat Hämäläinen ins Freie. Janika Vänttinen wartete bereits vor dem Café in der Tehtaankatu im südlichen Zentrum von Helsinki unweit des Präsidiums. Hämäläinen ging langsamer, je näher er dem Treffpunkt kam. Fast schien es, als wolle er dem Gespräch im letzten Augenblick aus dem Weg gehen. Janika Vänttinen trug Jeans und eine schwarze Lederjacke. Ihre grünen Augen leuchteten, und das blonde Haar reichte ihr bis über die Schultern. Sie hatte rundliche Wangen, die wie sanfte Hügel auf dem gepflegten Teint lagen. Sie reichten sich die Hand zur Begrüßung und bekamen einen Platz in einem dunklen Eck zugewiesen.

»Wie soll ich anfangen?«, begann er. »Du weißt ja, was passiert ist. Niina ist verschwunden. Es gibt nicht die geringste Spur von ihr. Daavid Pesonen hat mir von dem Abend in *Jonny's Bar* und dem Seitensprung von Niina erzählt. Er hängt vermutlich nicht einmal annähernd mit ihrem Verschwinden zusammen, aber ich will dennoch alles über diesen Abend erfahren. Ich muss wissen, was der Grund für den Seitensprung war.«

Janika Vänttinen rührte eine Weile in ihrem Latte macchiato, der ihr in der Zwischenzeit serviert worden war, ehe sie zu reden begann. »Ich kannte Niina von dem Yogakurs. Wir mochten uns, haben auch über das eine oder andere Private gesprochen. Aber wir waren keine Freundinnen.«

»Wirkte sie unglücklich?«

»Nein.«

»Warum hat sie mich betrogen?«

Janika Vänttinen hob ratlos die Hände.

»Hattest du den Eindruck, sie tat es aus reiner Lust oder weil ihr etwas fehlte?«

»Oje. Woher soll ich das wissen? Wir hatten getrunken, und dieser Miguel sah einfach geil aus. Ich glaube, es kann jedem von uns passieren. Ein Seitensprung, meine ich. Alkohol, gute Stimmung, ein interessantes Gegenüber.«

»Sag mir, was für ein Gefühl du hast. Spontan.«

»Sie hatte Lust auf ihn.«

Hämäläinen schaute niedergeschlagen zur Seite.

»Das kommt in vielen Beziehungen vor«, beschwichtigte Janika Vänttinen. »Die meisten Menschen gehen irgendwann einmal fremd. Mir selbst ist das auch schon passiert. In einer langjährigen Beziehung muss man davon ausgehen, über kurz oder lang betrogen zu werden oder zum Betrüger zu werden.«

Während er über ihre drastischen Worte nachdachte, schob Janika Vänttinen einen weiteren Satz nach. »Gerade wenn man, wie ihr beide, kinderlos lebt und nicht so schwer an der Verantwortung trägt, falls es herauskommt.«

Ihm wurde schwindelig, er drückte sich fest an die Lehne des Stuhls und atmete tief durch. »Was hast du gerade gesagt?«

»Ich verstehe nicht?«, erwiderte Janika Vänttinen. »Ist es nicht so? Es gibt doch Statistiken. Jeder Zweite geht zeitlebens einmal fremd.«

»Das meinte ich nicht. Wir haben eine Tochter. Sie heißt Anni.«

Janika Vänttinen riss die Augen auf und stellte das Glas mit dem Latte macchiato ab. »Ihr habt eine Tochter? Davon hat Niina nie ein Wort erzählt. Nie!«

Mehrere Minuten saßen sie schweigend da, dann durchbrach Hämäläinen die Stille. »Ich glaube, wir setzen hier einen Punkt. Du hast mir geholfen, auch wenn ich von nun an noch mehr Fragen mit mir herumschleppe.«

»Es ist schrecklich, wie jemand einfach so verschwinden kann«, befand Janika Vänttinen. »Als hätte es sie nie gegeben.« Sie legte das Geld für ihren Latte macchiato auf den Tisch und gab ihm die Hand. »Irgendwann wirst du eine Antwort erhalten«, sagte sie und verließ das Café.

Hämäläinen warf ihr einen abwesenden Blick hinterher, während sie auf der Straße davonging. Ihre Worte hallten nach.

Irgendwann wirst du eine Antwort erhalten.

SAMSTAG

Das Licht im Besprechungsraum war eingeschaltet und der ovale Tisch von müden Polizisten umlagert. An den raumhohen Fenstern klebte sichtbar der Fliegenkot, und durch den morschen, sanierungsbedürftigen Rahmen drängte fortwährend kalte Luft herein. Hämäläinen schaute in den wolkenbedeckten Himmel.

Noch immer hing ihm das Gespräch mit Janika Vänttinen nach. Niina hatte ihre Tochter verheimlicht. Anni. Warum hatte sie das getan? Anni, die gerade wieder einmal in den Genuss von Kuchen, Süßigkeiten und reichlich großmütterlicher Zuneigung kam. Dass die beiden dagegen keine Einwände erhoben, verschaffte seinen Schuldgefühlen immerhin eine nachhaltige Linderung.

Die Tür fiel krachend ins Schloss und brachte ihn zurück in die Gegenwart. Saara, die regelmäßig zu spät kam, war nun auch anwesend. Hämäläinen presste den Mund zusammen und unterdrückte ein Gähnen. Langsam ließ er den Blick durch den Raum gleiten. Nyholm war in der für ihn charakteristischen Körperhaltung verharrt. Die Schulterblätter hochgezogen, das Kreuz gewölbt und das Haupt zur Tischplatte gesenkt. Saara, die links von ihm am unteren Ende des Tisches saß, kaute vor Ungeduld auf einem Kugelschreiber herum, und Jussi Aaltonen schlürfte an einer Tasse Tee.

»Jussi, erzähle von deinem Gespräch mit Ilari Valkonen«, eröffnete er die Sitzung.

Jussi Aaltonen zupfte sein Hemd gerade, räusperte sich vernehmlich und schob die Papiere, die vor ihm lagen, passgenau aufeinander, ehe er zu sprechen begann. »Ilari Valkonen wollte nicht glauben, dass es jemand auf ihn abgesehen haben könnte. Wie wir aus der Tatnacht wissen, kommt Valkonen alle sechs Wochen für drei Tage in die Stadt. Er hält Vorträge für Studenten und fortbildungswillige Kollegen. Er übernachtet jedes Mal im *Central Hotel*.«

Ein Pflaster klebte auf Aaltonens rechter Wange. Hämäläinen fiel es erst in diesem Moment auf, als er Aaltonen aufmerksam betrachtete. Überhaupt fiel ihm jetzt erst so einiges auf. Das Pflaster offenbarte ein Malheur bei der Morgenrasur. Trotz der Rasur waren Stellen zurückgeblieben, an denen lange Bartbüschel wucherten, und selbst im trüben Licht der Leuchtstoffröhre, die über ihren Köpfen flackerte, glänzte Aaltonens Halbglatze wie eine fabrikneue Bowling-kugel. Hatte Jussi Aaltonen jemals zuvor einen derart unge-pflegten Eindruck gemacht? Hämäläinen wusste keine Ant-wort darauf. Genauso wenig wusste er aber auch, ob er sich einfach nicht mehr daran erinnern konnte oder ob es ihm nie zuvor aufgefallen war. Er nahm einen Schluck Kaffee, während er Aaltonen weiter zuhörte.

»Valkonen sagte, er habe keine Feinde. Niemand habe ihn bedroht oder erpresst. Und er beharrt auf der Aussage, was den Namen angeht. Ville Kumpu ist seine persönliche Rebellion.«

»War Valkonen in Sorge darüber, vielleicht im Visier des Täters zu stehen?«, fragte Nyholm.

»Nein. Er tat zwar überrascht, wirkte auf mich aber weder geschockt noch beunruhigt. Polizeilichen Schutz lehnte er entschieden ab. Valkonen ist fast zornig geworden. Er wüsste nicht, warum es da draußen jemanden geben sollte, der ihn um die Ecke bringen wolle, und er halte wenig von dieser Verwechslungsnummer. Er versuchte sogar, den Spieß umzudrehen und behauptete, wir würden uns die Verwechs-lung nur einreden. Weil es zumindest bedeuten würde, dass unser toter Kollege nicht in krumme Geschäfte verwickelt war.«

»Valkonen checkt unter falschem Namen im Central Hotel ein, weil er die dauerhafte Speicherung persönlicher Daten fürchtet? Das klingt absurd«, fand Nyholm.

»Vielleicht fürchtet er um sein Ansehen und ist deshalb gegen die Ermittlungen und polizeilichen Schutz«, entgeg-nete Hämäläinen.

»Ich finde es nicht komisch. Das Verhalten von Valko-nen, meine ich«, sagte Saara mit lauter Stimme. »Wir sind bei der Polizei. Wir sind ständig in Gefahr. Es kann sich täglich jemand rächen, der wegen uns im Knast saß«, fuhr sie fort. »Wie ist es wohl für Ilari Valkonen? Er ist Arzt, bringt eine Menge Kohle mit nach Hause und wohnt in einer guten Ecke von Turku. Durch unsere Recherchen wissen wir, dass er Mitglied in zwei Vereinen ist. Er ist ein Durchschnittsbürger aus der Oberschicht. Üblicher Tagesverlauf mit Routine. Keine abartigen Hobbys, keine illegalen Dinger.«

Saara machte eine kurze Pause und wischte sich eine Haarsträhne aus dem Gesicht.

»Wenn Ilari Valkonen mit dem Mörder in Kontakt gekommen, ihm vielleicht sogar entkommen wäre, dann würde er wahrscheinlich bei uns auf der Matte stehen und ängstlich um Hilfe bitten. So aber kommt er in eine komische Situation. Die Polizei holt ihn nachts aus dem Bett und befragt ihn. Er erfährt von dem Mord im Hotel. Es beschäftigt ihn. Im selben Haus wurde ein Mensch umgebracht. Es hängt ihm ein paar Tage nach, er erzählt Frau, Freunden und in der Praxis davon. Allmählich versickern die Gedanken daran, die tägliche Routine kommt zurück. Bis du an der Tür klingelst.«

Sie blickte Aaltonen an. »Was Valkonen von dir hört, klingt wie im Film. Das Opfer sollte womöglich gar nicht sterben, sondern er selbst. Der Zimmerwechsel hat ihm das Leben gerettet. Ihm. Einem Zahnarzt. Ohne Feinde und ohne Erfahrung mit der Polizei. Er weiß nicht, wer ihm an den Kragen will. Als du ihm auch noch sagst, wer der Tote ist, da hat er die Antwort gefunden. Die Polizei braucht eine Begründung ...«

»... um einen aus ihren Reihen reinzuwaschen«, beendete Hämäläinen den Satz. Längst war allen klar geworden, worauf Saara hinauswollte. »Ich pflichte dir bei. Valkonens Verhalten kann banale Beweggründe gehabt haben«, fuhr Hämäläinen fort, während ihm etwas in den Sinn kam.

Er wandte sich Aaltonen zu. »Wie sagtest du vorhin? Valkonen tat überrascht?«

»Ja, das stimmt. Warum fragst du?«

»Es klang wie eine Feststellung.«

Aaltonen kratzte sich mit dem Kugelschreiber hinter dem rechten Ohr. Nach einer längeren Pause antwortete er. »Es war wohl eine unbewusste Äußerung. Das Gefühl, dass er überrascht tat, überwiegt. Hilft uns das weiter? Ich meine, können wir gegen Valkonens Willen ermitteln?«

»Ich werde mit Staatsanwalt Nico Lamberg darüber sprechen, welche Optionen wir haben«, erklärte Hämäläinen. »Wenngleich wir das Ergebnis bereits kennen dürften. Dennoch halte ich deine Einschätzung für überaus wichtig. Uns bleiben zwei Ermittlungsansätze: Wir müssen zum einen weiter davon ausgehen, dass Sven Hansen gezielt getötet wurde. Leider warten wir immer noch auf die Handynummer für die Funkzellenauswertung und die Ortung. Zum anderen steht die Verwechslung noch immer im Raum. Sie bleibt zum gegenwärtigen Zeitpunkt, ungeachtet des Verhaltens von Ilari Valkonen, eine Vermutung. Wir müssen mit dem gleichen Eifer in beide Richtungen ermitteln und alle erdenklichen Gedankenspiele in unsere Überlegungen einbeziehen. Was Saara vorgetragen hat, liegt im Bereich des Denkbaren. Darüber hinaus zeigen manche Menschen kaum Gefühlsregungen, selbst wenn es um ihr Leben geht. Gleichwohl kann auch er uns eine Geliebte verheimlichen. Andererseits wiederum erscheint der falsche Name wie das fehlende Puzzleteil, sollte der Mörder seine Opfer wirklich verwechselt haben. Es wäre ein seltsamer Zufall, wenn Ilari Valkonen unabhängig von den gegen ihn gerichteten Feindseligkeiten einen anderen Namen gewählt hat.«

Er trank einen Schluck Kaffee. »Gibt es Neuigkeiten wegen der *Vz.82*, Saara?«

»Nein. Die Besitzer dieser Pistole werden demnächst befragt. Die Polizeireviere an den Wohnorten sind informiert. Nyholm hat einen Informanten der Drogenfahndung kontaktiert. Er soll uns über den Schwarzmarkt aufklären. Warten wir es ab. Die *Vz.82* wird uns vermutlich nicht weiterbringen.«

»Hoffen wir das Beste«, fügte Hämäläinen hinzu und bemerkte, dass Nyholm allmählich ungeduldig wurde.

»Nyholm?«

Wie auf Kommando drehten sich alle Köpfe in eine Richtung.

»Vor etwa einer halben Stunde haben die Kollegen aus Deutschland die Buchungsvorgänge auf den Konten von Sven Hansen übermittelt«, berichtete Nyholm. »Ich hatte große Mühe, es auszudrucken. Es war kein PDF-Format. Wie hieß es doch gleich?« Nyholm wühlte in den Unterlagen, die vor ihm auf dem Tisch lagen. »So ein Mist. Ich hatte es mir notiert. Auf Hansens Konten sind jedenfalls keine Zahlungen an einen Mobilfunkanbieter aufgetaucht. Er wird die neue SIM-Karte bar bezahlt haben. Allerdings war Sven Hansen im Restaurant *Langolina* und hat dort mit Kreditkarte bezahlt.«

Hämäläinen horchte auf. »Da hat uns der Portier Kristian Melart wohl eine Gedächtnislücke verschwiegen.«

»Ich werde noch einmal mit ihm sprechen«, erwiderte Nyholm mit einem Gähnen.

»Davon abgesehen bietet es uns die Chance, über einen öffentlichen Aufruf nachzudenken. Die Bedienungen und Gäste im Restaurant können Beobachtungen gemacht haben, die uns weiterhelfen. Vielleicht stoßen wir hierbei endlich auf eine Spur«, ergänzte Hämäläinen. »Machen wir uns an die Arbeit.«

Er stand auf und ging in sein Büro. Der quadratische

Raum mit dem rostbraunen Faserteppich und den kalkwei-
ßen Wänden hatte Hämäläinen in den letzten Jahren mehr
Lebenszeit geraubt als jeder andere Ort.

Der Blick zur Uhr verriet ihm, dass Eija Âsten in zwei
Stunden wegen der Phantombildzeichnung ins Präsidium
kommen würde. Er legte die Füße auf den Schreibtisch. Wieder dachte Hämäläinen an Niina, und plötzlich reifte ein
schrecklicher Verdacht in ihm. War Anni überhaupt seine
Tochter? War sie das Kind eines anderen Mannes? Eilig
nahm er die Füße vom Tisch und saß einen Moment völlig
regungslos da. Eigentlich war es völlig irrsinnig. Selbst wenn
es so wäre. Aus welchem Grund sollte Niina ihre eigene
Tochter verheimlichen? Trotzdem war da dieses Gefühl.

Er traute sich längst nicht mehr selbst über den Weg.

Seine Hände brannten. Er hielt sie im Badezimmer unter das
fließende Wasser. Das kalte Nass beruhigte die geschundene
Haut. Der Drang, sie fortlaufend zu waschen, war nochmals stärker geworden, und es hatten sich mittlerweile tiefe
Risse gebildet. Am schlimmsten war der Juckreiz. Vor drei
Tagen hatte er es nicht mehr ausgehalten und wie ein Ver-
rückter an den offenen Stellen gekratzt. Geholfen hatte es
nicht. Seine Hände hatten geblutet, und der Juckreiz war
geblieben. Jeden Abend schmierte er reichlich Salbe auf die
betroffenen Stellen und zog danach weiße Baumwollhand-
schuhe darüber. Er musste etwas dagegen unternehmen. Er
hatte es ernsthaft in Erwägung gezogen, sich einen neuen,
schmerzloseren Zwang aufzuerlegen, war jedoch von diesem Plan wieder abgerückt. Zu groß war die Sorge, am Ende
mit zwei Zwängen zu kämpfen.

Er verließ das Bad und richtete den Blick auf die Zeitung,
die aufgeschlagen auf dem Nachttisch lag. Es umgab ihn ein
Gefühl der Macht, wenn er die Zeitungen las. Es war ein

Gefühl, das neu für ihn war und ihn seltsamerweise erregte. Sie berichteten über ihn. Sein Werk lenkte ihre Arbeit, beeinflusste die Gestaltung der Zeitung und steigerte die Verkaufszahlen. Erst nach Tagen war es ihm wirklich bewusst geworden. Er hatte einen Menschen getötet. Je mehr das Adrenalin nachgelassen hatte, desto stärker war ihm dies bewusst geworden.

Er war jetzt ein Mörder und blieb es, bis er von dieser Welt verschwunden war. Früher wäre er niemals dazu fähig gewesen. Menschen verändern sich, wenn man sie lange genug wie den letzten Dreck behandelt, stellte er fest. Was ihn am allermeisten überraschte, war die Achtung, die ihm auf einmal entgegenschlug. Früher hatten ihn die Leute auf der Straße angerempelt, man war ihm ins Wort gefallen, und auch die Frauen hatten lieber andere Bettgenossen gewählt. Jetzt machten die Leute ihm Platz, wenn er schnellen Schrittes durch die Straßen lief, und auch die Frauen zeigten Interesse. Wenn er einen Raum betrat, nahmen sie ihn wahr. Früher war er wie ein Unsichtbarer durch die Welt marschiert. Es war wie eine Transformation, die er durchlebt hatte.

Bei der nächsten Tat würde er den Schleier lüften. Wenn die Augen voller Angst waren, würde er den Hahn spannen und seinem Gegenüber die Kugel durch den Kopf jagen. Er bemerkte, wie ein leichtes Kribbeln in die Finger der rechten Hand kroch. Der Knall, der leichte Rückstoß und der Geruch des Schießpulvers schlichen durch sein Gedächtnis. Er stand vom Bett auf, öffnete die Badezimmertür und steuerte zielsicher auf das Waschbecken zu. Entschlossen riss er den Seifenspender von der Wand und entleerte ihn im Ausguss. Zumindest bis zum nächsten Tag sollten seine Hände keine Seife mehr sehen. Irgendwann würde das Zimmermädchen den Seifenspender wieder auffüllen. Mia. Er fand sie sehr anziehend. Sie war jung, irgendwie geheimnisvoll und hatte eine atemberaubende Figur. Wenn alles vorüber war, würde er zurückkehren und sich nehmen, wonach ihm war. Sie würde ihm verfallen, daran bestand für ihn kein Zweifel. Mia vor Augen ging er zurück ins Zimmer und döste für 15 Minuten.

Als er die Augen wieder öffnete, erinnerte er sich an die Shampooflasche, die auf dem Boden der Duschkabine stand und sich ebenso zum Waschen der Hände eignete.

DIENSTAG

Mika Hämäläinen starrte gebannt auf die einzelnen Tropfen, die nach einer kurzen Phase des freien Falls dafür sorgten, dass sich die Kanne mit der schwarzen Brühe füllte. Der nagelneue Kaffeeautomat, der erst vor zwei Wochen im Dezernat aufgestellt worden war, streikte bereits. Er schien nicht darauf ausgelegt, einer Truppe kaffeesüchtiger Polizisten die Stirn zu bieten.

Gestern waren zwei kräftige Männer mit roten Poloshirts einmarschiert, die den Aufdruck ›Kaffeewerkstatt‹ trugen, und hatten die Maschine mitgenommen. In dem braunen Wandschrank neben dem Waschbecken, der alle Vorurteile bestätigte, die von den biederen und lieblosen Einheitsmöbelstücken in Amtsstuben im Umlauf waren, hatte Hämäläinen die alte Filterkaffeemaschine gefunden.

Es war Dienstagvormittag. Der Ermittler ging die letzten Tage gedanklich durch. Sie waren das ganze Wochenende und bis am Montagabend mit den offenen Ermittlungsfragen zugange gewesen.

Am Samstag war Eija Âsten pünktlich für die Phantombildzeichnung in das Präsidium gekommen. Überraschenderweise war ihre Erinnerung besser als bei ihrem ersten Gespräch, weswegen der Kommissar durchaus neue Zuversicht spürte, als er sich zum Restaurant *Langolina* aufmachte. Das Restaurant öffnete um 14 Uhr, und er wollte die Zeit bis dahin nutzen, um mit dem Personal zu sprechen. Die zwei Kellnerinnen konnten ihm weiterhelfen. Sven Hansen hatte alleine an einem kleinen Ecktisch gesessen und Rentier gegessen. Kurz darauf war er gegangen. Hansen war offensichtlich mit keinem der anderen Gäste ins Gespräch gekommen. Hämäläinen zweifelte nicht daran. Geschützt durch eine große Yucca-Palme zur Linken und eine Betonsäule zur Rechten bildete der Ecktisch ein kleines Idyll für Gäste, die ungestört essen wollten.

Nyholm sprach derweil erneut mit dem Portier Kristian Melart, der behauptet hatte, Hansen wäre nach seiner Ankunft im Hotel geblieben. Nyholm konfrontierte Melart damit, dass Hansen ins Langolina essen gegangen war. Wie er später berichtete, war Melart sofort rot angelaufen, womit sich weitere Fragen erübrigt hatten.

Montag früh fuhr Hämäläinen schließlich zu Staatsanwalt Nico Lamberg. Als er in das stickige Büro trat, lugten nur das von kupferbraunem Haar bedeckte Haupt von Nico Lamberg und ein faltenfreier Stirnansatz hinter den zahllosen Aktenbündeln und Ordnern hervor. Mit hochgezogenen Schultern kauerte Lamberg hinter der hügeligen Landschaft aus Papier und lächelte freudlos. Es spottete dabei jeder Ironie, dass die roten Flecken auf dem Gesicht des Staatsanwalts, die Hämäläinen dem Stress zuschob, der blassen Haut zumindest etwas Farbe verliehen.

»Aus juristischer Sicht fehlt mir die Handhabe, Ermittlungen anzuordnen, die gegen den Willen von Ilari Valkonen in seine Privatsphäre eingreifen«, erklärte Lamberg, nachdem Hämäläinen den aktuellen Ermittlungsstand dargelegt hatte. »Die Verwechslungshypothese ist ohne Zweifel haltbar, bleibt bislang aber nur eine Vermutung. Es braucht stichhaltige Beweise oder zumindest eine Fülle von Indizien, die diese These stützen. Es würde daher leider auch nicht helfen, wenn ich meine Argumentation ändere und die Ermittlungen in Valkonens Umfeld einzig und allein mit der Suche nach Hansens Mörder begründe.«

»Ab und an sind wir Geiseln unseres eigenen Rechtssystems«, sagte der Ermittler, während er auf der Suche nach einer erträglichen Sitzposition auf dem wackeligen und unbequemen Holzstuhl war.

»In einem ordnungsgemäßen Rechtsstaat stehen die Grundrechte des Einzelnen über allem«, erwiderte Lamberg. »In manchen Situationen werden uns dadurch Ketten angelegt. Damit müssen wir leben. Das unterscheidet uns aber Gott sei Dank von Ländern, wo Menschen gesteinigt oder enthauptet werden, und das meist ohne einen fairen Prozess.«

»Ich habe einfach der Hoffnung nachgehangen, über Ilari Valkonen vielleicht den Schlüssel zum Mord an Sven Hansen zu finden. Sicherlich auch, damit ich mich in meiner eigenen Polizistenhaut wohler fühle. Kein Polizist sieht es gerne, wenn ein Kollege Opfer eines Mordes wird.«

»Der öffentliche Zeugenaufruf ist indes eine unumstößliche Notwendigkeit«, ging Lamberg zum nächsten Punkt über. »Sven Hansen hat das Hotel am Abend verlassen. Er war in der Öffentlichkeit unterwegs. Es ist das Einzige, was ihr derzeit in der Hand habt.«

Auf dem Rückweg zum Präsidium erhielt Hämäläinen einen Anruf von Frank Lehmann.

»Ich habe gute Nachrichten. Uns liegt endlich die Handynummer von Sven vor.«

»Schick mir eine SMS oder eine E-Mail. Ich fahre gerade zurück zum Präsidium.«

»Geht klar«, erwiderte Frank Lehmann.

Hämäläinen hatte Frank Lehmann noch über die neuesten Erkenntnisse informiert, dann war ihr Gespräch schnell ins Private abgedriftet.

Das Zischen der Kaffeemaschine beendete seinen Rückblick auf die letzten Tage. Endlich war der Kaffee durchgelaufen, doch seine Geschmacksnerven erinnerten ihn mit dem ersten Schluck wieder daran, wie grauenvoll die gefilterte Brühe eigentlich schmeckte. Er quittierte es mit verzogenen Mundwinkeln und tiefem Schnaufen. Dann las Hämäläinen das Schreiben durch, das er vom Polizeipräsidenten erhalten hatte.

Tomi Huhtala, der Streifenbeamte aus Vantaa, der normalerweise schon am Montag zum Dienst angetreten wäre, wurde nun doch nicht in das Dezernat für Gewaltverbrechen abgeordnet. Offenbar war Huhtala vorletzte Woche betrunken zum Dienst erschienen und auf unbestimmte Zeit suspendiert worden.

Um 10.30 Uhr würden Hämäläinen und Aaltonen mit dem Phantombild und dem Zeugenaufruf an die Öffentlichkeit gehen, und das Ergebnis zur Funkzellenabfrage des Handys von Sven Hansen sollte heute oder morgen eingehen. Die Ortung selbst war erfolglos geblieben. Das Handy war entweder ausgeschaltet worden, oder der Akku war inzwischen leer.

Jussi Aaltonen wartete bereits im Presseraum. Sie hatten auf das große Aufgebot verzichtet. Kein Polizeipräsident oder ein anderer hochrangiger Vertreter der Polizei. Schließlich hatten sie auch keine Ergebnisse vorzuweisen, die man im passenden Licht präsentieren wollte, sondern sie ersuchten die Öffentlichkeit um Hilfe. Heute waren etwa 20 Journalisten in dem kleinen Raum anwesend.

Hämäläinen erkannte einige Gesichter. Das insgesamt geringe Interesse überraschte ihn allerdings. Immerhin hatten sie nach dem Mord lediglich eine schriftliche Mitteilung herausgegeben. Er hatte die Informationen darin auf das Wesentliche beschränkt. So hatte er nicht erwähnt, wie der Täter in das Hotel gelangt war und wie viele Schüsse auf Sven Hansen abgefeuert worden waren. Die erfahrenen Journalisten hatten sogleich Lunte gerochen, was durch ein beständiges Klingeln seines Telefons bestätigt worden war. Dennoch hatte er auch ihnen nicht mehr Informationen preisgegeben.

Hämäläinen nickte einigen Medienvertretern zu. Die meisten waren mit ihren Tablets oder Smartphones beschäftigt. Am Ende der dritten Reihe fing sein Blick eine braun gelockte Frau ein, die einen roten Strickpullover und einen braunen Wollschal anhatte. Er hatte sie nie zuvor gesehen. Sie hatte rundliche Wangen, einen schmalen Mund und eine spitze Nase, und Hämäläinen schätzte sie auf Anfang 40.

Er drückte einem kleinen bärtigen Typen in der ersten Reihe einen Stoß Papiere in die Hand und bat, diesen durch die Reihen weiterzugeben.

»Sehr geehrte Damen und Herren. Ich heiße Sie zu dieser kurzfristig einberufenen Pressekonferenz willkommen. Wie Ihnen ja bekannt ist, wurde vergangene Woche, in der

Nacht von Montag auf Dienstag, ein deutscher Polizeibeamter im *Central Hotel* erschossen. Sein Name war Sven Hansen. Wie Sie sehen, haben wir Ihnen eine Fotografie des deutschen Kollegen und ein Phantombild ausgeteilt. Beginnen wir mit dem Phantombild. Wie die meisten Zeitungen bereits zutreffend recherchierten, wurde ein Zimmermädchen von dem mutmaßlichen Täter überwältigt. Er entwendete ihre Generalkarte und bekam auf diese Weise Zugang in das Hotelzimmer, das der deutsche Polizist bewohnte. Die Zeugin konnte uns den Täter einigermaßen beschreiben, jedoch hat er wohl eine Perücke getragen. In Kombination mit einer Sonnenbrille und einem Vollbart erschwert dies die Identifizierung natürlich erheblich. Die Zeugin schätzt den Mann auf etwa 30 bis 40 Jahre und beschreibt ihn als groß gewachsen. Während des gesamten Übergriffes hatte er geschwiegen, weshalb wir keine genaueren Angaben über seine sprachliche Herkunft machen können. Nun zu unserem deutschen Kollegen. In den Stunden vor der Tat hatte er im Restaurant *Langolina* zu Abend gegessen. Wir möchten hiermit die Bevölkerung um Anhaltspunkte ersuchen, die uns dem gesuchten Täter näherbringen. Wer hat Sven Hansen an diesem Abend gesehen, wem ist etwas Ungewöhnliches aufgefallen? War er alleine oder in Begleitung? Hat er sich mit jemandem unterhalten? Jede Beobachtung ist wichtig. Das Gleiche gilt für den Täter. Wer kann Angaben über die Person auf dem Phantombild machen? Auch hier ist jede Beobachtung, jedes Detail hilfreich. Sie dürfen nun Fragen stellen.«

»Joni Piiparinen, *Helsinki News*«, meldete sich ein junger Mann in der Mitte des Raumes. Er stellte seine Frage stehend und mit verschränkten Armen. Ganz offensichtlich war er nervös und musste in die journalistische Rolle noch hineinwachsen.

»Wie alt war der Tote und was machte er in Helsinki?«
Hämäläinen nickte Jussi Aaltonen zu.

»Er war 42 Jahre alt und sollte an einem Austausch-
programm teilnehmen, das die finnische und die deutsche
Polizei seit mittlerweile vielen Jahren durchführen«, sagte
Aaltonen. »Es dient dem Kennenlernen von ausländischen
Polizeiapparaten, insbesondere von deren Arbeitsweise.«

In der letzten Reihe meldete sich Saima Markkula. Sie war
eine Journalistin vom freien *Fernsehkanal Helsinki*, einem
privaten Sender, der letztes Jahr auf Sendung gegangen war.
Sie hatte schon mehrfach an Pressekonferenzen im Präsidium teilgenommen.

»Ja bitte«, erteilte Hämäläinen ihr das Wort.

»Stand der Mord mit der Arbeit des Opfers in Verbindung?«

»Derzeit haben wir keinerlei Anhaltspunkte, die darauf
hindeuten. Es ist unwahrscheinlich, da Sven Hansen in der
Nacht nach seiner Anreise ermordet wurde. Er war noch
nicht in unsere Arbeit eingebunden.«

Jetzt bemühte sich die braun gelockte Unbekannte um das
Wort. Er war neugierig und kam ihrer Bitte mit einer auf-
fordernden Handbewegung nach. Sie wirkte nicht wie eine
Journalistin. Lag er richtig? Ohne Akkreditierung erhielt
letztlich niemand Einlass zur Pressekonferenz im Polizeipräsidium.

»Lahja Tuukka, Institut zur Pflege der deutsch-finnischen
Beziehungen.«

Volltreffer, dachte Hämäläinen. Er hatte noch nie von
diesem Institut gehört.

»Was können Sie zum genauen Hergang des Mordes
sagen?«

»Das ist Täterwissen, weswegen wir Ihnen dazu keine
Auskunft geben werden.«

»Hatte das Opfer Familie?«, stellte Lahja Tuukka die nächste Frage, ohne nochmals das Wort erhalten zu haben.

Hämäläinen schaute Aaltonen an, der sofort verstand.

»Darüber geben wir keine Auskunft«, erwiderte er knapp.

»Weitere Fragen?«

Die Hände blieben unten.

»Dann warten wir mal ab, ob uns die Pressekonferenz voranbringt«, sagte Aaltonen, dem sein Bein weiterhin erkennbar Probleme bereitete. Er machte vor dem Aufzug halt, während sein Kollege die Treppe nahm. Nur selten stieg Hämäläinen im Erdgeschoss in den Fahrstuhl, auch wenn es mehrere Stockwerke bis in das Dezernat für Gewaltverbrechen waren. Gemächlich trottete er die Stufen nach oben. Ein modriger Duft kroch aus dem alten Gemäuer. Mutet sich Jussi doch eine Spur zu viel zu, und die Verletzungen sind schwerwiegender als gedacht? Es waren die letzten Gedanken, bevor ihn plötzlich Dunkelheit einhüllte.

Der verschwommene Blick verschwand. Hämäläinen erkannte das Treppenhaus, auf dessen kalten Stufen er lag. Vorsichtig setzte er sich auf und bemerkte einen Schmerz in der rechten Schulter. Noch etwas benommen tastete er nach der schmerzhaften Stelle und überlegte, was wohl passiert war. Das Ende der Pressekonferenz war seine letzte Erinnerung. Die Zeit danach lag im Dunkeln. Doch Hämäläinen hatte eine Vermutung. Niina. Blackout. So wie neulich, als er in den eigenen vier Wänden schon einmal die Kontrolle verloren hatte.

Zum Glück hatte niemand etwas von diesem kleinen Zwischenfall mitbekommen.

So einen Zusammenbruch darf es nicht mehr geben, dachte er.

Erst jetzt fiel ihm auf, dass sein rechter Daumen blutete und das weiße Hemd in Mitleidenschaft gezogen war. Er lief die letzten Stufen hoch, öffnete die Tür einen Spalt weit und spähte den Flur hinab. Die Luft war rein. Er ging eiligen Schrittes in sein Büro, drückte die Tür zu und drehte den Schlüssel um. Am Waschbecken wusch er das Blut ab, klebte ein Pflaster auf die Wunde und wechselte das Hemd.

Im selben Moment war der Gedanke zurück, der ihn seit dem Gespräch mit Jannika Vänttinen beschäftigte.

Er informierte sich im Internet über den Ablauf eines Vaterschaftstestes.

Ich werde Anni vor Scham kaum noch in die Augen sehen können, dachte Hämäläinen mit klopfendem Herzen. Es war wie ein großer Verrat, den er an Anni vollzog. Doch es war eine innere Macht, die Besitz von ihm ergriffen hatte und der er sich nur schwer widersetzen konnte. Hämäläinen musste die Frage klären, es schwarz auf weiß haben. War Anni seine Tochter?

Mit einem schlechten Gewissen klickte er die Internetseite zu, verharrte einige Sekunden regungslos und stand dann auf. Kurz darauf klopfte er an die geschlossene Tür von Saaras Büro.

»Herein«, rief sie laut.

Saara lehnte an der Fensterbank und schälte einen Apfel.

»Hallo, Mika.«

»Hallo, Saara. Die Pressekonferenz ist seit ein paar Minuten vorüber. Das Medieninteresse war überschaubar. Du koordinierst bitte die eingehenden Hinweise und filterst das Wichtige heraus.«

»Alles klar«, entgegnete Saara, legte den Schäler auf den Tisch und biss in ihren Apfel.

»Alles klar«, wiederholte Hämäläinen schmunzelnd, ging wieder aus dem Büro und schloss die Tür hinter sich.

»Moment, Mika ...«, stieß Saara schmatzend aus, aber er hörte sie nicht mehr.

Auf dem Flur begegnete ihm Nyholm mit einer Tasse Kaffee in der Hand. »Sie haben vor einer halben Stunde eine Ersatzmaschine hingestellt. Jussi hat mir von der Pressekonferenz erzählt. Es war ja nicht gerade ein Medienauflauf.«

»Das stimmt. Dafür war eine Vertreterin des Institutes zur Pflege der deutsch-finnischen Beziehungen zugegen. Wie und warum gelangt ein solches Institut an eine Akkreditierung?«

»Das ist ein Kinderspiel. Es reicht aus, wenn sie eines ihrer Mitglieder zum Pressesprecher machen«, erklärte Nyholm. »Diese Person hat theoretisch das Anrecht auf eine Presseakkreditierung. Sie sollte natürlich eine einleuchtende Erklärung liefern, warum sie an der Pressekonferenz teilnehmen möchte. Für gewöhnlich wird die Zulassung trotzdem verwehrt, da die Journalisten der örtlichen und überregionalen Medien Vorrang erhalten. Wenn das Medieninteresse überschaubar ist, erhalten aber auch diese Personen Zutritt. In der Regel stellen sie keine Fragen, deswegen fallen sie oftmals durch unser Raster.« Nyholm räusperte sich kurz. »Nun aber zu einem anderen Punkt. Auch von den Polizeiposten in Jyväskylä und Oulu sind endlich die Befragungsprotokolle der in der Tatnacht bereits abgereisten Hotelgäste eingegangen. Leider ohne Ansatz für die Ermittlungen. Ich bringe dir die Papiere später vorbei.«

Hämäläinen trug es mit Fassung. Nach und nach hatte ihm Nyholm in den zurückliegenden Tagen einzelne Protokolle gebracht. Nicht eines dieser Papiere hatte eine halbwegs weiterführende Aussage enthalten, weshalb nicht davon auszugehen war, dass ausgerechnet die beiden letzten Befragungen zum entscheidenden Hinweis führen würden.

In seinem Büro war es kalt. Hämäläinen hatte das Fenster offen gelassen. Er drehte die Heizung auf und schlüpfte in seinen Mantel. Postwendend waren Niina und der Vorfall im Treppenhaus wieder präsent. Einige Zeit hatte er die quälenden Fragen unter der Oberfläche gehalten und den Fokus erfolgreich auf die Ermittlungen gerichtet. Jetzt waren die Fragen wieder aufgetaucht. Das Wissen um Niinas Affäre hatte ihn entschlossener gemacht. Er wollte Niina finden. Mika begehrte und vermisste sie noch immer, aber nun hasste er sie auch. Alle Mittel und Wege waren ausgeschöpft worden. Selbst eine Kopie der Ermittlungsakte hatte Hämäläinen erhalten. 35 Spuren und Hinweise hatten die Kollegen abgearbeitet. Ohne Ergebnis. Und die Kollegen hatten äußerst sorgfältige Arbeit abgeliefert, so viel stand fest. In einem Punkt war er jedenfalls felsenfest der Überzeugung: Wenn Niina wirklich aus freien Stücken gegangen war, dann hatte sie bei der Planung und der Ausführung alles Erdenkliche veranlasst, um spurlos zu verschwinden. Wer mit einem Polizisten verheiratet war, der lernte mit der Zeit, welche Werkzeuge der staatliche Apparat zum Aufspüren von Personen zur Verfügung hatte und wie man diese umging. Es schien aussichtslos, dennoch war es Hämäläinen unmöglich, mit der Suche nach Niina aufzuhören. Nicht jetzt, nicht hier, nicht heute. Hämäläinen musste erneut alles durchdenken, wie er es in den vergangenen sechs Monaten getan hatte. Und es führte ihn immer wieder zum gleichen Ergebnis.

Seine Gedanken wurden jäh unterbrochen, als Saara mit einem Blatt Papier in der Hand in der Tür auftauchte.

Saara schaute ihn verdutzt an. »Schicker Mantel. Ist dir kalt? Wirst du krank? Hier drin herrscht eine Bullenhitze.«

»Ich hatte das Fenster offen gelassen, während ich bei dir vorbeischaute.«

Hämäläinen drehte die Heizung ab und ging zum Schreibtisch.

Saara schob ihm das Blatt hin. »Sämtliche Waffeninhaber sind überprüft. Hier steht alles drin. Ich wollte dir den Bericht vorhin schon geben, aber du warst ja gleich wieder weg. Keine der Waffen wurde gestohlen gemeldet, und alle Besitzer haben ein Alibi. Es gibt auch keinen Hinweis auf einen Zugriff durch andere Personen.«

»Gute Arbeit, Saara.«

Ein geschmeicheltes Lächeln huschte über ihr Gesicht.

»Was ist mit dem Informanten von den Kollegen der Drogenfahndung?«

»In Finnland soll es keinen Schwarzmarkt für diese Waffe geben. Sie soll in Estland gehandelt werden.«

»Tallinn also«, murmelte ihr Kollege nachdenklich. »Wie stehen die Chancen, dass wir Näheres über den oder die Käufer herausbekommen?«

»Schlecht. Der Informant hat Angst aufzufliegen, wenn er herumstochert. In der Szene misstraut einer dem anderen. Er hat sich als Vermittler für einen Käufer ausgegeben. Die Hintermänner sind wohl Nordafrikaner. Das war alles, was er herausbekommen hat.«

Hämäläinen legte die Stirn in Falten. »Uns bleiben die Funkzellenauswertung und der öffentliche Aufruf. Danke, Saara«, beendete er das Gespräch. Saara stand auf und verschwand wieder.

Er machte ein paar Lockerungsübungen für den Oberkörper und dachte weiter über die Ermittlung nach. Wenn es ein gezielter Mord war, was könnte der Täter dann für ein Motiv gehabt haben? Diese Frage hatten sich die Ermittler seit dem Mord Dutzende Male gestellt. Sven Hansen war nicht einmal ansatzweise mit ihrer Arbeit in Berührung gekommen. Er hatte im *Langolina* gegessen und mit niemandem Ärger gehabt. Was würde die Funkzellenauswertung des Handys ändern? Sie bekämen weitere Informationen darüber, wo Hansen noch gewesen war, und könnten womöglich auf weitere Lokale oder Bars schließen. Wobei die Obduktionsergebnisse dagegen sprachen, da Hansen kaum Alkohol im Blut hatte. Sie brauchten ein Motiv. War Hansen etwa mit jemandem in Streit geraten? Ein Mord im Affekt? Dagegen sprach jedoch das Wissen des Täters um Hansens Übernachtung im *Central Hotel*, das Überwältigen des Zimmermädchens und die mutmaßliche Verkleidung. Längst stellte der Ermittler sich die Frage, ob Sven Hansen in dunkle Geschäfte verstrickt war und diese von Deutschland aus gesteuert hatte. In dieser Hinsicht stand es ihm natürlich frei, die deutschen Kollegen um die Aufnahme der Ermittlungen zu ersuchen. Auch wenn es nur ein fragiles Gedankenspiel war. Doch im Augenblick weigerte er sich. Sie tappten zu sehr im Dunkeln, und es käme einem Eingeständnis ihrer momentanen Hilflosigkeit gleich, wenn sie die Ursachen bei Sven Hansen selbst suchten. Wenngleich ihm bewusst war, dass dieses Handeln bei Ermittlungen eigentlich fehl am Platz war. Er war verpflichtet, seine Arbeit zu tun.

Gegen 17 Uhr telefonierte der Kommissar mit Jaana Tiivola und setzte sie über den aktuellen Stand in Kenntnis.

Am Abend holte er Anni ab. Seit Samstag war sie bei ihrer Oma gewesen, und sie hatten sich nur gesehen, wenn er sich kurze Pausen von den Ermittlungen genommen hatte. Erstmals war Hämäläinen der Gedanke gekommen, den Job als Ermittler aufzugeben. Wieso war bislang niemand aus seinem Umfeld mit diesem Vorschlag an ihn herangetreten?

Oder war es anders gewesen? War sein Umfeld doch an ihn herangetreten und er hatte die Worte schlichtweg überhört?

Waren die Ratschläge womöglich an der Mauer abgeprallt, die ihn umgab? An der Festung, die er errichtet hatte und in deren Gemäuern er einsam und verzweifelt nach einer Erklärung für Niinas Verschwinden suchte? Der Polizeiapparat gab in vielerlei Hinsicht Anlass zur Klage. Dennoch war Hämäläinen mit Leib und Seele Polizist. Vielleicht sollte er einfach in eine andere Abteilung wechseln? Es musste ja nicht gleich die Personalabteilung oder die Innenrevision sein. Natürlich war es unmöglich, aus der laufenden Ermittlung auszusteigen. Sobald der Mord an Sven Hansen aufgeklärt war, wollte Hämäläinen eine Entscheidung fällen.

Ein Gespräch mit Jaana Tiivola schien unausweichlich.

MITTWOCH

Es regnete seit Stunden. Jetzt war es Mittag, und die Sicht betrug nur wenige Meter, derart stark war der Regen. Hämäläinen hockte hinter dem Schreibtisch. Ihm gegenüber saß Jussi Aaltonen und fuhr sich mit der Hand über die Halbglatze. Heute sah er wesentlich gepflegter aus.

Hämäläinen nickte in Richtung des Fensters. »Verrückt«, sagte er, »hast du schon einmal so viele verschiedene Formen von Regen an einem Tag erlebt?«

»Durchaus. Ich war vor Jahren zur Regenzeit in Namibia. Dort regnet es in noch mehr Variationen«, erwiderte Aaltonen.

Hämäläinen hatte eine vage Vorstellung von Namibia, nachdem er vor vier Monaten in einer Ausstellung über das südliche Afrika gewesen war. Große Teile des Landes waren bis zum Ersten Weltkrieg eine deutsche Kolonie gewesen, und noch heute wies vieles in den Städten auf diese Vergangenheit hin.

»In der Regenzeit wachsen dort Pflanzen in Grüntönen, wie ich sie zuvor nicht gekannt habe. Ganze Landstriche leuchten grün, dabei denkt man bei Afrika zuerst an Hitze, Dürre, Sand und Wüste.«

»Stimmt. Das sind wohl die ewig naiven Vorstellungen, die wir von all dem haben, was uns fremd ist«, antwortete er und lenkte das Gespräch zurück auf das eigentliche Thema. »Sag Bescheid, wenn du beim Arzt gewesen bist.«

Die Befürchtungen vom Dienstag waren bestätigt worden. Die Schmerzen im Bein von Jussi Aaltonen waren stärker geworden. Da die Ermittlungen stockten, ließ er Aaltonen ungern gehen. Doch es war notwendig. Hämäläinen empfand ohnehin große Bewunderung für Aaltonen, nachdem dieser schon zwei Wochen nach dem Unfall wieder auf der Arbeit erschienen war. Er hatte humpelnd und ohne Murren seinen Dienst verrichtet, sein Bein offenkundig aber überlastet.

Aaltonen humpelte aus dem Büro, und Hämäläinen setzte sich auf den Boden, den Rücken an die Wand gelehnt. Er versuchte, einmal an nichts zu denken.

Am späten Nachmittag erhielt er eine E-Mail aus der Kriminaltechnik mit dem Ergebnis der Funkzellenauswertung. Es war ernüchternd. Das Handy war zum ersten Mal in der Nähe des Präsidiums eingeloggt, später im Innenstadtbezirk. Ab dem späten Nachmittag hatte es Signale an einen Mobilfunkmasten gesendet, der unweit vom Hotel installiert war. Als Sven Hansen im *Langolina* zum Essen war, hatte er es nicht dabeigehabt. Nach dem Mord war es abgeschaltet worden, noch bevor es in die Reichweite des nächsten Sendemastes hatte gelangen können. Hämäläinen trug es mit Fassung, er hatte sich ohnehin keine ernsten Hoffnungen gemacht.

Unmittelbar darauf rief Frank Lehmann an.

»Hilfreiche Neuigkeiten?«, fragte Hämäläinen in gespannter Erwartung und verzichtete auf jegliche Begrüßungsformel.

»Hallo, Mika. Ich freue mich auch, von dir zu hören«, erwiderte Frank Lehmann in einem erstaunlich heiteren Tonfall. »Ich habe keine hilfreichen Neuigkeiten. Das Passwort für Svens Laptop konnten wir noch nicht entschlüsseln. Wie kommt ihr weiter?«

»Wir sind gestern mit dem Phantombild und dem Zeugenaufruf an die Öffentlichkeit getreten. Es sind heute einige Hinweise eingegangen, aber keiner davon scheint uns auf den ersten Blick wirklich weiterzuhelfen. Beides steht erst seit heute Morgen in den Zeitungen, und der lokale Fernsehsender bringt es in den 18-Uhr-Nachrichten. Vor wenigen Minuten habe ich außerdem die Funkzellenauswertung erhalten.«

»Und?«, fragte Frank Lehmann gespannt.

»Als Sven im *Langolina* essen war, hatte er sein Handy nicht dabei.«

Frank Lehmann schwieg kurz.

»Schade. Ich hatte natürlich gehofft, dass euch die Auswertung neue Ansätze bietet«, erwiderte er schließlich und schwenkte dann abrupt zum eigentlichen Grund seines Anrufes um. Die Beerdigung von Sven Hansen würde am Montag stattfinden. Die Überführung des Leichnams war für den nächsten Tag geplant. Hämäläinen sagte seine Teilnahme zu. Auf 10 Uhr war die Beisetzung festgelegt worden. Er würde einen ganz frühen Flug nehmen.

DONNERSTAG

Am nächsten Morgen stand Hämäläinen am Fenster und beobachtete den Berufsverkehr, der sich unter ihm vorbeiquälte. Eine undurchlässige Wolkendecke verhinderte, dass es taghell wurde.

Aaltonen hatte sich gerade für mindestens zwei Wochen krankgemeldet. Von der Diagnose Osteomyelitis hatte Aaltonen am Telefon gesprochen und kurz darauf in verständlicheren Worten erklärt, dass sein Knochengewebe entzündet war. Man hatte ihm einen Gips angelegt und absolute Schonung verordnet.

Hämäläinen sprach ein stummes Gebet für eine schnelle Genesung Aaltonens. Er brauchte ihn.

Am Vormittag kam Saara Toivonen herein.

»Ich konnte noch einen Besitzer einer *Vz.82* ermitteln, mit einem klitzekleinen Unterschied: Er hat die Waffe nicht gemeldet. Und wir haben neue Hinweise auf den Aufruf bekommen«, sagte sie und donnerte ein Papierbündel auf den Schreibtisch.

»Wie heißt der Mann und wie bist du an die Informationen gelangt?«

»Die Drogenfahnder haben doch einen weiteren Hinweis von ihrem Informanten erhalten. Ein Marko Grönholm soll so eine Waffe besitzen. Er wohnt in der Tiilimäki. Mehr wissen sie nicht. Aber dieser Grönholm hat bestimmt eine Leiche im Keller, wenn der Informant ihn kennt. In unseren Registern taucht er nicht auf. Ein Typ mit weißer Weste. Das wird sich jetzt ändern, bei einer unangemeldeten Waffe. Er ist Sicherheitsingenieur bei der Hafenbehörde, macht aber gerade Urlaub.«

»Vorsicht«, mahnte Hämäläinen. »Es ist eine inoffizielle Aussage des Informanten. Dennoch können wir ein Gespräch mit Grönholm führen, bestenfalls schon heute. Sind die anderen Hinweise brauchbar?«

»Es gibt drei Zeugen, die Sven Hansen in der Umgebung vom *Langolina* gesehen haben. Er war ohne Begleitung unterwegs. Ich habe die drei auf heute Nachmittag herbestellt.«

»Sehr gut, Saara. Danke.«

Hämäläinen drehte den Kopf angewidert zur Seite. Ein Windstoß blies ihm den Qualm der Zigarette, die zwischen Nyholms Lippen wippte, direkt ins Gesicht.

Zusammen mit Joonas Virkkunen und Arvo Peltonen, zwei älteren Kollegen, standen Hämäläinen und Nyholm vor einem verwilderten Vorgarten im Stadtteil Munkkiniemi. Das Gartentor quietschte, als er es vorsichtig mit dem Fuß aufschob.

Es war fraglich, ob Marko Grönholm zu Hause war. Gleichzeitig mussten sie wegen der Waffe sehr wachsam sein. Das Schellen der Türglocke schlüpfte durch das gekippte Küchenfenster ins Freie, und der böige Wind hämmerte auf die wackelige Dachrinne ein. Augenblicklich bellte es hinter der Tür. Mit einem stummen Nicken gaben sich Nyholm und Hämäläinen die gegenseitige Bestätigung. Das Kläffen klang wenig bedrohlich.

»Da ruft doch jemand um Hilfe«, sagte Nyholm plötzlich.

»Stimmt. Jetzt, wo du es sagst, höre ich es auch«, antwortete Hämäläinen.

Er hatte sofort verstanden, was Nyholm damit bezweckte, und sah Joonas Virkkunen und Arvo Peltonen in die Augen. Noch ehe er mehr sagen musste, machte sich Arvo Peltonen ans Werk. Nur Sekunden später war das Küchenfenster offen.

Behutsam stiegen sie über eine von schmutzigem Geschirr belagerte Spüle hinweg in die Küche hinab, wo sie ein schwanzwedelnder Yorkshire-Terrier freudig begrüßte. Nur unter Protest ließ sich das schwarze, pausenlos bellende Knäuel in der blau gestrichenen Küche einsperren. Die vier Männer betraten einen langen Flur. Langsam schritt Hämäläinen voran, dicht gefolgt von Nyholm. Joonas Virkkunen und Arvo Peltonen gingen hinter Nyholm, Schulter an Schulter. Trotz des unaufhörlichen Bellens lag eine eigenartige Stille über der Szenerie. Hämäläinen spürte jeden einzelnen Herzschlag. Durch langsame und tiefe Atemzüge behielt er die Kontrolle über die Situation. Am Ende des Flurs führte eine Treppe vom Keller bis in das oberste Stockwerk. Auf der rechten Seite stand eine Tür nach innen offen.

Plötzlich riss er seine Waffe aus dem Holster. Ohne zu wissen, was ihn zu dieser Maßnahme veranlasst hatte, taten es ihm die drei anderen gleich. Hämäläinen ging zwei Schritte, wirbelte dann in gebückter Haltung blitzartig nach rechts herum und verharrte in kniender Position auf der Türschwelle des Wohnzimmers, die Waffe in das Innere des Raumes gerichtet. Sekunden später senkte er die Waffe und gab den anderen ein Zeichen.

»Was ist denn hier passiert?«, fragte ihn Joonas Virkkunen.

»Wenn ich das wüsste, stünde ich nicht länger in diesem Raum. Informiere die Kriminaltechnik und seht euch im Rest des Hauses um. Seid dabei bitte vorsichtig. Wir dürfen keine Spuren verwischen.«

Hämäläinen stand links von der Tür, in der Ecke des Wohnzimmers, das augenscheinlich mit teuren, optisch jedoch wenig aufeinander abgestimmten Möbeln eingerichtet war. Ein bodentiefes Fenster öffnete den Blick zum hinteren Garten, der im Gegensatz zum Vorgarten auffallend gepflegt war.

Eine große Blutlache hatte sich über das dunkle Parkett verteilt. Auch auf der beigefarbenen Couch war Blut. Es war großflächig verschmiert. Von einem Opfer aber fehlte jede Spur. Er sah sich weiter im Raum um.

Einer der Stühle, die den Esstisch umstellten, war umgestürzt, und der Wohnzimmerteppich war an einer Ecke ein Stück weit zurückgeklappt. Ein blutverschmiertes Messer mit silbernem Schaft lag auf der Couch, daneben ein blaues Handy.

»Im Arbeitszimmer liegen Zeitungsberichte über den Mord an Sven Hansen«, hörte er Joonas Virkkunen im Hintergrund sagen.

»Zeitungsberichte über den Mord?« Hämäläinen schüttelte den Kopf. »War Sven Hansen zur falschen Zeit am falschen Ort? Was meinst du? Ist Grönholm unser Mann? Haben wir es vielleicht mit einem Psychopathen zu tun, der seine Opfer zufällig auswählt?«

»An einen Psychopathen glaube ich nicht«, erwiderte Joonas Virkkunen. »Solche Täter wählen gewöhnlich andere und risikolosere Tatorte als ein Hotel. Wir wissen zudem nicht, von wem das Blut im Haus stammt. Ist Grönholm selbst Opfer oder zweifacher Täter?«

»Damit hast du recht.«

»Das Badezimmer ist im Übrigen auch voller Blut«, ergänzte Joonas Virkkunen.

»Wir müssen herausfinden, wessen Blut das ist. Wir schreiben Grönholm sicherheitshalber zur Fahndung aus. Kümmere dich bitte darum. Erkundige dich in den Krankenhäusern nach Marko Grönholm und danach, ob in den letzten 24 Stunden jemand mit einer stark blutenden Wunde eingeliefert wurde, die einem Kampf entstammen könnte.«

Hannu Mielonen öffnete die Beifahrertür von Hämäläinens Wagen.

»Ihr könnt anfangen«, meinte er.

Hämäläinen stülpte sich weiße Einmalhandschuhe über, stieg dann aus und ging geradewegs in das Arbeitszimmer im Obergeschoss. Nyholm, Virkkunen und Peltonen suchten in den restlichen Räumen des Hauses nach Hinweisen für eine mögliche Täterschaft von Marko Grönholm. Wie Joonas Virkkunen berichtet hatte, lagen auf dem weißen Schreibtisch mehrere Zeitungsausschnitte über den Mord an Sven Hansen. Daneben stand ein grauer Laptop. Über dem Schreibtisch war eine Pinnwand montiert, an die Notizzettel und Arztrechnungen geheftet waren. Die Schublade klemmte beim Herausziehen. Sie war ganz offensichtlich ein Auffanglager für all jene Dinge, die man nur selten, aber eben doch irgendwann benötigte. Als Nächstes widmete er sich dem Aktenschrank. Die Ordner, die aufgereiht darin standen, waren penibel beschriftet. Hämäläinen blätterte durch Versicherungsunterlagen, Rechnungen und Lohnbescheinigungen.

Der Inhalt eines Ordners mit dem Aufdruck ›Freie Handelsbank Helsinki‹ schärfte seine Sinne schlagartig. Auf den ersten Blick hatte der Inhalt des Ordners dem Aufdruck entsprochen. Zwischen Kreditanträgen und Kontoauszügen jedoch waren Dokumente abgeheftet, die wenig mit Bankgeschäften zu tun hatten. Grönholm führte Aufzeichnungen über eine Gruppe von Männern, die scheinbar einen illegalen Handel mit giftigen Abfällen betrieben. Fotos zeigten den Aushub großer Mulden inmitten dichten Waldes und den Müll, der darin verschwand. Auf einer Landkarte hatte Grönholm die Stellen markiert, an denen sich die illegalen Abladungen befanden. Stimmten die Recherchen, dann stammte ein erheblicher Teil der Abfälle aus Deutschland. Hämäläinen dachte an Pesonen. War Grönholm im Nebenberuf Privatdetektiv? War hier das Puzzlestück zu Sven Hansen begraben? Weshalb hatte Grönholm die Informationen der Polizei bislang vorenthalten? Und wieso sollte Grönholm einerseits die illegale Entsorgung von Abfällen aufdecken und andererseits kaltblütig töten? Was er dokumentiert hatte, schien aussagekräftig genug. Man würde ihm glauben. War Grönholm auf einem privaten Rachefeldzug? War Sven Hansen in den Handel mit illegalem Müll verstrickt gewesen und musste deshalb sterben?

Hämäläinen nahm Ordner und Laptop und stieg die Treppe hinunter. Er war verwundert, weshalb Hannu Mielonen und Micke Nurmi den Laptop stehen gelassen hatten. Im Hausflur traf er auf Nyholm, der mit Peltonen sprach und sich eine Mullbinde gegen die Stirn presste.

»Was ist passiert?«

»Ich habe mich an einem Küchenschrank gestoßen. Mit so einer gottverdammten Beule kann ich mir die nächsten Tage viele Sprüche anhören.«

»Habt ihr etwas gefunden?«

»Nein. Keine Waffe. Keine Perücke. Und auch sonst nichts, was ihn verdächtig machen könnte. Was ist, wenn unsere Quelle falsche Informationen hatte? Diese Junkies erzählen häufig irgendeinen Dreck, wenn sie sich wieder zu viel gespritzt haben.«

Nyholm machte ein schmerzverzerrtes Gesicht. Eine kleine Blutspur sickerte bereits unter der Mullbinde durch und lief ihm über die Wange.

»Erstens wissen wir nicht, ob der Informant ein Junkie ist. Zweitens arbeiten die Kollegen der Drogenfahndung schon über einen längeren Zeitraum mit ihm zusammen. Bisher waren seine Hinweise stets zutreffend. Drittens: Die Waffe ist sicher hier im Haus. Wir müssen sie nur finden«, sagte Hämäläinen. »Wenngleich es irgendwie nicht mit dem zusammenpasst, was ich gefunden habe.« Er hob den Ordner hoch. »Marko Grönholm ist offenbar einer Bande auf der Spur, die illegale Mülltransporte nach Finnland durchführt. Ein Großteil der Abfälle stammt aus Deutschland.«

»Meinst du, Hansen hing mit drin?«, fragte Nyholm. »Das klingt merkwürdig. Ein deutscher Polizist, der in den Handel mit illegalen Abfällen verstrickt ist.«

»Diese Frage habe ich mir selbst schon gestellt. Eine Antwort kann uns nur Grönholm liefern oder die Durchsuchung der Wohnung von Sven Hansen.«

Erst spät am Nachmittag war Hämäläinen wieder im Büro und besaß eine Information mehr. Marko Grönholm befand sich in keinem der umliegenden Krankenhäuser, und es war dort auch keine Person mit Verletzungen eingeliefert worden, die von einem Kampf herrühren könnten.

Hämäläinen wählte eine Nummer.

Das Gegenüber meldete sich sofort.

»Ich habe einen Laptop, den du dir mal ansehen müsstest.«

»Das muss bis morgen warten. Hast du mal zur Uhr gesehen?«, brummte Kimmo Paajanen in den Hörer. »Morgen um 8 Uhr kannst du ihn mir vorbeibringen.«

»Entschuldige«, murmelte Hämäläinen und legte den Hörer auf.

Er fasste die Geschehnisse gedanklich zusammen. Die Fahndung lief, und die Kollegen hatten die Krankenhäuser überprüft. Auf der Rückfahrt zum Präsidium hatte er die Überwachung von Marko Grönholms Haus in die Wege geleitet. Jetzt konnten sie nur abwarten.

Hämäläinen machte Feierabend. Die Kindertagesstätte, in der Anni untergebracht war, hatte bis 18 Uhr am Abend geöffnet. Während er vor der Kindertagesstätte parkte, klingelte sein Handy. Er stellte den Motor ab und fischte das kleine Gerät aus der Innentasche des Anoraks. Es war Daavid Pesonen. Sofort schnellte Hämäläinens Puls nach oben.

»Ihre Frau hat sich zehn Tage nach ihrem Verschwinden in Kopenhagen aufgehalten«, schlugen ihm die Worte ohne Vorwarnung entgegen.

»Sagen Sie das noch mal.«

»Sie haben richtig gehört. Sie hat sich in Kopenhagen aufgehalten.«

»Unfassbar«, entfuhr es ihm. Sein Herz fing an zu rasen, und er spürte das Adrenalin in sein Blut schießen. Endlich hatte er eine Antwort erhalten. Hämäläinens wichtigste

Frage war beantwortet worden. Es war, als hätte eine lange und beschwerliche Reise ihr Ende gefunden. Jetzt wusste er es. Niina war freiwillig gegangen. Sie wollte weg. Weg von ihm, weg von Anni. Keine Entführung. Kein Mord. Lange schon hatte Hämäläinen darüber nachgedacht, wie sich der Moment der Gewissheit anfühlen würde. Was er denken und wie er reagieren würde. Freiheit. Das war die Antwort darauf. Seit Niinas Verschwinden hatte Hämäläinen erstmals das Gefühl, kein Gefangener der eigenen Gedanken mehr zu sein. Komischerweise fühlte Hämäläinen in all der Klarheit, die sich durch seinen Körper fraß, auch eine gewisse Anerkennung für Niina. Sie hatte ihr Verschwinden organisiert, ohne größere Beträge vom gemeinsamen Konto abzuheben.

»Wie haben Sie das herausgefunden?«, hakte er nach.

»Zu der Zeit hat in Kopenhagen ein Filmfestival stattgefunden. Es war innovativ gestaltet, überall in der Stadt gab es Leinwände, auf denen Filme gezeigt wurden, sowie Imbissstände, Filmsets und Filmkulissen zum Anschauen und Mitmachen. Unzählige Leute haben Bilder auf ihren Social-Media-Profilen hochgeladen. Was soll ich sagen. Die Gesichtserkennungssoftware wirkt manchmal Wunder. Sie müssen mir sagen, wie es weitergehen soll. Ihre Frau Niina ist offensichtlich freiwillig gegangen. Soll ich weitermachen? Es bleibt die Suche nach der Nadel im Heuhaufen.«

»Ich weiß es nicht«, war die Antwort.

»Sie wissen ja, wie Sie mich erreichen können«, entgegnete Daavid Pesonen und legte auf.

Eine Sache gab es, die Hämäläinen ganz sicher wusste. Er musste ihre Eltern benachrichtigen. Riita und Lasse Luttinen, ein pensioniertes Lehrerehepaar aus Lappeenranta. Mit dem Verschwinden von Niina hatte ihr einst gutes Verhältnis tiefe Risse bekommen. Riita und Lasse lebten in dem festen Glauben, dass ihrer geliebten Tochter etwas zugestoßen war. Nachdem er auch ein freiwilliges Verschwinden in Betracht gezogen hatte, waren sie mehr und mehr auf Distanz zu ihm gegangen. Vor allem Riita hatte es schwer zugesetzt. Das Einzige, was sie noch miteinander verband, war Anni. Freudestrahlend lief das blonde Energiebündel in der Kindertagesstätte auf ihn zu. Die blauen Augen funkelten voller Lebensfreude und kindlicher Unschuld. Der gerührte Vater spielte mit dem Gedanken, die zweieinhalb Stunden Fahrt nach Lappeenranta unmittelbar anzutreten. Dann fiel ihm der Urlaub seiner Schwiegereltern ein. Sie würden erst am Sonntag zurückkehren. Als Anni und er in der Wohnung eintrafen, wählte er die Handynummer von Riita und Lasse. Die Mailbox sprang an, weshalb Hämäläinen lediglich um Rückruf bat. Diese einschneidende Nachricht wollte er ihnen persönlich mitteilen.

FREITAG

An diesem Morgen versank Helsinki in Wassermassen, und wie immer, wenn solch eine miese Wetterlage das Stadtbild prägte, waren die gebäudenahen Parkplätze schon früh belegt. Hämäläinen fand eine schmale Lücke am Ende der rechteckig zulaufenden Asphaltfläche, und obwohl keine 50 Meter zwischen ihm und dem Gebäude lagen, war er am Eingang vom Präsidium bis auf die Haut durchnässt. Er ging in die Herrentoilette, riss einige Papierhandtücher aus der Halterung, trocknete sich das Gesicht und presste die Tücher auch auf das nasse Haar. Wenigstens hatte er ein frisches Hemd im Schrank parat.

Während Hämäläinen das Hemd wechselte, dachte er an das Gespräch mit seiner Mutter. Suvi war aus allen Wolken gefallen, und er hatte ihrer Stimme auch eine gewisse Scham entnommen. Schließlich war sie es gewesen, die ihn von weiteren Nachforschungen hatte abbringen wollen. Erst nach dem Telefonat mit Suvi war ihm wirklich bewusst geworden, was eigentlich passiert war. Niina lebte. Bei dem Gedanken daran bekam Mika erneut eine Gänsehaut. Er hatte die halbe Nacht darüber gegrübelt, wieso sie gegangen war. Was war geschehen? Was hatte er falsch gemacht? Wo hatte sich dieser unsichtbare Bruch vollzogen? Der Bruch, den Niina zum Anlass genommen hatte, ihn zu betrügen und danach abzuhauen. Ein unsichtbarer Bruch? Konnte man es überhaupt so bezeichnen? War es so einfach? Sie hatte ihn betrogen, was schlimm genug und verletzend war. Aber Betrug passierte täglich, in unzähligen Ehen auf dieser Welt, die auf ihre eigene Weise trotzdem glücklich waren. Und sie hatten sich doch geliebt! Sie waren doch glücklich gewesen! Er hatte Niina täglich zum Lachen gebracht, und wenige Wochen, bevor sie spurlos verschwand, waren sie übers Wochenende in einem Wellnesshotel gewesen.

Die wichtigste Frage blieb offen: Warum hatte Niina ihre Tochter zurückgelassen? Freiwillig! Warum?

Eine andere Sache war Mika ebenfalls bewusst geworden. Da Niina freiwillig gegangen war, gab es keinen Anlass mehr, dass sie weiterhin als vermisste Person ausgeschrieben blieb. Jetzt hatte sie, ohne es selbst zu wissen, freie Hand. Niina konnte reisen, wohin sie wollte. Da es anfangs nach einem Unfall oder einem Verbrechen ausgesehen hatte, war Niina nur in Finnland als vermisste Person ausgeschrieben worden. Für eine europaweite *Europol*- oder gar eine weltweite *Interpol*-Ausschreibung hatte es keinen ausreichenden Grund gegeben. Wollte er sie finden, war er mehr denn je auf Daavid Pesonen angewiesen.

Anfänglich war es zudem wichtig gewesen, ein freiwilliges Verschwinden auszuschließen. Dafür gesprochen hatte die Tatsache, dass Niinas Reisepass bis zum heutigen Tag nicht auffindbar war. Dennoch waren alle an der Ermittlung Beteiligten weiter von einem Verbrechen oder einem Unfall ausgegangen, da sich genügend logische Erklärungen für einen fehlenden Reisepass finden ließen.

Nach der Nachricht von Daavid Pesonen war Mika sich ganz sicher, dass Niina auch ihren Reisepass mitgenommen hatte.

Hämäläinen musste seine Kollegen informieren. Es fiel ihm schwer, da er nicht fortlaufend auf Niina angesprochen werden wollte. Bald wüsste das ganze Präsidium darüber Bescheid. Aber er musste es tun! Niinas Verschwinden war schließlich noch immer ein offener Vermisstenfall, der jetzt geschlossen werden konnte. Sie war aus freien Stücken gegangen.

»Was? Niina wurde in Kopenhagen gesehen?«, sagte Leevi Heikkinen, der den Vermisstenfall leitend bearbeitete, völlig überrascht.

»Ja.«

»Hast du Belege dafür?«

»Ja. Sie ist auf Fotos abgebildet. Ich habe sie gestern erhalten.«

»Ich freue mich für dich. Gleichzeitig tut es mir leid. Denn das belegt leider, dass Niina freiwillig weggegangen ist.«

»Ich weiß. Ich möchte dich bitten, mich nicht weiter auf dieses Thema anzusprechen. Ich werde etwas erzählen, wenn mir danach ist.«

»In Ordnung«, entgegnete Leevi. »Kopf hoch!«

Nachdem Hämäläinen den Kollegen ausreichend informiert, die Fotos von Niina vorgelegt hatte und seine Aussage dazu aufgenommen war, ging er zurück in sein Büro. Jetzt würde sich die Nachricht wie ein Lauffeuer im Präsidium verbreiten. Auf dem Schreibtisch lag eine Nachricht von Joonas Virkkunen: »Fahndung nach Marko Grönholm bis dato negativ.« Hämäläinen zerknüllte das Papier und schmiss es in Richtung des Abfalleimers. Die Papierkugel prallte an der Kante ab und kullerte durch den Raum. »Marko Grönholm.« Mehrmals sagte Hämäläinen den Namen, während er die Papierkugel vom Boden auflas und in den Eimer schmiss. War Marko Grönholm Hansens Mörder? Die Zeitungsartikel, das Wissen des Informanten. Es passte. Es passte, wenn man die restlichen Begebenheiten beiseiteschob oder nur oberflächlich in die Überlegungen mit einbezog. Marko Grönholm war einer Müllmafia auf der Spur. In welcher Weise sollte Sven Hansen, ein deutscher Polizeibeamter, in diese Geschichte verwickelt gewesen sein? Ein deutscher Polizist involviert in die illegale Abfallentsorgung? Es klang sehr abwegig. Warum aber die Zeitungsartikel? Zufall? Alles steht und fällt mit der Waffe und der Aussage Grönholms, schlussfolgerte Hämäläinen.

Pünktlich um 8 Uhr kreuzte er bei Kimmo Paajanen auf und brachte ihm Marko Grönholms Laptop zur Auswertung. Hämäläinen hatte wegen des Regens am Morgen noch immer eine feuchte Hose und fürchtete, sich zu erkälten.

Einem Fließbandroboter gleich nahm Kimmo Paajanen den Laptop entgegen und legte ihn neben ein Dutzend weiterer elektronischer Geräte.

»Eine Woche kann es schon dauern«, sagte er und drückte ihm den Beleg für die Annahme des Laptops in die Hand.

»Eine Woche? Es ist ein Beweisstück in einem Mordfall«, protestierte Hämäläinen und zeigte auf die Geräte. »Was ist, wenn mein Laptop der Nächste in der Reihe ist?«

Ein blutleeres Lächeln huschte über das Gesicht von Paajanen. »Netter Versuch. Da bist du nicht der Erste. Einer nach dem anderen. Ich bin kein verfluchter Zauberer.«

»Himmelherrgott. Wir reden von Mord – Paajanen!«, platzte es aus dem Ermittler heraus. »Ein Polizist wurde getötet. Ein Kollege. Ich sehe, wie viel Arbeit hier wartet. Dennoch muss den Beweismitteln aus einer Mordermittlung der unerlässliche Vorrang gewährt werden.«

Hämäläinen stürmte wütend aus dem Raum und schlug die Tür zu. Zurück im Büro erblickte er eine rote Mappe auf dem Schreibtisch. Es war die Auswertung der DNA-Analyse, und es war das erwartete Ergebnis. Sven Hansen war zweifelsfrei identifiziert worden. Hämäläinen schob die Mappe zur Seite und grübelte. War er über das Ziel hinausgeschossen? War er Paajanen zu heftig angegangen? Es gab eine eindeutige Handlungsanweisung und moralische Gesichtspunkte, nach welchen bei einer laufenden Mordermittlung alles andere hintanzustellen war. Gleichwohl tat Hämäläinen der Wutausbruch leid. Paajanen war ein eifriger Kollege und ihm außerdem zur Seite gesprungen, nachdem die Nörgeleien über seine Berufung zum Stellvertreter von Jaana Tiivola eingesetzt hatten. Er würde sich für die barschen Worte entschuldigen, nicht aber für den Inhalt der Worte. Auch wenn Grönholm am Ende unschuldig war, so musste diese Spur trotzdem verfolgt werden. Mit Nachdruck und in der gebotenen Eile.

Dann entsperrte Hämäläinen den Computer, um einen Flug nach Deutschland zu Sven Hansens Beerdigung zu buchen. Genervt schlug er mit der Hand gegen den Bildschirm, da die Seite der Billigfluggesellschaft wiederholt abstürzte. Nach zwei weiteren Anläufen klappte es endlich. Um 6.50 Uhr am Montagmorgen hatte Hämäläinen einen Platz in einer Maschine ergattert. Während der Drucker die Ticketbestätigung auswarf, fixierte er den kleinen Fotorahmen auf dem Schreibtisch. Es war ein Bild von Anni, aufgenommen auf Kreta. Es war der letzte gemeinsame Urlaub vor Niinas Verschwinden, und es erinnerte ihn daran, was ihm bevorstand, wenn er seine Schwiegereltern das nächste Mal sprach. Wie würden sie wohl auf die Nachricht reagieren?

Er riss einen Fetzen von einem Rundschreiben der obersten Polizeibehörde ab, das über die eingeschränkte Erreichbarkeit aufgrund anstehender Renovierungsmaßnahmen informierte. Später wollte er seinen Anzug noch zur Reinigung bringen und schrieb sich eine Erinnerung.

Er stopfte den Papierfetzen in die Hosentasche und suchte Saara auf.

»Was haben die Befragungen der Zeugen ergeben?«

»Ich habe es gerade gehört«, erwiderte Saara und kam auf Hämäläinen zu. »Niina. Jetzt weißt du endlich Bescheid. Wie konnte Niina nur abhauen? Ihr habt ein Kind zusammen. Wie geht es dir?«, fragte sie und umarmte ihn.

»Mies. Aber ich möchte nicht weiter darüber sprechen.«

»Entschuldige«, antwortete Saara und ging wieder auf einen normalen Abstand.

»Also. Was haben die Befragungen der Zeugen ergeben?«

»Vergiss es«, meinte Saara und machte eine abwertende

Handbewegung. »Ich habe jedem Einzelnen ein Foto von Sven Hansen gezeigt. Ein Zeuge war sich daraufhin nicht mehr sicher. Die anderen beiden schon. Sie haben ihn auf der Straße gesehen. Ein kurzer Blick nur. Er war allein.«

»Warten wir ab, was in den nächsten Tagen an neuen Hinweisen eingeht. Wir sind schließlich erst vor drei Tagen an die Öffentlichkeit getreten.«

»Vielleicht ist Marko Grönholm tatsächlich die Lösung«, bemerkte Saara. »Neuigkeiten dazu?«

»Bislang verlief die Fahndung negativ«, sagte Hämäläinen kurz und knapp. Er sah keinen Sinn darin, auch mit Saara nochmals das Für und Wider in Bezug auf eine mögliche Täterschaft Grönholms abzuwägen. Sie mussten Grönholm finden. Dann würden sie auch Antworten erhalten.

Vor der Mittagspause schaute Hämäläinen bei Paajanen vorbei und entschuldigte sich, ohne von seiner Sichtweise abzurücken. Erfreulicherweise reagierte Paajanen entspannt. Er verwies auf die viele Arbeit, die ihn zur Verzweiflung trieb, und versprach, den Laptop nun vordringlich auszulesen.

Am späten Abend erlag Hämäläinen der Stimme der Unvernunft. Die innere Macht, die ihn fortwährend drängte, hatte obsiegt. Er ging ins Bad, schloss die Tür und zupfte einige Haare aus dem Kamm, mit dem er stets liebevoll durch Annis Haar strich. Dann holte er aus der Schublade unter dem Waschbecken den Nagel-Clip hervor und riss sich ein paar Haare auf Höhe der Schläfe heraus. Wie es in der Anleitung für den Vaterschaftstest beschrieben war, steckte Hämäläinen jede Haarprobe in ein eigenes Röhrchen und füllte das Antragsformular aus. Mit Herzklopfen und großer Scham blickte er zur geschlossenen Tür von Annis Kinderzimmer.

»Verzeih mir«, flüsterte er und verließ die Wohnung. Der Briefkasten lag direkt um die Ecke.

MONTAG

Hämäläinen hielt die Luft an, als sie von der Startbahn abhoben. So wie er es immer tat, wenn er in einem startenden Flugzeug saß. Schnell entfernte sich der Boden, und Hämäläinen ließ die angestaute Luft entweichen. Er hatte leichte Gliederschmerzen. Eine Erkältung schien im Anmarsch zu sein. Der Stahlvogel geriet in Turbulenzen und wackelte heftig. Die Sitze waren eng, und sein stämmiger Sitznachbar beanspruchte die mittlere Armlehne vollends. Hämäläinen schätzte ihn auf knapp zwei Meter Körpergröße, und trotz einer verstopften Nase roch er dessen Schweiß. Ihm wurde schlecht, und er spürte ein flaues Gefühl im Magen. Die Stewardessen begannen mit dem Servieren. Nach zehn Minuten stand die Flugbegleiterin mit dem Getränkewagen neben seinem Platz. Hämäläinen bestellte Wasser und einen Bourbon. Das Wasser trank er in einem Zug. Nachdem er auch den Bourbon getrunken hatte, ging es ihm besser.

Noch am Freitag hatten Riita und Lasse angerufen. Die Nachricht, dass Niina freiwillig verschwunden war, hatte sie völlig unvorbereitet getroffen. Auf eine Zeit des Schweigens waren Tränen der Freude gefolgt. Sie hatten sich unmittelbar auf die Heimreise gemacht und waren am Samstag zu Hause eingetroffen. Von nun an wollten sie selbst jegliche Unterstützung liefern, die notwendig war, um weitere Nachforschungen zu betreiben. Zum ersten Mal hatte Hämäläinen seinen Schwiegereltern auch von Daavid Pesonen erzählt. Allerdings wusste er nicht, ob er weitere Nachforschungen überhaupt anstellen wollte. Schließlich hatte Niina Anni und ihn freiwillig zurückgelassen. Der Gedanke daran war wie ein Stich ins Herz, und er stellte Niina innerlich wütend zur Rede.

Über das Wochenende hatten sie weitergearbeitet, jedoch keine neuen Ermittlungserkenntnisse erlangt. Wenigstens hatte ihn mittlerweile nahezu jeder im Präsidium auf Niina angesprochen, sodass die Fragen langsam verstummten. Auch seinen Freund Frank hatte er deswegen angerufen, damit sie bei Hansens Beerdigung nicht zusätzlich Niinas Verschwinden thematisieren mussten.

Frank wartete in Uniform in der Ankunftshalle. Es sollte ein ehrenvolles Begräbnis werden. Sie umarmten sich stumm. Erst am Ausgang des Terminals begannen sie zu sprechen.

»Hoffentlich ist dieser Tag bald vorbei«, sagte Frank mit ruhiger Stimme. »Ich ertrage es kaum. Ich fühle mich verantwortlich, obwohl mich keine Schuld trifft. Ich will meinen Kollegen den Täter liefern, kann aber nichts tun. Es ist schlimm, wenn einem die Hände gebunden sind.«

»Ich weiß«, antwortete Hämäläinen.

Schweigend fuhren sie zum Friedhof. Es war eine ausgedehnte Trauerfeier. Lieder wurden gesungen, bewegende Reden gehalten und Salutschüsse abgefeuert. Gestandene Männer in Uniform weinten.

Nach fast zwei Stunden verließ die Trauergesellschaft das Gelände des Friedhofes wieder. So schnell ist ein Leben beendet, dachte der Ermittler. Vor ein paar Tagen habe ich mich noch mit Sven Hansen unterhalten. Jetzt liegt er in einer hölzernen Kiste, zwei Meter tief unter der Erde. Hämäläinen holte tief Luft. Der Sauerstoff füllte seine Lungenflügel, und er war sofort wie von einer schweren Last befreit. Mittlerweile konnte er frei durch die Nase atmen und blieb möglicherweise doch von einer Erkältung verschont. Hämäläinen schaltete das Handy an. Nyholm hatte zweimal angerufen. Er drückte die Rückruftaste.

»Grönholm hat sich gestellt«, schallte Nyholms Stimme

Augenblicke später durch die Leitung. »Um 8.05 Uhr ist er auf dem Präsidium erschienen. Mit müden Augen und zerzausten Haaren. Als wäre er erst kurz zuvor aus dem Bett gekrochen. Er bestreitet den Mord. Er besitzt eine Waffe, behauptet jedoch steif und fest, dass es eine *Walther PPK* ist.«

»Wo ist die Waffe?«

»Das ist das Interessante. Sie soll die ganze Zeit über im Haus gewesen sein. Wir waren wohl nicht gründlich genug. Micke Nurmi ist schon vor Ort.«

»Glaubst du ihm?«

»Grönholms Antworten kamen schnell und überzeugend.«

»Du hast meine Frage nicht beantwortet. Glaubst du ihm?«

Nyholm zögerte mit seiner Antwort. »Ich weiß es nicht.«

»Hat er einen Anwalt?«, fragte Hämäläinen weiter.

»Nein.«

»Was sagt er zu den Zeitungsartikeln?«

»Die Artikel hat eine Freundin von ihm geschrieben. Sie stammen tatsächlich alle aus dem *Helsingin Kuriiri* und aus der Feder der Journalistin Linnéa Vanhonen.«

»Ist das eine Art krankhafte Verehrung?«

»Sieht ganz danach aus.«

»Was ist mit dem Blut?«

»Er hat sich selbst mit einem Messer verletzt, wie er sagt. Der Laborbericht der Kriminaltechnik ist heute Morgen gekommen, und die Ergebnisse untermauern diese Behauptung. Das gesamte Blut im Haus stammt von einer Person. Wir haben eine Blutprobe von Grönholm. Er ist ziemlich bleich geworden, wie ich gehört habe. Er kann wohl kein Blut sehen. In einigen Stunden wissen wir, ob es Grönholms Blut war und ob er die Wahrheit spricht. Wobei ich die Wunde gesehen habe. Ein tiefer, frisch genähter Schnitt am rechten Unterarm.«

»Hast du sonst noch etwas?«

»Der Laptop wurde untersucht. In den Dateien deutet auf den ersten Blick auch nichts auf Grönholm als Täter hin. Wir müssen sie uns genauer ansehen. Grönholm hat seinen Laptop hauptsächlich zum Surfen im Internet benutzt.«

Erfreut nahm Hämäläinen zur Kenntnis, dass Kimmo Paajanen der Datensicherung den erforderlichen Vorrang eingeräumt hatte.

»Danke dir«, sagte er und drückte Nyholm weg.

Frank Lehmann kam auf Hämäläinen zu. »Wir fahren zur Wohnung von Sven.«

Frank Lehmann hatte sich die Uniformmütze tief ins Gesicht gezogen und eine Zigarette angesteckt. Die Beerdigung hatte ihm sichtbar zugesetzt.

»Wir hätten längst das Privatleben unseres Kollegen durchleuchten müssen. Du hast uns großen Respekt entgegengebracht, indem du dich mit diesbezüglichen Forderungen sehr zurückgehalten hast. Wir haben Sven einen würdigen Abschied bereitet. Jetzt werden wir unsere Arbeit machen, damit der Fall aufgeklärt wird. Wann geht dein Flieger?«

»In viereinhalb Stunden.«

»Dann haben wir noch genug Zeit.«

Es war wenig Verkehr auf den Straßen der Stadt. Sie brauchten nur eine Viertelstunde zur Wohnung in Hamburg-Bergstedt, einem abseits des Zentrums gelegenen Stadtteils.

Die Wohnung lag in der dritten Etage eines Mehrfamilienhauses. Es gab keinen Aufzug. Keuchend stieg Hämäläinen die Treppe hoch. Erneut schmerzten seine Glieder leicht. Die Erkältung war doch im Anmarsch. Hämäläinen nahm ein Taschentuch und tupfte sich den Schweiß von der Stirn. Frank Lehmann suchte nach dem passenden Schlüssel.

Wenige Möbel. Das war das Erste, was ihm in den Sinn kam, als sie die Wohnung betreten hatten. Eine kleine behagliche Couch stand auf dem blanken Parkett in der Mitte des quadratischen Wohnraumes. Die Wände waren weiß gestrichen. Es gab keine Bilder, Pflanzen oder Vorhänge. An der Wand hing ein moderner Flachbildschirm. Unter dem schlanken Gerät war eine alte, verwaschene Holzkiste platziert. Rechts daneben fand ein spärlich bestücktes CD-Regal seinen Platz.

»Sven scheint das Gegensätzliche geliebt zu haben«, zerbrach Frank Lehmann die Stille.

»Was meinst du?«

»Wirf einen Blick in das Schlafzimmer.«

Hämäläinen begriff sofort. Bodenlange und staubige Baumwollvorhänge verdunkelten den Raum. Auf dem fleckigen Teppichboden, dem aufgewühlten Bett und über einem Holzstuhl lagen Wäschestücke verteilt. Ein großer dunkelbrauner Schrank, der bis zur Decke ragte, füllte die gesamte Längsseite des Raumes aus. Am Fußende des großen Bettes stand ein schmuckloser metallener Schreibtisch.

»Wir haben wohl alle unsere Ticks«, meinte Hämäläinen, nachdem er den Raum eingehend betrachtet hatte.

Dann ging er in den Wohnbereich zurück. Es war ihm wichtig, sich alleine umzusehen. Auf diese Weise, so glaubte er, waren Durchsuchungen am effektivsten. Nach seiner Erfahrung pflegte jeder Polizist eine andere Herangehensweise und arbeitete einen Raum in seiner ganz eigenen Geschwindigkeit ab. Vorsichtig öffnete Hämäläinen die Holztruhe. Sie enthielt Spielfilme, eine Handvoll Zeitschriften und zwei Tafeln Schokolade.

Kurz darauf begutachtete er die Küche am Ende des Flures. Sie war klein und mit weißen Fliesen ausgelegt. Der Kühlschrank war leer und abgestellt. In einer Ecke der Küche hing eine Motte. Nacheinander öffnete er auch die Schubladen und die beiden Hängeschränke. Es war das übliche Geschirr darin verstaut.

Hämäläinen verließ die Küche und ging in den Flur zu einem vollgestopften Bücherregal. Es war leicht schief, und an zwei Stellen blätterte der rote Lack ab. Fast schien es, als breche das Regal unter der Last der Bücher zusammen. Er startete rechts oben und wanderte mit seinen Augen Buch für Buch durch die Reihen. In der letzten Regalreihe entdeckte er zwei schmale Fotoalben und nahm eines davon heraus.

Auf den ersten zehn Seiten steckten Fotos von zwei älteren Personen, einem Mann und einer Frau. Die Frau auf den Bildern war sehr schön. Auf einem der Fotos war sie in ein blaues Kleid mit goldenen Verzierungen gehüllt. Ihr Haar war kunstvoll geflochten, und der Schmuck, der ihren Hals zierte, wirkte teuer. Das Foto war auf einem Fest aufgenommen worden. Im Hintergrund waren eine Menschenmenge, Lichtergirlanden und ein Lagerfeuer zu sehen. Sven Hansens Eltern, vermutete Hämäläinen. Es waren Bilder aus glücklichen Tagen. Auf allen Fotos lachten fröhliche Gesichter in die Kamera. Vorsichtig löste er das Foto mit der schönen Frau aus den vier Einkerbungen heraus und drehte es um. Die Rückseite war mit einem schwarzen Filzstift beschrieben, die Schrift an den Rändern verschwommen.

›Sommerfest Finkenwerder – 2003‹

Im zweiten Abschnitt des Albums folgten Bilder von Gebäuden, Landschaften und einem verregneten Strand. Hin und wieder wies es Lücken auf. Waren Bilder entfernt worden? Auf ihn machte es jedenfalls den Anschein. Er begutachtete die Einkerbungen. Sie waren aufgeraut. Jetzt war sich Hämäläinen sicher, dass dort einmal Bilder gesteckt hatten.

Er steckte das Foto von dem Sommerfest zurück. Dann griff er nach dem zweiten Album und klappte den Deckel langsam auf. Es war deutlich abgegriffener. In der ersten Fotohülle steckte ein Stück Papier, das beschriftet und an den Rändern leicht vergilbt war.

›Island 2008‹

Es folgten einzigartige Bilder, doch sie halfen ihm nicht weiter.

Hämäläinen setzte sich mit den beiden Fotoalben an den Küchentisch und griff erneut nach dem ersten Album mit dem Foto der schönen Frau. Nachdenklich betrachtete er die Aufnahme. Schließlich legte er das Foto auf den Tisch und begann damit, auch die anderen Aufnahmen abzulösen, und bildete fünf Reihen mit je acht Fotografien und wunderte sich selbst über diese Spielerei. Er drehte die Fotos auf die Rückseite.

Als Hämäläinen beim sechsten Foto in der vierten Reihe angelangt war, spürte er, wie sein Herz pulsierte. Sein Atem wurde schwer, und er schloss für Sekunden die Augen. Aufgewühlt hielt er das Foto mit dem verregneten Strand in den Händen.

›Hanko, Sommer 2017‹

Hanko! Hämäläinen war selbst schon dort gewesen. Es war ein beliebter Ferienort, ungefähr zwei Fahrtstunden von Helsinki entfernt. Jetzt wissen wir es also, dachte er. Sven Hansen war schon einmal in Finnland gewesen. Er hat mich belogen, und ich habe ihm geglaubt. Hastig drehte Hämäläinen alle Fotos um, fand jedoch keine weiteren Hinweise auf Finnland.

»Ich bin sprachlos«, entfuhr es Frank Lehmann. »War es also doch keine Verwechslung, sondern ein gezielter Mord? Aber warum? Warum hat er seinen Bezug zu Finnland verheimlicht? In was ist er da bloß hineingeraten?«

»Ich würde einen Teil der Fotos gerne an mich nehmen«, erklärte Hämäläinen. »Womöglich wurden weitere Bilder in Finnland aufgenommen.« Er vermied es, auf Franks Fragen einzugehen. Diese Ermittlung hatte schon zu viele Wendungen genommen. Er wollte auf Spekulationen verzichten.

»Nur zu«, erwiderte Frank Lehmann. Die Verwirrung aufgrund der neuesten Erkenntnisse stand ihm ins Gesicht geschrieben.

»Das Album weist Lücken auf«, erklärte Hämäläinen. »Die Einfassungen an diesen Stellen sind aufgeraut. Es müssen dort einmal Fotos gesteckt haben.«

»Glaubst du, sie wurden absichtlich entfernt?«

»Das ist Spekulation. Es ist mir nur aufgefallen. Deswegen sage ich es dir.«

Sie untersuchten noch eine halbe Stunde den Rest der Wohnung und gingen dann eine Kleinigkeit essen.

Auf dem Rückflug schlief Hämäläinen. Nicht einmal die heftigen Turbulenzen weckten ihn auf. Nachdem er zu Hause war, ging er unmittelbar zu Bett und schlief direkt ein. Er hatte völlig verdrängt, dass *Jokerit* gerade bei *HK Lokomotive Jaroslawl* spielte.

DIENSTAG

Am Dienstag streikte der Aufzug. An der Tür klebte ein roter Zettel mit dem Hinweis ›Außer Betrieb‹.

»Ausgerechnet heute«, fluchte Hämäläinen, dem elend zumute war.

Die Erkältung war in der Nacht ausgebrochen. Es kostete ihn einige Anstrengungen, seinen müden Körper die Stockwerke hochzuschleppen.

Um 2 Uhr war er schweißgebadet wach geworden und hatte unter heftigen Schluckbeschwerden gelitten. Lange hatte Hämäläinen einfach nur dagelegen, dem monotonen Ticken des Weckers gelauscht und darauf gehofft, wieder einzuschlafen. Die Hoffnung war vergebens gewesen. Schlussendlich war er entnervt aufgestanden, hatte sich mehrfach geschnäuzt und den verschwitzten Pyjama ausgezogen. Nackt und schlotternd war er direkt in die Küche gegangen, hatte eine Flasche Soda aus dem Kühlschrank genommen und sie in einem Zug geleert. Anschließend war er ins Bad geschlurft, hatte seinen Rücken und seine Beine trocken gerubbelt und sich im Schlafzimmer einen frischen Pyjama angezogen. Erst als Hämäläinen wieder ins Bett gekrochen war, hatte er die klamme Bettwäsche bemerkt. Also war er ins Wohnzimmer gewandert, hatte die Heizung aufgedreht, nach der Tagesdecke gegriffen und auf der Couch weitergeschlafen. Gegen 4 Uhr war Hämäläinen erneut wach geworden und ins Bad gewankt. Er hatte im Sitzen und bei offener Tür gepinkelt und nebenbei Fieber gemessen. Mit einem Piepton hatte das Gerät eine normale Körpertemperatur angezeigt. Um 6 Uhr war er schließlich aufgestanden und hatte zehn Minuten unter der warmen Dusche verbracht.

Hämäläinen nahm den Hörer in die Hand und wählte die Nummer von Joonas Virkkunen. Vergeblich. Er stellte den Rechner an und aktualisierte das E-Mail-Postfach.

Nyholm trat zur Tür herein. »Du siehst mitgenommen aus. Bist du krank?«

»Ich bin erkältet.«

»Wie war die Beerdigung?«

»Es war ein würdiges Begräbnis. Weshalb bist du da?«

»Grönholm. Wir haben es stichhaltig. Die Blutprobe stimmt mit den Blutspuren aus dem Haus überein.«

Hämäläinen warf einen flüchtigen Blick auf den Laborbericht, den Nyholm ihm hinstreckte.

»Außerdem haben wir die Waffe gefunden. Es ist tatsächlich eine *Walther PPK*. Sie war gut versteckt. Unmöglich, sie zu finden, ohne das Haus in seine Einzelteile zu zerlegen. Micke Nurmi musste mehrere Schrauben lösen, ein Regal zur Seite rücken und eines der Bodenbretter rausnehmen.«

»Wo ist Grönholm?«

»Er sitzt weiterhin in Untersuchungshaft.«

»Was ist, wenn er uns mit dieser Waffe ablenken möchte und die Tatwaffe längst entsorgt hat?«, warf Hämäläinen ein.

»Das kann ich ausschließen. Während du im Flieger gesessen bist, habe ich mir den Informanten erneut zur Brust genommen. Beim Waffenmodell hat er gelogen.«

»Gelogen?«

»Er kennt Grönholm. Wenn es stimmt, was er sagt, war Grönholm früher selbst ein Kleingauner – Einbrüche, Taschendiebstahl, Autoradios und solche Sachen. Er wurde nie erwischt, hat seine Dinger stets alleine gedreht. In der Szene war Grönholm bekannt.«

»Und weiter?«

»Grönholm war eine Zeit lang Dealer. Kleinere Men-

139

gen Haschisch, ab und an ein paar Pillen *Ecstasy*. Er fing einen Streit mit unserem Informanten an. Der wollte ihm eins auswischen. Grönholm war ein Großmaul. Er prahlte offen mit der Waffe. Der Informant wollte ihm die Polizei auf den Hals hetzen und hatte die Hoffnung, dass dabei die illegale Waffe gefunden wird.«

»Gab es weitere Spuren im Haus?«

»Nein. Nur die DNA und die Fingerabdrücke von Grönholm. Micke Nurmi ist noch mit dem Bericht beschäftigt.«

»Und die Verletzungen?«

»Grönholm hat Rosenstauden neu gebunden und die alten Gebinde mit dem Messer durchtrennt. Im Haus ist er am Teppich ins Stolpern geraten, und es hat ihn der Länge nach hingelegt. Dummerweise behielt Grönholm das Messer dabei in der Hand und rammte es sich in den Unterarm. Ich will gar nicht darüber nachdenken, wie höllisch weh das getan haben muss. Jedenfalls ist ihm schlecht geworden. Er hat sich auf der Couch gesammelt und die Wunde später im Bad notdürftig versorgt. Anschließend war er in einer Arztpraxis ganz in der Nähe. Auf dem Rückweg hat er die Polizeifahrzeuge vor seinem Haus gesehen und ist in Panik geraten.«

»Warum gerät Grönholm in Panik, wenn er angeblich unschuldig ist? Und aus welchem Grund verrät Grönholm uns, wo er die Waffe versteckt hält?«, warf Hämäläinen ein.

»Er war ein Kleinkrimineller und bekam wohl Angst, als die Polizei plötzlich mit einem Großaufgebot vor der Tür stand.«

»Hast du ihn danach gefragt?«, hakte er energisch nach.

»Nein.«

Hämäläinen schlug verärgert mit der Hand auf den Tisch. Für derlei Nachlässigkeiten zeigte er wenig Verständnis, auch wenn sie Grönholm nach Nyholms Schilderungen wahrscheinlich als Täter ausschließen konnten. Sie hatten diese Spur abzuarbeiten. »Und was ist mit der wundersamen Wandlung vom Kleinkriminellen zum Umweltaktivisten?«

Nyholm blickte verstohlen zur Seite.

»Wir dürfen uns keine Fehler bei den Ermittlungen erlauben.« Hämäläinen hatte seine Stimme wieder unter Kontrolle, aber innerlich kochte er. Schließlich war es grundlegende Polizeiarbeit, die Nyholm hatte vermissen lassen. Dann schwenkte Hämäläinen zum nächsten Punkt über und zeigte auf den Schreibtisch. »Wir waren in der Wohnung von Sven Hansen. Mir ist dieses Foto in die Hände gefallen.«

»Hanko, Sommer 2017«, bemerkte Nyholm mit gleichgültiger Stimme. »Sven Hansen war doch schon einmal in Finnland?«

»Ja. Das Bild entstammt einem Fotoalbum. Diese Bilder hier ebenfalls«, sagte Hämäläinen und deutete auf vier weitere Fotos. Auf dem ersten Bild war ein *Mökki* zu sehen, das einen eigenen Bootssteg besaß und an einer großen Wiese lag. Auf der zweiten Aufnahme war ein dreigeschossiges Mehrfamilienhaus abgebildet – Hausnummer 154. Bei den letzten beiden Bildern handelte es sich um Landschaftsaufnahmen.

»Sie sind unbeschriftet. Sie könnten ebenfalls in Finnland aufgenommen worden sein. Schick allen größeren Polizeistationen diese Bilder. Sie sollen sie in ihren Bezirken weitergeben. Dasselbe gilt für die Stadtplanungsämter. Vielleicht kann uns dort jemand weiterhelfen.«

»Sven Hansen wurde also doch nicht Opfer einer tragischen Verwechslung«, bemerkte Nyholm in einem gereizten Tonfall. Es war ihm anzumerken, wie wütend ihn die Kritik machte. »Was wollte Sven Hansen hier wirklich? In was war er verstrickt?«

»Es ist rätselhaft«, erwiderte Hämäläinen.

Nachdem Nyholm gegangen war, telefonierte Hämäläinen mit dem Untersuchungsgefängnis und kündigte sein Kommen an. Es gab keinen Grund, Grönholm länger festzuhalten. Der Ermittler wollte die letzten offenen Fragen klären, im Anschluss würde er alles Notwendige veranlassen.

Am Gefängnis angekommen, wies er sich aus, legte Waffe und persönliche Gegenstände in eine Box und wurde eingelassen. Sofort umklammerte ihn ein Gefühl des Unbehagens, so wie es immer war, wenn er das Gefängnis betrat. Ein Justizbeamter begleitete ihn zum Vernehmungsraum.

Grönholm saß auf dem für ihn vorgesehenen Stuhl. Hämäläinen nahm ebenfalls Platz und schaltete das Aufnahmegerät an. Grönholm wirkte nervös und kaute auf seinen Fingernägeln herum. Er war übergewichtig, und der jahrelange Konsum von Alkohol und Zigaretten stand ihm ins Gesicht geschrieben.

»Wie lange bleibe ich noch in diesem Rattenloch eingepfercht?«, beschwerte sich Grönholm.

»Solange, bis alle Fragen geklärt sind.«

»Ich habe Ihren Kollegen nicht umgebracht. Das habe ich doch bereits ausgesagt. So können Sie nicht mit mir umspringen. Wie geht es Jufus? Wo ist er?«

Er starrte Hämäläinen direkt in die Augen. Sein Blick signalisierte Wachsamkeit und Angst.

Dieser Mann ist kein kaltblütiger Killer, wusste Hämäläinen instinktiv.

»Wer ist Jufus?«

»Mein Hund, zum Teufel noch mal.«

»Er ist im Polizeipräsidium«, log Hämäläinen. Er hatte nicht die leiseste Ahnung, wo Jufus abgeblieben war. »Dort wird er bestens versorgt. Die Polizei besitzt eine Hundestaffel.«

Hämäläinen machte eine Pause, ehe er fortfuhr. »Erklären Sie mir zuallererst, warum Sie uns den Ablageort Ihrer Waffe verraten haben?«

»Soll das ein Witz sein? Meinen Sie das ernst?«

Ein Hustenanfall verhinderte seine direkte Antwort. Vorsichtig nahm er einen Schluck von dem Wasser, das man ihm auf den Tisch gestellt hatte. »Das ist mein voller Ernst.«

»Ich hatte Angst. Reicht Ihnen das? In den Zeitungen wurde schließlich über den Mord an dem deutschen Bullen berichtet. Ich hatte gehofft, dass man mir glaubt, wenn ich den Besitz einer Waffe einräume.«

»Warum die Flucht?«

»Die Zeitungsartikel. Das Blut. Es war mir klar, wie verdächtig das alles wirkt. Es hat mich panisch gemacht. Ich fragte mich, wer oder was die Polizei zu mir getrieben hat. Die einzige Erklärung waren die Zeitungsartikel, von denen ich jedoch keiner Menschenseele erzählt hatte. Ich glaubte, jemand wolle mir etwas anhängen. Womit ich ja auch richtig lag.«

»Warum«, hustete er, »warum besitzen Sie eine Waffe?«

»Meine Recherchearbeiten. Ihre Kollegen wissen das längst«, bemerkte Grönholm. »Wieso fragen Sie mich das eigentlich alles noch einmal?«

»Weil Sie nicht die Wahrheit sagen. Warum haben Sie die Drahtzieher dieser illegalen Abfallentsorgung wirklich beschattet? Sie werden die Seiten sicher nicht aus moralischen Gründen gewechselt haben.«

Mehrere Sekunden lang saß Grönholm wie angewurzelt auf seinem Stuhl. Dann beugte er sich langsam nach vorne, presste die Ellenbogen gegen die Knie und legte den Kopf in seine Hände.

»Also gut«, sagte er. »Ich wollte Linnéa Vanhonen beeindrucken. Zufrieden?«

»Bitte? Was soll das heißen? Sie wollten Linnéa Vanhonen eine investigative Story liefern, weil Sie sich davon eine Liaison erhofften? Das Risiko, der Aufwand, die Schusswaffe. All das wegen einer Frau?«

»Sind Sie gekommen, um sich über mich lustig zu machen?«

»Nein, aber Sie sollten einmal über die Wirkung eines Straußes Blumen oder eines romantischen Dinners nachdenken.«

Hämäläinen rang um Fassung. Er selbst wusste am allerbesten, wozu ein Mensch im Rausch der Gefühle fähig war. Dennoch war es für ihn kaum zu glauben, was er soeben gehört hatte. »Wegen des illegalen Waffenbesitzes werden Sie zur Rechenschaft gezogen. In dieser Sache wird eine ordentliche Geldstrafe auf Sie zukommen. Aber Sie sind kein Mörder. Ich glaube Ihnen. Ich werde dem Haftrichter Bericht erstatten. Die Ermittlungen in der Abfallbeseitigung sind jetzt Sache der Polizei.«

Die zweite Hälfte des Tages begann Hämäläinen mit dem Bericht an den Haftrichter. Wie immer formulierte er zuerst von Hand. Vor Jahren hatte er damit begonnen und diese Eigenheit nie mehr abgelegt. Erkältet, wie er war, tat Hämäläinen sich schwer, die passenden Formulierungen zu finden. Nach einer halben Stunde hatte er sich einigermaßen mit seinem Text arrangiert und schickte kurze Zeit später den fertigen Bericht an den Haftrichter.

Danach wollte er im Intranet der Polizei die neuesten Nachrichten lesen, aber der Computerbildschirm fiel plötzlich aus. Während Hämäläinen unter dem Schreibtisch lag und die Kabel kontrollierte, traten zwei kniehohe Lederstiefel in sein Sichtfeld.

»Was machst du da unten?«

Langsam kroch Hämäläinen unter dem Schreibtisch hervor, klopfte sich den Staub von der Hose und dachte daran, die Reinigungskraft demnächst dezent auf selbigen hinzuweisen. Der blaue Hintergrund auf dem Bildschirm signalisierte die erfolgreiche Behebung des Problems, und dem Gesichtsausdruck von Saara entnahm er, wie gespannt sie auf eine Antwort wartete.

»Ein Kabel war lose«, erklärte er und warf einen Blick auf die Uhr. Es war 14.50 Uhr. Hämäläinen hatte also doch richtiggelegen. Erst um 15 Uhr waren sie verabredet gewesen. Er hasste es, wenn verabredete Zeiten nicht eingehalten wurden.

»Sven Hansen war schon einmal in Finnland? Nyholm hat es mir mitgeteilt.«

»Ja. Wir haben ein Foto, das den Strand in Hanko zeigt.«

Wenn sie schon Bescheid weiß, kann ich auf eine Besprechung verzichten, kam es ihm in den Sinn.

»Was ist mit den anderen Fotos?«

»Wir wissen nicht, ob sie in Finnland aufgenommen wurden. Es ist nur eine Vermutung meinerseits. Wir müssen abwarten, was die Ermittlungen ergeben.«

Hämäläinen griff den Punkt auf, weswegen sie eigentlich zusammengekommen waren, und bat Saara, ihn auf den neuesten Stand zu bringen, was den öffentlichen Aufruf betraf.

»Gestern habe ich mit einem Kauko Koskinen telefoniert. Er hat sich auf den Zeugenaufruf gemeldet. Er ist Landschaftsgärtner und hat am Tag vor dem Mord mit einem Kollegen die Hecken und Sträucher im Alppipuisto geschnitten. Die Pflege der städtischen Parks und Gärten ist an private Firmen vergeben. Wusstest du das? Sie haben bis zur Dämmerung gearbeitet. Koskinen war einige Zeit alleine, da sein Kollege schon einen Teil der Ausrüstung zum Wagen gebracht hat. Ihm ist ein Mann aufgefallen, der in die Toilette im südlichen Teil des Parks gegangen ist. Eigentlich unbedeutend, wenn nicht kurz darauf ein anderer Mann aus der Toilette gekommen wäre.«

»Und? Eine öffentliche Toilette wird im Laufe des Tages nun mal von verschiedenen Personen besucht.«

»Es ist keines dieser ekelhaften Betonhäuschen, aus denen schon am Eingang ein beißender Geruch kommt. Es ist eine dieser neuen Toiletten, die auch im Zentrum stehen. Sie kostet etwas und reinigt sich nach der Nutzung automatisch. Die Toilette ist umgeben von Hecken und dichtem Gebüsch. Der Zugang führt über einen schmalen Kiesweg. Koskinen hat die letzten Äste mit Blick auf die Tür zusammengeschoben. Er hätte es bemerkt, wenn noch jemand dort langgegangen wäre. Das Wichtige kommt jetzt. Der Mann hatte eine Tasche umhängen. Darin war wohl die Wechselkleidung.«

»Was konnte Koskinen über den Mann berichten?«, fragte Hämäläinen gespannt.

»Eigentlich nur, dass er anders angezogen war, als er wieder aus der Toilette kam. Koskinen stand etwas weiter weg, zwischen den Büschen, und es wurde langsam dunkel.«

»Was ist mit den Haaren und der Sonnenbrille?«

Saara schüttelte stumm den Kopf.

»Es kann tatsächlich jemand gewesen sein, der sich, ganz egal warum, nur umgezogen hat. Trotzdem müssen wir von Angesicht zu Angesicht mit Kauko Koskinen sprechen. Es ist …«

»Das können wir morgen«, unterbrach ihn Saara. »Er ist auf 9 Uhr einbestellt.«

»Ausgezeichnet.«

»Da wäre noch eine Sache«, bemerkte sie. »Ich denke, du solltest davon wissen. Hinter deinem Rücken wird schlecht geredet. Das Vorgehen bei Grönholm, das Einsteigen ohne einen Beschluss. Manche Kollegen fanden diese Aktion daneben.«

»Alatalo?«

»Ja. Von ihm geht es aus. Ich habe es in der Kantine aufgeschnappt.«

Saara stand auf und verabschiedete sich. Hämäläinen war verwundert, dass sie ihn nicht nach der Beerdigung gefragt hatte. Mit der Kritik hatte Hämäläinen gerechnet, und sie war ihm seltsamerweise egal. Er war der felsenfesten Überzeugung, das Richtige getan zu haben. Entscheidungen mussten nun einmal getroffen werden, auch wenn sie unpopulär und nicht immer gesetzeskonform waren. Trotzdem entschied sich Hämäläinen aus Trotz gegen die Runde durchs Dezernat, die heute eigentlich auf seinem Tagesplan gestanden hatte. Stattdessen rief er Dezernatsleiterin Jaana Tiivola an, die weiterhin auf der Fortbildung zur Fallanalytikerin war, und teilte ihr den Ermittlungsstand mit.

»Sven Hansen war doch schon einmal in Finnland. Was hatte er für ein Geheimnis?«, sagte Jaana Tiivola. »Ich bin zeitnah zurück, um dir den Rücken freizuhalten. Du sollst dich einzig und allein auf die Ermittlung konzentrieren können. Das ungenehmigte Eindringen in das Haus von Grönholm war allerdings keine kluge Entscheidung. Dieser Vorfall wird dich noch eine Weile verfolgen.«

»Ich möchte einfach nur den Fall lösen«, entgegnete Hämäläinen entschuldigend.

Drei Minuten später fuhr er vom Hof des Präsidiums zur Wohnung seiner Mutter, die seit Samstag auf Anni aufpasste. Ihn durchfuhr ein fremdartiges Gefühl, als er Suvi gegenüberstand. Die Gewissheit in Bezug auf Niina schuf eine greifbare Spannung zwischen ihnen. Es war wie ein dunkles Familiengeheimnis, über das niemals gesprochen wird. Wortlos nahm Suvi ihren Sohn in den Arm. Hämäläinen verstand sofort.

MITTWOCH

Mit dem Sonnenaufgang betrat Hämäläinen sein Büro, schmiss die ausgeblichene Lederjacke achtlos auf den Kleiderständer, rückte routiniert mit der rechten Hand den Hemdkragen zurecht und warf einen Blick auf den Kalender. Es war der 25. September. Bald werden die Nächte wieder lang, dachte er und gähnte laut, während er die Zeitung auseinanderfaltete.

Terroristen töten acht Geiseln.

Die erste Schlagzeile reichte Hämäläinen. Noch war es zu früh für einen Artikel über grausame Hinrichtungen. Er legte die Zeitung zur Seite und begann damit, seinen Schreibtisch zu ordnen. Nach 20 Minuten war er fertig und mit dem Ergebnis zufrieden.

Hämäläinen schmiss viele Schreiben weg, sobald er sie gelesen hatte. Eine Angewohnheit, die ihm seltsamerweise noch nie zum Verhängnis geworden war. Oftmals waren es wichtige Schreiben, die Informationen über Gesetzesänderungen, Reformen bei der Polizei oder wissenschaftliche Neuigkeiten auf dem Gebiet der Forensik enthielten. Doch er hatte niemals den Eindruck, dass ihm deshalb ein entscheidender Fehler unterlaufen war.

Um 8.30 Uhr schaute Hämäläinen bei Nyholm vorbei. Ein vielsagendes Zucken in dessen Mundwinkeln verriet ihm, dass er nicht willkommen war.

»Was hast du über die Fotografien herausgefunden?«, fragte der Ermittler.

»Wir haben tatsächlich Erfolg gehabt«, antwortete Nyholm. »Das *Mökki* auf dem Foto steht in Saimaanharju im Saimaa-Seengebiet. Es kann über eine Reiseagentur gebucht werden.

Ich habe schon eine Anfrage wegen Sven Hansen gestellt. Zum Mehrfamilienhaus gibt es weiterhin kein Ergebnis.«

Die Nachricht löste Zuversicht in Hämäläinen aus. Gegebenenfalls hatten sie die erste wirklich heiße Spur. »Wahrscheinlich sind die restlichen Bilder ebenfalls in Finnland aufgenommen worden. Was ist mit den Landschaftsaufnahmen?«

»Ein Bild könnte das Saimaa-Seengebiet zeigen. Das würde ins Raster passen, da dort auch das *Mökki* steht.«

»Melde dich, sobald nähere Informationen vorliegen«, sagte er und verschwand aus dem Büro.

Nyholm schmollt, Niina lebt, und durch das gesetzeswidrige Vorgehen bei Grönholm wurden meine Kritiker bestätigt, rief Hämäläinen sich das Geschehen der letzten Tage vor Augen. Wenngleich er seine Entscheidungen als richtig und notwendig erachtete, fürchtete Hämäläinen dennoch, dass die Dinge aus dem Gleichgewicht gerieten. Er sollte sich besser in Acht nehmen und war fest entschlossen, die Ermittlung von nun an noch gewissenhafter zu leiten und keine weitere Angriffsfläche zu bieten. Umso wichtiger war es ihm, das Gespräch mit Kauko Koskinen mit größter Sorgfalt durchzuführen, ganz gleich, ob er überhaupt etwas Neues in Erfahrung bringen würde.

Kauko Koskinen war ein stattlicher Kerl mit jugendlichem Aussehen. Für die Befragung machte er eine Pause von der Arbeit. Er hatte schmutzige Hände und steckte in einem grünen Arbeitsoverall. Hämäläinen bot ihm Kaffee an, doch Koskinen fragte stattdessen nach einer Tasse Tee.

Saara brachte ihm eine Tasse und setzte sich neben Hämäläinen.

»Sie haben also im Alppipuisto die Hecken und Sträucher geschnitten. Dabei ist Ihnen ein Mann aufgefallen«, begann Hämäläinen. »Was können Sie uns über den Mann sagen?«

»Wir waren im südlichen Teil vom Park. Bevor wir Schluss gemacht haben, ist mir dieser Typ aufgefallen. Er hat die Toilette benutzt, und als er rauskam, hatte er plötzlich andere Sachen an. Erst habe ich ja gedacht, es wäre einer dieser Typen, die sich gerne verkleiden. Sie wissen schon, Frauenkleider und so. Nachdem ich aber von Ihrem Zeugenaufruf hörte, da war ich mir nicht mehr so sicher. Vielleicht ist es doch der gewesen, den Sie suchen?«

»Beschreiben Sie, was er vorher und nachher getragen hat.«

»Das ist schwierig. Es wurde doch schon dunkel. Ich …«

Auf einmal stand Koskinen vom Stuhl auf und drückte sein Kreuz durch. Es knackte lautstark. Die beiden Ermittler sahen sich überrascht an.

»Mein Rücken. Ich muss ab und an einfach stehen, sonst werden die Schmerzen unerträglich. Eigentlich brauche ich längst einen neuen Job.«

»Es wurde dunkel und …«, holte Hämäläinen Koskinen zurück ins Gespräch. Gleichzeitig bedeutete er ihm, wieder Platz zu nehmen.

»Ich kann nur so viel sagen: Als er aus der Toilette kam, hatte er einen weiten Mantel an. Er ging ihm bis über die Knie. Andere Schuhe hatte er dann auch an den Füßen. Die waren heller. Aber fragen Sie mich bitte nicht, ob es Sneaker waren oder Lackschuhe.«

Hämäläinen horchte auf. Auch der Mörder hatte einen Mantel getragen.

»Von dem Mantel haben Sie am Telefon nicht gesprochen«, wandte Saara ein.

Koskinen schaute verlegen. »Das stimmt. Ich war bei unserem Telefonat beschwipst. Ich hatte meinen freien Tag. Ich hätte besser an einem anderen Tag angerufen. Ich bin aber kein Trinker.«

»Wie sah der Mantel aus?«, fragte Hämäläinen.

»Er war schwarz.«

»Können Sie präziser beschreiben, was er vorher und nachher getragen hat?«

»Nein. Ich habe erst genauer geguckt, als er die neuen Sachen anhatte.«

»Was ist mit den Haaren oder der Hose?«

»Die Hose war auch dunkel. An die Haare habe ich keine Erinnerung.«

»Was konnten Sie sonst noch erkennen?«

»Er war groß und lief ziemlich schnell davon.«

»Sie sprachen am Telefon von einer Tasche«, warf Saara ein.

»Ja. Sie war hell und mittelgroß.«

»Hat Ihr Kollege dasselbe gesehen?«, übernahm Hämäläinen das Wort.

»Nein, er brachte einige Arbeitsgeräte zum Wagen.«

»Hat der Typ Sie bemerkt?«

»Nein. Ich stand hinter einem Busch.« Koskinen deutete auf seine grüne Arbeitskleidung. »Und ich hatte das hier an. Im Dunkeln ist das ja fast wie Flecktarn.«

»Sah er sich auffällig um?«

»Nein.«

»Waren Sie später selbst auf der Toilette? Hat der Typ irgendetwas liegen lassen?«, fragte Hämäläinen.

»Ja, war ich. Dagelassen hat er nichts, dafür aber die Seife fast leer gemacht. Verrückt. Keine Ahnung, wofür man so viel Seife braucht. Vielleicht möchte ich das aber auch gar nicht wissen«, sagte Koskinen und zog eine Grimasse.

»Die Seife war fast leer? Woher wissen Sie, dass zuvor mehr Seife im Spender war?«

»Ich hatte mich an einem Dornenbusch geschnitten und war zwanzig Minuten, bevor der Typ aufgekreuzt ist, auf der Toilette. Wir haben ja einen Generalschlüssel, wissen Sie. Ich habe mein Blut abgewaschen. Da war der Seifenspender voll. Später war er fast leer. Es war niemand mehr bei der Toilette. Der Park ist um diese Zeit so gut wie leer.« Hämäläinen bedankte sich und brachte Koskinen zur Tür. Danach sprach er mit Saara über die Vernehmung.

»Es ist fraglich, ob uns diese Sache weiterhilft. Trotz des schwarzen Mantels. Es kann Dutzende Erklärungen für das geschilderte Verhalten geben. Selbst wenn es der Täter gewesen ist, mit der bescheidenen Personenbeschreibung von Koskinen ist der Hinweis nutzlos«, meinte Saara.

»Wir mussten es versuchen«, bekräftigte Hämäläinen. »Ohne eine heiße Spur sind wir gezwungen, jedem Hinweis nachzugehen.«

Zurück am Schreibtisch rekapitulierte Hämäläinen, was Koskinen gesagt hatte. Eine Sache war auffällig gewesen. Er formulierte den Gedanken gerade, da wurde ihm schlagartig übel, und auch seine Atemfrequenz stieg spürbar an. Instinktiv suchte er einen Fixpunkt. Er starrte in den Himmel, betrachtete die Wolken und die Sonnenstrahlen, die zwischen ihnen hindurchblitzten, während er mit den Händen an der Tischplatte Halt suchte. Hämäläinen hatte Angst und versuchte verzweifelt, seine Atmung zu kontrollieren. Zweimal kurz, einmal lang, gab er sich selbst den Takt vor. Zweimal kurz, einmal lang. Nach und nach atmete er ruhiger und bemerkte den Kalender an der Wand. Unter dem Bild einer stürmischen Brandung stand ein Wort.

›September‹

Es war September? Jegliche Erinnerung war plötzlich wie ausgelöscht. Hämäläinen wusste nicht, wer er war und was er in diesem fremden Zimmer tat. Er atmete wieder schneller und schob aus einer Eingebung heraus vorsichtig, eine nach der anderen, die Schubladen des Schreibtisches auf. Als die dritte Schublade offenstand, geriet Hämäläinen vollends in Panik. Fassungslos sprang er vom Stuhl auf und trat einen Schritt zurück. Während er überlegte, warum dort eine Waffe lag, fiel ihm Anni ein. Anni.

Für einen winzigen Augenblick in der panischen Angst, die ihn umschloss, spürte er einen Hauch von Erleichterung. Er sah Anni vor seinem geistigen Auge. Hämäläinen drehte am Waschbecken den Hahn auf und hielt das Gesicht unter das kalte Wasser. Durch das kühle Nass ging es ihm sogleich besser. Langsam, Stück für Stück, kehrten die Erinnerungen zurück.

Es war erneut passiert und hatte ihn kalt erwischt. Eine Panikattacke. Hämäläinen hatte doch fest vorgehabt, kein weiteres Mal die Kontrolle zu verlieren. Jetzt war es ihm endgültig bewusst: Er konnte auch in Gegenwart von Anni jederzeit in eine hilflose Lage geraten. Er musste etwas dagegen unternehmen, und er musste es bald tun.

FREITAG

Der Mann, der vor Hämäläinen an der Reihe war, hustete laut, während er die Lebensmittel in eine Stofftasche packte. Ein dicker Schal umschlang seinen Hals, und es war unschwer zu erkennen, dass ihn ebenfalls eine Erkältung plagte. Unmerklich drehte die Verkäuferin den Kopf ein Stück zur Seite. Hämäläinen zahlte, schenkte der Verkäuferin ein Lächeln und schleppte die beiden Tüten nach Hause.

Am Donnerstag war er der Arbeit ferngeblieben, hatte am Telefon eine Magenverstimmung und die Erkältung vorgeschoben und sich in den Krankenstand verabschiedet. Es war der Gipfel seines eigenen Scheiterns gewesen. Sein Arbeitseifer hielt sich auch an diesem Tag in Grenzen, aber er durfte die Fahrt ins Büro nicht länger aufschieben. Hämäläinen hatte entschieden, Jaana Tiivola um die Freistellung von der Ermittlung zu ersuchen. Weitere Beförderungen konnte er dann in den Wind schießen. Es war ihm egal, momentan jedenfalls.

Hämäläinen hatte geplant, am heutigen Tag eine Besprechung abzuhalten. Er hätte längst mit den Kollegen zusammensitzen und die neuen Erkenntnisse aus Deutschland erörtern müssen. Auch wenn es weiterhin keine konkrete Spur gab, hatte die Ermittlung abermals eine ungeahnte Wendung genommen. Was dieser Umstand für die Ermittlungsarbeit bedeutete, lag auf der Hand. Mehr denn je kam es wieder in Betracht, dass der Mord an Hansen kein tragischer Irrtum gewesen war.

Zu Hause angekommen, verstaute der Kommissar die Einkäufe. Dann pfiff er auf seine Selbstkritik und die abklingende Erkältung und ging auf einen Gang in die Sauna.

Nachdem Hämäläinen im Präsidium angekommen war, einigte er sich mit den Kollegen darauf, am späten Vormittag eine Besprechung abzuhalten. Anschließend griff er zum Telefon. Es dauerte einige Rufzeichen, die von einem lauten Knacken in der Leitung untermalt wurden, bevor unter der gewählten Nummer eine Stimme zu hören war. Hämäläinen war überrumpelt, da ihm das Gegenüber nach einem kurzen Austausch bereits für den Nachmittag einen Termin anbot. Er brauchte einen Moment, ehe er zusagte.

Danach war es an der Zeit, im Sekretariat vorbeizusehen, um sich gesund zu melden. Der Lärm in dem Großraumbüro erschlug ihn. Er steuerte den Tresen an und beobachtete aus den Augenwinkeln den Trubel im Hintergrund, wo die Mehrzahl der Kollegen wild gestikulierend am Telefon hing. Am Tresen stand eine junge Frau, die Hämäläinen noch nie zuvor gesehen hatte. Es freute ihn, wenn Frauen den Beruf der Polizistin ergriffen. Er nutzte die Zeit, die sie zum Heraussuchen des Formulars brauchte, und wechselte ein paar Worte mit ihr. Schließlich unterschrieb er das Formular an der vorgesehenen Stelle und wünschte der jungen Polizistin einen schönen Tag.

Die Besprechung begann deutlich später, weil Saara wieder unpünktlich erschienen war. Hämäläinen erzählte ausführlich von Deutschland, und Nyholm teilte mit, dass die Recherchen zu den Fotografien stockten. Zum Mehrfamilienhaus gab es bislang keinen Anhaltspunkt, und die Agentur, die das *Mökki* zur Vermietung anbot, beharrte aus datenschutzrechtlichen Gründen auf einem richterlichen Beschluss.

»Gottverdammt. Was für sture Menschen!«, motzte Hämäläinen. »Datenschutz. Wenn ich diesen Mist schon höre. Überall werden Adressdaten abgefragt, das Internetverhalten analysiert und Kundendaten illegal verkauft. Solche Agenturen sind dabei mittendrin. Wenn es aber darauf ankommt, verweisen sie elegant auf das Gesetz.«

»Es wird nicht besser«, bemerkte Nyholm. »Staatsanwalt Nico Lamberg ist auf einem Seminar. Sein Vertreter, Martti Lähde, hat meinen Antrag für den richterlichen Beschluss abgelehnt. Er wäre nicht präzise genug formuliert, und ein Zusammenhang mit dem Mord sei aus der Luft gegriffen.«

Hämäläinen stand wütend auf. »Wieso informiert uns niemand über Lambergs Abwesenheit? Und dieser ...«

»Martti Lähde«, half ihm Nyholm auf die Sprünge.

»... ist der total von Sinnen? Wir wollen doch nur die Gewissheit, ob Sven Hansen Gast in diesem *Mökki* war. Ist das zu viel verlangt? Außerdem ist er tot. Hast du das denen von der Agentur gesagt? Tot! Sie können ihren Datenschutz vergessen.«

»Nico Lamberg hätte uns den Beschluss ausgestellt«, sagte Saara.

»Das ist gerade völlig gleichgültig«, erwiderte Hämäläinen. »Wir stehen ohne Beschluss da. Das ist Fakt. Nyholm, ich möchte eine Ausfertigung des Antrags auf meinem Schreibtisch. Du hast ihn mit Sicherheit treffend formuliert«, nahm er sogleich jegliches Konfliktpotenzial. »Ich werde mich selbst mit Martti Lähde in Verbindung setzen.«

Nach der Besprechung beeilte er sich, um pünktlich zu seinem Termin zu kommen. Er hatte während der letzten Stunde die Uhr im Blick behalten und ließ auch das wichtige Gespräch mit Martti Lähde in den Nachmittag verstreichen. Hämäläinen wusste, was er tat. Doch er wusste nicht, warum er es tat. Vielleicht sind mir die Dinge gleichgültig, da ich bald hinschmeiße, dachte Hämäläinen. Vor drei Tagen hatte ihn ein TV-Bericht über zwei junge Kerle, die mit ihren Rädern einmal quer durch China gefahren waren, regelrecht gefesselt. Mehr aus Spaß und quasi am Straßenrand hatten sie sich eine Akupunkturbehandlung geben lassen. Spontan hatte er entschieden, es auch einmal auszuprobieren.

Die Behandlung dauerte eine halbe Stunde. Die zierliche Ärztin, die Hämäläinen gerade bis zum Brustkorb reichte, verstand ihr Handwerk. Die Nadeln piekten leicht, und es kribbelte angenehm auf der Haut. Schon während der Behandlung ging es ihm spürbar besser. Er wurde locker und entspannt. Gleichzeitig brachte die neue geistige Frische aber auch das schlechte Gewissen wieder hervor.

Um 13.30 Uhr war Hämäläinen zurück. Der Antrag von Nyholm lag auf dem Schreibtisch. Er las ihn aufmerksam, und mit jedem Satz flaute der Sturm der Entrüstung über Staatsanwalt Martti Lähde mehr zu einem lauen Lüftchen ab. Nyholm hatte einen grauenhaften Antrag formuliert. Was war nur mit ihm los? Für gewöhnlich lasen sich seine Texte flüssig, waren logisch und weniger ausschweifend als manche seiner Vorträge. Was dazu wesentlich schlimmer wog: Nyholm hatte nur die halbe Wahrheit gesagt. Er hatte eine Liste mit den Daten aller Feriengäste der letzten Jahre gefordert. Im Grunde genommen war es sogar richtig gewesen. Wenn nicht Sven Hansen, sondern eine Begleitung das *Mökki* gebucht hatte, würden sie im weiteren Verlauf der Ermittlungen vielleicht über einen Namen von der Liste stolpern. Die Absage von Staatsanwalt Martti Lähde erschien unter diesen Voraussetzungen jedoch in einem anderen Licht. Trotz alledem entschied Hämäläinen, die Sache mit dem Antrag auf sich beruhen zu lassen. Zum einen wälzte er die Verantwortung innerlich bereits auf Jaana Tiivola ab. Zum anderen kam Hämäläinen nicht umhin, sich eine Sache einzugestehen: Im Augenblick war er selbst das größte Problem in dieser Ermittlung. Wie um alles in der Welt sollte er wiederholt Kritik an Nyholm üben, wenn er selbst die meisten Fehler produzierte? Hämäläinen griff zum Telefon.

Martti Lähde nahm rasch ab. »Ich habe es Ihrem Kollegen schon mitgeteilt. Sie werden von mir keine Unterschrift unter diesen Antrag erhalten«, schmetterte er seinen neuerlichen Versuch ab.

»Wir müssen bei Mord in alle Richtungen ermitteln«, erwiderte dieser. »Das wissen Sie als Staatsanwalt doch am allerbesten. Die Verbindung des Ermordeten nach Finnland war uns unbekannt. Es kann uns in eine Sackgasse führen oder bringt uns weiter. Vielleicht hat er das *Mökki* mit Freunden gemietet. Personen, die uns ebenfalls noch unbekannt sind.«

»Ein Foto von einem *Mökki* in einer deutschen Wohnung. Das ist ein ungeeignetes Argument, um die Daten aller Feriengäste abzufragen. Wie soll das Ganze mit einem Mord in einem Hotel bei uns in Helsinki zusammenhängen? Liefern Sie mir etwas Handfesteres.«

»Es würde schon reichen, wenn Sie einen personenbezogenen Antrag genehmigen.«

»Sven Hansen? Für ihn können Sie den Antrag stellen.«

Beruhigt legte er auf. Es musste einen Grund geben, warum Sven Hansen seine Kontakte nach Finnland verheimlicht hatte. Hämäläinen machte sich sofort daran, den Antrag zu formulieren. Als er fertig war, unterschrieb und scannte er den Antrag und schickte ihn an die Staatsanwaltschaft. Den Rest des Tages erledigte Hämäläinen allerlei Papierkram, der in letzter Zeit liegen geblieben war. Dabei trat auch ein Gedanke hervor, den er vor seinem Kollaps gesponnen hatte. Er notierte ihn vorsichtshalber, bevor er erneut in Vergessenheit geriet. Jetzt freute sich der Ermittler auf das Wochenende. Für Samstag und Sonntag hatte er eine Einladung zum Saunieren und Grillen im Saimaa-Gebiet bekommen.

SAMSTAG

Motiviert verließ er das Haus. Die Atomuhr in der Diele zeigte 6.41 Uhr. Sie war über der Hauseingangstür angebracht und ein Geschenk seines Schwiegervaters, einem Professor für Angewandte Physik. Sie war das hässlichste und unpassendste Geschenk, das sie damals anlässlich ihrer Hochzeit überreicht bekommen hatten. Mehrmals hatte er mit dem Gedanken gespielt, sie auf den Boden fallen zu lassen und es mit einem Schulterzucken auf einen wackeligen Nagel zu schieben.

Er atmete einmal tief ein und rannte los. Der Duft des Regens, der in der Nacht niedergegangen war, schwang durch die Luft. Wie er diesen Duft liebte. Der gestrige Abend schlich zurück in seine Erinnerung. Kaisa war lange nicht mehr so leidenschaftlich zur Sache gegangen. Ihre Beziehung hatte neu zu lodern begonnen.

Er drückte aufs Tempo, lief den ersten Kilometer in 4:20 Minuten. Deutlich zu schnell. Er verlangsamte den Schritt, hielt aber ein Tempo unter fünf Minuten auf den Kilometer. Er ließ die letzten Häuser hinter sich und rannte ein kurzes Stück über freies Feld. Dahinter führte die Strecke in den Wald. Ein rascher Blick nach dem Puls. Er nickte zufrieden, zog das Tempo wieder an und erreichte wenig später das Waldstück.

Ich habe im doppelten Sinne die Kontrolle zurückerlangt, stellte er fest. Der letzte Schritt war getan. Jetzt konnte er mit der Vergangenheit abschließen. Es war kompliziert gewesen, besonders in Bezug auf die Computer. Von nun an verlief alles wieder in geordneten Bahnen. Dennoch war er weiterhin vorsichtig. Genau genommen war er ängstlich. Das brachte es auf den Punkt. Ängstlich. So war er eben. Er erreichte das Ende der langen Geraden. Die ersten Vögel zwitscherten, und die verbliebenen Tropfen des nächtlichen Regens fielen gluckernd aus den Bäumen. Der schönste Teil der Runde begann. Ab hier schlängelte sich der Weg in vielen scharfen Kurven durch den Wald. Er liebte diese Passage, nahm sie stets mit Leichtigkeit. Ein Spatz flatterte aus dem Gebüsch neben ihm auf, einige Meter entfernt flitzte ein Eichhörnchen den nassen Stamm einer Kiefer hinauf. Es lief gut, er war im Flow.

Erst als er seinen eigenen Namen zum zweiten Mal hörte, hielt er irritiert inne. War er nicht alleine im Wald?

»Ilari.«

Auf dem Weg vor ihm war niemand. Ilari drehte sich um, ohne anzuhalten. Er sah nach rechts, sah nach links. Niemand. Ich höre Stimmen, witzelte Ilari in Gedanken und lief weiter.

»Hier oben, Ilari. Hier oben.«

Ilari fuhr zusammen. Die Stimme ließ ihn erschaudern. Weniger wegen der Tatsache, dass sie aus dem Wipfel einer Kiefer kam, sondern vielmehr wegen ihres Klangs. Ilari kannte diese Stimme. Entgegen seinem Instinkt stoppte er und blickte langsam am Stamm der Kiefer entlang nach oben. Er begann nachzudenken, stellte Querverbindungen her, kramte in der Vergangenheit, wog ab und suchte eine Erklärung für das, was nicht sein durfte und was nicht sein konnte!

»Du?«

Dann wurde es schwarz. Für immer.

SONNTAG

Hämäläinen lehnte an einer Kiefer. Er hielt ein Bier in der rechten Hand und betrachtete die Sonnenstrahlen, die sich im Wasser des Saimaa-Sees spiegelten. Petteri war noch mal auf den See hinausgerudert. Sie hatten zwar schon zwei Barsche gefangen, doch Petteri wollte noch etwas Fisch für die kommenden Tage haben. Die Sonne stand sichtbar am Himmel, von Westen aber wehte ein frischer Wind. Er schloss den Reißverschluss der Jacke und trank einen Schluck.

Am Freitag hatte er eine Einladung zum Essen bei Riita und Lasse gehabt. Doch er war außerstande gewesen, sie anzunehmen, und hatte eine gute Ausrede parat gehabt. Sie hätten den ganzen Abend über Niina gesprochen. Riita und Lasse wünschten nichts mehr auf der Welt, als zu erfahren, wo genau ihre Tochter war. Ihr Schwiegersohn wankte innerlich. Eigentlich war er immer mehr zu der Überzeugung gelangt, dass er die Suche nach Niina besser beendete. Hämäläinen wusste, was er hatte wissen wollen. Sie lebte. Natürlich hatte Anni ein Recht auf ihre Mutter. Aber sollte man nach einer Mutter suchen, die ihr Kind willentlich alleine gelassen hatte? Der letzte Blackout hatte ihm einmal mehr vor Augen geführt, wie tief Niina noch in seinen Gefühlen verankert war. Es gab zwei Möglichkeiten. Entweder stoppte er das Ganze, ganz gleich, was Riita und Lasse davon hielten, und suchte sich professionelle Hilfe. Damit auch die seelischen Wunden verheilten und Hämäläinen keine weiteren Anfälle erlitt. Oder er suchte weiter.

Das Vibrieren des Handys in der Hosentasche unterbrach seine Gedanken.

Es war Nyholm. Er rief aus dem Büro an. »Ilari Valkonen ist tot.«

Die Worte trafen ihn mit voller Wucht. Sofort war ihm klar, was für eine Lawine auf die Ermittlungsgruppe zurollte. Dieser Anruf zerschlug alle Überlegungen, die er angestellt hatte. Hämäläinen wurde gebraucht, aber hatte keine Ahnung, wie er die Kraft für das aufbringen sollte, was nun folgen würde.

»Bist du im Büro?«, fragte er Nyholm, obwohl er es längst wusste.

»Ich hatte Papierkram zu erledigen. Willst du überhaupt wissen, was passiert ist?«, fragte Nyholm.

»Natürlich. Entschuldige.«

»Er wurde beim Joggen erschossen.«

»Beim Joggen? War er wieder in der Stadt?«

»Nein. Es passierte in Turku, in einem Waldgebiet unweit seines Hauses.«

»Wie sind die Kollegen auf uns gekommen?«, fragte Hämäläinen. »Sie wissen von dem Mord an Sven Hansen. Sie können aber kaum wissen, wen wir alles dazu befragt haben.«

»Durch seine Frau. Sie hat sich sofort an das Gespräch von Jussi mit ihrem Mann erinnert.«

Hämäläinen wurde rot. Es war der logische Schluss, den er nicht gezogen hatte. »Ich mache mich auf den Weg«, erwiderte er.

Anni buddelte mit ihren beiden Spielkameraden in einem Sandkasten. Vermutlich würde sie bald wieder viel Zeit bei ihrer Großmutter verbringen.

»Was ist los?«, fragte Petteri, der gerade das weiße Ruderboot vertäute. Der Fischeimer, der unter der mittleren Sitzstrebe stand, war leer geblieben.

»Die Arbeit. Ein Fall in Turku, hängt jedoch irgendwie mit dem Mord an dem Deutschen zusammen.«

»Turku?«, meinte Petteri erstaunt.

Hämäläinen zeigte auf Anni.

»Fahr nur«, sagte Petteri. »Ich habe noch drei freie Tage. Maria und ich passen auf die Kleine auf.«

»Danke.«

Nahezu die gesamte Fahrt dachte Hämäläinen an Annis tränenreiches Gesicht. Es brach ihm jedes Mal aufs Neue das Herz, wenn er sie von jetzt auf gleich zurücklassen musste.

Erst mit Verzögerung realisierte er, was geschehen war. Ilari Valkonen war tot. Der Mann, der unter dem Namen Ville Kumpu im *Central Hotel* abgestiegen war. Es war derselbe Täter, der auch Sven Hansen erschossen hatte, daran zweifelte Hämäläinen nicht eine Sekunde. Doch Hansens Verbindungen nach Finnland blieben für ihn ein entscheidendes Rätsel. War es eine Verwechslung oder gab es eine Verbindung zwischen einem Polizeibeamten aus Deutschland und einem Zahnarzt aus Turku? Hämäläinen tendierte weiterhin zur tragischen Verwechslung.

Nyholm wartete bereits vor dem Präsidium. Sie fuhren direkt weiter. Auf der Fahrt telefonierte Hämäläinen mit Saara und schilderte ihr, was geschehen war. Sie wollten sich ein Bild von der Situation vor Ort machen. Danach würde er entscheiden, ob Saara nachkommen sollte. Ihre Stimme klang enttäuscht. Er bat sie, in den kommenden Tagen Nyholms Recherchen und den Eingang des richterlichen Beschlusses für das *Mökki* im Auge zu behalten.

Sie hielten unterwegs einmal, um eine Kleinigkeit zu essen. Nach zwei Stunden Fahrt erreichten sie Turku am frühen Abend. Mittlerweile regnete es. Je näher sie Turku gekommen waren, desto mieser war das Wetter geworden. Hämäläinen kannte das Präsidium von einer Schulung und steuerte den Wagen zielsicher in die richtige Straße.

Sie traten an die kleine Information, nannten ihre Namen und zeigten ihre Ausweise vor. Wenige Minuten später schritt ein grauhaariger, durchtrainierter Mann in Uniform die Treppe herunter und begrüßte die beiden. Es war Jami Hänninen, der Leiter des Morddezernates in Turku. Sie folgten ihm in den dritten Stock, wo er sie in einen großen Besprechungsraum führte. Dort saßen mehrere Personen vor aufgeklappten Laptops an einem langen rechteckigen Tisch. Die Kollegen unterbrachen ihre Arbeit und wurden durch Hänninen vorgestellt. Hämäläinen bezweifelte, dass er sich die ganzen Namen merken konnte.

Jami Hänninen deutete auf einen kleinen Tisch in einer Ecke des Raumes, auf dem Getränke und belegte Brote angerichtet waren. »Ihr müsst hungrig sein. Bedient euch.«

Ein Beamer projizierte ein Bild vom Tatort auf die große Leinwand am Ende des Raumes. Es war aus der Luft aufgenommen worden. Der Ort des Verbrechens lag in der Mitte eines kleinen Waldes, der von Wohn- und Gewerbesiedlungen umschlossen war.

»Ihr seht den Tatort«, sagte Jami Hänninen. »Das Waldstück liegt auf der Gemarkung von Mälikkälä, einem Randbezirk der Stadt Turku. Wie ihr von euren eigenen Ermittlungen wisst, wohnte Ilari Valkonen in Teräsrautela. Dieser Stadtbezirk grenzt im Osten an das Waldstück an. Valkonen wurde auf einem der Hauptpfade erschossen und dann in das Unterholz hineingezogen. Die Spurenlage am Tatort lässt darauf schließen. Valkonen wog 90 Kilo, der Täter hatte einiges an Kraft aufzubringen, um ihn in das dichte Unterholz zu schleifen. Unsere Techniker arbeiten mit Hochdruck an der Bestimmung der Tatwaffe. Es waren Gewehrpatronen. Definitiv ein Jagdgewehr.«

Hämäläinen schluckte den Bissen eines Käsebrotes herunter. »Die Tatzeit?«

»Gegen 7 Uhr am Morgen. Valkonen hat um 6.40 Uhr das Haus verlassen. Er lief stets die gleiche Runde und immer zur gleichen Zeit. Dreimal die Woche, jedoch an unterschiedlichen Tagen. Er lief zuerst eine Schleife durch den Stadtteil, anschließend rüber nach Raisio, einem kleinen eigenständigen Ort. Von dort nahm er den Weg über das Waldgebiet zurück nach Hause. Er brauchte meist 30 bis 35 Minuten. Vom Waldgebiet waren es etwa noch fünf Minuten.«

»Gibt es Besonderheiten?«

»Ja«, bestätigte Saku Kivilehto, dessen Namen er tatsächlich bereits vergessen hatte. Kivilehto zeigte auf den Laptop-Bildschirm vor sich. »Der vorläufige Ballistik-Bericht. Der Täter muss auf einen Baum geklettert sein. Der Schusskanal lässt keinen anderen Schluss zu. Valkonen wurde aus einem Winkel von 60 Grad getroffen.«

»Der Täter hat ihn also erwartet«, folgerte Hämäläinen. »Er kannte Valkonens Gewohnheiten.«

»Er hatte auch große Geduld«, bemerkte Jami Hänninen.

Hämäläinen verstand sofort, was er damit meinte. Der Täter hatte nicht wissen können, dass Valkonen an diesem Morgen laufen ging. Das einzig Veränderliche an dessen Gewohnheit, laufen zu gehen, waren die Tage, an denen er dies tat.

»Wer hat ihn gefunden?«

»Wir. Genauer gesagt unsere Spürhunde«, präzisierte Jami Hänninen. »Als Valkonen nicht wie gewohnt zurückkam, ist seine Frau die Strecke sowie andere Waldwege und Seitenstraßen mit dem Rad abgefahren. Nachdem sie ihn nirgends sehen konnte und sie auch auf Zuruf keine Antwort erhielt, rief sie die Polizei. Frau Valkonen konnte uns glaubhaft vermitteln, dass etwas passiert sein musste. Sogar in Krankenhäusern hatte sie angerufen. Wir fingen kurz darauf mit der Suche an. Gegen 12 Uhr haben die Hunde angeschlagen.«

»Irgendwelche Spuren?«, fragte Nyholm.

»Nein. Unsere Techniker sind vor Ort. Sie hoffen darauf, Kleidungsfasern an der Kiefer nachzuweisen. Es ist schwer vorstellbar, dass der Täter in einen Baum geklettert ist, ohne wenigstens eine kleine Faser zu hinterlassen. Aber es ist mühsam, einen Baum abzusuchen. Die Techniker mussten erst Kletterausrüstung auftreiben.«

»Zeugen?«, wollte Hämäläinen wissen.

»Nein. Wir gehen von einem Schalldämpfer aus. In dem Gebiet ist Jagen untersagt. Wir hätten wohl längst Anrufe erhalten, wenn der Schuss zu hören gewesen wäre.«

»Wie geht ihr weiter vor?«

»Wir werden Flugblätter in der Stadt und in den angrenzenden Ortschaften verteilen, außerdem gibt es einen Aufruf im Lokalradio. In der Zeitung erscheint ohnehin ein Artikel.«

»Was ist mit Valkonens Praxis und dem persönlichen Umfeld?«

»Die Befragungen laufen schon, und morgen werden wir die Praxis durchsuchen.«

Hämäläinen und Nyholm erzählten den Kollegen ausführlich von ihren eigenen Ermittlungen. Gemeinsam wurde danach beschlossen, am nächsten Tag zum Tatort zu fahren.

Während der Besprechung hatten die Kollegen ihnen eine Übernachtung organisiert. Die beiden fanden Platz in einem Gasthaus, das auch mehrere Zimmer vermietete. Sie wechselten einige Worte mit dem Gastwirt, tranken ein Bier und legten sich schlafen.

Im Bett dachte Hämäläinen über die Fahrt nach. Obwohl Ilari Valkonen tot war, hatten sie kaum darüber gesprochen.

Es war nicht an einem bestimmten Punkt festzumachen, doch ihr Konflikt hatte sich wieder wie eine unsichtbare Mauer zwischen sie geschoben. Es erweckte den Anschein, als setzten sie beide darauf, dass die Sache mit der Zeit vergessen war. Mit einem schlechten Gewissen wegen Anni, die Hämäläinen nicht mehr gesprochen hatte, schlief er ein.

MONTAG

Hämäläinen stand um 5.30 Uhr auf, nahm die Treppe in das Untergeschoss und schaltete die Sauna an, so wie es ihnen der Gastwirt am Abend zuvor gezeigt hatte. Er nutzte die Zeit, bis die richtige Temperatur erreicht war, zur Morgenwäsche. Schließlich verbrachte Hämäläinen fast 20 Minuten bei milder Hitze in der fensterlosen Fichtensauna. Es dauerte ungefähr noch mal so lange, bis er gemeinsam mit Nyholm an einem reichhaltig gedeckten Frühstückstisch saß. Draußen wurde es Tag. Noch immer regnete es kräftig, und der Wind pfiff hörbar zwischen den Häusern. Er aß vier Brötchen und ein Frühstücksei.

Eine Stunde später liefen sie zusammen mit Jami Hänninen zum Tatort. Es war nasskalt, und Hämäläinen bereute es, dass er keine dickere Jacke angezogen hatte. Wenigstens der Regen hatte spürbar nachgelassen.

Während des Frühstücks hatten sie diskutiert, was der Mord an Valkonen für ihre Ermittlungen bedeutete. Auch wenn sie die Optionen schon am Vortag durchgegangen waren, war es Hämäläinen wichtig gewesen, auch mit Nyholm nochmals darüber zu sprechen. Dieses Mal war ihr Gespräch frei von unsichtbaren Mauern verlaufen. Nyholm hatte seine Ansicht geteilt. Durch Valkonens Tod war eine Verwechslung wieder wahrscheinlicher geworden und die Erfindung des Ville Kumpu wohl ein Selbstschutz. Dennoch blieben die Beziehungen von Sven Hansen nach Finnland weiterhin ungeklärt. Auch eine Verbindung zwischen Sven Hansen und Ilari Valkonen alias Ville Kumpu erschien möglich. Die Ermittlungen mussten weiter mit Hochdruck in alle Richtungen geführt werden.

Der Weg, auf dem Ilari Valkonen joggen war, verlief durch einen Kiefernwald. Er war asphaltiert, für Fahrzeuge aber gesperrt.

»Hier wurde Valkonen erschossen«, sagte Jami Hänninen und blieb abrupt stehen.

Zehn Meter entfernt schimmerte der weiße Anzug eines Kriminaltechnikers durch das Dickicht des Wäldchens. Er hing an einem Seil und strich mit einem Pinsel vorsichtig die Rinde einer Kiefer entlang. Dann gingen sie selbst in das Dickicht.

»Hier hat Valkonen gelegen.« Hänninen deutete auf den Boden. »Auf dem Bauch. Das Gesicht des Leichnams wurde vom Täter bewusst in den Waldboden gedrückt. Kleine Erdablagerungen deuten darauf hin.«

»Hat er vielleicht geglaubt, dass Valkonen noch gelebt hat?«, wollte Nyholm wissen.

»Das ist schwer vorstellbar. Er hat ihn in den Wald gezerrt. Valkonen war durch den Schuss sofort tot.« Hänninen zeigte nach oben. »Der Regen kommt zum denkbar schlechtesten Zeitpunkt. Die Spurenlage ist dürftig.«

Der Leichenfundort war von dichten Sträuchern umgeben und durch einen umgestürzten Baumstamm geschützt. Auf Hämäläinen wirkte diese Stelle bewusst gewählt. Er lieh sich von den Kriminaltechnikern eine Leiter und kletterte auf eine der Kiefern.

»Was machst du?«, fragte Nyholm.

»Ich möchte wissen, wie weit man sehen kann«, erwiderte Hämäläinen.

Nachdem er sich einen Eindruck verschafft hatte, stieg er vorsichtig herab. »Der Weg ist in beide Richtungen ein gutes Stück einsehbar. Der Täter hatte alles im Blick, auch potenzielle Zeugen«, erklärte er.

»Er war vorbereitet«, bemerkte Hänninen.

Hämäläinen nickte zustimmend. Erst jetzt fiel ihm eine wichtige Frage ein. »Was sagt Frau Valkonen? Fehlt etwas von den Sachen ihres Mannes?«

»Nein. Valkonen hatte sein Handy dabei, das wir auch gefunden haben. Es steckte in der rechten Seitentasche seiner Laufjacke, zusammen mit einer angebrochenen Packung Lutschbonbons. Der Haustürschlüssel war an den Schnürsenkeln befestigt.«

»Wann können wir mit Kaisa Valkonen sprechen?«

»Sofort. Ich habe gestern Abend mit ihr geredet. Sie ist den ganzen Tag zu Hause. Ich fahre euch.«

Hämäläinen überlegte. Entweder war Sven Hansen verwechselt worden, oder der Täter hatte es auf beide abgesehen. Er wollte in diesem Fall ungern als Teil einer gemeinsamen Ermittlungsgruppe agieren und auf die tüchtige und gewissenhafte Arbeit der Kollegen aus Turku vertrauen. Stattdessen wollte der Ermittler die Zügel selbst in der Hand halten und beurteilen, was wichtig war. Nach dem Gespräch mit Kaisa Valkonen würde er eine Entscheidung fällen.

Hämäläinen spielte mit dem Gedanken, den Fall an sich zu reißen. Die verkrustete Struktur des Polizeiapparates, die seit einer Reform in den 80ern unverändert war, ließ dies zu. Das Polizeipräsidium in Helsinki war die Schaltzentrale des Landes. Doch hier lag auch das Problem. Genau wegen der verkrusteten Strukturen und weil es längst nicht mehr mit den Ressourcen der Polizei vereinbar war, gab es seit Jahren ein ungeschriebenes Gesetz: Helsinki mischte sich nicht in die Fälle anderer Polizeibezirke ein. Aus diesem Grund scheute er den offiziellen Weg.

Kaisa Valkonen wirkte gefasst. »Glauben Sie, es war derselbe Täter?«, fragte sie Hämäläinen.

Dieser nickte. »Davon müssen wir ausgehen. Gibt es etwas, was Ihr Mann uns verschwiegen hat?«

»Was soll er Ihnen verschwiegen haben? Er hatte keine Feinde. Mein Gott, Ilari war Zahnarzt. Hin und wieder ist einem Patienten die frischgesetzte Krone herausgefallen. Aber deswegen bringt man doch niemanden um. Er führte die Praxis alleine. Es gibt daher auch keinen Geschäftspartner, der aus irgendeinem Grund sauer auf ihn gewesen sein könnte.«

»Bei seinen regelmäßigen Aufenthalten in Helsinki verwendete er einen anderen Namen. Wussten Sie das?«

Kaisa Valkonen schaute ihn völlig verdattert an. »Einen anderen Namen? Wie meinen Sie das?«

»Genauso, wie ich es sagte«, antwortete Hämäläinen und merkte, wie unhöflich seine Antwort gewesen war. »Er benutzte den Namen Ville Kumpu, wenn er im *Central Hotel* abstieg.«

Kaisa Valkonen öffnete erstaunt den Mund. Es dauerte, bis auch Worte folgten. »Ville Kumpu war ein Freund von ihm. Er ist vor eineinhalb Jahren bei einem Wanderunfall ums Leben gekommen. Ilari war dabei. Es war tragisch. Ville Kumpu wollte zwei Monate später heiraten.«

»Uns sagte er, dass heutzutage zu viele Daten gespeichert werden und er sich auf diese Weise ein Stück Freiheit bewahren wollte«, warf Nyholm ein.

»Das ist Ilari«, erwiderte Kaisa Valkonen. »Er hat sich Vorwürfe gemacht. An dem Tag, als es passierte, war das Wetter schlecht. Sie hätten nie und nimmer aufbrechen dürfen. Ilari hat es nicht so mit Gefühlen, deshalb wohl dieser Unsinn mit den Daten und der Freiheit. Ich glaube, der falsche Name war seine Art, Ville Kumpus zu gedenken.«

»Wer wusste von seiner Joggingrunde?«

»Keine Ahnung. Vermutlich wird er in der Praxis aber davon gesprochen haben.«

»Können wir uns im Haus umsehen?«, fragte Hämäläinen.

»Das haben wir bereits getan«, bemerkte Jami Hänninen mit Nachdruck.

Hämäläinen sah Kaisa Valkonen auffordernd an. Er war bereit für den steinigen Weg.

»Bitte«, antwortete sie nach kurzem Zögern und ließ eine einladende Handbewegung folgen. »Solange es Ihnen weiterhilft und Sie diesen Kerl finden.«

Hämäläinen atmete tief durch. Die erste Runde hatte er gewonnen. »Habt ihr etwas gefunden?«, fragte er Hänninen.

Hänninen schloss für Sekunden die Augen, ehe er antwortete. »Wir haben einen Laptop mitgenommen und eine Kiste mit Unterlagen, die geschäftlicher Natur sind.«

Aufmerksam schritten die beiden Zimmer für Zimmer durch das Haus. Kaisa Valkonen und Jami Hänninen waren in der Küche sitzen geblieben. Die Einrichtung war schlicht und zweckmäßig. Ein Bücherregal, das so wirkte, als wären die gelesenen Bücher entfernt worden. Ein Gästezimmer mit schmalem Bett, Tisch und Stuhl, keinerlei Bilder an der Wand. Ein Badezimmer ohne Läufer und Duschvorhang, ein kleiner Spiegel über dem Waschbecken. Hämäläinen fehlte es in diesem Haus an Wärme.

Im Schlafzimmer sahen sie den Kleiderschrank durch und zogen den staubigen Koffer hervor, der zwischen der Decke und der Oberseite des Schrankes steckte. Bevor Hämäläinen den Koffer öffnete, wischte er den Staub vorsichtig mit einem Taschentuch ab.

Hänninen und seine Leute hatten den Koffer offensichtlich außer Acht gelassen. Das Hauptfach war leer. Hämäläinen öffnete das Seitenteil und holte ein zugeklebtes Briefkuvert daraus hervor. Es war vergilbt. Sie nickten sich zu. Hastig schob er das Briefkuvert in die Innentasche seiner Jacke.

Das Arbeitszimmer war klein. Sie fanden unbedeutende Unterlagen, die mit der Zahnarztpraxis in Zusammenhang standen. Zum Schluss stiegen sie in den Keller hinab. Hämäläinen hatte wenig Lust, länger in fremden Sachen zu wühlen. Zum Glück war alles penibel aufgeräumt. Sie stellten drei Umzugskartons aus einem Regal auf den Boden. Neben offensichtlich ausgetragener Kleidung fanden sie eine unvollständige Taucherausrüstung.

Hämäläinen gab Nyholm ein Zeichen, während er sich das Handy ans Ohr hielt.

»Tiivola.«

Hämäläinen setzte seine Vorgesetzte über den Mord in Kenntnis und kam rasch zum eigentlichen Punkt.

»Bist du übergeschnappt?«, protestierte Jaana Tiivola. »Du kannst die Ermittlungen nicht einfach an dich ziehen. Über diesen Status sind wir schon lange hinweg. Warum auch? Was spricht gegen ein gemeinsames Ermittlungsteam?«

»Ich habe meine Entscheidung längst mitgeteilt«, log Hämäläinen.

»Du hast *was*? Das rückst du wieder gerade«, mahnte Jaana Tiivola.

»Dadurch verliere ich mein Gesicht«, betonte Hämäläinen. »In gewisser Weise gilt das wohl auch für dich.«

»Soll das etwa heißen …?«

»Ja, genau. Das Vorgehen war natürlich mit dir abgesprochen. Besser gesagt, ich habe nach deiner Anweisung gehandelt.«

Das längere Schweigen am anderen Ende der Leitung behagte ihm nicht. »Darüber reden wir noch«, meinte Jaana Tiivola schließlich in einem beängstigend ruhigen Tonfall. »Es ist dein Fall, es war deine Entscheidung. Enttäusch mich nicht. Ich möchte Ergebnisse sehen, sofern du deinen Job behalten möchtest. Ich komme am Mittwoch selbst nach Turku.«

»Was war das denn?«, fragte Nyholm.

»Ich habe die Ermittlungen an uns übertragen. Jetzt müssen wir es noch Hänninen beibringen«, antwortete Hämäläinen und blickte zufrieden in das verdutzte Gesicht von Nyholm.

Sie gingen in die Küche und verabschiedeten sich von Kaisa Valkonen.

»Fündig geworden?«, knurrte Jami Hänninen draußen vor dem Fahrzeug.

»Nein«, erwiderte Hämäläinen und legte die Hand um das Kuvert in der Jackentasche. Er wartete, bis Jami Hänninen den Wagen gestartet hatte und auf die Straße eingebogen war. »Wir werden die Ermittlungen übernehmen.«

»Klar. Ihr werdet die Ermittlungen übernehmen«, feixte Jami Hänninen. Erst als er merkte, wie ernst es Hämäläinen war, verstummte sein Lachen. »Ihr seid in Turku. Schon vergessen? Meine Stadt, meine Ermittlungen.«

»Dennoch ist die Ermittlung ab sofort Sache der Polizeidirektion Helsinki. Anweisung von unserer Chefin.«

Jetzt erst verstand Jami Hänninen. »Ihr beruft euch auf eine Regelung aus den 80er-Jahren. Ihr kennt das ungeschriebene Gesetz? Übernehmt ihr diesen Fall, vergiftet ihr die Stimmung im Land und bekommt künftig die Fälle zugeschustert, auf die andere Polizeidienststellen keine Lust haben.«

»Mein Ruf hat schon in den eigenen Reihen gelitten«, rutschte es Hämäläinen heraus. »Ein paar Feinde mehr oder weniger ...« Er ließ den Satz unvollendet im Raum stehen.

»Das letzte Wort ist noch nicht gesprochen«, schnaubte Hänninen und schwieg auf dem restlichen Weg.

Auf dem Parkplatz des Präsidiums wechselten die Kommissare sofort in ihren Wagen. Zuvor erinnerten sie Jami Hänninen nochmals daran, wessen Ermittlungen es ab nun waren.

Auf dem Weg ins Gasthaus glaubte Hämäläinen, ein Lächeln auf Nyholms Lippen zu erkennen. Würde ihm sein Vorgehen in den eigenen Reihen am Ende mehr helfen, als es ihm schadete? Auch wenn es durch den Mord an Valkonen ohnehin keine ernsthafte Option mehr dargestellt hatte, so war ihm der Rücktritt von den Ermittlungen nun endgültig unmöglich geworden. Er konnte nicht solche eigenmächtigen und weitreichenden Entscheidungen treffen und dann einen Rückzieher machen. Hämäläinen spürte den Druck, den er sich aufgeladen hatte. Er parkte den Wagen und griff nach dem Kuvert. Vorsichtig trennte er die zugeklebte Stelle mit einem Schlüssel auf.

»Amerikanische Dollars«, stellte Nyholm fest. »Ausschließlich Hunderter.«

Sie zählten das Geld.

»15.000 Dollar«, staunte Nyholm.

»Wie ist er an diesen hohen Betrag einer ausländischen Währung gekommen, und warum bewahrte er ihn im Schlafzimmer auf? Wir müssen Kaisa Valkonen fragen, ob sie von dem Geld wusste. Es war schon länger dort versteckt.«

»Weswegen?«, entgegnete Nyholm. »Weil der Briefumschlag vergilbt war? Er kann das Geld trotzdem erst neulich hineingesteckt haben. Wobei der Staub eher dagegen spricht. Jedoch kann es auch Kaisa Valkonen dort versteckt haben.«

Hämäläinen erkannte, wie berechtigt Nyholms Einwand war. Erschrocken nahm er zur Kenntnis, dass er wichtige Kleinigkeiten nicht mehr treffend beurteilte.

Eine halbe Stunde später saßen sie in der Sauna und sprachen über das weitere Vorgehen.

»Wir müssen mit allen Leuten aus der Praxis sprechen, so viel steht fest«, sagte Hämäläinen, während er zwei Kellen Wasser auf die Steine goss.

»Was wissen wir über Valkonens Umfeld?«, fragte Nyholm.

»Er hielt sich gegenüber Jussi sehr bedeckt. Er spielte wohl Floorball. *Dragon Fighters Turku*. Vierte Liga.«

»*Dragon Fighters Turku*? Ein bescheuerter Name«, entfuhr es Nyholm.

Hämäläinen tropfte der Schweiß von der Stirn. Er genoss den Hitzeschwall, den der Aufguss hervorgerufen hatte.

»Wir brauchen unsere eigenen Leute vor Ort«, stellte Nyholm fest. »Ich unterstütze dein Vorgehen. Den Ärger ist es wert. Von Hänninen darfst du aber keine Unterstützung mehr erwarten.«

Hämäläinen blieb ihm eine Antwort schuldig. Was sollte er auch sagen? Nyholm hatte recht.

»Wir benötigen außerdem ein Quartier«, fuhr Nyholm fort. »Wenigstens für ein paar Tage, bis die Befragungen beendet sind. Das hiesige Polizeipräsidium scheidet jetzt wohl aus.«

Schweigend absolvierten sie einen zweiten Durchgang.

Innerhalb kürzester Zeit hatte das Sekretariat des Polizeipräsidiums ab Dienstag eine geeignete Unterkunft organisiert. Das *Hotel Maria* in der Puutarhakatu schien ideal. Es lag zentral, hatte einen großen, modernen Seminarraum und ausreichend Parkplätze. Schlussendlich forderten sie drei zusätzliche Kräfte und einen Kriminaltechniker zur Verstärkung an. Er entschied zudem, dass Saara in Helsinki blieb und alles Wesentliche vor Ort koordinierte. Ihre Enttäuschung war noch deutlicher spürbar gewesen.

Die Trainingshalle der *Dragon Fighters* lag in Maaria, einem Stadtteil im Norden von Turku. Er nutzte die Fahrt, um mit Petteri zu sprechen, während Nyholm die drei Mitarbeiterinnen von Ilari Valkonen für den nächsten Morgen einbestellte. Den Schlüssel für die Praxis hatten sie am Nachmittag bei Kaisa Valkonen abgeholt. Auf die 15.000 Dollar wollten sie Kaisa Valkonen erst nach dem Gespräch mit den Praxismitarbeiterinnen ansprechen, wenn sie weitere Informationen über Ilari Valkonen gesammelt hatten. Anni ging es gut. Sie war im Garten und spielte mit den anderen Kindern. Ihr Vater wollte sie nicht aus ihrer heilen Welt entreißen und verzichtete schweren Herzens darauf, ihre Stimme zu hören. Er steckte das Handy weg und fühlte, wie ihn ein dumpfer Schmerz erfasste. Gewiss freute Hämäläinen das Wohlbefinden von Anni. Sie war der wichtigste Mensch in seinem Leben, und das schlechte Gewissen, das ihn stets überkam, wenn er sie verlassen musste, war unerträglich. Urplötzlich aber trieb ihn die Furcht, er könnte nicht mehr wichtig für Anni sein. Es war die Freude, die sie in einem fremden Umfeld versprühte, die ihm das Herz zerriss. Er biss sich auf die Unterlippe, schloss die Augen und schaffte es so, die Tränen zurückzuhalten. Vor Nyholm wollte Hämäläinen keine Gefühle zeigen.

In der Trainingshalle roch es nach kaltem Schweiß und modrigem Holz. Es war dieser spezielle Geruch, den nur alte und schlecht belüftete Sporthallen verströmten und den Hämäläinen irgendwie mochte. Ein rüdes Foul, das in ein paar bösen Worten gipfelte, bot ihnen die Gelegenheit, das Team zu sprechen. Sie zeigten ihre Ausweise und erklärten, was geschehen war. Offensichtlich waren die Spieler schon durch Kaisa Valkonen informiert worden.

»Sie kommen aus Helsinki? Müssen wir Ihre Fragen sofort beantworten oder können wir das morgen bei der Polizei in Turku tun?«, fragte ein klein gewachsener Spieler, dessen linker Arm mit Tätowierungen übersät war.

Der Protest überraschte Hämäläinen. Er fand es geschmacklos und wurde sogar leicht wütend, da plötzlich die Mehrzahl der Spieler in dieselbe Kerbe schlug. Erst nachdem der Trainer einschritt, endete die Diskussion, und sie konnten mit den Befragungen beginnen.

»Ilari war ein Einzelgänger«, erzählte der tätowierte Protestführer, als er neben dem Ermittler auf der kleinen Holztribüne saß. »Er spielte seit einem halben Jahr bei uns. Ilari konnte das Tempo nicht mehr mitgehen. Er lebte von seiner Erfahrung und spielte immer nur wenige Minuten.«

»Wieso hat er dennoch einen Platz im Team bekommen?«

Henri Kettunen fuhr sich durch das dichte schwarze Haar und band es zu einem Zopf, während er antwortete. »Wir hatten im letzten Jahr die Seuche. Drei schwere Verletzungen und zwei Spieler, die uns verlassen haben. Markus Wardi, unser Torwart, war Patient bei Ilari. So kam der Kontakt zustande. Ich war von Beginn an dagegen. Nach und nach fanden wir neue Spieler. Da war er völlig fehl am Platz. Aber es fällt schwer, jemanden rauszuwerfen, der einem in der Not geholfen hat.«

Dieses Mal kündigte sich der Anfall einige Sekunden im Voraus an. Hämäläinen achtete auf seine Atmung und bekämpfte die Angst mit der Mahnung an sich selbst, diese Angst für Anni in den Griff bekommen zu müssen. Er suchte Halt und umklammerte das schmale Holz der Sitzreihe.

»Hat er es selbst gemerkt?«, fragte Hämäläinen mit leiser Stimme, während er auf einen ruhigen Atemrhythmus bedacht war.

»Mit Sicherheit. Doch Ilari war auch sehr stolz. Vielleicht wollte er das Ende der Runde abwarten und dann eine geeignete Erklärung vorschieben.«

Die gleichmäßige Atmung zeigte Wirkung. »Hat es Ärger gegeben?« Seine Stimme klang wieder sicherer.

»Nein. Wie gesagt, er war ein Einzelgänger. Er unternahm selten etwas mit dem Team. Wahrscheinlich waren wir ihm auch zu jung. Wir sind alle in den 20ern und feiern gern.« Er deutete zu einem Kasten Bier, der hinter der Bande abgestellt war.

»War Ilari in letzter Zeit verändert?«

»Nein. Aber sagen Sie, warum ermittelt Helsinki in diesem Fall? Wir haben doch auch hier in Turku eine Polizei.«

»Das tut nichts zur Sache«, wehrte Hämäläinen ab und entfernte einen Splitter, den er sich auf der wackeligen Bank eingefangen hatte. Er hatte die Kontrolle zurück. Hämäläinen gab Henri Kettunen zum Dank die Hand und winkte den Trainer herbei.

»Es sind gute Jungs«, nahm Antti Kurki sein Team in Schutz. Er trank einen Schluck aus seiner Wasserflasche.

»Keine Ahnung, was das vorhin sollte. Vielleicht hat sie die Situation überrascht. Wir haben eher ein offizielles Schreiben im Briefkasten erwartet.«

»Haben Sie eine Ahnung, warum Ilari umgebracht wurde?«

»Nein.«

»Hat es Ärger gegeben? War Ilari Valkonen verändert?«, stellte er routinemäßig dieselben Fragen.

»Er war wie immer«, antwortete Antti Kurki knapp.

Etwa eine Stunde später waren sie fertig. Hämäläinen war mit seinen Kräften am Ende, und es fiel ihm schwer, einen klaren Gedanken zu fassen. Durch den Anfall hatte er einen Blick in seine Seele erhascht. Niina war ihm zu keinem Zeitpunkt egal gewesen. Er wollte wissen, wo sie war und warum sie dort war. Kurz entschlossen griff Hämäläinen nach dem Handy und suchte in der Kontaktliste die Nummer von Daavid Pesonen. Er fixierte die grüne Wahltaste, widerstand aber dem Verlangen, sie zu drücken. Er wusste selbst nicht, warum.

Am Abend schauten Hämäläinen und Nyholm gemeinsam das Spiel von *Jokerit* bei *Dynamo Moskau*. Nach einem spannenden Spiel gewann *Jokerit* zwei zu eins nach Verlängerung.

»Einfach klasse, wie unsere Jungs den späten Ausgleich weggesteckt haben«, freute sich Nyholm auf dem Weg zu ihren Zimmern.

»Das stimmt. Es macht derzeit einfach Spaß, die Spiele anzuschauen«, erwiderte Hämäläinen und wünschte Nyholm eine gute Nacht.

DIENSTAG

Am nächsten Morgen fuhren sie zur Praxis. Kriminaltechniker Hannu Mielonen war derweil auf dem Weg zu ihnen. Es hingen dunkle Wolken über der Stadt, doch es war längst nicht mehr so kalt wie tags zuvor. Die beiden nutzten die Zeit, die ihnen bis zum Eintreffen der Frauen blieb, und sahen sich um. Die Praxis war übersichtlich. Es gab zwei Behandlungsräume, ein Röntgenzimmer und einen offenen Wartebereich, der auch die Anmeldung einschloss. Direkt dahinter befand sich eine winzige Teeküche.

Gegen 8.30 Uhr war ihnen klar, dass die Sache aus dem Ruder lief. Hämäläinen hatte einen Kreislauf angeschoben, der unmöglich aufzuhalten war. Einzig die Praxismitarbeiterin Sanni Petrell war erschienen. Sie hatte bei einer Freundin übernachtet, und ihr Akku war schon seit dem frühen Abend leer. Wütend griff Hämäläinen nach dem Telefon in der Anmeldung. Es dauerte einen Moment, ehe er verstand, dass bei ausgehenden Gesprächen zuerst die Null gewählt werden musste.

»Jami Hänninen, Polizei Turku.«

»Was soll das?«, brüllte Hämäläinen ins Telefon.

Nyholm zuckte zusammen.

»Aha, der Kommissar aus Helsinki«, entgegnete Hänninen süffisant.

»Wo sind die Angestellten von Valkonen?«

»Die kommen in diesen Minuten ins Präsidium.«

Ihm blieb nur eine Möglichkeit. Er wählte die Nummer von Jaana Tiivola, und auch in diesem Fall verzichtete er auf die üblichen Begrüßungsrituale. »Turku reißt die Ermittlungen wieder an sich.«

»Mika. Was machst du?«, stöhnte Jaana Tiivola. »Ich muss meinen Kopf erst morgen in den Wind halten und Kuuselas Wutanfälle über mich ergehen lassen. Weißt du eigentlich, wie vielen Leuten im Dezernat ich schon den Arsch gerettet habe, weil ich unserem Polizeipräsidenten in selbigen gekrochen bin? Jetzt bin ich gezwungen, deine Scheiße auszumerzen. Was meinst du, was Kuusela dazu sagen wird?«

»Er wird sich auskotzen und mich einen Idioten nennen. Du wirst ihm den Hintern küssen, und alles ist vergessen«, erwiderte Hämäläinen und war mehr von Jaana Tiivolas unverblümter Antwort als von seiner eigenen rotzfrechen Wortwahl überrascht.

Dabei war Hämäläinen kaum zum Scherzen zumute. Heute Morgen hatte er eine der Tabletten eingeworfen, die ihm vor fünf Tagen in einem Drogeriemarkt in die Hände gefallen waren. Auf eine Wirkung wartete er noch. Er probierte alles, um durchzuhalten.

»Wenn diese Sache misslingt, wirst du dafür geradestehen«, mahnte Jaana Tiivola mit bedrohlicher Stimme. »Ich komme morgen nach Turku.«

»Wir tun das Richtige«, beschwichtige er, wohlwissend, wie wenig das Gerede brachte.

Hämäläinen legte auf. Wie aus dem Nichts bekam er Herzrasen. Erst Sekunden später dämmerte es ihm. Es war kein neuer Anfall. Er war einfach nur nervös. Plötzlich fürchtete Hämäläinen um seinen Posten. Er war selbst erstaunt, wollte er doch kürzlich noch alles hinschmeißen. Von nun an ging es aber um mehr als um seinen Job. Das Ansehen und der Einfluss der Polizeidirektion Helsinki standen auf dem Spiel. Er hatte eine mittlere Polizeikrise losgetreten, und die kommenden Stunden würden wohl nicht nur über seine weitere Laufbahn entscheiden.

Sanni Petrell hatte erst vor vier Wochen ihre Ausbildung bei Ilari Valkonen begonnen. Ihr war nichts aufgefallen, was für die Ermittlungen von Belang schien. Ihre größte Sorge galt dem weiteren Verlauf ihrer Ausbildung. Sie schickten Sanni Petrell nach Hause und warteten auf Hannu Mielonen, der sich wohl verspätete. So zumindest interpretierte Hämäläinen die wirre Textnachricht.

»Straße zu Ende. Baustelle. Hafen. Navi tot.«

Die Patientenakten lagen in einem Rollcontainer. Zuerst wollten sie diesen zum Fahrzeug tragen, doch er war viel zu schwer. Also entnahmen sie die einzelnen Mappen und stapelten sie auf dem Boden. Beide vertrauten sie auf Hannu Mielonen – er würde sicher genug leere Kartons im Wagen haben. Hämäläinen öffnete mehrere Schubladen und blickte auf Büromaterialien und zwei Packungen mit sterilen Handschuhen. Vorsichtig fuhr er mit der Hand an der Unterseite jeder einzelnen Schublade entlang. Fehlanzeige. Dennoch wusste er, was für ein beliebtes Versteck dies oftmals war. Er hob die Tastatur an und grinste, da darunter die Zugangspasswörter für die beiden Computer auftauchten. Dabei wurde ihm ein peinlicher Fehler offenbar: Sie hatten Sanni Petrell nicht danach gefragt. An und für sich war es auch egal. Sie hatten die Zugangsdaten jetzt ja. Das zählte.

Es gab etwas anderes, was ihn daran störte. Vor Wochen hätte Hämäläinen wie von selbst nach diesen wichtigen Details gefragt. Er hatte seine ganz eigene Routine, die ihm in solchen Momenten fast spielerisch von der Hand ging. In letzter Zeit war ihm diese Fähigkeit abhandengekommen. Er machte Fehler, die ihm zuvor niemals unterlaufen wären. Gleichzeitig aber verstand er dadurch, was ihn normalerweise von den anderen Ermittlern unterschied und warum er Stellvertreter geworden war.

Kurz nach 10 Uhr stand Hannu Mielonen mit einem nass geschwitzten Hemd in den Räumen der Praxis.

»Dein Vorgehen verbreitet sich wie ein Lauffeuer«, begrüßte er Hämäläinen.

Dieser zuckte mit den Schultern und setzte einen entschuldigenden Blick auf. Dann zeigte er auf die Computer und drehte die Tastatur um. »Die Zugangsdaten haben wir.«

»Ich baue die Computer ab, fahre zurück und bringe sie Paajanen. Oder werde ich hier noch gebraucht?«

»Der Laptop von Ilari Valkonen«, warf Nyholm ein. »Die Kollegen aus Turku haben ihn aus dem Haus mitgenommen.«

Hämäläinen hob die Hand. »Warten wir ab, wie sich die ganze Sache entwickelt. Morgen kommt Jaana Tiivola. Bis dahin wissen wir hoffentlich mehr. Der Laptop ist schnell nach Helsinki gebracht.«

»Soll ich hiermit lieber noch warten?«, fragte Hannu Mielonen, während er die Kabelverbindungen der Computer untersuchte.

»Nein«, bekräftigte Hämäläinen und schob trotzig nach. »Wir werden diese Ermittlungen weiterführen.«

Sein Handy klingelte. Es war Saara.

»Gestern kam die Anordnung, heute hat die Reiseagentur geantwortet. Sven Hansen hat vor zwei Jahren tatsächlich ein paar Tage in dem *Mökki* auf dem Foto verbracht«, sagte sie.

Er war schlagartig hellwach. »War Sven Hansen allein?«

»Ja. Er war Einzelgast und hatte für fünf Tage gebucht.«

Das war nicht die Antwort, die sich Hämäläinen erhofft hatte. »Wenigstens haben wir es jetzt schwarz auf weiß. Ich hatte mit einer weiteren Person gerechnet. Wenngleich wir den Namen erst mit einer weiteren Anordnung erhalten hätten.«

»Wie kommt ihr voran?«

»Wir haben die Ermittlungen an uns gezogen, wie du schon weißt.«

»Wenn das mal gut geht.«

»Ilari Valkonen hatte einen Umschlag mit 15.000 Dollar in seinem Haus versteckt.«

»Das ist eine Menge Geld. Was sagt Frau Valkonen dazu?«, wollte Saara wissen.

»Hänninen und seine Leute haben das Geld übersehen, weswegen wir Kaisa Valkonen vor Ort nicht damit konfrontieren wollten.«

Saara lachte. »Verstehe.«

»Wir sind gerade in der Praxis von Valkonen. Wir werden mit dessen Angestellten sprechen und warten auf den Bericht der Kriminaltechnik.«

Sie beendeten das Gespräch.

»Es ist bestätigt. Sven Hansen war vor zwei Jahren Gast in dem *Mökki*. Leider war er alleine.«

»Wir müssen mehr über das Mehrfamilienhaus herausfinden«, befand Nyholm. »Wenn es denn überhaupt in Finnland steht.«

Hämäläinen nutzte die Zeit, die Hannu Mielonen für den Abbau der Computer brauchte, und holte einige Kartons aus dem Wagen. Er hatte den Kofferraum gerade geschlossen, da wurde er sich des Geruchs erst richtig bewusst. Hämäläinen öffnete die Fahrertür. Es war eindeutig. Die Vorschriften scherten ihn einen Dreck. Seinetwegen konnte Mielonen in einem Polizeifahrzeug rauchen. Viel schlimmer war das Zeug, das Mielonen rauchte. Aus dem Fahrzeug drang der Geruch von Cannabis. Er war völlig perplex, schnüffelte erneut, dann war er sich sicher.

Minutenlang lehnte Hämäläinen am Fahrzeug und überlegte, was er tun sollte. Er würde Hannu Mielonen keinesfalls bei Jaana Tiivola anscheißen. Das stand außerhalb jeglicher Diskussion. Hämäläinen schloss das Fahrzeug und schleppte die Kartons in die Praxis. Dort ging er zur Toilette, entleerte seine Blase und suchte weiter nach einer Lösung. Schlussendlich jedoch gab es nur die eine. Er musste Hannu Mielonen darauf ansprechen, direkt und unverblümt. Cannabis war längere Zeit nachweisbar. Hannu Mielonen hätte keine Chance, aus der Sache herauszukommen.

Hämäläinen drückte die Spülung und wusch sich die Hände. Er hörte, wie das Wasser nur tröpfchenweise in den Spülkasten nachfloss, und öffnete die Abdeckung. Das Einlassventil war verkalkt. Er wusste nicht, warum er überhaupt nachgesehen hatte. Da entdeckte er den zusammengefalteten Plastikbeutel. Vorsichtig nahm Hämäläinen den Beutel aus dem Spülkasten, trocknete ihn mit dem Handtuch ab und faltete ihn auf. Ein Schlüssel lag darin. Er griff nach einem Stück Toilettenpapier, damit er keine Fingerabdrücke hinterließ. Der Schlüssel war vergoldet. Auf einer Seite war eine Zahl eingraviert. 3845.

»Den habe ich im Spülkasten gefunden«, sagte er und hielt den Schlüssel vor Nyholm in die Höhe.

Der betrachtete den Schlüssel. »Er könnte zu einem Schließfach gehören. Ich habe selbst mal eines genutzt. In Paris. Ich hatte dort eine Freundin. Das ist aber schon zehn Jahre her. Die sind teilweise recht teuer. Der Schlüssel war ähnlich. Diese längliche Form.«

»Gut. Finde heraus, in welches Schließfach dieser Schlüssel passt. Dann wissen wir auch, ob er Ilari Valkonen gehörte. Außerdem müssen wir den Schlüssel Kaisa Valkonen sowie den Praxismitarbeiterinnen zeigen.«

Hämäläinen schaute Hannu Mielonen an. »Wir bringen dir den Schlüssel erst danach zwecks der Fingerabdrücke.«

»Geht klar«, antwortete Hannu Mielonen.

Dann steckte Hämäläinen den Schlüssel zurück in den Beutel und drückte diesen Nyholm in die Hand.

Nyholm hatte also eine Freundin in Paris, dachte er.

»Ich bin jetzt fertig«, sagte Hannu Mielonen.

Hämäläinen wollte die Gelegenheit nutzen. »Nyholm, nimm dir die Behandlungsräume vor. Ich helfe Hannu mit den Computern.«

Hannu Mielonen öffnete den Deckel des Kofferraums. Hämäläinen starrte ihn mit ernster Miene an.

»Was ist los?«, fragte Hannu Mielonen mit hochgezogenen Augenbrauen.

Hämäläinen wedelte mit der geöffneten Hand schwungvoll durch den Kofferraum. Ein ordentlicher Schwall Cannabisgeruch drang ihnen in die Nase.

Hannu Mielonen lachte und schlug seinem Kollegen kumpelhaft auf die Schulter. »Keine Sorge, ich nehme keine Drogen, auch wenn es an manchen Tagen den Anschein erwecken mag. Die Asservatenkammer ist unangetastet.« Er öffnete einen metallenen Koffer, der im linken hinteren Eck des Kofferraums platziert war, und zeigte hinein. »Drogeneinsatz. Nachdem ich die Rechner nach oben ins Präsidium getragen hatte, war der Wagen umgeparkt und verschlossen. Die Jungs von der Drogenfahndung haben es im Wagen gelassen.«

Hämäläinen war erleichtert, gab Hannu Mielonen die Hand und wünschte ihm eine gute Fahrt. Anschließend suchte er ein Foto von Anni auf seinem Handy. Die räumliche Distanz setzte ihm zu. Solange er selbst in der Stadt und Anni bei ihrer Oma war, konnte der junge Vater einigermaßen mit den vorübergehenden Trennungen umgehen, aber jetzt fiel es ihm sehr schwer. Während er die Treppe nach oben ging, holte er die Dose mit den Tabletten hervor, stopfte sich zwei Stück in den Mund und schluckte sie herunter. Augenblicklich musste Hämäläinen husten. Wie so oft ärgerte ihn seine eigene Dummheit. Hustend rannte er an Nyholm vorbei in die Teeküche und spülte die festsitzenden Tabletten mit einem Glas Wasser herunter, wie es auf der Packung beschrieben war.

»Ich habe mich verschluckt«, kam er Nyholm zuvor.

»Fündig geworden?«

»Nein.«

»Gut. Hier sind wir fertig.«

Sie fuhren zurück zum Gasthaus, packten ihre Sachen und folgten dem Navi in die Puutarhakatu. Vor dem Hotel parkten bereits zwei Wagen mit Helsinkier Kennzeichen. Nachdem sie ihre Kollegen begrüßt hatten, klingelte Hämäläinens Handy.

Es war Jaana Tiivola. »Kuusela hat eine Stinkwut auf dich. So habe ich ihn selten erlebt. Das Ministerium hat schon Wind von der Sache bekommen. Er wollte dir den Fall wegnehmen, Alatalo sollte übernehmen. Um interne Ermittlungen wirst du wohl nicht herumkommen. Kläre die Mordfälle auf. Zeitnah. In diesem Fall kann ich vielleicht noch etwas machen.«

Alatalo, dachte Hämäläinen. Dieser Idiot fehlte mir gerade noch. »Heißt das, wir haben den Fall?«, hakte er nach.

Jaana Tiivola schwieg.

Ein Gefühl des Triumphes durchdrang Hämäläinen, dann erst dämmerte ihm, was Jaana Tiivolas weitere Worte bedeuteten. »Interne Ermittlungen? Auf dem Papier betrachtet bin ich im Recht.«

»Du hast auf eigene Faust gehandelt, ohne es vorher mit mir abzusprechen. Ich wollte es auf mich nehmen. Vergebens. Kuusela kennt dich.«

»Ich werde den Fall lösen«, beruhigte Hämäläinen und begriff in der gleichen Sekunde, an wen er diese Worte eigentlich richtete: an sich selbst.

Er bewunderte Jaana Tiivolas Haltung. Sie stellte sich vor die eigenen Leute, auch wenn es ihre eigene Karriere gefährdete. Ich bin mehr denn je dazu verpflichtet, die Morde aufzuklären – das bin ich Jaana Tiivola schuldig, dachte er und berichtete ihr von den Neuigkeiten in Bezug auf das Mökki, den Schlüssel und das Geld. Er glaubte, auch seiner Vorgesetzten eine gewisse Erleichterung anzumerken. Dabei wurde ihm das ganze Ausmaß seines Vorpreschens deutlich: Jaana Tiivola bangte nicht weniger um ihren Job als der Ermittler ihres Vertrauens. Mit einem dicken Kloß im Hals legte Hämäläinen auf.

Die Kollegen Matti Vaarasuo, Mikko Jalvanti und Juuso Nyqvist hatten den Weg nach Turku auf sich genommen. Hämäläinen hatte keine Ahnung, was die drei von ihm hielten, und wollte ihnen daher unvoreingenommen begegnen. Für gewöhnlich hatte er nicht viel mit ihnen zu schaffen. Sie fuhren mit dem Aufzug in den obersten Stock, in dem der große Seminarraum lag. Er wurde nachdenklich. Habe ich Jaana Tiivolas Vertretung überhaupt jemals ernst genommen? Er wusste nichts weiter über die drei Kollegen zu berichten als all jene Dinge, die man mit der Zeit zwangsläufig erfuhr. Mikko Jalvanti und Juuso Nyqvist waren verheiratet und hatten Familie. Matti Vaarasuo war Junggeselle, lebte im Stadtteil Kallio und spielte Fußball. Das war alles, was in seinem Gedächtnis über die Kollegen abgespeichert war. Er ignorierte das schlechte Gewissen. Ab morgen hatte Jaana Tiivola wieder das Sagen.

Der Raum war groß. Hier können wir arbeiten, stellte Hämäläinen im Stillen fest. Auch wenn es alle Anwesenden längst mitbekommen hatten, erwähnte er nochmals die Übernahme der Ermittlungen. Es führte ihm wieder vor Augen, unter welchem Druck er stand. Hämäläinen schenkte sich ein Glas des Sprudels ein, der für sie bereitstand, kramte die Dose hervor und schluckte gleich drei der braunen Tabletten.

Sie richteten ihre vorübergehende Einsatzzentrale ein. Nyholm brachte dabei die drei Neuen im Team auf den aktuellen Stand. Er erwähnte auch den Umschlag mit den 15.000 Dollar und den Schlüssel. Juuso Nyqvist vertrat Nyholms Ansicht. Der Schlüssel war für ein Schließfach. Im Anschluss entflammte eine Diskussion darüber, woher das Geld stammen könnte. Einigkeit bestand darin, dass Ilari Valkonen Geheimnisse hatte.

Hämäläinen teilte den drei Neuen im Team die Aufgabe zu, Ilari Valkonens Umfeld zu durchleuchten, und erinnerte an die Vorträge, die dieser alle sechs Wochen in Helsinki gehalten hatte. Mit wem auch immer Valkonen dort in Kontakt gewesen war, sie mussten mit allen erdenklichen Personen sprechen. Hämäläinen wurde sauer, weil Juuso Nyqvist die Frage stellte, wie sie das von Turku aus organisieren sollten, aber es gelang ihm, sein Unverständnis zu verbergen. Ruhig und bestimmt erklärte er, dass sie natürlich Kollegen aus dem Dezernat in Helsinki damit betrauen konnten und die Ergebnisse anschließend in ihrem Team zusammenführen sollten.

15 Minuten später waren sie fertig. Die Laptops waren angeschlossen und die Telefone freigeschaltet. Am Nachmittag würde Hämäläinen die Praxismitarbeiterinnen abermals kontaktieren. Es war ihm peinlich. Wort für Wort feilte er an einer geeigneten Erklärung.

Bevor der Kommissar mit den drei neuen Kollegen zum Tatort aufbrach, fand er die Gelegenheit, einige Worte mit Anni zu wechseln.

»Papa, wann holst du mich nach Hause?«

Die Worte schnürten ihm fast die Luft ab.

»Bald, mein Engel«, antwortete Hämäläinen mit schwerer Stimme. »Wie geht es dir? Was habt ihr Schönes gemacht?«

»Ich habe Pommes gegessen und mit Mia und Oskari gespielt. Wir haben auch Bilder gemalt. Und ich habe ganz viele Purzelbäume auf der Wiese gemacht.«

»Das ist aber schön. Bekomme ich denn auch ein Bild?«

»Ich habe doch alle Bilder für dich gemalt«, rief Anni fröhlich ins Telefon.

»Malst du für deine Omas auch ein Bild?«

»Ja, für meine Omas male ich auch ein Bild.«

Sie sprachen noch angeregt über passende Motive. Schließlich legte Hämäläinen auf. Durch das Gespräch war das schlechte Gewissen stärker als zuvor. Er hatte vor, am Donnerstagabend Richtung Helsinki aufzubrechen. Petteris Frau hatte angeboten, solange auf Anni aufzupassen.

Um 14.20 Uhr standen die Ermittler am Tatort. Es hatte überraschend aufgeklart, und die Sonne blinzelte durch den dichten Kiefernwald. Verbliebene Fetzen vom Absperrband verrieten, was geschehen war. Die Neuen im Team sahen sich aufmerksam um. Matti Vaarasuo ging mehrmals in die Hocke und legte dabei stets die rechte Hand an sein Kinn. Ab und an nickte er ganz wichtig, so als hätte er die Lösung für die Aufklärung des Mordfalls gefunden. Hämäläinen hatte schon jetzt genug von ihm.

So wie er es sah, war der Täter mit dem Wagen gekommen. Er hatte nicht weit vom Tatort entfernt geparkt. Trotzdem wollte dieser früh am Morgen kein Aufsehen erregen. Hämäläinen tippte auf den Parkplatz eines Supermarktes. Im Schutz der Dunkelheit war der Täter in den Wald gegangen und hatte sich oben in den Wipfeln der Kiefer auf die Lauer gelegt. Hämäläinen folgerte daraus, dass der Täter gut in Form war und probierte es selbst aus, ohne die Unterstützung durch eine Leiter der Kriminaltechnik. Mit letzter Kraft schaffte er es heftig schnaufend nach oben. Etwas in dem Blick von Matti Vaarasuo zeigte ihm, dass dieser darüber verärgert war, nicht selbst auf die Idee gekommen zu sein. Hämäläinen genoss den kleinen Triumph.

Danach fuhren sie an ihren vorübergehenden Arbeitsplatz zurück. Den weiteren Tag verbrachte Hämäläinen mit organisatorischen Dingen, legte den Termin mit den Praxismitarbeiterinnen auf 9 Uhr am nächsten Morgen fest und unterstützte die Kollegen bei den ersten Ermittlungen im Umfeld von Ilari Valkonen.

MITTWOCH

Um 5 Uhr in der Früh langte es ihm. Er warf die Decke zur Seite und schlüpfte in die Badelatschen, die er fein säuberlich vor dem Bett abgestellt hatte. Die Straßenlaterne vor dem Fenster flackerte nervös im Wind. Hämäläinen schlurfte ins Badezimmer und betrachtete sich im Spiegel. Seine blauen Augen waren geschwollen. Noch immer war er wie aufgedreht und drückte die verstrubbelten Haare notdürftig mit einer Handvoll Wasser in Form. Die letzten Stunden waren grauenvoll gewesen. Er hatte sich im Bett hin und her gewälzt. Um 3 Uhr hatte er plötzlich gezittert, die Nachttischlampe angeknipst und die Dose mit den

Koffeintabletten in die Hand genommen. Die maximale Verzehrmenge pro Tag war auf zwei Tabletten festgelegt. Entnervt hatte er die Dose in den Papierkorb geschmissen, war in Gedanken den Tag durchgegangen und am Ende auf acht Tabletten gekommen. Seine Augen brannten. Es war zum Verrücktwerden. Hämäläinen war hellwach und müde zugleich. Er fixierte die Jogginghose, die über der Stuhllehne baumelte. Entschlossen schlüpfte er hinein, schnappte den grauen Pulli und kramte die Sportschuhe aus der Tasche, die vor dem Kleiderschrank stand.

Draußen war es sehr frisch. Schon nach wenigen Metern stellte sein Körper die Sinnhaftigkeit der Laufeinheit infrage. Jeder Schritt strengte ihn an, und eine Taschenlampe wäre auch hilfreich gewesen. Hämäläinen rannte 20 Minuten kreuz und quer durch die spärlich beleuchteten Straßen, dann war es genug.

Nach der Dusche machte er mit dem Handtuch um die Hüfte ein paar Liegestütze. Beim Anziehen überlegte er, wie er die halbe Stunde bis zum Frühstück zubringen sollte.

Hämäläinen fuhr mit dem Fahrstuhl in die oberste Etage. Das Licht im Seminarraum brannte, aber es war niemand da. Auch sein Laptop war noch eingeschaltet. Es dämmerte ihm, dass er gestern als Letzter aus dem Raum gegangen war. Lange halte ich nicht mehr durch, murmelte er. Alatalo kreuzte in seinen Gedanken auf. Tuomas Kuusela hatte es also ernsthaft in Erwägung gezogen, ihm die Ermittlungen zu übertragen. Unvermittelt und mit voller Wucht trat er gegen den Stuhl, der rechts neben ihm stand. Krachend landete dieser in der Ecke des Raumes. Hämäläinen grinste zufrieden, stellte den Wecker im Handy auf 6.30 Uhr, nahm auf einem der anderen Stühle Platz und schloss die Augen.

30 Minuten später riss ihn das Handy aus den Träumen. Es dauerte, bis Hämäläinen vollends bei Sinnen war.

Trotz der heftigen Nacht trank er beim Frühstück zwei Tassen Kaffee. Seit heute arbeitete Jaana Tiivola wieder und war bereits auf dem Weg Richtung Turku. Die Phase der unmittelbaren Verantwortung war bald vorüber.

Pünktlich um 9 Uhr standen Ulla Saros und Marjatta Nykopp in der Empfangshalle des Hotels. Hämäläinen führte sie direkt zum Aufzug. Beide Frauen schätzte er auf Anfang 40. Nach kurzer Zeit hing ein aufdringlicher Geruch von billigem Parfüm in der schmalen Kabine. Er ahnte, welche der beiden Frauen den unangenehmen Geruch verströmte. Die Tür des Aufzugs öffnete sich. Marjatta Nykopp rückte den Blazer ihres grauen Hosenanzugs zurecht und fuhr sich zweimal mit der Hand durch das lockige Haar, bevor sie aus dem Aufzug trat. Ein neuerlicher Parfümschwall bestätigte seine Annahme. Hämäläinen ließ auch Ulla Saros den Vortritt. Sie nahmen Platz. Er bat nochmals um Entschuldigung dafür, dass sie an zwei aufeinanderfolgenden Tagen die vermutlich selben Fragen gestellt bekamen.

»Es ist so schrecklich«, flüsterte Marjatta Nykopp mit brüchiger Stimme. »Zehn Jahre habe ich für Ilari Valkonen gearbeitet. Und jetzt ist er tot. Einfach so.«

»Der Tod trifft uns oft unvermittelt. Auch wenn ich schon eine Weile Polizist bin, werde ich mich doch nie an ihn gewöhnen können. Er ist mir stets eine Warnung, mein Leben neu zu überdenken«, erwiderte er und zeigte ihnen den Schlüssel. »Schon einmal gesehen?«

Wie auf Kommando schüttelten sie beide die Köpfe.

»Was denken Sie, wo wir diesen Schlüssel gefunden haben?«

In diesem Fall schüttelte nur Marjatta Nykopp den Kopf.

»Er muss im Anmeldebereich gelegen haben«, war Ulla Saros überzeugt, während sich ihre Blicke trafen.

Hämäläinen mochte ihre grünen Augen und das glatte schwarze Haar. »Er lag im Spülkasten der Toilette.«

Beide sahen ihn ungläubig an.

»Haben Sie eine Ahnung, was für ein Geheimnis Ilari Valkonen hatte?«

»Um Himmels willen, nein«, entgegnete Marjatta Nykopp. »Wir sind erst vor einem Jahr in die neuen Praxisräume umgezogen. Vielleicht gehörte der Schlüssel gar nicht Ilari.«

»Ilari Valkonen war regelmäßig laufen. Wussten Sie davon?«, fragte Hämäläinen.

Beiden nickten gleichzeitig mit den Köpfen.

»Was glauben Sie, wer noch davon wusste?«

»Keine Ahnung«, erwiderte Marjatta Nykopp, und Ullas Saros bekräftigte ihre Antwort mit einem zustimmenden Nicken. »Von dem Privatleben unseres Chefs haben wir nur am Rande erfahren.«

»Wie war Ilari Valkonen?«

»Es war der beste Chef, den man sich vorstellen kann«, bekundete Marjatta Nykopp.

»Das stimmt«, bestätigte Ulla Saros. »Er war immer freundlich, hat nie die Fassung verloren, auch wenn wir mal einen Fehler gemacht haben. Und er hat uns gut bezahlt.«

Er erinnerte sich an etwas, was ihm am Anfang der Ermittlungen erzählt worden war. Es waren die Worte von Kaija Kurvinen. »War Ihr Chef wirklich immer freundlich?«, hakte er deshalb nach.

»Ich kann mich an keinen Tag erinnern, an dem er mies drauf war«, sagte Marjatta Nykopp und erntete erneut ein zustimmendes Nicken ihrer Kollegin.

»Sven Hansen, ein deutscher Polizist, der in Helsinki an einem Erfahrungsaustausch teilnehmen sollte, wurde ermordet. Vielleicht haben Sie davon gehört oder gelesen? Es stand in den Zeitungen. Jedenfalls geschah es in demselben Hotel, in dem auch Ilari Valkonen zur Tatzeit wohnte. Ilari Valkonen wechselte das Zimmer. Er hat zuerst das Zimmer bewohnt, in dem wir das spätere Opfer fanden. Wir hatten folglich schon einmal mit Zeugen über Ilari Valkonen gesprochen«, erklärte Hämäläinen. »Dabei wurde uns ein anderes Bild vermittelt. Das Bild eines ewig nörgelnden Gastes, der das Zimmer gewechselt hat, weil es ihm nicht gefiel.«

»Das klingt überhaupt nicht nach unserem Chef«, beharrte Marjatta Nykopp mit Nachdruck. »Wie gesagt: Er war der beste Chef, den man sich vorstellen kann.«

»Wir haben in seinem Schlafzimmer einen Umschlag mit 15.000 Dollar gefunden«, machte der Ermittler weiter.

»15.000 Dollar?«, wiederholte Marjatta Nykopp verblüfft.

»Keine Ahnung, was er mit dem Geld wollte«, sagte Ulla Saros.

»War Ilari Valkonen in letzter Zeit verändert?«

»Nein«, kam es postwendend aus beiden Mündern.

»Wirkte er müde oder gestresst? Machte er Fehler bei der Arbeit? Es sind oftmals die kleinen Dinge, die uns helfen.«

Beide verneinten sie die Frage. Er bedankte sich, gab ihnen vorsorglich die Telefonnummer ihrer kleinen Einsatzzentrale sowie seine Handynummer und begleitete sie zur Empfangshalle. Anschließend fuhr Hämäläinen nach oben, setzte sich zu den anderen und berichtete von dem Gespräch.

»Ilari Valkonen war ein Mensch mit zwei Gesichtern«, befand Nyholm und sprach aus, was ihm selbst schon in den Sinn gekommen war.

»Der Schlüssel und das Geld«, bemerkte Matti Vaarasuo, »das ist alles, was wir haben.«

»Nyholm und ich sprechen morgen persönlich mit Kaisa Valkonen«, verkündete Hämäläinen den Kollegen. »Ich möchte in ihre Augen sehen, wenn wir sie mit dem Geld und dem Schlüssel konfrontieren. Wir müssen auch die Berichte der Kriminaltechnik abwarten. Es wäre ein großes Pech, wenn der Täter keine Fasern auf der Kiefer hinterlassen hat. Das Waffenmodell kann uns ebenso weiterbringen.«

»So wie beim ersten Mord?«, spottete Nyholm.

War er schon wieder sauer, fragte sich Hämäläinen. Er verdrängte den Gedanken und griff nach dem Wasser. Sein Handy durchbrach die unangenehme Stille im Raum.

Es war Saara.

»Ich habe gute Nachrichten«, begann sie. »Das Mehrfamilienhaus ist gefunden. Es steht in Jyväskylä. Ich habe bereits das Meldeamt wegen einer Bewohnerliste kontaktiert.«

Er war völlig baff. An die Fotos hatte er in den letzten Stunden keinerlei Gedanken verschwendet. Das Haus war gefunden, und es stand tatsächlich in Finnland. Es musste einen Grund geben, warum Sven Hansen ein Foto davon aufbewahrt hatte. Sie würden den Fall sicher ein Stück mehr enträtseln können, wenn sie mit den Bewohnern sprachen.

»Das sind gute Nachrichten«, sagte Hämäläinen erfreut. »Endlich kommt die Ermittlung voran. Gib mir sofort Bescheid, wenn du die Namensliste bekommen hast. Irgendwelche neuen Zeugenmeldungen?«

»Nein«, entgegnete Saara. »Kauko Koskinen war der Letzte, der sich gemeldet hat.«

Hämäläinen informierte Saara über die neuen Erkenntnisse, dann beendeten sie das Gespräch.

Auch wenn die Kollegen das Meiste schon mitbekommen hatten, erklärte er ihnen ausführlich, was Saara mitgeteilt hatte.

Um 15 Uhr traf Jaana Tiivola vor Ort ein. Sie war klein, hatte Wangengrübchen und ein rundliches Gesicht. Jaana Tiivola trug einen blauen Blazer, eine graue Hose, und ihr schwarzes Haar war zu einem Dutt gebunden. Sie wirkte gestresst. Sofort plagte ihn ein schlechtes Gewissen. Die Begrüßung fiel unterkühlt aus. Hämäläinen hatte einfach zu viel Staub aufgewirbelt. In einem Vieraugengespräch entschieden sie, gemeinsam zum Präsidium zu fahren und die Ermittlungsunterlagen mitzunehmen. Gleichzeitig mussten sie mit den Kollegen aus Turku abstimmen, wie sie weiter verfahren würden. Ganz gleich, wie wenig man von ihnen wissen wollte, hatte die Kriminaltechnik in diesem Fall dennoch ihrer Arbeit nachzugehen.

Am späten Nachmittag fuhren Hämäläinen und Jaana Tiivola zum Präsidium. Die Fahrt dauerte zehn Minuten. Sie klopften an Hänninens Tür, bevor sie eintraten.

Jami Hänninen nahm die Finger von der Tastatur, rückte den Bildschirm des Computers leicht zur Seite und machte erst gar nicht den Versuch, seine Abneigung zu verbergen.

»Sind die Superermittler jetzt zufrieden?«, schimpfte er.

»Ich bin nicht gekommen, um mich zu streiten«, sagte Jaana Tiivola mit ruhiger Stimme. »Genau genommen ist es mir gleichgültig, was Sie über mich und meinen Kollegen denken. Helsinki leitet jetzt die Ermittlungen, und wir alle wollen den Fall lösen.«

»Ihr leitet unsere Ermittlungen«, antwortete Hänninen.

In diesem Augenblick trat Saku Kivilehto in das Büro. Als er die beiden Kollegen aus Helsinki sah, blieb er abrupt stehen und warf ihnen einen verächtlichen Blick zu. Dann machte er auf dem Absatz kehrt und verließ das Büro.

Jami Hänninen schob sich die Lesebrille in die lichten Haare und verschränkte die Arme vor der Brust.

Hämäläinen juckte es auf der Zunge. Er zögerte, beließ es aber bei den Gedanken.

»Wurde die Festplatte des Laptops bereits gespiegelt?«, erkundigte sich Jaana Tiivola.

»Ja.«

»Wo ist die IT-Abteilung?«, fragte sie weiter.

»Erster Stock, zweite Tür links.«

»Und die Kriminaltechnik?«, fragte Hämäläinen.

»Gleicher Stock, dritte Tür rechts.«

»Was ist mit den Flugblättern und dem Beitrag im Lokalradio?«

»Darum dürft ihr euch von nun an kümmern«, erwiderte Jami Hänninen und drückte Jaana Tiivola eine Kiste in die Hand. »Unterlagen aus dem Haus von Ilari Valkonen und dessen Handy«, brummte er.

Nach etwa 15 Minuten waren sie fertig. Der Laptop von Ilari Valkonen und ein weiterer Laptop, auf dem die Festplatte von dessen Laptop gespiegelt und zur Auswertung aufbereitet war, lagen auf dem Rücksitz. Bis zum Schluss war es sehr frostig zugegangen. Trotzdem waren beide zufrieden. Hämäläinen schlug den abschließenden Bericht der Kriminaltechnik auf und überflog die ersten Zeilen. Die Kollegen waren schnell gewesen. Dann wurde ihm wegen der Fahrt übel. Er legte die Mappe zur Seite. Morgen würde er mit Kaisa Valkonen sprechen und sie mit den neuen Fakten konfrontieren.

Im Hotel angekommen, legten sie eine Pause ein. Es war bereits 17 Uhr. Hämäläinen warf einen Blick zum Papierkorb. Er war geleert, und die Tabletten waren weg. Auch wenn sie durch das Auffinden des Mehrfamilienhauses einen Schritt weitergekommen waren, war der Druck immens.

Hämäläinen nutzte die Pause und sprach mit Anni. Sie hatte drei Bilder für ihre Lieblingsoma und zwei für ihre Oma Riita gemalt und verkündete es voller Stolz. Schlagartig ging es ihm besser. Trotzdem kehrten die Gedanken an Niina stetig wieder. Mika kramte sein Handy aus der Hosentasche hervor und beauftrage Daavid Pesonen in einer Textnachricht damit, die Ermittlungen fortzuführen. Und wenn es mich in die Hölle führt. Ich will wissen, wo Niina steckt und warum sie dort steckt, dachte er.

Erst nachdem die Nachricht gesendet war, entdeckte Hämäläinen den verpassten Anruf, der auf dem Display angezeigt wurde. Er rief zurück und war überrascht, die Stimme von Ulla Saros zu hören. Sie wirkte gehetzt. Sie bat in knappen Sätzen darum, nochmals mit ihm sprechen zu können. Ihr war noch etwas eingefallen. Er schlug ihr 20.30 Uhr am Abend vor. Sie war einverstanden.

Hämäläinen ging zurück in den Seminarraum, wo Jaana Tiivola gerade vom Treffen mit Jami Hänninen berichtete, und nahm sich den Bericht der Kriminaltechnik vor. Zuallererst behandelte der Bericht die Waffe. Die Kriminaltechniker schlossen auf eine *Sako 85*, ein in Finnland weit verbreitetes Jagdgewehr. Jedes Mal faszinierte es ihn aufs Neue, wenn tatspezifische Einzelheiten wie die Tiefe und die Ausweitung der Schusswunde oder die Verformungen an Projektil und Hülse Rückschlüsse auf einen bestimmten Waffentyp zuließen. Bedauerlicherweise bot ihnen die Waffe in diesem Fall keinen vernünftigen Ermittlungsansatz. Eine vorherige Eingrenzung war aussichtslos. Die nächsten Zeilen ließen ihn aufhorchen. Den Kriminaltechnikern war es tatsächlich gelungen, schwarze Kollagenfasern an der Kiefer nachzuweisen. Da die Fasern auch Anteile von Gerbstoffen, Farbstoffen und Pigmentfarben enthielten, konnten sie einem Produkt aus Leder zugeordnet werden. Das erinnerte

Hämäläinen doch stark an den Mantel, den Kauko Koskinen und Eija Åsten beschrieben hatten.

Er gab den Kollegen einen Abriss über den Bericht. Sie
diskutierten, was die Befunde für die Ermittlungen bedeuteten.

»Leider fehlen uns Faserspuren zum Vergleich«, brachte
Hämäläinen das Problem auf den Punkt. »Nyholm, du küm-
merst dich um die Durchsicht der Unterlagen aus dem Haus
von Valkonen, um seinen Laptop und um die Verbindungs-
nachweise auf seinem Handy. Vielleicht bieten die Unterlagen Hinweise auf die Herkunft des Schlüssels.«

Nyholm nickte zur Bestätigung.

Hämäläinen fischte Valkonens Handy aus dem Karton.
»Kein Smartphone und ohne Kamera«, sagte er. »Matti,
Mikko und Juuso: Ihr organisiert die Flugblätter und den
Aufruf im Lokalradio. Wenn noch Luft bleibt, recherchiert
bitte, welche Supermärkte im Umkreis des Tatortes liegen
und ob der jeweilige Parkplatz von einer Kamera überwacht
wird.«

Die Runde sah ihn fragend an.

»Gehen wir von einem Täter aus. Entgegen dem ersten
Mord will er nur wenig Risiko eingehen. Er hätte Valkonen
in der Praxis aufsuchen können. Genauso hätte er warten
können, bis Valkonen erneut in Helsinki ist. Stattdessen hat
er sich im Wald auf die Lauer gelegt, im Wipfel einer Kiefer, ohne eine Ahnung, an welchem Tag Valkonen joggen
gehen wird. Daher dürfte er alles Erdenkliche getan haben,
um nicht aufzufallen. Ein fremdes Fahrzeug in den Wohn-
gebieten fällt sofort auf. Ein Fahrzeug, das auf dem Parkplatz eines Supermarktes steht, interessiert niemanden. Es
ist nur eine Idee.«

»Du hast vollkommen recht«, sprang ihm Jaana Tiivola
zur Seite. »Solange wir keinen Verdächtigen oder eine ent-

scheidende Spur haben, dürfen wir nichts unversucht lassen.«

»Gut. Nyholm und ich werden Kaisa Valkonen morgen mit den neuen Fakten konfrontieren. Jaana, kannst du aufgrund der beiden Morde ein Täterprofil erstellen?«, fragte er sie.

»Ich werde mir die bisherigen Ermittlungen genau ansehen müssen, damit ich eine Aussage dazu treffen kann.«

Es war 18.10 Uhr, als sie den Seminarraum verließen. Hämäläinen duschte, aß eine Kleinigkeit auf seinem Zimmer und setzte sich danach an die Theke. Er war alleine und wechselte einige belanglose Worte mit dem Wirt.

Ulla Saros erschien pünktlich. Sie hatte ihr Haar zu einem Zopf gebunden und roten Lippenstift aufgelegt. Ihr Parfüm roch sehr angenehm, sie hatte es sehr dezent eingesetzt. Sie liefen ein Stück die Straße entlang. An deren Ende bogen sie in einen kleinen unbeleuchteten Park ab und stoppten an einer Parkbank.

»Es ist erstaunlich mild«, stellte Ulla Saros fest. »Ich habe nochmals über Ihre Fragen nachgedacht. Es ist schon eine Weile her, ein Dreivierteljahr mit Sicherheit. Ilari telefonierte immer wieder mit einem Mann. Arviid. Zumindest hat er diesen Namen in den Gesprächen benutzt. Es war irgendwie seltsam. Meistens waren es völlig gewöhnliche Telefonate. Es gab aber zwei oder drei Gespräche, bei denen Ilari auf einmal richtig aufgebracht war.«

Seine Sinne waren sofort geschärft.

»Einmal machte Ilari einen besorgten Eindruck. Ich habe es heute Nachmittag wohl verdrängt. Es tut mir leid.«

»Machen Sie sich darüber keine Gedanken«, erwiderte Hämäläinen. »Haben nur Sie davon mitbekommen?«

»Ja. Es waren Schulferien, und ich war alleine mit Ilari

in der Praxis. Er telefonierte in der Teeküche und hatte die Tür geschlossen. Aber die Wände sind dünn.«

»Wie war er in den Tagen der Telefonate?«

»Wie immer«, antwortete Ulla Saros. »Manchmal war er mir fast zu freundlich.«

Hämäläinen horchte auf. »Was meinen Sie damit?«

»Marjatta. Vor ein paar Wochen sollte sie einem Patienten die Zähne röntgen und hätte dabei glatt die Bleiweste vergessen. Ilari hat es zum Glück gemerkt. Es war nicht ihr erster Schnitzer. Trotzdem ist Ilari ganz freundlich geblieben. Keine Schelte, kein erhobener Zeigefinger. Deswegen wundert mich sein schäbiges Verhalten in Helsinki umso mehr.«

»Hatten die beiden ein Verhältnis?«

Ulla Saros lachte laut. »Ilari und Marjatta? Nein. Ich nehme an, Sie haben ihr billiges Parfüm gerochen?«

Hämäläinen erinnerte sich daran, was Aaltonen bei der Besprechung vor zwei Wochen über Ilari Valkonen gesagt hatte.

Er tat zwar überrascht.

Das Geld, der Streit, die schlechte Laune und der Schlüssel, listete er in Gedanken die wichtigen Punkte auf. Langsam rückte die Antwort näher.

DONNERSTAG

Am nächsten Morgen erzählte Hämäläinen den Kollegen von dem Gespräch mit Ulla Saros.

»Wenn wir hinter Valkonens Geheimnisse kommen, finden wir den Zugang zu diesem Fall«, schloss er.

»Wir müssen diesen Arviid ausfindig machen«, hob Jaana Tiivola hervor. »Ich werde mich persönlich um die Verbindungsdaten für Valkonens Handy bemühen«, sagte sie vornehmlich an Nyholm gerichtet. »Ihr habt hier genug Arbeit.«

Gegen 9.30 Uhr fuhren Hämäläinen und Nyholm zu Kaisa Valkonen. Der Regen, der in der Nacht eingesetzt hatte, peitschte gegen die Seitenscheibe. In solchen Momenten hasste Hämäläinen seinen Job. Kaisa Valkonen hatte den Verlust ihres Ehemanns zu verkraften. Jetzt würden sie nochmals in dieselbe Wunde stoßen und dem Bild des ehrlichen Partners Schrammen beibringen.

Kaisa Valkonen war in Schwarz gekleidet. Ein emotionsloses Lächeln huschte über ihr Gesicht, während sie den beiden Ermittlern die Hand reichte. Am Esstisch erzählten sie ihr behutsam von dem Geld, erwähnten den Namen Arviid und zeigten ihr den Schlüssel. Nyholm betonte, dass auch eine andere Person den Schlüssel in der Praxistoilette hätte platzieren können.

Mit jedem Wort wich mehr an Farbe aus dem Gesicht von Kaisa Valkonen. Als sie schon ziemlich bleich war, sprang Nyholm auf und brachte ihr aus der Küche ein Glas Wasser.

Kaisa Valkonen trank zwei große Schlucke, schüttelte sich kurz und hatte zumindest ihre Fassung wiedergefunden.

»Ich glaubte, meinen Mann zu kennen«, sagte sie. Ihre

Stimme klang erschöpft und kalt. »Ich hätte all diese Dinge nie für möglich gehalten. Den Schlüssel habe ich noch nie gesehen, und Ilari hat mir auch nie von einem Schließfach oder dergleichen erzählt. Ich finde keine Erklärung dafür, warum er mir eine hohe Bargeldsumme verheimlicht hat. Warum Amerikanische Dollar, und warum bewahrte er sie im Schlafzimmer auf? Für gewöhnlich kannte ich die Menschen, mit denen er Kontakt hatte. Den Namen Arviid höre ich zum ersten Mal.«

In ihren letzten Worten steckte ein Anflug von Zorn, und ihr Gesicht gewann wieder an Farbe. Hämäläinen konfrontierte sie mit den Nörgeleien ihres Mannes im Hotel in Helsinki und den gegensätzlichen Aussagen der Praxishelferinnen Marjatta Nykopp und Ulla Saros.

»Der Beruf war alles für ihn. In der Praxis war er zu Hause. Selbst wenn seine Mädels, wie er sie genannt hat, mal einen Bock geschossen hatten. Er liebte, was er tat.«

Ihre letzten Worte blieben haften. Manchmal ist es so einfach, dachte Hämäläinen.

Sie hatten keine weiteren Fragen und verließen das Haus.

»Jetzt kann sich Hannu Mielonen um die Fingerabdrücke auf dem Schlüssel kümmern«, bemerkte Hämäläinen, nachdem sie ins Auto eingestiegen waren.

Nyholm nickte.

»Halt dort vorne bitte an«, bat Hämäläinen. »Ich brauche etwas aus der Apotheke. Ich laufe das letzte Stück.«

»Geht es dir gut?«

»Nur ein leichter Hautausschlag«, wehrte er ab und war ziemlich zufrieden mit der spontanen Ausrede.

In der kleinen Apotheke roch es nach frischer Seife. Er legte ein Rezept auf den Verkaufstresen und hielt sich die linke Backe, um überzeugender zu wirken.

»Sie wissen, wie das Medikament einzunehmen ist?«,

fragte die groß gewachsene Apothekerin mit den Sommersprossen.

»Ich wurde darüber aufgeklärt.«

»Gehen Sie vorsichtig damit um. Es hat eine starke Wirkung«, mahnte sie, rückte ihre schwarze Brille zurecht und lächelte.

Hämäläinen zahlte und steckte das Medikament ein. Wenige Minuten später klingelte sein Handy. Pesonen, flüsterte seine innere Stimme. Pesonen hat eine neue Spur. Aufgeregt schaute er auf das Display.

Es war Saara.

»Hallo, Saara.« In Hämäläinens Stimme schwang ein Hauch von Enttäuschung mit.

»Hallo, Mika. Ich habe die Liste der Bewohner des Mehrfamilienhauses.«

»Wie viele sind es?«

»Ein Ehepaar und zwei einzeln gemeldete Personen.«

»Nimm Kontakt zu ihnen auf. Ich komme noch heute nach Helsinki zurück. Ich will schnellstmöglich mit den Bewohnern sprechen. Aber halte dich bedeckt.«

»Soll ich sie auf das dortige Polizeirevier bestellen?«

»Nein. Ich habe vorerst genug von anderen Polizeidienststellen«, lachte er und legte auf. Von den neuesten Entwicklungen würde er Saara unter vier Augen erzählen.

Hämäläinen betrat das Hotel, ging zum Aufzug und drückte den Knopf für die oberste Etage. Dabei dachte er nochmals an Daavid Pesonen. Wieso war ich eigentlich so aufgeregt? In dieser kurzen Zeitspanne wird Pesonen wohl kaum auf eine neue Spur gestoßen sein. Auf dem nächsten Stock stieg ein älteres Ehepaar zu. Sie bemerkten zu spät, in welche Richtung der Aufzug fuhr. Oben angekommen, stieg er aus, griff nach dem Medikament und träufelte sich mehrere Tropfen direkt in den Mund.

»Es ist Valkonens Schlüssel«, empfing ihn Nyholm.

»Hast du etwas gefunden?«

Nyholm hielt einen Notizzettel hoch. »Den Zettel habe ich in Valkonens Sachen gefunden. Auf ihm ist dieselbe Nummer wie auf dem Schlüssel und eine Adresse in Estland notiert.«

»Und?«, fragte Hämäläinen verwundert.

»Ich habe die Adresse im Internet gesucht. Es ist Tallins Finanzmeile. Unter der Hausnummer, die auf dem Zettel notiert ist, hat die *LWH-Bank* ihren Sitz.«

»Estland«, sagte er nachdenklich. »Finde heraus, ob der Schlüssel tatsächlich der *LWH-Bank* gehört und auf wen er registriert ist. Ich spreche mit Hannu Mielonen wegen der Fingerabdrücke.«

Ein Bankschließfach in Estland, brachte Hämäläinen das Gehörte gedanklich zusammen. Was hattest du für ein Geheimnis, Ilari?

Er rief Hannu Mielonen an und erklärte ihm, dass sie den Schlüssel allen relevanten Personen gezeigt hatten und er diesen nun auf Fingerabdrücke untersuchen könne. Hannu Mielonen versprach, umgehend mit den Rechtsmedizinern in Turku Kontakt aufzunehmen. Sie sollten die am Leichnam von Ilari Valkonen genommenen Fingerabdrücke digital an ihn übermitteln.

»Ich fahre innerhalb der nächsten zwei Stunden zurück nach Helsinki«, informierte Hämäläinen die Kollegen, nachdem er aufgelegt hatte. Er schluckte mehrere Male bewusst. Er hatte plötzlich ein pelziges Gefühl im Mund, schob es auf die Tropfen und registrierte auch die eigenartige Selbstsicherheit, die Sekunde um Sekunde in ihm zunahm. »Saara hat die Meldeliste für das Mehrfamilienhaus erhalten. Ich werde morgen mit ihr nach Jyväskylä fahren und umgehend mit den Bewohnern sprechen. Den

Schlüssel bringe ich Hannu Mielonen zum Abgleich der Fingerabdrücke.«

Bereits eine Stunde später saß Hämäläinen im Wagen. Er fühlte sich benommen, sah die Straße von Zeit zu Zeit nur verschwommen, und das pelzige Gefühl in seinem Mund war stärker geworden. Er war gezwungen, eine Pause einzulegen. Auf den nächsten 100 Kilometern kamen zwei weitere Zwangspausen dazu. Dann verschwand das üble Gefühl endlich, und er konnte wieder klare Gedanken fassen.

Um 15 Uhr erreichte Hämäläinen das Polizeipräsidium. Er hatte kaum die Jacke an die Garderobe gehängt, als Saara zur Tür hereinstürmte.

»Wie weit seid ihr gekommen?«, wollte Saara wissen.

»Die Waffe ist mit ziemlicher Sicherheit eine *Sako 85*«, entgegnete Hämäläinen und massierte seine Schläfen. Er hatte sich auf der Fahrt den Nacken verspannt, was leichte Kopfschmerzen hervorrief. »Ein Jagdgewehr. Sehr verbreitet. Wir brauchen wohl einen gezielt Verdächtigen, um in dieser Hinsicht etwas unternehmen zu können.«

»Damit magst du recht haben«, erwiderte Saara. »Sonst noch Neuigkeiten?«

»Zwei Dinge. Die Kriminaltechniker haben schwarze Kollagenfasern gefunden. Daraus besteht Leder. Das klingt interessant, wenn man an Koskinen und Eija Âsten denkt.«

»Blöd nur, wenn man keine Faserspuren zum Abgleich hat«, brachte es Saara unverblümt auf den Punkt. »Aber es sieht doch nach demselben Täter aus«, ergänzte sie.

»Bleibt ein letzter Punkt«, meinte Hämäläinen. »Ulla Saros, eine der Mitarbeiterinnen von Ilari Valkonen, hat mich erneut kontaktiert. Sie erinnerte sich an eine Situation in der Praxis. An einen Streit, den Valkonen am Telefon mit einem Arviid geführt hat. Worum es bei dem Streit genau ging, hat sie nicht mitbekommen. Nur wie aufgebracht Valkonen während Teilen des Gesprächs gewesen sein soll.«

»Hat sie eine Ahnung, wer dieser Arviid ist?«

»Leider nein.« Hämäläinen zuckte bedauernd mit den Schultern. »Was hast du in Erfahrung gebracht?«

»Johanna Filppula konnte ich nicht erreichen. Sie ist die einzige Alte im Haus. Alle anderen arbeiten tagsüber. Deswegen habe ich ihnen jeweils zugesagt, nicht vor 16 Uhr am Nachmittag aufzukreuzen.«

»In Ordnung. Dann hoffen wir mal, auch Johanna Filppula anzutreffen.«

»Wann willst du losfahren?«

»Gegen 13 Uhr. Das sollte gut reichen«, erwiderte Hämäläinen.

Nach dem Gespräch mit Saara brachte Hämäläinen den Schlüssel zu Hannu Mielonen, der eine entscheidende Neuigkeit für ihn bereithielt.

»Paajanen hat die Rechner aus der Praxis bereits gespiegelt.«

»So schnell?«, fragte Hämäläinen überrascht.

»Alles neu«, erklärte Mielonen.

»Neu?«

»Die Rechner sind brandneu, und es sind neben den Patientendaten nur wenige Dateien darauf gespeichert. Er hat scheinbar die EDV ausgetauscht.«

Nachdenklich verließ er die Kriminaltechnik. War der Zeitpunkt Zufall oder hatte eine Absicht hinter dem Tausch der Rechner gesteckt?

Er rief Nyholm in Turku an.

»Hallo, Mika. Was gibt es?«

»Hast du dir die Festplatte von Valkonens Laptop schon vorgenommen?«

»Ja. Da ist kaum etwas zu finden. Nur wenige Dateien. Auf den ersten Blick nichts von Bedeutung.«

»Das dachte ich mir«, antwortete Hämäläinen und berichtete Nyholm von dem Gespräch mit Hannu Mielonen.

Was hatte Ilari Valkonen aus seinem Leben löschen wollen, fragte sich Hämäläinen nach dem Telefonat. Was war so wichtig, dass er, anstatt die Festplatten mehrfach zu überschreiben, gleich die gesamte EDV ausgewechselt hatte? War dahinter das Motiv für den Mord verborgen? Sie mussten noch einmal mit Kaisa Valkonen und den drei Praxismitarbeiterinnen sprechen. Er würde Nyholm darum bitten.

Sein Handy klingelte. Es war Daavid Pesonen. Hämäläinen hielt sich an seinen Gedanken vom Vormittag und nahm das Gespräch völlig entspannt entgegen.

»Die Suche nach Ihrer Frau soll also weitergehen?« Pesonen klang ziemlich heiser.

»Ja.«

»Es wird eine Stange Geld kosten.«

»Können wir eine Pauschale vereinbaren?«, fragte er spontan.

»Eine Pauschale?«, murmelte Pesonen. »Ein Risiko für uns beide.«

»Sagen Sie mir eine Zahl.«

»Flugtickets, Hotels, Verpflegung, Verdienst«, zählte Daavid Pesonen die potenziellen Kostenpunkte auf.

»Moment. Wieso reden Sie von Flugtickets und Hotelkosten?«

»Ich habe doch keinen blassen Schimmer, wohin mich die Recherchen führen. 10.000.«

»Zehn…« Hämäläinen blieb der Betrag nicht nur sprichwörtlich im Hals stecken. Was mache ich hier eigentlich? Meine Frau haut ab, und ich plündere das Bankkonto, damit ich eine Antwort erhalte. Gibt es keine Alternative? Ulla Saros ist eine attraktive Frau. »Abgemacht«, sagte er.

Kaum war das Gespräch mit Daavid Pesonen beendet, stieg die Erinnerung an Niina wie ein wiederkehrender Albtraum aus den Tiefen seiner Seele empor. Warum vermisse ich dich? Warum? Nach allem, was du mir und Anni angetan hast, klagte Mika sie stumm an.

FREITAG

Schon seit dem frühen Morgen war Hämäläinen von einer eigenartigen Nervosität befallen. Er wusste, wie bedeutsam der heutige Tag werden sollte. Er war gezwungen, endlich auf eine Spur zu stoßen, um seine Stellung nicht zu gefährden und die Wucht der internen Ermittlung wenigstens ein wenig abzufedern. Nachdenklich betrachtete Hämäläinen die Flasche mit dem Medikament und dachte an den pelzigen Mund sowie die Benommenheit während der Fahrt von Turku nach Helsinki. Nein, sagte er sich. Vergiss es. Er ließ die Flasche in die Jackentasche gleiten und stieg in den Wagen. Bevor Hämäläinen den Motor startete, schaute er nochmals zu dem rot gestrichenen Haus hinüber, in dem die Kindertagesstätte untergebracht war. Wie gebannt starrte Hämäläinen auf die dicken Mauern, als könne er sie so durchdringen und einen letzten Blick auf Anni erhaschen.

Gestern Abend war alles um ihn herum vor Glück verblasst. An diesem Abend hatte es nur sie beide gegeben: Anni und Mika.

Hämäläinen ließ den Motor an und drehte die Heizung höher. Es war kalt, und der Nebel, der von Norden hereinzog, schlich langsam durch den kleinen Vorgarten der Kindertagesstätte. Im Präsidium angekommen, nutzte er die Ruhe der Morgenstunden und erkundigte sich bei Nyholm nach den Ermittlungen in Turku. Was er hörte, erfreute ihn. Die Kollegen hatten das Flugblatt schon in Druck gegeben. Bereits heute würden unzählige Exemplare von Studierenden verteilt werden, die sie über eine Zeitarbeitsfirma organisiert hatten. Auch der Aufruf im Lokalradio war gestartet und um 7 Uhr erstmals on air gegangen. Die Supermärkte in der Umgebung des Tatorts waren ebenfalls kontaktiert und die Überwachungsbänder, soweit es Kameras gab, angefordert worden. Zum Ende des Gesprächs vereinbarten sie, dass Nyholm mit Valkonens Praxishelferinnen telefonieren und sie zu den neuen Rechnern befragen würde. Am Nachmittag würde Nyholm dann in derselben Angelegenheit mit Kaisa Valkonen sprechen. Zufrieden legte Hämäläinen den Hörer auf. Jetzt hatten sie noch in Erfahrung zu bringen, ob der Schlüssel tatsächlich für ein Schließfach der *LWH-Bank* in Tallinn war.

Hämäläinen ging den Kalender durch. Am Montag endete Aaltonens Krankschreibung. Er erschrak beinahe. Er hatte Jussi fast vergessen und brauchte tatsächlich eine Weile, um sich daran zu erinnern, wann er das letzte Mal an seinen Kollegen gedacht hatte. Es war am Sonntag gewesen. Nachdem Nyholm angerufen hatte.

Die Fahrt nach Jyväskylä dauerte knapp drei Stunden. Saara saß am Steuer und hatte *Radio Rock* laut aufgedreht. Pünktlich um 16 Uhr standen Hämäläinen und Saara vor dem Mehrfamilienhaus in Jyväskylä. Die Haustür war unverschlossen. Sie traten ein. Das Geländer der Holztreppe war abgenutzt, und im Treppenhaus hing der Geruch von kaltem Rauch.

Es dauerte bis zum fünften Klingeln, ehe die Tür der ersten Wohnung geöffnet wurde.

Johanna Filppula trug ein zerknittertes Kleid mit Blumenmuster, und der Gehstock wackelte unter ihrer gebrechlichen Hand. Zwischen den eingefallenen Wangen und dem zerzausten grauen Haar blitzten wache Augen hervor.

»Oh. Was für ein hübsches Paar«, frohlockte sie. Ihre Stimme klang fröhlich. »Kommen Sie doch herein. Ich koche uns Tee.«

Hämäläinen sah Saara verdutzt an. Er kramte seinen Ausweis hervor und erklärte Johanna Filppula, warum sie vor ihrer Tür standen.

»Polizei? Kommen Sie, kommen Sie.«

Johanna Filppula führte die Kommissare ins Wohnzimmer. »Was sagten Sie, wo Sie herkommen? Von der Feuerwehr?«

»Wir sind von der Polizei«, erwiderte Hämäläinen mit erhobener Stimme.

Sie setzten sich auf eine braune Ledercouch, die über all die Jahre zusammen mit ihrer Besitzerin gealtert war. Schon bald stieg dem Polizisten ein stechender Geruch in die Nase, wie es ihn oftmals in Wohnungen alter Menschen gibt. Er stand auf, zog die dunklen Vorhänge zur Seite und öffnete das Fenster. Das Klappern des Geschirrs in seinem Rücken kündigte den Tee an. Johanna Filppula stützte sich auf ihren Gehstock und balancierte mit der anderen Hand das Tablett mit dem Tee zum Tisch. Saara sprang auf und nahm ihr das Tablett aus der Hand.

»Ich kann nicht viel spenden«, sagte Johanna Filppula, während sie die Tassen verteilte.

»Wir kommen nicht wegen einer Spende«, betonte Hämäläinen.

»Nicht?«

»Nein. Wir sind von der Polizei.«

»Polizei? Wirklich? Ist denn was passiert?«

Saara zeigte ihr ein Foto von Sven Hansen. »Kennen Sie diesen Mann?«

»Oh, ein schöner Mann. Ist das Ihr Sohn? Ich habe eine Tochter.«

Johanna Filppula konnte ihnen nicht helfen. Eigentlich war es Hämäläinen schon in dem Moment klar gewesen, als sie ihnen die Tür geöffnet hatte.

»Besucht Ihre Tochter Sie auch regelmäßig?«, fragte er.

»Oh ja. Meine Tochter besucht mich ganz oft. Wollen Sie ein Foto von ihr sehen?«

»Das würde ich sehr gerne.«

Johanna Filppula stand auf, verschwand in den Flur und kehrte mit einem eingerahmten Bild zurück. »Schauen Sie. Minna Filppula. Meine Tochter. Gefällt sie Ihnen?«

Hämäläinen bemerkte den Trauerrand am unteren Eck des Bildes.

»Oh ja«, bestätigte er und blickte zu Saara, die die Augen zusammendrückte.

Sie tranken den Tee aus, der erstaunlich gut schmeckte, und wünschten Johanna Filppula einen schönen Tag.

»Wir müssen fragen, ob jemand für die Alte sorgt«, sagte Saara und drückte die Klingel an der Tür gegenüber.

Wenig später wurde ihnen diese Sorge genommen. Maria Carrillo, eine schlanke Frau mit peruanischen Wurzeln, berichtete ihnen von einem sozialen Dienst, der Johanna Filppula betreute. Sven Hansen allerdings wollte Frau Carrillo noch nie gesehen haben, und Hämäläinen gewann auch nicht den Eindruck, dass es anders sein könnte.

Auch die letzte Wohnungstür, die im Obergeschoss lag, wurde geöffnet.

Rauno Kivimäki war groß und stämmig, hatte buschige Augenbrauen und eine lederne Haut. Er trug einen weißen Panamahut. Nach der Begrüßung folgten sie ihm in das Wohnzimmer.

Rauno und Noora Kivimäki taugten als Abziehbild für die Vorlesung eines Psychologieprofessors. Thema: *Die Beziehung im Spiegel ihrer Machtverhältnisse und Rangordnungen.* Auf diese Weise betrachtete zumindest Hämäläinen die Situation, die sie in dem engen, aber gemütlich eingerichteten Wohnzimmer unter der Dachschräge des Wohnhauses vorfanden. Breitbeinig, mit vorgestellten Schulterblättern und einem jovialen Lächeln, das die blütenweißen Zähne umschloss, saß Rauno Kivimäki auf seinem ohne jeden Zweifel angestammten Platz auf der Couch. Daneben kauerte Noora Kivimäki, die regelrecht im Stoff des braunen Zweisitzers zu versinken schien. Sie war klein, zierlich und hielt die Beine geschlossen. Die Hände steckten zwischen den Knien. Ihr Blick verlor sich auf dem kurzen Weg zwischen den beiden Ermittlern.

»Die Dame, der Herr. Was können wir für Sie tun?«, fragte Rauno Kivimäki und ließ keinen Zweifel aufkommen, auf wessen Spielfeld sie sich befanden.

Punkt 1: Reviergehabe, bastelte Hämäläinen gedanklich weiter an dem Vortrag in Psychologie. Währenddessen nippte er an dem Kaffee, den ihnen Noora Kivimäki freundlich-pflichtbewusst angeboten hatte.

»Kennen Sie diesen Mann?«, fragte Hämäläinen und legte ein Foto von Sven Hansen auf den schmalen Glastisch, direkt neben eine Schale mit Obst. Er scheuchte dabei mehrere Obstfliegen auf, die sich über die Äpfel und Bananen hergemacht hatten und von denen eine nun zielsicher den Rand seiner Kaffeetasse ansteuerte.

»Darf ich zuerst einmal wissen, worum es überhaupt geht?«, fragte Rauno Kivimäki und legte die Spielregeln fest, die hier galten.

Punkt 2: Die Oberhand behalten, listete Hämäläinen den nächsten Punkt auf, während ihm ein anderer Gedanke kam. Es war nur ein Huschen gewesen, doch er hatte es registriert. Noora Kivimäki hatte nervös mit den Augen gezuckt. Dann hatte sie die Kontrolle wiedererlangt. Hämäläinen holte den Kugelschreiber aus der Innentasche des Jacketts und legte ihn in der mit Saara vereinbarten Weise auf den Tisch. Unmittelbar darauf tippte er sich mit dem Zeigefinger gegen die Augen. Jetzt wusste auch Saara, auf was sie zu achten hatte. Vor drei Jahren hatten sie dieses Hinweis-Spiel begonnen.

»Er war Polizist«, antwortete Hämäläinen auf die Frage von Rauno Kivimäki. »Aus Deutschland. Er wurde ermordet. Wir haben Grund zu der Annahme, dass er schon einmal in diesem Haus gewesen ist. Also?«

»Nie gesehen«, erwiderte Rauno Kivimäki. Er sah seine Frau direkt an. »Und du?«

»Den Mann kenne ich nicht«, sagte sie leise.

»Ich war in Deutschland in seiner Wohnung und habe dort ein Foto von diesem Wohnhaus gefunden«, erklärte Hämäläinen und machte mit der rechten Hand eine abgehackte Bewegung, die das Wort Wohnhaus unterstreichen sollte.

»Das ändert nichts. Wir kennen den Mann nicht«, bekräftigte Rauno Kivimäki.

»Haben Sie keine Idee, warum ein deutscher Polizist eine Aufnahme dieses Hauses aufbewahrt?«, schaltete sich Saara ein.

»Hier leben noch andere Personen. Vielleicht gefiel ihm das Haus einfach, und er hat ein Foto gemacht.«

Hämäläinen horchte auf. Die letzten Antworten waren postwendend gekommen. Es war aber etwas anderes, was ihm auffiel. Es war die Art, wie Rauno Kivimäki geantwortet hatte. In seinen letzten Worten hatte Aggressivität mitgeschwungen. Er hielt inne. Wie der Filzball in einem hochklassigen Tennismatch flogen seine Gefühle und Gedanken hin und her. Besser gesagt, sie wechselten zwischen Bauch und Gehirn. Hämäläinen selbst war es, der die imaginären Schläge spielte. Es folgte der entscheidende Schlag. Die zuckenden Augen, die Nervosität, die übertrieben dominante Art von Rauno Kivimäki und die leichte Unsicherheit im Blick von Noora Kivimäki, als er weitere Fragen gestellt hatte. Spiel, Satz und Sieg. Rauno und Noora Kivimäki wussten, wessen Bild vor ihnen auf dem Glastisch lag. Sven Hansen hatte diese Wohnung schon betreten. Doch es gab noch eine zweite Wirklichkeit, die sich durch sein Gehirn fraß. Was auch immer das Kettenglied war, das Sven Hansen mit Rauno und Noora Kivimäki verbunden hatte – hier und jetzt, unter der Dachschräge der Kotikatu Nummer 154, würden sie keine Antworten erhalten.

Hämäläinen verscheuchte die Obstfliege vom Rand der Tasse, trank den letzten Schluck Kaffee aus, steckte Kugelschreiber und Foto ein und gab Saara ein Zeichen zum Aufbruch.

»Glaubst du, sie kannten ihn?«, fragte Saara und schloss den Wagen auf.

»Ich bin mir sicher.«

»Unser Code«, bemerkte Saara. »Mir ist nichts an ihren Augen aufgefallen.«

»Ein kurzes, aber deutliches Zucken, als ich das Foto von Sven Hansen auf den Tisch legte. Eine Unsicherheit in ihrem Blick, je mehr Fragen wir stellten. Seine Art.«

»Findest du?«, antwortete Saara. »Ich denke, es war die Situation, die ihnen unangenehm war. Zwei Polizisten in ihrem Wohnzimmer, die viele Fragen stellen.«

»Was machte Rauno Kivimäki für einen Eindruck auf dich?«, fragte Hämäläinen. Er hielt weiterhin an seiner Überzeugung fest. Sven Hansen war in der Wohnung im obersten Stock mit der Dachschräge und den Fruchtfliegen gewesen.

»Ein dominanter Typ. Ein Alphatier.«

»Fahr den Wagen um die Ecke.«

»Was hast du vor?«

»Dort, der Lieferwagen.« Hämäläinen zeigte auf die gegenüberliegende Straßenseite, wo in einiger Entfernung ein weißer Kühltransporter parkte. »Park den Wagen dort. Wir behalten das Haus im Blick.«

»Willst du die beiden beschatten?«

Das Haus war von einem gepflegten Rasen umgeben, wodurch sie auch aus dieser Position einen seitlichen Blick auf den Eingangsbereich werfen konnten, ohne sofort aufzufallen.

»Wir warten, was passiert.«

»Was soll passieren? Sven Hansen ist tot.«

Hämäläinen blieb eine Antwort schuldig. Stattdessen drehte er den Sitz in eine bequemere Position und stellte sich auf eine kurze Wartezeit ein.

Nach einer halben Stunde, die sie nahezu schweigend zugebracht hatten, gab Hämäläinen auf. »Fahren wir.« Er drückte die Schnalle des Sicherheitsgurtes in die vorgesehene Halterung, während Saara den Motor anließ und den Blinker setzte. Sie wendeten und fuhren davon. Erneut lagen drei Stunden Fahrt vor ihnen. Schlagartig setzte ein böiger Wind ein, zerrte vehement am Wagen und blies durch die Sträucher und Hecken der Vorgärten.

»Halt!«, schrie er plötzlich.

Saara zuckte zusammen, reagierte aber überlegt, indem sie zuerst an die Seite fuhr und danach energisch auf die Bremse stieg.

Hämäläinen zeigte auf den Rückspiegel. »Rauno Kivimäki hat soeben das Haus verlassen.«

Saara trat das Gaspedal etwas zu ruppig, und der Wagen startete sein Wendemanöver mit quietschenden Reifen. Sie drosselte die Geschwindigkeit und fuhr langsam auf das Haus zu. Rauno Kivimäki hatte offenkundig nichts von den quietschenden Reifen mitbekommen. Sie sahen, wie er in einen blauen Volvo 940 stieg, der am Straßenrand abgestellt war. Er hielt einen grünen Gegenstand in der linken Hand. Viel mehr war aus der Entfernung kaum wahrzunehmen. Hämäläinen machte ein Foto vom Kennzeichen. Sie fuhren Rauno Kivimäki im Abstand von etwa zehn Autolängen nach. Nach fünf Minuten Fahrt durch ein Wohngebiet schien Rauno Kivimäki am Ziel. ›Stavangerinpuisto‹, stand auf dem Schild, das am Straßenrand angebracht war.

Rauno Kivimäki stellte den Wagen auf dem Parkplatz an einer Wendeschleife ab. Saara parkte etwas abseits an der Straße. Das linke Vorderrad erwischte dabei unerwartet ein Schlagloch im Asphalt, das im Schatten einer Tanne verborgen war. Sie kamen mit einem Ruck zum Stehen.

Rauno Kivimäki verließ den Volvo, öffnete den Kofferraum und holte ein Bündel Feuerholz hervor. Anschließend ging er zur Beifahrertür und langte durch das geöffnete Seitenfenster. Er fischte eine grüne Plastiktüte heraus, die einen rechteckigen Gegenstand umhüllte.

Dann lief er durch den Park zum Viitaniemi Beach am Ufer des Tuomiojärvi. Er warf das Bündel Feuerholz schwungvoll in Richtung eines Grillplatzes, wo es krachend auf den Umrandungssteinen aufschlug.

Sie waren Rauno Kivimäki in sicherem Abstand gefolgt und standen hinter einem Busch, etwa 15 Meter von Rauno Kivimäki entfernt.

»Wir warten«, flüsterte Hämäläinen.

»Wieso?«, fragte Saara ebenso leise. Sie hielt eine volle Wasserflasche in ihrer rechten Hand, die irgendwer im Auto liegen gelassen hatte. Saara hatte instinktiv nach ihr gegriffen.

»Was haben wir gegen ihn in der Hand? Er macht ein Feuer. Vielleicht sind ja Grillwürste in der Tüte.«

»Grillwürste?« Saara strafte ihn mit einem vorwurfsvollen Blick. »Rechteckige Grillwürste, die eine grüne Plastiktüte schier zum Platzen bringen? Vor 30 Minuten hast du noch ganz anders gesprochen.«

Ihre Worte klangen wie eine Anklage, und vermutlich waren sie das auch. Wie recht sie hat, führte Hämäläinen sich die Wahrheit vor Augen.

»Kuusela«, sagte er. »Er will interne Ermittlungen gegen mich anstrengen. Ich kann mir keinen einzigen Fehltritt mehr erlauben.«

»Interne Ermittlungen?«

»Ja. Weil ich die Ermittlungen zum Mord an Ilari Valkonen an mich gezogen habe.«

»Dann bin ich es eben gewesen.«

»Ich trage die Verantwortung«, entgegnete Hämäläinen. »Kuusela schert sich nicht darum, wer von uns beiden außerhalb der Regeln gehandelt hat.«

»Zum Grillen ist Kivimäki sicher nicht gekommen«, protestierte sie.

Genau in dem Augenblick schlugen die ersten Flammen auf. Die grüne Plastiktüte lag im Sand. Zum Überlegen blieb keine Zeit, da Rauno Kivimäki gerade einen Brandbeschleuniger einsetzte. Hämäläinen warf seine eben gewählten Worte über Bord, verdrängte die drohende interne Ermittlung und lief los.

Rauno Kivimäki erspähte ihn und war ziemlich überrascht. »Sie? Verfolgen Sie mich?«, schimpfte er.

»Was ist in der Plastiktüte?«

»Bitte? Das geht Sie einen Scheißdreck an. Privatsache.«

»Wollen Sie die Tüte samt Inhalt verbrennen?«

Sein Gegenüber hob beide Arme. »Hören Sie. Lassen Sie mich zufrieden, sonst werde ich Sie und Ihre Kollegin anzeigen. Ich habe einen guten Anwalt. Was Sie hier tun, grenzt an Nötigung.«

Er schüttete Brandbeschleuniger nach und griff dann nach der Plastiktüte. Wieder schossen die Flammen empor.

Hämäläinen tat mehrere Schritte nach vorne und stand nur noch zwei Meter von Kivimäki entfernt. »Was ist in der Tüte?«

Rauno Kivimäki grinste, und Hämäläinen wusste, was das bedeutete. Es zischte, die grüne Plastiktüte zerfloss in den Flammen und ein schwarzer Ordner kam zum Vorschein. Er vernahm aus den Augenwinkeln, wie sich seine Kollegin dem Geschehen näherte, die Wasserflasche fest in ihrer Hand. Doch Rauno Kivimäki schnitt ihr den Weg ab. Saara, die zwei Köpfe kleiner war, ließ es erst gar nicht auf eine verbale oder körperliche Auseinandersetzung ankommen. Stattdessen warf sie die Flasche zielsicher knapp über Rauno Kivimäki hinweg. Hämäläinen fing sie mühelos. Rauno Kivimäki war sichtlich verdutzt, und ehe er die Situation richtig erfasste, war es Hämäläinen gelungen, den Deckel abzuschrauben und die ersten Tropfen über das Feuer zu gießen. Er vollführte kreisende Bewegungen mit der Flasche. Auf diese Weise ließ sie sich am schnellsten entleeren.

Mittlerweile war Saara an Rauno Kivimäki vorbei zum Feuer geeilt und trat mit ihren hohen Stiefeln die brennenden Holzscheite auseinander. Ohne Zögern griff sie nach dem Ordner und schleuderte ihn, gefolgt von einem Schmerzensschrei, einige Meter weiter in den Sand. Hämäläinen hielt Rauno Kivimäki an der Schulter fest, da dieser gerade im Begriff war, zum Ordner zu rennen. Rauno Kivimäki wand sich aus dem Schultergriff. Seine Augen funkelten vor Wut, während er wieder auf den Ordner zusteuerte. Aus einem Reflex heraus trat ihm Hämäläinen seitlich in die Hacken. Während Rauno Kivimäki unsanft im Gras aufschlug, trat Kuusela vor Hämäläinens inneres Auge und verkündete ihm die Suspendierung. Er fixierte seinen Kontrahenten im Polizeigriff und warf einen Blick zu Saara. Mit wenigen Handgriffen hatte sie den Ordner vollständig mit Sand bedeckt.

»Gott sei Dank«, hauchte Hämäläinen.

Obwohl die Ermittler durch Rauno Kivimäki wüst beschimpft worden waren, saßen sie schlussendlich am Ufer des Tuomiojärvi und blätterten durch den Ordner, der zum Glück noch genug seines Inhalts preisgab. Den meisten Schaden hatte das Wasser angerichtet, das Hämäläinen über dem Feuer entleert hatte.

»Ich fürchte, Sie schulden uns eine Erklärung«, sagte er.

Rauno Kivimäki nahm den Panamahut ab und holte tief Luft. Eine Winzigkeit lang bäumte er sich ein letztes Mal auf. Bereit, den Kampf aufzunehmen und den Platzhirsch auszufechten. Kurz darauf sank er regelrecht in sich zusammen.

»Wir haben Sven vor drei Jahren im Urlaub an der Sai-maa-Seenplatte kennengelernt. Ich ging spazieren und sah ihn am Ufer stehen. Er angelte und kämpfte mit einem dicken Brocken. Ich ging ihm zur Hand. Es dauerte sicher eine Stunde, bis wir einen eineinhalb Meter großen Hecht an Land zogen. Zum Dank lud er Noora und mich ein. So kam eins zum anderen. Wir erfuhren von seinem Beruf und seinem Wohnort. Unsere Tochter Tyyni war ein Jahr zuvor auf einer Studienreise in Hamburg sexuell missbraucht wor-den. Es gab einen Verdächtigen. Die Beweise fehlten. Aber der Typ war es. Er hat sich an Tyyni vergangen. Angeb-lich konnten keinerlei Spuren gesichert werden. Wir beka-men nur spärliche Informationen von der Polizei und trotz eines Anwaltes, den wir damals einschalteten, erhielten wir keine Akteneinsicht. Tyyni war irgendein Medikament ver-abreicht worden.«

Rauno Kivimäki deutete auf den Ordner. »Steht alles da drin. Am Anfang hatte Tyyni nur eine Ahnung. Ihr eige-ner Körper war ihr auf einmal fremd. Nach und nach erin-nerte sie sich bruchstückhaft. Wir waren verzweifelt. Wir hatten das Gefühl, die Polizei sagt uns nicht alles. Aber der Zufall kam uns in diesem Urlaub in Person von Sven zu Hilfe. Der Fall war in seinem Revier bearbeitet wor-den. Über ein zentrales Register hatte er Zugriff auf den Fall und weite Teile der Akte. Sven hatte Mitgefühl für uns entwickelt und uns die Akte zukommen lassen. Alles auf dem Postweg.«

»Was haben Sie mit den Informationen gemacht?«, fragte Hämäläinen, der kaum glauben konnte, was er da hörte.

»Anfänglich war ich drauf und dran, nach Deutschland zu reisen und mir den Täter vorzunehmen. Nach allem, was ich in der Akte gelesen habe, besteht für mich kein Zwei-fel. Dieser Typ ist es gewesen. Es ist mir bis heute unverständlich, wieso die Verdachtsmomente nicht ausreichten. Schwer zu sagen, was passiert wäre, hätte ich den Kerl zwischen die Finger bekommen.«

»Wie geht es Ihrer Tochter heute?«, fragte Saara.

»Erstaunlich gut. Sie hat wieder einen Freund und wohnt mit ihm in Helsinki.«

»Warum haben Sie uns angelogen?«, fragte Saara. »Sven Hansen ist tot. War das alles nur wegen der Sache mit der Ehre? Und warum wollten Sie den Ordner verbrennen? Es gibt Mülltonnen.«

»Ein Kollege von Sven hat geholfen, die Ermittlungsakte an uns zu übermitteln. Das geht aus den Unterlagen hervor. Ich wollte ihn aus der Sache heraushalten.«

Dann schaute er Hämäläinen direkt an. »Sie brachten Sven mit unserem Haus in Verbindung. Mir war klar, Sie würden so lange nachforschen, bis Sie eine Antwort finden. Es ist eine Kurzschlussreaktion gewesen.«

Plötzlich sah es Hämäläinen klar und deutlich vor sich. »Das ist aber noch nicht alles gewesen, oder? Sie waren in Deutschland«, stellte er fest.

Der offene Mund und die weit aufgerissenen Augen verrieten, wie überrascht Rauno Kivimäki war. Gleichzeitig akzeptierte er seine Niederlage nun endgültig.

»Ja. Das stimmt«, bestätigte er und machte dabei zwischen jedem Wort eine kleine Pause. »Ich bin in Deutschland gewesen und habe diesen Mann aufgesucht. Er hat sich eine blutige Nase und blaue Flecken geholt. Sven war natürlich aufgebracht, als er von dem Vorfall erfahren hatte, und hat den Kontakt in der Folge auch für einige Zeit abgebrochen.«

»Sind Sie in Verdacht geraten?«, fragte Saara.

»Ich hatte ihm nachts aufgelauert und mir eine Schirmmütze tief ins Gesicht gezogen. Offiziell war ich unwissend. Wie ich schon sagte, wir bekamen kaum Informationen. Die Polizei brachte mich daher nicht mit dem Überfall in Zusammenhang.«

Zwei Stunden später fuhren Hämäläinen und Saara zurück. Rauno Kivimäki hatte für die Zeit des Mordes an Sven Hansen ein wasserdichtes Alibi. Er war nachweislich auf einer Geschäftsreise gewesen, weshalb sie ihn wieder gehen ließen.

»Worüber denkst du nach?«, wollte Saara wissen.

Sie passierten gerade die letzten Häuser der Stadt Jyväskylä.

»Wie es uns gelingen kann, Sven Hansen ein ehrenhaftes Andenken zu bewahren und seinen Kollegen aus der Sache herauszuhalten. Wir überprüfen, ob Rauno Kivimäki in Bezug auf den Überfall die Wahrheit spricht. Sollen wir einen Kollegen an den Pranger stellen, wenn es tatsächlich nur leichte Verletzungen waren?«

Saara atmete tief ein und presste ihre Hände fest um das Lenkrad. Dann umspielte ein Lächeln der Anerkennung ihre Lippen. »Was ist, wenn es diese Akte nie gegeben hat?«

»In diesem Fall läge es an uns, dem Staatsanwalt eine einleuchtende Erklärung für Hansens Verhalten vorzulegen«, antwortete Hämäläinen. »Er hat schließlich behauptet, dass es sein erster Besuch in Finnland wäre. Es ist zwar unverständlich, weshalb er so handelte, da wir unter normalen Umständen niemals von dem angesprochenen Ermittlungsverfahren in Deutschland erfahren hätten. Dennoch steht für mich jetzt fest, dass sein Tod eine tragische Verwechslung durch den Täter war. Mit unserem Wissen dürfen wir die Spur Sven Hansen keine Sekunde länger weiterverfolgen. Es bindet Kollegen, kostet Geld und Zeit. Der Täter ist noch immer auf freiem Fuß«, erläuterte er.

»Eigentlich müssen wir nur warten.«

»Warten?«

»Wir beide wissen von der Verwechslung. Wir können uns von nun an hauptsächlich um den Täter und um die Spur Ilari Valkonen kümmern. Du leitest die Ermittlungen und kannst diese Richtung vorgeben. Müssen Jaana Tiivola und Staatsanwalt Nico Lamberg denn unbedingt schon die Wahrheit erfahren?«

»Ein guter Vorschlag«, entgegnete Hämäläinen lobend.

»Wir warten ab. Wenn wir den Mord an Ilari Valkonen aufgeklärt haben, beweist das zwangsläufig auch die tragische Verwechslung.«

»Dadurch wird der Ordner bedeutungslos«, ergänzte Saara und wandte ihren Blick für einen Moment zur Rückbank des Wagens, auf welcher der angekokelte und feuchte Ordner lag.

Hämäläinen war niedergeschlagen. Das gelöste Rätsel um Sven Hansen verschaffte ihm keine Linderung. Im Gegenteil. Der Fall lastete weiter wie ein zentnerschwerer Rucksack auf seinen Schultern. Er hatte hoch gepokert und die Ermittlungen an sich gerissen. Hämäläinen musste liefern, um noch die Chance zu haben, ohne größeren Schaden aus der Sache herauszukommen. Er fühlte einen nie dagewesenen Druck und dachte an das Gespräch vor ein paar Sekunden. Sie mussten auch Jaana Tiivola von ihrem Vorhaben überzeugen. Sie durften ihr die neuesten Erkenntnisse nicht vorenthalten. Wie sollten sie es zudem logisch begründen, dass ab sofort nur die Spur Valkonen weiterverfolgt würde?

Erst als Hämäläinen das Medikament schon fast aus der Jackentasche gezogen hatte, wurde er sich dieser Handlung bewusst. Seine Hand hielt das braune Fläschchen krampfhaft umschlossen. Er lockerte den Griff und ließ es zurück in die Tasche gleiten.

Aus dem Nichts gelang es Niina wieder, an die Pforte zu seinen Gedanken zu klopfen. Es war wie ein Fluch. Die

Ermittlung und Niina. Manchmal war es ihm ein Rätsel, wie er die Tage überstand. Einzig Anni löste ihn aus diesem Hamsterrad heraus, hinein in ihre Welt, in der Buntstifte, Plüschtiere und Kindergeschichten regierten. Noch immer konnte Hämäläinen Niina klar und deutlich vor sich sehen. Sie war niemals verblasst. Warum hat sie mich betrogen? Was ist falsch gelaufen? War es meine Arbeit? Ein Leben geprägt von steter Unregelmäßigkeit?

»Was wirst du Frank Lehmann sagen?«, unterbrach Saara seine Gedanken und führte ihren Kollegen damit zumindest ein Stück weit zurück in die Gegenwart.

»Wenn der Ordner unser Geheimnis bleiben soll, muss ich ihn anlügen. Sven Hansen soll ihm in guter Erinnerung bleiben.« Direkt danach sprach er das viel dringlichere Thema an. »Wir dürfen Jaana Tiivola den Ordner nicht vorenthalten.«

»Warum denn das?«, bekundete Saara ihr Unverständnis.

»Weil wir sonst offiziell weiterhin Ressourcen für die Ermittlungen im Mordfall Sven Hansen bereitstellen müssten. Von jetzt auf gleich können wir die Ermittlungen ohne eine stichhaltige Begründung unmöglich auf ein Minimum reduzieren.«

»So ein Mist«, sagte Saara. »Du hast ja Recht.«

»Sie wird es ablehnen. Ich kann von Glück reden, wenn sie mich nicht aus dem Büro schmeißt. Mir stehen interne Ermittlungen ins Haus. Wie soll ich sie in dieser Situation um das Zurückhalten eines Ordners bitten? Ich habe Jaana und mich selbst an den Abgrund geführt. Auch ihr berufliches Schicksal hängt ein Stück weit an diesen Ermittlungen.«

»Ich rede mit ihr«, schlug Saara vor.

»Nein«, widersprach Hämäläinen. »Das ist meine Aufgabe.«

Er tastete nach der Stelle, an der der Ast entlanggescheuert war. Er hatte eine Schürfwunde, die unangenehm brannte. Er betrachtete sie im Spiegel. Er war sauer. Weniger wegen der Tatsache, dass er einen Fehler gemacht und zuerst einen Unschuldigen erschossen hatte. Auch das wurmte ihn weiterhin, und er wusste um die Schuld, die er auf sich geladen hatte. Er war nicht perfekt gewesen, obwohl er genau das von sich selbst erwartete. Doch er hasste Polizisten, was die Sache erträglicher machte. Viel schlimmer wog, was in den Zeitungen über ihn geschrieben wurde. Sie hatten ihn mehrfach der Unterschicht zugerechnet. Ein Journalist hatte ihm sogar geringe Intelligenz unterstellt. Er hatte ernsthaft darüber nachgedacht, den Mann ebenfalls zu erschießen, und ihn drei Tage beobachtet. Gestern hatte er in einer Bäckerei genau hinter ihm gestanden und die Waffe in der Manteltasche in seine Richtung gehalten. Der Journalist hatte nach Tabak und Schweiß gestunken und war die Verkäuferin unfreundlich angegangen. Letztlich waren es dessen fröhliche Kinder im Schulalter gewesen, die ihn innerlich gehemmt hatten. Das fette Schwein hatte noch mal Glück gehabt und war dank seiner Kinder mit dem Leben davongekommen.

Durch den Ärger war sein letztes Werk fast in den Hintergrund getreten. Er hatte sich einige Sekunden zu erkennen gegeben. Dann hatte er abgedrückt und Ilari war zusammengesackt. Ilari hatte in dem dichten Wäldchen auf keinen Fall entkommen dürfen. Ilari. Der Zahnarzt, der versucht hatte, ihn umzubringen. Ein Mann ohne Profil, mit bürgerlicher Fassade. Völlig verdattert hatte er nach oben in den Wipfel der Kiefer gestarrt. Hatte Ilari ihn wirklich erkannt, bevor der tödliche Schuss gefallen war? War ihm der nahende Tod überhaupt klar geworden? Er war sich längst nicht mehr so sicher wie unmittelbar nach dem Schuss. Mit einem zufriedenen Grinsen hatte er oben in der Kiefer gesessen, bevor er herabstieg und Ilari in den Wald zog. Doch auch ihn hatte er nicht leiden lassen. Sie hatten ihn damals wie eine lästige Schmeißfliege behandelt, ihn belächelt und als Schutzschild auserkoren. Ilari war der Schlimmste von ihnen gewesen. Er hatte stets freundlich und nahbar gewirkt. Dabei war er ein eiskalter Schauspieler des Lebens gewesen. Seit dem Tag, an dem er ihnen Rache geschworen hatte, verspürte er diesen Durst. Es war der Durst nach ihrer Angst. Sie sollten um ihre Leben flehen. Ihr Leiden im Angesicht des Todes. Das war es, was er sehen, was er schmecken und was er riechen wollte.

Nachdem er mit dem schlaffen Körper von Ilari weit genug in das Dickicht der Bäume und Sträucher vorgedrungen war, hatte er ihn auf den Bauch gedreht und das Gesicht in die weiche Erde gedrückt. Es war eine innere Stimme, die ihm den Befehl dazu gegeben hatte. Seltsamerweise hatte er dadurch eine tiefe Befriedigung gefühlt. Er hatte nie Drogen genommen, besaß aber genau diese Vorstellung vom vollkommenen Rausch. Da hatte er gestanden, mitten im Unterholz, neben Ilaris Leiche, und Klängen gelauscht und Farben gesehen, deren Reinheit und Schönheit ihm die Tränen in die Augen trieben. Später hatte er lange darüber nachgedacht, was es gewesen war. Hatte er das Vogelgezwitscher und das satte Grün des Wäldchens in seinem Rausch lediglich verstärkt wahrgenommen? Oder hatte er eine wahrhaftige Erscheinung gehabt, eine Begegnung mit einer Macht, die an der Grenze zwischen Leben und Tod wandelte? Er war nie religiös gewesen. Doch dieses Erlebnis hatte eine tiefe Ehrfurcht in ihm hervorgerufen.

Er drehte das Wasser auf, nahm die Seife und wusch sich lange die Hände. Es war ihm gelungen, den Waschzwang einzudämmen. Er hielt die Hände nun länger unter das Wasser, dafür aber seltener. Er war mehr oder weniger dazu gezwungen. Die Risse in der Haut waren immer mehr geworden. Mittlerweile waren die offenen Stellen verkrustet. Er kratzte sich im Schritt und schloss die Tür zum Badezimmer. Auf dem Schreibtisch lag ein Stadtplan. Die Punkte, die er mit dem schwarzen Fasermarker gesetzt hatte, waren bereits trocken. Dieses Mal würde es perfekt laufen, davon war er felsenfest überzeugt. Er sehnte die Rückkehr in sein normales Leben herbei. Eine feste Bleibe, einen neuen Job und wechselnde Frauenbekanntschaften.

Bald war es so weit. Zwei Personen waren übrig geblieben. Er fixierte ein Bild seines nächsten Opfers. War er gewarnt? Hatte er den Mord an Ilari mitbekommen? Es war davon auszugehen. Er legte das Bild auf den Tisch, faltete den Stadtplan zusammen und räumte alles wieder in die Schublade. Anschließend gönnte er sich vor dem Hotel eine Zigarette. Der Qualm tänzelte durch die kalte Herbstluft. Eine neue Waffe war besorgt und die Lust auf das Morden zurück.

MONTAG

Das Wochenende hatte Hämäläinen Ruhe verschafft. Wenngleich es ihm auch an den freien Tagen nicht gelungen war, seine negativen Gedanken auszuschalten, so hatte er wenigstens neue Kraft getankt. Er hatte viel und lange geschlafen und ausgiebig mit Anni gespielt. Die Sonne hatte geschienen, weshalb sie am Samstag mit der Fähre auf die Insel Pihlajasaari gefahren waren. Die Überfahrt vom Stadtviertel Ruoholahti hatte nur zehn Minuten gedauert. Anni liebte es, vom Wasser aus auf die Stadt zu schauen. Sie waren über den Naturlehrpfad spaziert, und Anni hatte an einem der vielen Strände stundenlang im Sand gebuddelt.

Am späten Freitagabend, nachdem Hämäläinen und Saara aus Jyväskylä zurück waren, hatte Nyholm angerufen und Hämäläinens Vorahnung bestätigt. Kaisa Valkonen war erneut aus allen Wolken gefallen, als Nyholm ihr von den ausgetauschten Rechnern berichtet hatte. Ihre Programme und Dokumente waren jedes Mal, wenn sie den Laptop genutzt hatte, an Ort und Stelle gewesen. Ilari Valkonen hatte exakt die gleichen Computermodelle gekauft. Er wünschte ihr keine weiteren Nackenschläge mehr. Nahezu identisch war die Reaktion von Ulla Saros und ihren Kolleginnen ausgefallen. Die Software zum Speichern der Patientendaten war nicht sehr umfangreich. Der Austausch war somit ein Leichtes und erforderte keine spezifischen Computerkenntnisse. Eine Sache war deutlich geworden. Sowohl von Valkonens privaten als auch den dienstlichen Rechnern hatte etwas um jeden Preis verschwinden sollen.

Jetzt saß Hämäläinen in seinem Büro und aß eine Banane. Wenn Jussi Aaltonen noch dieselben Gewohnheiten pflegte, würde er um Punkt 8 Uhr seinen Dienst antreten. Aus den Augenwinkeln vernahm er einen Schatten, der sich im Türrahmen abzeichnete. Er blickte auf. Es war Jaana Tiivola.

»Guten Morgen«, sagte sie. »Ist alles in Ordnung? Du siehst bleich aus. Ich habe Valkonens Anruflisten.«

»Und?«, fragte Hämäläinen, der gedanklich das Gespräch über den Ordner vorbereitete.

»Ein Arviid fehlt darunter.«

»Arviid ist doch kein Spitzname. Hat er das Handy etwa auch ausgetauscht?«

»Ausgeschlossen. Die Anrufe reichen weit zurück, und Kaisa Valkonen kannte die PIN-Nummer. Es gibt dafür einige Anrufe, die zu Prepaid-Nummern erfolgten. Wir haben noch nicht zu allen Nummern die Personalien. Ich habe Nyqvist die Anruflisten weitergeleitet, damit die bereits zugeordneten Personen ebenfalls befragt werden können.«

»Du kannst die Nummern anrufen. Wer weiß, vielleicht meldet sich jemand mit Namen. Was denkst du, wie lange wird es dauern?«

»Zwei bis drei Tage«, erwiderte Jaana Tiivola.

»Gibt es Neuigkeiten von Kuusela?«, pirschte sich Hämäläinen an das heikle Thema heran.

»Nein. Ich habe ein ungutes Gefühl hinsichtlich der internen Ermittlungen«, betonte Jaana Tiivola, deren Gesichtszüge urplötzlich ernst wurden. »Es wird schwer, Tuomas Kuusela von diesem Schritt abzuhalten. Auch mir hast du einen Bärendienst erwiesen. Ich sage es nur ungern. Es gibt nur eine Option. Löse diesen Fall.«

»Wir haben leider ein weiteres Problem«, sagte er.

»Ja?« Jaana Tiivola sah ihn überrascht an.

Mit pochendem Herzen begann Hämäläinen, die Ereignisse vom Freitag wiederzugeben. Er erzählte von den Gesprächen, erwähnte die Fahrt zum See und das finale Geschehen, das in einem angekokelten Ordner gegipfelt war. Er erwähnte jede Einzelheit. Während Hämäläinen erzählte, holte er den Ordner aus einer Schublade des Schreibtischs hervor und gab ihn Jaana Tiivola zur Durchsicht. Als Hämäläinen langsam zum Ende kam, waren Jaana Tiivolas Gesichtszüge entspannt.

»Du machst es mir wahrlich nicht einfach, aber ich vertrete dieselbe Einstellung. Wir alle sind Polizisten. Die Herausgabe der Ermittlungsakte in einem Fall sexueller Gewalt ist unentschuldbar. Zumal es mit körperlicher Gewalt geendet hat. Trotz alledem ist es ein Kollege, und Sven Hansen war ein Kollege. Was wir tun, ist falsch, doch unser System und unsere Gemeinschaft erfordern Loyalität.«

Er freute sich, begriff jedoch noch nicht umfänglich, was Jaana Tiivola gerade entschieden hatte. »Wie gehen wir in Bezug auf Sven Hansen weiter vor?«

»Die Ermittlungen werden auf meine Anweisung hin gebündelt und auf Ilari Valkonen fokussiert. Die Spur Hansen werden Saara und du offiziell weiterverfolgen. Das sieht zwar nach einem Eingreifen in deine Ermittlungsleitung aus, eine andere Wahl bleibt uns aber nicht.«

»Wer den Schaden hat …«, begann Hämäläinen. Er versuchte, etwas Angemessenes nachzuschieben, als ein wohlbekanntes Gesicht zur Tür hereinschaute.

Es war Jussi Aaltonen. Er hatte sichtlich abgenommen.

»Guten Morgen.«

»Jussi«, sagten beide zeitgleich.

»Schön, dich zu sehen«, ergänzte Jaana Tiivola, die von ihrem Stuhl aufgestanden war und ihn freundlich in den Arm nahm. »Wie geht es dir?«

Hämäläinen nutzte die Situation und verstaute den angekokelten Ordner wieder in der Schublade.

»Bestmöglich. Der Fuß ist ausgeheilt. Was habe ich verpasst?«

Gut 40 Minuten später waren alle Informationen ausgetauscht. Es wurde deutlich, wie sehr sich Jussi Aaltonen gewünscht hätte, die Ermittlungen zum Mord an Ilari Valkonen von Anfang an begleiten zu können. Den Ordner und die Ereignisse am Viitaniemi Beach erwähnten sie ihm gegenüber mit keinem Wort.

Nach einer Kaffeepause sprach Hämäläinen mit Nyholm und den anderen, die in Turku an der Ermittlung arbeiteten.

Nyholm schaltete das Telefon auf den Konferenzmodus. »Ich habe gerade die Bestätigung erhalten. Der Schlüssel gehört zu einem Schließfach der *LWH-Bank* in Tallin.«

»Auf wen ist das Schließfach registriert?«

»Die Auskunft verweigerten sie. Obwohl ich kurz davor war. Zum Teufel noch mal. Ich hatte eine junge Frau am Apparat. Bestimmt eine Auszubildende, die sich noch nicht richtig auskennt. Ich hatte sie fast so weit, dann wurde sie doch unsicher. Nicht unbedingt wegen der Auskunft selbst, sondern wegen ihres Chefs. Sie hat auf ihn verwiesen, und er hat auf das Bankgeheimnis gepocht. Außerdem würde er, wenn überhaupt, ausschließlich der estnischen Polizei Auskünfte geben. Ich habe mich auch danach erkundigt, ob Kaisa Valkonen telefonisch Auskunft bekommen würde, sofern der Schlüssel Ilari Valkonen gehörte. Fehlanzeige. Ohne das persönliche Erscheinen mit dem Schlüssel oder einer offiziellen Anordnung geben sie keine Daten heraus. Wir brauchen ein Rechtshilfeersuchen.«

Hämäläinen schloss einen Moment lang seine Augen und atmete durch. Möglicherweise kamen sie jetzt den entscheidenden Schritt voran. Weit weniger gefiel ihm das Vorgehen von Nyholm. Auch wenn er selbst bei den Ermittlungen gegen Gesetze verstieß, Regeln außer Acht ließ und haarsträubende und kaum entschuldbare Fehler machte, versuchte er niemals, andere Personen mit Absicht in eine missliche Lage zu bringen. Nicht auszudenken, was der jungen Frau in Estland beruflich widerfahren wäre, hätte sie Nyholm die entsprechenden Auskünfte erteilt.

»Das sind dennoch gute Neuigkeiten«, sagte Hämäläinen. »Ich werde alles Nötige in die Wege leiten. Es wird allerdings eine Weile dauern, bis die Antwort auf das Rechtshilfeersuchen kommt. War irgendetwas Interessantes in den Unterlagen aus Valkonens Haus?«

»Nein. Dafür sind die Überwachungsaufzeichnungen da. Die Kollegen beginnen nachher mit der Durchsicht. Es kamen nur zwei Supermärkte in Betracht, und der Zeitraum ist uns auch bekannt.«

Er war überrascht, wie beiläufig Nyholm diese, wie er fand, wichtige Nachricht erwähnte. Es war nur ein Versuch. Hämäläinen aber war zuversichtlich. Jeder Mörder macht irgendwann einen Fehler, davon war er überzeugt.

Auch Juuso Nyqvist hielt Neuigkeiten parat. »Wir haben Valkonens Umfeld durchleuchtet und dabei wirklich jeden Stein umgedreht. Kaisa Valkonen hat uns eine Liste von Freunden und Bekannten gegeben, und wir haben mit den Teilnehmern von Kongressen, Seminaren und Fortbildungen gesprochen. Keine heiße Spur, keine Hinweise auf Arviid, kein noch so winziger Anhaltspunkt, in welche Richtung es gehen könnte. Die Anruflisten von Ilari Valkonen arbeiten wir aktuell ab.«

»Ihr habt wirklich mit allen gesprochen?«, fragte Hämäläinen mit einer Mischung aus Hochachtung und Skepsis. Auf der einen Seite registrierte er sehr wohl, wie schnell die Kollegen die Befragungen durchgeführt hatten. Im gleichen Atemzug ertappte Hämäläinen sich jedoch dabei, wie er die Qualität der Gespräche infrage stellte.

»Wir mussten mit vielen Personen am Telefon sprechen. Anders war es in der Kürze der Zeit kaum zu bewerkstelligen«, erklärte Juuso Nyqvist.

»Was ist mit Helsinki?«

»Ich habe Alatalo um die Ermittlungen gebeten.«

Scheiße, dachte er und stieß einen stummen Schrei aus.

»Mit demselben Ergebnis.«

»Wo liegt der Schlüssel zu diesem Fall?«, sinnierte Hämäläinen.

»Der fehlende Schlüssel zu diesem Fall war das größte Problem bei den Befragungen«, griff Juuso Nyqvist den bildhaften Vergleich auf. »Gesetzt den Fall, einer der Befragten steht mit dem Mord in Zusammenhang: Ohne einen Anknüpfungspunkt ist es schwierig, eine Reaktion beim Gegenüber hervorzurufen.«

»Wie wurde Ilari Valkonen beschrieben?«

»Manche konnten sich erst an ihn erinnern, als wir ihnen ein Foto zeigten. Im Grunde festigte sich unser bestehendes Bild. Valkonen liebte seine Arbeit. Aber außerhalb von Kronen und Füllungen war er ein unscheinbarer Mensch, der auch mal schlechte Laune hatte.«

»Schick mir die Befragungen per Mail, auch die von Alatalo und seinen Leuten. Ich will sie selbst lesen. Was habt ihr noch?«

»Die Frage muss eher lauten, was wir noch nicht haben«, warf Matti Vaarasuo ein. »Unser Aufruf im Lokalradio und die Flugblätter erbrachten bisher keine brauchbaren Hinweise. Die üblichen Anrufe. Besorgte Bürger und die Besserwisser, die uns sagen, wie unsere Arbeit zu funktionieren hat.«

»Warten wir ab, was in den nächsten Tagen passiert«, entgegnete Hämäläinen. »Ich danke euch. Ausgezeichnete Arbeit.«

Er legte auf und merkte, wie ihn ein leichter Zorn erfasste. Ausgerechnet Alatalo hatte die Befragungen vor Ort geführt. Alatalo und Nyqvist. Sie hatten also einen guten Draht zueinander. Es rief ihn zu äußerster Vorsicht auf, und es widerstrebte ihm, dass auch Alatalo in der Ermittlung mitmischte.

Plötzlich spürte Hämäläinen einen stechenden Schmerz in der rechten Wade. Er hatte einen Krampf, biss die Zähne zusammen, stand vom Stuhl auf und versuchte, den Schmerz mit einer Dehnung einzudämmen. Langsam wurde es besser. Hämäläinen massierte die betreffende Stelle, humpelte zum Treppenhaus und stieg behutsam die einzelnen Treppenstufen hinab. Einen Stock tiefer öffnete er die Tür zum Korridor.

Hannu Mielonen fixierte einen Bildschirm, auf dem die Umrisse eines Fingerabdrucks eingeblendet waren. Hinter den ungeputzten Gläsern einer schwarzen Designerbrille blickten Hämäläinen zwei müde Augen entgegen. Sie begrüßten einander mit einem kräftigen Handschlag.

»Wie weit bist du mit den Fingerabdrücken?«

»Erledigt. Es waren lediglich einzelne Fragmente auf dem Schlüssel, aber es reichte zum bestätigenden Abgleich«, antwortete Hannu Mielonen. »Valkonen hatte den Schlüssel schon einmal in der Hand.«

»Der Schlüssel passt in ein Schließfach einer Bank in Tallin«, sagte Hämäläinen. »Nyholm hat es ermittelt, aber vergeblich auf weitere Auskunft gehofft. Wir müssen das langwierige Rechtshilfeersuchen abwarten.«

Hannu Mielonen nahm seine Brille ab und putzte sie mit einem frischen Taschentuch. »So ist das eben«, brummte er. »Manchmal sind es verflucht große Brocken, die uns hingeworfen werden.«

Hämäläinen kehrte an seinen Schreibtisch zurück. Im Computer suchte er nach der Vorlage für das Rechtshilfeersuchen. Nachdem alles ausgefüllt war, legte er es Jaana Tiivola vor. Solange Staatsanwalt Martti Lähde das Sagen hatte, war es womöglich besser, diesen Weg einzuschlagen.

»Das letzte Rechtshilfeersuchen hat zwei Monate gedauert. Uns rennt die Zeit davon«, fasste Hämäläinen die vertrackte Situation zusammen. »Gibt es keine andere Möglichkeit?«

»Welche soll es denn geben?«

»Was ist, wenn ich mit Kaisa Valkonen nach Estland fahre? Es besteht kaum ein Zweifel, wem der Schlüssel gehörte. Ist sie nicht automatisch zur Erbin des Schließfachinhaltes geworden?«

Jaana Tiivola kniff die Augenbrauen zusammen, hielt inne und nickte zweimal. »Wieso nicht? Nur wenn ihr Mann ausdrücklich jemand anderen eingesetzt hat, bekommt sie keinen Zugriff.«

»Wenn sie nach all den negativen Nachrichten der letzten Tage überhaupt dazu bereit ist.«

»Früher oder später wird sie ohnehin erfahren, was sich in dem Schließfach befindet«, verdeutlichte Jaana Tiivola.

»Ich werde mit ihr sprechen«, meinte Hämäläinen.

Um 11.30 Uhr erreichte er Kaisa Valkonen am Telefon. Sie sagte sofort zu, und er gewann den Eindruck, als wollte sie die Geheimnisse um ihren Mann schnellstmöglich ergründen. Ihm fiel auf, wie weich ihre Stimme klang. Kaisa Valkonen hatte keine Einwände dagegen, schon am nächsten Tag nach Estland zu reisen.

Nachdem sie eine Uhrzeit vereinbart hatten, beendete Hämäläinen das Gespräch und ging in das Sekretariat. Sie sollten dort eine Streife organisieren, die Kaisa Valkonen abholen und zum Fährhafen bringen würde. Außerdem bat er um die Buchung der Fährtickets.

Anschließend sprach er nacheinander mit Aaltonen und Saara über den weiteren Verlauf der Ermittlungen. Saara hatte ein Protokoll über die Ereignisse vom Freitag gefertigt. Zu allen offenen Fragen in der Ermittlung waren Recherchen angeschoben. Nun galt es, die Ergebnisse abzuwarten. Sie hatten niemals zuvor eine solche Fülle an Informationen und Beweismitteln in den Händen gehalten, bei denen sie trotzdem zum zeitweiligen Warten auf Ergebnisse verdammt waren. Hämäläinen erwähnte die Protokolle der Befragungen, die er demnächst erwartete. Jeder für sich sollte nochmals über die Befragungen schauen, um vielleicht doch den einen Hinweis zu finden, den die Kollegen übersehen hatten.

Um 12 Uhr machte Hämäläinen Mittag. Auf dem Weg zum Wagen summte sein Handy in der Hosentasche. Die Rufnummer war unterdrückt. Arglos ging er ran. Zuerst war nur ein Rauschen zu hören, dann folgte ein heilloses Stimmengewirr, aus dem eine wohlbekannte Stimme hervorstach. Plötzlich waren auch die Umgebungsgeräusche verschwunden.

»Wo sind Sie?«

»Auf dem stillen Örtchen«, erwiderte Daavid Pesonen. Hämäläinen lachte.

»Wo auf der Toilette sind Sie?«

Daavid Pesonen lachte ebenfalls.

»Verstehe. Ich bin am Flughafen. In Kopenhagen.«

»Was machen Sie da?«

»Na was wohl. Ich verfolge eine Spur. Das wollten Sie doch so.«

Ihm wurde beinahe die Luft abgeschnürt. Mit größter Mühe presste er die nächsten Worte hervor. »Wohin ist Niina geflogen?«

»Bangkok.«

Hämäläinen war sprachlos.

»In zwei Stunden geht mein Flieger. Bangkok ist ein Moloch. Wenn Niina von dort nicht in den nächsten Flieger gesprungen ist, sondern ihre Route auf einem anderen Weg fortgesetzt hat, haben wir ein mieses Blatt. Nach allem, was Sie mir über Ihre Frau erzählt haben, wird sie nicht mehr in Asien sein. Sie mag die Ruhe und die Kälte. Das Gewusel und das schwüle Wetter in Asien stellen das genaue Gegenteil dar.«

»Sie ist auf keinen Fall in Asien geblieben«, war sich Hämäläinen sicher. »Und kein Flughafen gibt einem Privatdetektiv die Passagierlisten heraus.«

»Ich bin der Beste. Schon vergessen?«

»Wie haben Sie das hinbekommen?«

»Sie haben es schon einmal probiert. Und Sie wissen doch – Berufsgeheimnis!«

»Ich stocke um 1.000 Euro auf, wenn Sie mir verraten, wie Sie an die Daten gelangt sind.«

Daavid Pesonen lachte.

»Ich werde auf dem Flug darüber nachdenken«, sagte er.

Es folgte ein Tuten in der Leitung.

Hämäläinen steckte das Handy weg und schaute an sich herunter. Er war nass geschwitzt und fühlte eine tiefe Leere. Der restliche Tag verlief entsetzlich. Langsam realisierte er die Information von Daavid Pesonen. Die Leere verschwand, und der Knoten, der all die Gedanken um Niina verschnürte, war nochmals enger geworden. Sie war also in ein Flugzeug gestiegen und nach Bangkok geflogen. Daavid Pesonen hatte ihm kein Datum genannt. Vergeblich versuchte Hämäläinen, den Privatdetektiv zu erreichen. Niina hatte sich also irgendwo für eine längere Zeit aufgehalten, ehe sie in den Flieger gestiegen war. War sie etwa mit diesem Miguel zusammen? War es mehr als eine einmalige Affäre gewesen? Weit mehr als ein Lustanfall unter dem Einfluss von Alkohol? Daavid Pesonen musste die Passagierliste erneut überprüfen. War Miguel auch an Bord gewesen? Wer hatte auf dem Platz neben Niina gesessen?

Stunde um Stunde verzweifelte Mika mehr. Jaana Tiivola nahm an einer Besprechung teil, während Jussi Aaltonen zusammen mit Saara den alljährlichen Schießtest absolvierte. So bekam niemand etwas von seinem erbärmlichen Zustand mit. Das Einzige, was er an diesem Tag noch zustande brachte, war, die Anrufe von Juuso Nyqvist und Frank Lehmann entgegenzunehmen und die eingegangenen Befragungsprotokolle an Saara und Jussi Aaltonen weiterzuleiten.

Juuso Nyqvist fasste sich kurz. Es hatte irgendein Problem mit der CD gegeben, auf der die Aufnahmen der Überwachungsbänder gespeichert waren. Sie würden sich die Aufnahmen erst morgen ansehen.

Der eigentliche Grund für Frank Lehmanns Anruf trat beinahe in den Hintergrund, da Hämäläinen seinen Freund über den Mord an Ilari Valkonen informierte. Einerseits befreite es ihn. Endlich hatte er die Nachricht an Frank überbracht und gleichzeitig erfahren, warum er diesen eine Woche lang vergeblich angerufen hatte.

Frank war wegen einer Blinddarmentzündung in der Klinik gelandet und hatte das private Handy bewusst einmal ausgeschaltet gelassen. Andererseits lähmte es ihn, da er den Ordner, der die Verwechslung von Sven Hansen und Ilari Valkonen durch den Täter schwarz auf weiß dokumentierte, nicht thematisieren durfte. Offiziell hatte Hämäläinen die Zweifel an der Verwechslung schließlich aufrechtzuerhalten, und er wollte den Kollegen aus Hamburg schützen, der bei der Übermittlung der Ermittlungsakte an Rauno und Noora Kivimäki geholfen hatte. Frank Lehmann hatte zuvor berichtet, dass sie die Entschlüsselung des Passwortes für Hansens Laptop aufgeben mussten. Es war unmöglich. Sven Hansen hatte offensichtlich alle Regeln für das Erstellen eines sicheren Passwortes befolgt. Hämäläinen brauchte nur die Wahrheit auf den Tisch packen und Frank Lehmann sagen, wie unbedeutend das Auswerten des Rechners durch den Ordner von Rauno Kivimäki geworden war. Doch es war ihm nicht möglich.

Mit einem schlechten Gewissen und ohne ein Wort über Niina legte er auf und stellte mit Erschrecken fest, dass das Fläschchen mit dem Medikament geöffnet vor ihm auf dem Tisch stand. Hämäläinen tastete sich mit der Zunge vorsichtig im Mundraum herum, spürte dabei das pelzige Gefühl wieder und bekam es mit der Angst zu tun. Er hatte das Medikament unbewusst eingenommen. Es war 14.15 Uhr, und er hoffte flehentlich, die Wirkung des Medikamentes möge ein Stück weit nachgelassen haben, ehe er Anni von der Kindertagesstätte abholen musste.

Um 16 Uhr machte Hämäläinen Feierabend. Das Medikament entfaltete eine nie gekannte Selbstsicherheit in ihm. Rücksichtslos lenkte er den Wagen durch die Straßen. Im gleichen Maße benebelte das Medikament auch seine Sinne. Zeitweise betrachtete er die Welt wie durch eine Milchglasscheibe. Im Badezimmer leerte er das halbvolle Fläschchen in den Ausguss und kroch für eine Stunde ins Bett.

Der kurze Schlaf half. Er holte Anni ab, und sie fuhren zu seiner Mutter.

»Oma«, rief Anni voller Freude und sprang Suvi Hämäläinen mit Anlauf in die Arme.

»Hallo, Anni«, lachte Suvi und drückte ihre Enkelin fest an sich.

»Hallo, Mutter«, sagte Hämäläinen und schloss die Tür. »Hallo, Mika.«

Er nickte in Richtung des Gästezimmers, das auch Annis Spielzimmer war. An seinem gedankenverlorenen Blick erkannte Suvi Hämäläinen sofort, dass ihr Sohn etwas auf dem Herzen hatte.

»Gehe doch schon spielen. Ich komme gleich«, flüsterte sie Anni ins Ohr.

Anni gehorchte und stapfte fröhlich in ihr Spielzimmer.

»Was ist los?«, fragte Suvi.

»Niina ist nach Bangkok geflogen.«

»Bangkok«, wiederholte Suvi überrascht. »Ist Niina noch immer dort? Weißt du Näheres?«

»Nein. Daavid Pesonen hat mich heute angerufen. Niina ist von Kopenhagen aus abgeflogen. Mehr Informationen hatte Daavid Pesonen nicht. Ich war so überwältigt, dass ich vergessen habe, ihn nach dem Datum des Fluges zu fragen.«

Nachdem die Neuigkeit ausgesprochen war, nahm er Suvis Festnetztelefon und rief Riita und Lasse an. Riita brach unmittelbar in Tränen aus, und nur gutes Zureden aller Beteiligten hinderte sie daran, ohne Plan zum Flughafen zu fahren, um ebenfalls nach Bangkok zu fliegen. Hämäläinen hasste solche Gespräche und lenkte sich ab, indem er mit Anni spielte, ehe er ohne seine Tochter den Heimweg antrat.

Am Abend schwitzte Hämäläinen in der Sauna, und das schlechte Gewissen suchte ihn heim. Was ist nur in mich gefahren?

Es war der eine Moment in der Praxis von Ilari Valkonen gewesen, an dem er wieder einmal eine klare Grenze überschritten hatte. Er hatte einen Rezeptblock mitgehen lassen, der bereits mit dem Stempel der Praxis und Valkonens Unterschrift versehen war. Darauf hatte Hämäläinen das Medikament *Tilidin* vermerkt und es in der Apotheke in Turku besorgt. Vor Jahren war er einmal auf einen Artikel gestoßen, der die rauschähnliche Wirkung von *Tilidin* beschrieben hatte. Verzweifelt hatte er auf die enthemmende Wirkung gesetzt und geglaubt, dem Druck auf diese

Weise standzuhalten. Er wusste nun, wie dumm und verantwortungslos dieser Gedanke gewesen war.

Bald war es so weit, er würde wieder morden. Es kribbelte ihm zwischen den Fingern, und die Waffe lag gereinigt bereit. Zwei Namen auf seiner Liste waren noch offen, und er umkreiste sie mit einem Stift.

Er warf eine Münze. Kopf. Dann musste er lachen. So konnte man auch über ein Leben entscheiden. Der Schmetterlingsfreund war also der Nächste. Diesen Langweiler würde kaum jemand vermissen, wahrscheinlich nicht einmal seine Frau. Wie er ihn hasste. So langweilig und doch ein eiskalter Mensch. Das hatte er fast noch schlimmer gefunden als das Verhalten der anderen.

Er bedauerte es fast, dass nicht mehr Personen auf seiner Liste übrig waren. Das Leben ohne feste Arbeit, die Planung der Morde und das innere Glück danach machten ihm Spaß. Er würde es vermissen, wenn er wieder ein Bürgerlicher war.

Grinsend steckte er die Münze zurück in die Hosentasche und dachte nochmals an den Schmetterlingsfreund. Wenn dieser wüsste, dass eine Münze gerade über sein erbärmliches Leben entschieden hatte …

DIENSTAG

Hämäläinen saß in dem großzügigen Wartebereich von Terminal 2 im Westhafen von Helsinki. Die Reise nach Estland kam zum richtigen Zeitpunkt. Er musste raus, Abstand gewinnen.

Kaisa Valkonen stieg aus dem Streifenwagen, der direkt an der Eingangstür zum Terminal hielt. Sie lief in einem lockeren und beinahe tänzelnden Schritt auf ihn zu. Die schwarze Kleidung, die sie noch vor wenigen Tagen getragen hatte, war verschwunden. Ihre langen Beine steckten in einer blauen Cordhose, und der Mantel, der sie umhüllte, war in einem hellen Braun gehalten. Wenn Hämäläinen es nicht besser gewusst hätte, wäre es ihm nie in den Sinn gekommen, einer gerade erst zur Witwe gewordenen Frau gegenüberzustehen.

Kaisa Valkonen lächelte zaghaft und reichte ihm zur Begrüßung die Hand.

»Das Schließfach ist hoffentlich die letzte Überraschung, die mir Ilari nach seinem Tod macht«, sagte sie beim Gang zur Ticketkontrolle.

»Das kann ich verstehen«, erwiderte Hämäläinen und durchsuchte die Hosen- und Jackentaschen nach den Tickets. Dann fiel ihm ein, dass er sie am Morgen in die Geldbörse gesteckt hatte.

Sie betraten die Fähre und gingen auf das Sonnendeck. Auch wenn die Sonne von einem makellos blauen Himmel grüßte, wehte doch ein eisiger Wind. Die Wetterprognose für die nächsten Tage kündigte Regen an. Daher froren sie lieber, wenn sie dafür die letzten Sonnenstrahlen erhaschten.

»Es ist Wahnsinn, wie schnell sich das Leben ändern kann«, sagte Kaisa Valkonen. »Noch vor wenigen Tagen war ich glücklich verheiratet mit einem Mann, dem ich blind vertraut hatte. Jetzt ist er tot, und ich frage mich, wer er war und welche Geheimnisse er hatte. Es ist ein Albtraum.«

Die Verzweiflung sprach förmlich aus ihren Augen. Gerne hätte der Polizist ihr beigestanden und tröstende Worte gespendet. Doch er brachte keine Kraft auf und war wieder viel zu sehr mit sich selbst beschäftigt, seit er mit Daavid Pesonen telefoniert hatte.

Nach zweieinhalb Stunden Fahrt legte die Fähre pünktlich in Tallinn an. Sie winkten ein Taxi herbei und fuhren direkt zur Bank. Er war zehn Jahre nicht mehr hier gewesen und hatte fast vergessen, wie schön die Stadt war. Der Taxifahrer fuhr mit einem Affenzahn. An der kauernden Körperhaltung von Kaisa Valkonen war abzulesen, wie sehr sie das Ende der Fahrt herbeisehnte. Nach einem rücksichtslosen Überholvorgang stoppte das Taxi vor dem Bankgebäude. Eine schlichte und graue Fassade ragte vor ihnen auf.

Hämäläinen ließ Kaisa Valkonen den Vortritt und war erstaunt, als diese mit der Frau am Empfangsschalter Estnisch sprach. Er verstand nicht viel von dem Gesagten, war aber beruhigt, als die Brünette mit dem überschminkten Gesicht den jungen Bankangestellten Asko Tamm zu sich rief. Kaisa Valkonen wechselte einige Worte mit ihm. Asko Tamm, der unter seinem Jackett ein ungebügeltes Hemd trug, führte beide in einen kleinen fensterlosen Raum mit einem gammeligen Teppichboden.

Dort ließ Asko Tamm sie kurz alleine, ehe er zurückkehrte und eine Mappe mit Unterlagen in der Hand hielt. Kaisa Valkonen zeigte die Heirats- und Sterbeurkunde, ihren eigenen Ausweis und den Ausweis ihres verstorbenen

Mannes vor, und Hämäläinen legte den Schließfachschlüssel auf den Tisch in der Mitte des Raumes. Asko Tamm, dessen Gesichtszüge von einer hohen Stirn und einer schräg stehenden Nase dominiert wurden, störte sich offensichtlich nicht daran, dass Kaisa Valkonen einen Begleiter hatte. Er prüfte die Dokumente. Das darauffolgende Kopfschütteln ließ bei Hämäläinen die Zuversicht schwinden. Asko Tamm redete mit Kaisa Valkonen. Augenblicke später sah er einen Blick, den er niemals vergessen würde.

Kaisa Valkonen traten die Augäpfel regelrecht aus dem Kopf, derart bestürzt war sie.

»Das Schließfach ist auf Ville Kumpu registriert.«

»Wann ist Ville Kumpu noch mal ums Leben gekommen?«

Kaisa Valkonen machte eine abwehrende Handbewegung, und er wusste unmittelbar, was das bedeutete. Kaisa Valkonen reichte ihm ein Blatt Papier. Es war der Kontoantrag für das Schließfach.

»Nicht der echte Ville Kumpu hat dieses Schließfach eröffnet«, erklärte sie und zeigte auf den unteren Teil des Kontoantrages.

Hämäläinen blickte auf die täuschend echte Kopie eines estnischen Ausweises, auf dem eindeutig das Gesicht von Ilari Valkonen prangte. Ausgestellt war der Ausweis auf Ville Kumpu. Da war er wieder, der tote Freund. Ilari Valkonen hatte sich einen Ausweis auf den Namen seines verstorbenen Freundes ausstellen lassen.

Das Schließfach war vor zwei Jahren angemietet worden. Hämäläinen gab Kaisa Valkonen das Papier zurück und fasste sie an der Schulter. Er wollte ihr Halt geben, jetzt, wo sie sich mehr denn je fragen würde, mit wem sie eigentlich verheiratet gewesen war.

Dann folgten beide Asko Tamm über eine breite Treppe in

das Untergeschoss. Dort öffnete er eine schwere, weiß gestrichene Eisentür. Sie traten in den Raum, der die Schließfächer beherbergte. Eine Wand aus kleinen schwarzen Fächern, die alle ein Geheimnis verbargen, türmte sich vor ihnen auf. Vorsichtig steckte Kaisa Valkonen den Schlüssel in das Schloss, drehte ihn um und zog das etwa 50 auf 50 Zentimeter große Schließfach mit der Nummer 3845 heraus. Ihre Hände zitterten. Am Ende des Raumes war eine Nische, in der ein kleiner Tisch und ein Stuhl bereitstanden. Hämäläinen zog den davor angebrachten Vorhang zu und gab Kaisa Valkonen ein unmissverständliches Zeichen, indem er den Zeigefinger auf den Mund legte. Langsam hob sie den Deckel an, dann schlug sie ihre Hände entsetzt vor das Gesicht.

Drei weitere Rätsel traten im Untergeschoss der *LWH-Bank* an die Oberfläche. In dem Schließfach lagen 30.000 Euro, ein Handy und ein Zettel mit einer Zahlenkombination. Es brauchte keine ausgiebige Zähleinheit, da die einzelnen Bündel mit entsprechenden Aufdrucken versehen waren. Es waren sechs Bündel zu je 5.000 Euro.

»Ich muss hier raus«, flüsterte Kaisa Valkonen mit zittriger Stimme. Sie stand auf, zog den Vorhang zur Seite und eilte die Treppe hinauf.

Hämäläinen nahm das Geld, das Handy und den Zettel. Er stopfte alles eilig in die Taschen seiner Jacke, stand auf und folgte Kaisa Valkonen.

»Ausweis, Geld, Schließfach«, zählte Kaisa Valkonen auf, während sie die Bank verließen. »Das ist so makaber.«

Hämäläinen winkte ein Taxi herbei, das zufällig vorbeifuhr.

»Ich möchte sofort zurück«, sagte Kaisa Valkonen. »Das ist alles zu viel für mich. Nehmen wir die nächste Fähre?«

Er nickte. Sie stiegen in das zerbeulte Taxi, und Kaisa Valkonen bat den indischstämmigen Fahrer darum, sie zum

Hafen zu fahren. Beide checkten sie über ihre Handys die Abfahrtszeiten der Fähre. Um 18.30 Uhr legte die nächste ab. Jetzt war es 15.55 Uhr.

Am Fähranleger stiegen sie aus. Ihr war nach einem Spaziergang, wie sie sagte. Hämäläinen entdeckte ein kleines Schnellrestaurant und bestellte Steak mit gebratenen Kartoffeln sowie ein Glas Bier.

Er hatte gerade den ersten Schluck genommen, da leuchtete das Display seines Handys auf. Es war Juuso Nyqvist. Hämäläinen setzte das Glas nochmals an und trank einige kräftige Schlucke. Dann wischte er sich den Schaum vom Mund, atmete zufrieden aus und nahm das Handy vom Tisch.

»Wo bist du?«, krächzte es in der Leitung.

»Am Hafen in Tallinn.«

»Konntet ihr in das Schließfach sehen?«

»Ja. Es lagen 30.000 Euro, ein Zettel mit einer Zahlenkombination und ein Handy darin. Eröffnet wurde das Konto auf den Namen Ville Kumpu.«

»Ville Kumpu?«

»Ja. Ilari Valkonen nutzte einen gefälschten Ausweis mit diesem Namen.«

»Verdammte Scheiße«, entfuhr es Juuso Nyqvist. »Was hatte er vor?«

»Es wirft leider mehr Fragen auf, als es uns Antworten liefert.«

»Ihr hattet Schwein, dass ihr die Sachen aus dem Schließfach entnehmen durftet.«

Hämäläinen wusste, was Nyqvist meinte. Ilari Valkonen hatte das Schließfach unter falscher Identität eröffnet. Asko Tamm hätte die Polizei einschalten und die Herausgabe der Dinge verweigern müssen.

»Warum rufst du an?«

»Wir haben was.«

»Spann mich nicht auf die Folter.«

»In der Nähe des Waldgebietes, in dem Valkonen umgebracht wurde, gibt es ein großes Shoppingcenter mit drei Überwachungskameras für den Parkplatz. Uns ist ein Mann aufgefallen, der aus einem grauen Mercedes-Benz 300 gestiegen ist. Eine Stunde vor der Tat, um kurz nach 6 Uhr. Langer schwarzer Mantel, strammer Schritt, groß. Er ging vom Parkplatz in Richtung Straße. Die Bildqualität ist miserabel. Das Gesicht und das Kennzeichen sind völlig unscharf.«

»Das ist ärgerlich«, sagte Hämäläinen. Gleichzeitig freute er sich. Die Idee mit den Supermärkten war ein Treffer. »Der schwarze Mantel ist natürlich ein Hinweis. Schlussendlich stehen wir vor demselben Problem wie im Alppipuisto in Helsinki. Uns fehlt ein Gesicht.«

»Es ist der Täter«, sagte Juuso Nyqvist.

»Was macht dich so sicher?«

»Weil er schon zwei Tage vor dem Mord jeweils um kurz nach 6 Uhr dort geparkt hatte und vom Shoppingcenter in Richtung Straße gegangen war. Das Shoppingcenter hat um diese Zeit natürlich noch geschlossen. An allen Tagen war der Mercedes das einzige Fahrzeug, das um diese Zeit geparkt wurde. Und, das ist das Entscheidende, am Tattag dauerte es wesentlich länger als die Tage zuvor, ehe er zurückkam.«

Hämäläinen nickte zustimmend. Nach allem, was Juuso Nyqvist berichtet hatte, konnte es sich nur um den Täter handeln. Wie sollte er die Nachricht einordnen? War es ein Erfolg oder ein weiterer Tiefschlag in der Ermittlung? So nah am Täter und doch so weit entfernt. Kein Gesicht und kein Kennzeichen. Es wunderte ihn auch, dass die Überwachungskameras überhaupt installiert waren, wenn sie Bilder in dieser miesen Qualität lieferten.

»Wir müssen nach Zeugen suchen, die den Mann in den Morgenstunden gesehen haben, und die Tankstellen in der Umgebung überprüfen«, befand Hämäläinen. »Er könnte dort getankt haben, und die Aufzeichnungen sind vielleicht noch vorhanden. Graue Mercedes 300 gibt es allerdings viele. Zumal wir nicht einmal den Ansatz eines Kennzeichens haben.«

»Zumindest wissen wir, was für ein Fahrzeug er fährt«, erwiderte Nyqvist.

»Wenn er es nicht gestohlen hat.«

»Fangen wir doch damit an«, schlug Juuso Nyqvist vor. »Wir überprüfen, ob ein grauer Mercedes 300 als gestohlen gemeldet wurde.«

»Das ist ein guter Ansatz«, bestätigte Hämäläinen. »Lasst außerdem die Bänder von einem Spezialisten untersuchen. Wegen der Körpergröße, des Alters des Mannes und anderen Merkmalen, die von Bedeutung sein könnten.«

»Eine Sache ist aber eigenartig.«

»Was meinst du?«

»Es lief jedes Mal gleich ab. Er hat den Schlitten geparkt, ist ausgestiegen und ohne eine Tasche oder einen Rucksack losgegangen.«

»Was ist daran eigenartig?«, fragte Hämäläinen verwirrt.

»Das Jagdgewehr«, antwortete Juuso Nyqvist. »Er wird es sich kaum schon während der Fahrt unter den Mantel gesteckt haben.«

»Du hast recht«, sagte Hämäläinen. »Wahrscheinlich hatte er es nahe dem Tatort deponiert und nach der Tat dort zurückgelassen.«

»Sollen wir den Bereich großflächig absuchen lassen? Dazu bräuchten wir aber gewaltige Verstärkung. In Turku brauchen wir sie nicht erwarten.«

»Rufe Jaana an. Sie soll so viele Leute schicken wie nötig.«

»Ist gut«, erwiderte Juuso Nyqvist und legte auf.

Eigentlich hatte Hämäläinen ihn noch fragen wollen, wie es um die Zeugenhinweise stand, die sie sich durch die Aktion mit den Flugblättern und dem Aufruf im Lokalradio erhofften.

Pünktlich mit dem Ende des Telefonats wurde das Steak mit den gebratenen Kartoffeln serviert. Hämäläinen schob die Gedanken an die Ermittlungen zur Seite. Das Essen schmeckte ihm außerordentlich gut. Er bestellte ein weiteres Bier. Die Fragen kamen zurück. Es war zum Verrücktwerden. Vor ihnen lag ein Berg an Informationen, und dennoch waren sie dem Täter gefühlt lediglich einen Millimeter nähergekommen. Sie hatten den Unbekannten und dessen Wagen auf einem Überwachungsband und konnten nur wenig damit anfangen. Wenn sie doch nur einen Schritt weiter in Bezug auf Ilari Valkonen wären. 15.000 Dollar im Schlafzimmer, 30.000 Euro in einem Schließfach. Geld, von dem seine Frau nichts wusste. Woher stammte es? Welche Geschäfte waren neben dem Betrieb der Praxis in Ilari Valkonens Leben abgelaufen? Was hatte es mit der Zahlenkombination auf sich? War es die PIN-Nummer für das Handy? War es eine Telefonnummer? Was gab es für ein dunkles Geheimnis, das Ilari Valkonen mit ins Grab genommen hatte?

Es hatte keinen Zweck. Das Bier war ihm bereits leicht zu Kopf gestiegen und die Eindrücke zu frisch. Er war außerstande, mit klaren Gedanken über die offenen Fragen nachzudenken. Stattdessen hinterließ der Polizist ausreichend Geld auf dem Tisch und trat ins Freie.

Kaisa Valkonen wartete bereits am Fähranleger. »Es ist hart, im Ungewissen darüber zu sein, warum Ilari all das getan hat«, offenbarte sie ihr Innerstes. »Ich bitte Sie, finden Sie eine Antwort.«

Hämäläinen nickte stumm, und sie betraten die Fähre. Er war in der Lage, die Empfindungen von Kaisa Valkonen nachzufühlen, gleichwohl drückte ihre Bitte eine weitere Last auf seine Schultern. Der Ermittler spürte die Verantwortung, die er Kaisa Valkonen gegenüber hatte. Der Wind pfiff, und es war fühlbar kälter geworden. Sie blieben im Innenbereich der Fähre. Auf der Rückfahrt besprachen sie den weiteren Umgang mit den im Schließfach gefundenen Sachen. Immerhin hatten 30.000 Euro darin gelegen. Wenn sie keine Hinweise auf kriminelle Machenschaften fanden, würde Kaisa Valkonen alles zurückerhalten. Auch das Geld.

Um 20.30 Uhr legte die Fähre in Helsinki an. Der Streifenwagen, den er von unterwegs für Kaisa Valkonen organisiert hatte, rollte gerade auf den Parkplatz vor dem Fährterminal. Sie verließen die Fähre über den Ausgang auf Deck 5. Hämäläinen bedankte sich bei Kaisa Valkonen, wartete, bis sie in den Streifenwagen gestiegen war und hob nochmals den Arm zum Gruß. An seinem Wagen angekommen, hörte er das Handy klingeln und zog es aus der Jackentasche.

»Pesonen«, sagte die Stimme am anderen Ende.

Niina. Er hat sie gefunden. Ihm wurde ganz heiß. »Wissen Sie eigentlich, wie schwül es hier unten ist?«, fragte Pesonen, während Hämäläinen den Wagen hektisch aufschloss. »Ich habe noch nie in meinem Leben so viel Schweiß vergossen.«

Hämäläinen ließ sich hinter das Steuer fallen, startete den Motor und drehte die Heizung hoch. »Pesonen«, bat er, »kommen Sie zum Punkt. Neuigkeiten?«

»Ja. Ein Ausreisebefehl, demzufolge ich in drei Tagen dieses Land mit seiner Affenhitze verlassen muss.«

»Was ist vorgefallen?«

»Ich bin auf eine Polizeistation in Bangkok marschiert, habe dem Bullen, der sich nach einer Ewigkeit bequemt hat, mich anzuhören, die Daten Ihrer Frau vorgelegt und um Auskunft gebeten, ob sie in den polizeilichen Datenbanken erfasst ist. Ich habe behauptet, ich wäre ein Verwandter und auf der Suche nach ihr.«

»Deswegen muss man noch lange nicht das Land verlassen.«

»Ich hätte ihm keine 4.000 Baht rüberschieben sollen«, erwiderte Pesonen. »Aber was hätte ich tun sollen? Er hat auf die Vorschriften verwiesen und wollte mir keine Auskunft geben. Ich bin wohl einfach an den Falschen geraten. Ich habe die Nacht in einer Arrestzelle verbracht.«

»Sie waren im Arrest?«

»Ganz richtig. Zusammen mit ein paar üblen Gestalten.«

»Also war es das mit der Suche?«

»Sie zeigen ja Mitgefühl.« Pesonen lachte kurz. »Ich werde die Tage nutzen, die mir noch bleiben.«

»Wann ist Niina nach Bangkok geflogen? War Miguel auch mit an Bord?«

»Anfang Mai. Ob Miguel auch in dem Flugzeug saß, muss ich erst noch überprüfen. Wenn Miguel Esposito denn sein richtiger Name war.«

»Okay. Danke. Bis dahin, Pesonen.«

Hämäläinen steuerte den Wagen von dem spärlich ausgeleuchteten Parkplatz auf die Straße. Erst nach mehreren 100 Metern wies ihn der dunkle Asphalt auf das fehlende Abblendlicht hin.

Er schaute in den Rückspiegel und betrachtete sein Spiegelbild. Er sah einen müden, von den Anstrengungen der letzten Wochen gezeichneten Mann. Seine breite Stirn war voller Falten.

Ist es hier zu Ende? Ist das der endgültige Trennstrich

zwischen meinem Leben mit Niina und dem Leben danach, gezogen in einer Arrestzelle in Bangkok? Waren all meine Nachforschungen und die schlaflosen Nächte vergebens? Werde ich niemals den Grund für Niinas Verschwinden erfahren?

Am wenigsten verstand Hämäläinen, was genau Niina nach Bangkok getrieben hatte. Niina war während ihrer Beziehung kein einziges Mal von der Winterdepression gepackt worden, die alljährlich über das Land hereinschwappte. Sie, die Kälte, Schnee und lange Winterabende so liebte, war freiwillig in die Schwüle Asiens geflogen? Hämäläinen hatte sich jüngst mit Aaltonen über die dunkle Zeit des Jahres unterhalten. Während Aaltonen meist schon im November von Antriebslosigkeit und tiefer Müdigkeit erfasst wurde, erreichte seine Frau diesen Zustand erst im Laufe des Januars. Es endete oftmals mit einem Kompromiss, und sie unternahmen im Dezember eine Reise in wärmere Gefilde. Bei ihm selbst trat der Winterblues plötzlich auf, von einem Tag auf den anderen. Wann es geschehen würde, war nie abzusehen. Am längsten hatte er es vor drei Jahren herauszögern können. Erst Ende Februar war seine Laune schlechter geworden.

Hämäläinen hielt an einer Tankstelle, kaufte einen Schokoriegel und eine Flasche Soda.

»Was soll ich tun?«, fragte er sich laut und biss in den Schokoriegel.

Er setzte seine Überlegungen im Stillen fort. Pesonen war aus dem Spiel, war aber auch nicht der einzige Privatdetektiv in Helsinki. Hämäläinen aß den Schokoriegel auf, achtete darauf, das Abblendlicht einzuschalten, und lenkte den Wagen zurück auf die Straße. In der Wohnung legte er die Jacke ab, eilte ins Bad und pinkelte. Obwohl er sich selbst roch, duschte er nicht. Sogar die Zahnbürste ließ er unberührt, schlüpfte stattdessen direkt ins Bett und schlief sofort ein.

MITTWOCH

Hämäläinen wachte von seinem eigenen Gestank auf. Angeekelt riss er sich T-Shirt und Unterhose vom Leib, die er beide seit dem Kurztrip nach Estland getragen hatte, und nahm eine Dusche. Danach kochte er Kaffee.

Im Präsidium guckte Hämäläinen zum ersten Mal an diesem Tag zur Uhr. Es war 6.40 Uhr. Er schaltete den Computer an und kippte das Fenster. Nachher würde er bei Jaana Tiivola vorbeisehen, um sie zu fragen, wie es um die Abfrage der Telefonnummern auf Valkonens Anruflisten bestellt war. Viel dringlicher jedoch erschien es ihm, die Erkenntnisse der vergangenen Tage aufzulisten.

Er trennte ein Blatt von einem Spiralblock ab und fing an. Als Hämäläinen fertig war, ging er die Liste erneut durch. Es war eine beachtliche Zahl an Erkenntnissen und Beweisstücken, die sie in den letzten Tagen gesammelt hatten. Er trennte ein weiteres Blatt ab und begann eine zweite Liste. Sie war deutlich länger, und er nutzte auch die Rückseite des Blattes für weitere Notizen. Der letzte Punkt auf der Liste war Pesonens Fehlschlag, der ihm eine Nacht in einer Arrestzelle in Bangkok eingebracht hatte. Hämäläinen faltete das Blatt zusammen und steckte es in die rechte Hosentasche. Er versuchte, die drängenden Gedanken an Niina beiseitezuschieben, und richtete den Fokus wieder auf die erste Liste, die den Ermittlungen galt. Die Zahlenkombination, die auf einem kleinen Zettel notiert war und ebenfalls in dem Schließfach gelegen hatte, rückte in sein Blickfeld. Hämäläinen holte die Stofftasche, in die er den Inhalt des Schließfaches gepackt hatte, entleerte sie auf dem Schreibtisch und stapelte die Geldbündel aufeinander. Anschließend schaltete er das Handy an. Es informierte mit einem Piepsen über den niedrigen Ladestand des Akkus, blendete aber dennoch den Ziffernblock zur Eingabe der PIN-Nummer ein. Er las die Zahlenkombination vom Zettel ab und tippte sie ein. Fehlanzeige.

Unterdessen kam ihm Jaana Tiivola zuvor und betrat sein Büro. Sie erblickte den Geldstapel und verharrte kurzzeitig in ihrer Bewegung.

»Um Himmels willen. Woher stammt dieses Geld? Es steckt hoffentlich kein neuerlicher Alleingang von dir dahinter und es war legal?«

Er konnte sich ein Lachen nur schwer verkneifen. »Du weißt, wo ich gestern gewesen bin?«

»Schließfach?«, fragte Jaana Tiivola.

Hämäläinen hielt die anderen beiden Gegenstände abwechselnd hoch.

»Das Geld, der Zettel und das Handy stammen aus dem Schließfach.«

»Was habt ihr herausgefunden?«

»Eine ganze Menge. Leider hilft uns derzeit nichts davon weiter«, antwortete er und berichtete in allen Einzelheiten von den Erlebnissen in Estland.

»Es ist also nicht die PIN-Nummer«, resümierte Jaana Tiivola und betrachtete das Handy und den Zettel mit der Zahlenkombination. »Warten wir ab, bis Paajanen Zugang zu dem Handy bekommt.«

»Wie steht es um Valkonens Anruflisten?«, fragte Hämäläinen.

»Ich konnte die Personalien weiterer Anrufer feststellen. Ihre Angaben beim Prepaid-Anbieter waren wahrheitsgemäß. Allerdings wurde im Zuge der Befragungen, die du zuletzt angeschoben hattest, bereits mit ihnen gesprochen. Wobei ich mich immer noch frage, warum du Alatalo damit betraut hast.«

Hämäläinen winkte ab. »Nyqvist hat die Leute ausgewählt.«

»Na ja, sei es drum. Wir waren bei Valkonens Handy stehen geblieben. Eine darauf gespeicherte Prepaid-Nummer ist noch nicht zugeordnet.«

»Hat sich Nyqvist schon mit dir in Verbindung gesetzt?«, wollte Hämäläinen wissen.

»Wieso? Sollte er? Gibt es neue Erkenntnisse?«

»Das kann man so sagen«, antwortete er und skizzierte in aller Kürze die Geschehnisse in Turku. Er wurde sauer. Warum rief Nyqvist nicht bei Jaana Tiivola an und forderte Verstärkung für die Suche nach der Waffe?

»Es ist wie verhext«, sagte er abschließend. »Wir haben genug Informationen gewonnen, ohne den entscheidenden Ansatzpunkt zu finden.«

»Wir müssen abwarten. Gegebenenfalls finden wir die Waffe oder einen Zeugen, der den Mann gesehen hat.«

»Es fällt mir aktuell schwer, optimistisch zu bleiben«, erwiderte er.

»Wir müssen positiv bleiben, eine andere Wahl bleibt uns kaum«, betonte Jaana Tiivola. »Insbesondere gilt das für dich. Es war ein Affront, als du Turku die Ermittlungen entrissen hast. Kläre den Fall auf, wenn du einigermaßen unbeschadet aus der Sache rauskommen möchtest.«

»Danke für deine Aufmunterung«, sagte Hämäläinen sarkastisch.

»Die Verantwortung hierfür liegt allein bei dir«, entgegnete Jaana Tiivola trocken und verließ das Büro.

Hämäläinen dachte, dass Jaana Tiivola das Spiel zwischen Nähe und Distanz in Vollendung beherrschte. In diesem Moment fühlte er sich näher bei Nyholm, der aus seiner vorübergehenden Ablehnung keinen Hehl gemacht hatte. Durch die Worte von Jaana Tiivola wurde Hämäläinen unmittelbar wieder von dem Druck erfasst, der ihn seit dem ersten Tag der Ermittlung gefangen hielt. Seit den Ereignissen in Turku hatte dieser Druck noch mal zugenommen, und wie schon so oft in den zurückliegenden Tagen fürchtete er, ihm nicht mehr lange standzuhalten. Die Koffeinkapseln und das *Tilidin* hatten ihre Wirkung verfehlt, und die Angst vor einem erneuten Blackout war allgegenwärtig. Hämäläinen stand auf und klatschte sich am Waschbecken in seinem Büro kaltes Wasser ins Gesicht. Dann griff er erneut nach der Liste mit den Stichpunkten zur Ermittlung. Es musste doch einen Ansatz geben. Eine verborgene Spur, ein Beweismittel, dessen Bedeutung ihnen noch nicht bewusst war. Minutenlang las er die Liste rauf und runter. Doch so sehr er sich auch anstrengte, ihm wollte kein neuer Ansatz für die Ermittlungen einfallen.

Deshalb machte der Ermittler eine Pause, verließ das Präsidium und lief ziellos durch die Straßen. Es war kalt, und der Wind wehte in wiederkehrenden Böen von Westen. Irgendwann fasste er den Entschluss, den Kaivopuisto aufzusuchen. Er nahm einen der Wege, die zur Sternwarte führten. Oben angekommen, wählte er einen kleinen

Felsen als Sitzplatz und blickte zum Wasser hinüber. Ein Segelschiff fuhr mit geblähtem Segel in Richtung offene See. Das Wasser und die Stille, die um ihn herum herrschte, beruhigten ihn. Wieder landeten seine Gedanken bei den offenen Punkten in der Ermittlung. Jetzt schaffte er es, die losen Enden an Informationen logisch miteinander zu verknüpfen. Am Ende seiner Überlegungen standen zwei Fragen, die er nachher im Präsidium klären wollte.

Allmählich wurde es kalt. Er sprang auf, rannte ein Stück, bis die Kälte aus dem Körper verschwunden war, und ging den restlichen Weg ins Präsidium mit schnellen Schritten. Mit einem Anflug von neuem Elan setzte sich Hämäläinen an den Schreibtisch, gab die Nummer ins Telefon ein, unter der Juuso Nyqvist in Turku erreichbar war, und wartete.

»Hier ist Mika. Ich rufe wegen den Befragungen an.«

»Hallo, Mika. Was ist mit den Befragungen? Stimmt etwas nicht?«

»Nein, sie sind sauber durchgeführt worden«, log Hämäläinen. Er hatte bislang noch keine einzige gelesen. »Ich möchte dich bitten, Kaisa Valkonen zu fragen, ob Ville Kumpu und ihr Mann eine geschlossene Freundschaft pflegten.«

»Was meinst du mit geschlossener Freundschaft?«

Wie recht Juuso hat, dachte Hämäläinen. Warum drücken wir uns manchmal so verklausuliert aus, anstatt die Dinge vernünftig zu erklären?

»Ville Kumpu ist seit eineinhalb Jahren tot. Ich frage mich, wie sie ihre Freundschaft führten? Gab es ausschließlich sie beide oder noch andere Personen, die sich ihnen hin und wieder anschlossen?«

»Jetzt begreife ich«, sagte Nyqvist. »Ilari Valkonen könnte mit Personen aus dem Umfeld von Ville Kumpu nur bis zu dessen Tod in Kontakt gewesen sein. Weshalb diese auf der Liste von Kaisa Valkonen womöglich fehlen.«

»Genau. Wir müssen jeden Strohhalm ergreifen, solange wir derart im Dunkeln tappen.«

»Ich überprüfe es.«

»Wie steht es um die Zeugenaufrufe?«

»Es ist wirklich ungewöhnlich. Es gehen kaum Anrufe ein.«

»Was ist mit den Tankstellen?«

»Bislang leider nur bereits überschriebene Aufnahmen.«

»Wie klappt die Verständigung mit Turku?«

»Sie fluchen, aber sie sind natürlich gezwungen, die Hinweise weiterzuleiten, die bei ihnen eingehen. Die wenigsten Anrufer haben registriert, dass auf den Flugblättern und beim Aufruf im Lokalradio die Polizei in Helsinki als Kontaktorgan benannt wurde.«

»Hast du Jaana in der Zwischenzeit angerufen?«

»Ja. Sie hat uns sieben Leute zugesichert. Sie machen sich morgen auf den Weg.«

Juuso nannte Hämäläinen die Namen der Kollegen, der daraufhin zufrieden nickte, da er den Namen Alatalo nicht gehört hatte. Stattdessen war Aaltonen dabei. Auch das begrüßte er, da Jussi auf diese Weise wieder in die Ermittlung eingebunden war. Sie verabschiedeten sich. Hämäläinen hätte Kaisa Valkonen wegen der offenen Frage auch selbst anrufen können, wollte aber alles zentral über die Kollegen in Turku laufen lassen, damit nicht zu viele Informationen aus verschiedenen Richtungen zusammenkamen.

Die zweite Frage, die er auf dem kalten Felsen im Kaivopuisto formuliert hatte, war noch offen. Es gab nur eine Person im Polizeipräsidium, die für die Beantwortung infrage kam. Wenngleich er nach den rüden Worten vom Morgen wenig Lust hatte, bei Jaana Tiivola vorbeizusehen, blieb ihm keine Wahl. Die Tür stand halb offen, dennoch klopfte Hämäläinen zweimal gegen das dunkle Holz, ehe er eintrat.

Jaana Tiivola arbeitete eine Unterschriftenmappe ab und nahm ihn erst wahr, als dieser direkt vor ihr stand. »Mika, was kann ich für dich tun?«

»Was sagen Zwangsstörungen über einen Täter aus?«

»Wieso fragst du?«

»Es ist ein vager Ansatzpunkt«, begann er. »Es geht um die Angaben eines Zeugen. Er könnte den Täter im Alppipuisto gesehen haben.«

»Du meinst Kauko Koskinen?«

»Ja. Der Unbekannte soll den Seifenspender nahezu geleert haben. Nehmen wir einmal an, es ist der Täter und er hat einen Waschzwang.«

»Zwangsstörungen haben die unterschiedlichsten Ursachen. Sie können jeden treffen und sind nicht zwangsläufig an ein bestimmbares Charaktermerkmal gekoppelt«, zerschlug Jaana Tiivola seine vage Hoffnung. »Es trifft mitunter Menschen mit einer hohen Angst und einem geringen Selbstwertgefühl, genauso können sie aber auch vererbt werden oder durch einprägsame Ereignisse im Leben verursacht werden.«

»Einen Versuch war es wert. Wie weit bist du denn mit dem Täterprofil?«

»Aus den bisherigen Informationen ist es schwer, das Bild eines Täters abzuleiten. Auch wenn beide Morde ihre Besonderheiten aufweisen. Der Täter trägt vermutlich eine große Wut in sich. Er gab viele erbarmungslose Schüsse auf Sven Hansen ab und drückte das Gesicht von Ilari Valkonen in den Dreck. Inwieweit es uns bei den Ermittlungen voranbringt, werden wir sehen. Eines ist sicher: Es waren geplante Taten. Es ist mit Sicherheit kein Auftragsmörder. Der zweiten Tat lag eine akribische Planung zugrunde. Er wusste von Valkonens Joggingrunde. Ich benötige noch mehr Informationen, um daraus Persönlichkeitsmerkmale abzuleiten.«

»Was ist mit den wechselnden Waffen und der Verkleidung?«, fragte Hämäläinen.

»Du darfst die Täteranalyse nicht zu hoch hängen. Es ist ein zusätzliches Werkzeug. Dadurch wird die Realität allzu oft ausgeblendet. Der Austausch der Schusswaffe ist nicht ungewöhnlich bei Mehrfachtätern. Und Maskierungen kommen bei Banküberfällen wie selbstverständlich zum Einsatz. Bei solchen Dingen stößt die Täteranalyse an ihre Grenzen. Auch das Auftauchen des Täters im Hotel sagt nur begrenzt etwas über ihn aus. Er ist ein Risiko eingegangen. Gleichwohl geht ein Mörder immer ein Risiko ein.«

Hämäläinen war enttäuscht.

»Gut«, sagte er. »Die Suche nach der Waffe steht ganz oben auf unserer Liste.«

»Sofern der Täter sie mittlerweile nicht wiedergeholt hat«, ergänzte Jaana Tiivola. »Die Kollegen haben einen Spürhund dabei. Er ist auf den Geruch von Waffen trainiert.«

Das Gespräch war beendet. Sein Magen krampfte plötzlich. Er eilte auf die Toilette und schaffte es gerade noch, die Hose nach unten zu drücken und sich auf die Schüssel zu setzen. Ich muss den Täter finden, dachte er unter Schmerzen. Jaana Tiivola hatte von einer großen Wut gesprochen. Hämäläinen maß diesen Worten eine besondere Bedeutung bei.

Als einige Minuten vergangen waren, fühlte er sich besser. In seinem Büro öffnete er das E-Mail-Programm und speicherte die Befragungsprotokolle auf dem Desktop. Es waren 52 Befragungen, denen Hämäläinen die nächsten zwei Stunden widmen wollte. Er schaffte es, alle Befragungen in dem selbstgesteckten Zeitfenster durchzulesen, und dachte in dieser Zeit nur einmal flüchtig an Niina. Juuso

Nyqvist hatte recht behalten. Die Befragungen erhöhten einzig und allein den Umfang der Ermittlungsakten. Jussi Aaltonen und Saara bestätigten ihm dasselbe. Ihnen war beim Lesen der Protokolle ebenso wenig ins Auge gestochen.

Er sperrte den Computer, fuhr nach Hause, stellte die Sauna an und kochte eine große Portion Penne mit scharfer Tomatensoße. Während Hämäläinen das Essen hinunterschlang, trat die Vorfreude auf den Abend hervor. Dann würde er Anni wieder aus der »Pension Oma« abholen.

Hämäläinen stellte den Teller in die Spüle und setzte sich in die Sauna. Nach der kalten Dusche wechselte er das Hemd, aß ein Stück Lakritzschokolade und verließ anschließend die Wohnung. Es war an der Zeit, mal wieder einen Blick in den Briefkasten zu werfen, der fast überquoll. Er warf das Bündel aus Briefen und Werbeprospekten auf den Beifahrersitz.

Auf der Fahrt erwischte Hämäläinen beinahe jede grüne Ampel und war in zehn Minuten zurück im Präsidium. Er schloss die Tür ab und nahm die Post zur Hand. Hämäläinen blätterte durch die Werbeprospekte und sichtete Rechnungen, bis ihm ein Brief den Atem stocken ließ. Es war die Antwort vom Labor. Das Ergebnis des Vaterschaftstests. Das Adrenalin explodierte in seinen Adern. Innerhalb von Sekunden hatte er schweißnasse Hände. Als das Adrenalin langsam zurückwich, erfasste ihn die nackte Angst. Er traute sich nicht. Er rückte die Tastatur zur Seite, hob die Schreibunterlage an und schob den Brief darunter. Die Freude auf den Abend mit Anni war weiterhin vorhanden, aber die Schuldgefühle gesellten sich jetzt mit voller Wucht dazu. Nach dem Stand der Dinge war das Werkzeug »Pesonen« Geschichte. Sollte Hämäläinen den nächsten Privatermittler ins Rennen schicken? In diesem Augenblick konnte er keine Entscheidung treffen.

In den verbleibenden Stunden des Arbeitstages ordnete er die Ermittlungsergebnisse chronologisch und vervollständigte den vorläufigen Ermittlungsbericht. Außerdem brachte er Paajanen das Handy aus dem Schließfach.

DONNERSTAG

Am nächsten Morgen schaltete Hämäläinen den Computer um 7.50 Uhr an. Er hatte Kopfweh und war müde. So schön es auch gewesen war, Anni am Vorabend wieder in die Arme zu schließen, so schwer war es ihm gefallen, ihr aufrichtig in die Augen zu sehen. Noch immer ignorierte er den Vaterschaftstest, der unter der Schreibunterlage auf ihn wartete.

Jaana Tiivola trat in sein Büro. Sie hob die Hand zum Gruß. »Ich hatte gestern den Provider wegen der unbekannten Nummer am Apparat.«

»Und?«

»Abgeschaltet.«

»Wie lange?«

»Seit einigen Wochen.«

»Und die Angaben zur Person?«

»Es ist jemand, der seit Jahren auf der Straße lebt. Ich habe mit dessen Familie gesprochen. Du weißt ja, wie es läuft«, erwiderte Jaana Tiivola. »Oftmals werden Obdachlose gegen Bezahlung in ein Geschäft geschickt und kaufen die SIM-Karte dann auf ihren Namen. Trotzdem werden wir ihn natürlich suchen und überprüfen.«

»So viel zum Nutzen der Ausweispflicht beim Kauf von SIM-Karten«, meinte Hämäläinen. »Ville Kumpu, unbekannter Nutzer der Prepaid-Nummer. Allmählich wird es geheimnisvoll.«

Das Telefon klingelte. Jaana Tiivola hob erneut die Hand und verschwand aus dem Büro.

Die Rufnummer war unterdrückt, weshalb sich Hämäläinen nach Vorschrift meldete. »Kommissar Mika Hämäläinen, Dezernat für Gewaltverbrechen im Polizeipräsidium Helsinki.«

»Nette Ansprache. Hier ist Nyqvist.«

»Deine Rufnummer ist unterdrückt«, erklärte Hämäläinen.

»Alle Telefone werden gerade genutzt. Ich rufe von meinem privaten Handy aus an. Aber du willst sicher den Grund meines Anrufes hören?«

»Sofern er bedeutsam für die Ermittlung ist. Enttäuschungen und Rätsel haben wir schon genug erlebt.«

»Du hattest den richtigen Riecher.«

»Ville Kumpu?«

»Ganz genau. Kaisa Valkonen hat mir drei Personen aus dessen Umfeld genannt, die auch ihr Mann gekannt hatte. Sie waren eine Clique, die sich unregelmäßig traf. Wie vermutet, brach der Kontakt zu den anderen nach dem Tod von Ville Kumpu ab.«

»Wo wohnen sie?«

»Das wissen wir noch nicht. Zumindest gilt das für zwei Namen«, erwiderte Nyqvist.

»Wieso wisst ihr das noch nicht?«

»Kaisa Valkonen hat nur die Namen gekannt. Wir haben keine Angaben zum Alter, den Berufen oder den Adressen. Wir haben Dutzende Treffer.«

Wie dumm von mir, ärgerte sich Hämäläinen. Er kannte selbst einige Freundinnen seiner Frau Niina lediglich beim Vornamen. »Zu einer Person sind die Personalien bekannt, wenn ich dich richtig verstanden habe?«

»Ja. Teemu Hahl. Er ist verheiratet mit Emma Hahl und betreibt eine Apotheke in Grindbacka.«

»In Helsinki also«, stellte Hämäläinen fest. »Den übernehme ich selbst.«

»Geht klar«, sagte Nyqvist und nannte ihm die Adressen von Apotheke und Wohnhaus. »Später kommt der Spezialist wegen der Überwachungsbänder.«

»Hast du für ihn ein ruhiges Nebenzimmer organisiert? Die Verstärkung ist auf dem Weg.«

»Nein. Das ist momentan schwierig. In Turku findet ab heute eine Landwirtschaftsmesse statt. Die Hotels sind voll und die Konferenzräume ausgelastet. Ich rechne bereits damit, mein Zimmer die nächsten beiden Nächte mit einem Kollegen teilen zu müssen.«

»Dann können wir nur darauf vertrauen, dass sich unser Spezialist auch noch konzentrieren kann, wenn im Hintergrund eine Schar Kollegen ihre Arbeitsplätze einrichtet«, ergänzte Hämäläinen. »Oder ihr zeigt ihm die Bänder in deinem Hotelzimmer. Gibt es darüber hinaus neue Erkenntnisse?«

»Nein. Es sind keine weiteren Zeugenhinweise eingegangen. Vaarasuo und Jalvanti klappern gerade die Tankstellen ab. Ich fahre auch gleich raus und unterstütze die beiden. Bis wir Ergebnisse haben, wird es wohl noch eine Weile dauern. Wir haben die Aufgaben vor Ort neu verteilt. Nyholm ermittelt wegen des Mercedes und sieht sich nachher mit dem Spezialisten die Überwachungsbänder an.«

Hämäläinen drückte Nyqvist weg und tippte Teemu und Emma Hahl in das Telefonverzeichnis im Internet ein. Die Telefonnummer der Apotheke wurde eingeblendet, die private Rufnummer war nicht registriert. Er rief in der Apotheke an.

»Liisa Peltola, *Apotheke zum Sonnengruß*«, sagte die Stimme, die sich schon nach dem ersten Freiton gemeldet hatte.

»Mika Hämäläinen, Polizei Helsinki. Ich möchte Teemu oder Emma Hahl sprechen.«

»Geht es um die Apotheke? Teemu Hahl ist der Inhaber. Er gönnt sich zwei freie Tage. Seine private Nummer darf ich nicht ungefragt herausgeben. Soweit ich weiß, ist seine Frau bis Sonntag im Ausland. Kann ich Ihnen vielleicht weiterhelfen?«

»Nein danke«, erwiderte Hämäläinen, wünschte Liisa Peltola einen schönen Tag und legte auf.

Es zog ihn an die frische Luft. Er ließ es darauf ankommen und fuhr direkt zur Wohnadresse von Teemu und Emma Hahl. In der Zwischenzeit hatte die dunkle Wolkenwand, die seit dem frühen Morgen über der Stadt auf der Lauer lag, ihre Pforten geöffnet. Es regnete heftig. Obwohl nicht viel Verkehr herrschte, kam er nur schleppend voran. Die Autofahrer fuhren entweder sehr langsam oder auf dem Mittelstreifen und beanspruchten so beide Fahrspuren für sich. Die Leute verlernen das Autofahren, sobald Regen einsetzt, schimpfte er und brachte den Fahrer eines Citroëns mit Einsatz von Hupe und Licht dazu, von der Mitte der Straße auf die rechte Spur zu wechseln.

Nach einer halben Stunde war Hämäläinen am Ziel angekommen. Er stieg aus dem Wagen und spurtete den asphaltierten Zugangsweg entlang, unter das Vordach des gelb gestrichenen Hauses. Er wischte sich die Regentropfen aus dem Gesicht und klingelte. Hämäläinen sah sich um und stellte fest, wie pedantisch Vorgarten und Eingangsbereich des Hauses gepflegt waren, und bedauerte den Gärtner. Sofern es einen gab. Aus irgendeinem Grund hatte er das Bild eines kleinen, gequält wirkenden Mannes vor Augen, der die kleinen Sträucher und Bäume vor dem Haus mit dem Lineal vermaß und mit der Nagelschere bearbeitete.

Auch nach dem dritten Klingeln wurde die Tür nicht geöffnet. Hämäläinen schaute auf das Türschild. ›Nättinen‹, stand darauf. War er an der falschen Hausnummer? Er trat zurück. Es war die Hausnummer 301. Nyqvist hatte ihm eine falsche Adresse genannt. Da dieser wohl bereits auf dem Weg zu einer der zahlreichen Tankstellen war, wählte er Jaana Tiivola aus der Kontaktliste aus.

»Hallo, hier ist Mika.«

»Worum geht es? Ich habe wenig Zeit. Wir haben eine Wasserleiche. Ich organisiere alles. Du bist genug mit den Mordermittlungen beschäftigt. Alatalo ist unterwegs. Hoffentlich war es ein Unfall. Noch eine Ermittlung, und wir stoßen an unsere Grenzen.«

Erinnerungsbilder an seine letzte Wasserleiche flackerten auf. »Du musst mir eine Adresse beim Meldeamt erfragen. Kaisa Valkonen nannte uns weitere Kontakte ihres Mannes. Ich erzähle dir bei passenderer Gelegenheit, wie es dazu gekommen ist. Ich wollte gerade einen dieser Kontakte aufsuchen, aber Nyqvist hat mir eine falsche Adresse genannt.«

»Leg los«, sagte Jaana Tiivola.

»Teemu Hahl. Nyqvist hat die Aidasmäentie 301 in Helsinki durchgegeben. Ein Geburtsdatum habe ich leider nicht zur Hand.«

»Du machst Witze?«

»Wieso?«

»Du hast gerade den Namen unserer Wasserleiche genannt.«

»Apotheker« war das Erste, was ihm in den Sinn kam. Lag in dem pharmazeutischen und medizinischen Hintergrund die Verbindung zwischen den Opfern? »Woher wisst ihr den Namen? Wurde er schon an Land gezogen?«

»Nein. Er treibt mit dem Gesicht nach oben. Ein Nachbar hat ihn zufällig beim Spazierengehen mit dem Hund entdeckt und ihn identifiziert.«

»Gib mir die Adresse, zieh Alatalo ab und komme mit Saara zum Tatort«, hörte Hämäläinen sich selbst Kommandos an seine Vorgesetzte geben.

Jaana Tiivola schwieg eine Weile, ehe sie antwortete. »Mika, auf diese Weise kann es nicht weitergehen. Ich komme. Aber ich komme nur, weil ich nach dem Eklat in Turku keinen weiteren Ausscherer von dir riskieren möchte. Zukünftig raufst du dich mit Alatalo zusammen.«

»Wo ist der Tatort?«, fragte er. Jaana Tiivolas markige Worte prallten an ihm ab. Viel entscheidender war die Frage, was der nächste Tote für sie bedeutete. Würden sie mit noch mehr Rätseln konfrontiert werden? Oder würden sie endlich das Motiv für die Taten ergründen und dem Täter auf die Spur kommen?

»In Grindbacka. Am Ufer des Vantaanjoki, unweit einer Brücke. Am besten fährst du über die Pikkukoskentie. Direkt um die Ecke wohnte er auch. Ich habe gerade nachgesehen. Kuitupolku 55.«

»Bis gleich«, entgegnete Hämäläinen und drückte Jaana Tiivola weg.

Hämäläinen parkte unweit des Tatorts auf einer Wiese. Beim Aussteigen machte er die unangenehme Erfahrung, wie viel Wasser sich auf einer Grünfläche ansammeln konnte. Sein rechter Fuß versank knöcheltief im kalten Nass.

»Verdammter Mist«, fluchte er, spannte den Regenschirm auf und ging zu der Stelle, an der sie Teemu Hahl gefunden hatten. Aus der Ferne waren Hannu Mielonen und Kalle Friberg zu erkennen, die unter einem weißen Regenzelt standen, das mehr ihrer eigenen Trockenheit und weniger der Spurensicherung an einem ohnehin durchnässten Leichnam diente. Aus dieser Position erweckte es den einladenden Anschein eines offenen Gartenpavillons. Als Hämäläinen näherkam, konnte er das Opfer sehen. Es war mittlerweile aus dem Wasser geborgen und das Gesicht mit einem Leichentuch bedeckt worden. Er hielt bewusst Ausschau und erblickte, leicht verdeckt durch eine der beiden geschlossenen Seitenwände des Regenzeltes, einen Polizeitaucher, der sich gerade die Tauchklamotten auszog. Bei jedem Schritt spürte Hämäläinen das Wasser, das in seinem rechten Schuh stand. Er nickte den Polizisten am Absperrband zu, schlüpfte darunter hindurch und gab Kalle Friberg und Hannu Mielonen zur Begrüßung die Hand.

»Mika, was machst du hier? Alatalo sollte doch kommen. Hast du ihn im Präsidium in einer Kammer eingesperrt?« Hannu Mielonen setzte ein sarkastisches Grinsen auf.

Hämäläinen machte einen kleinen Fingerzeig in Richtung der Leiche. »Der Tote hat mit unserem letzten Fall zu tun.«

»Was sagst du da?«, stieß Mielonen erstaunt aus.

»Er war mit Ilari Valkonen bekannt. Ich war gerade auf dem Weg zu seinem Haus und wollte ihn sprechen. Durch Zufall habe ich erfahren, was passiert ist.«

»Das spricht für einen Serientäter«, analysierte Kalle Friberg und zeigte auf den toten Körper. »Zwei Schusswunden im Brustbereich. Postmortal oder nicht, kann ich wie immer erst nach der Obduktion sagen.«

»Ich nehme an, das Wasser hat die meisten Spuren verwischt«, sagte Hämäläinen, während er über die Worte von Kalle Friberg rätselte. Fasste dieser allen Ernstes die Möglichkeit ins Auge, dass der Täter Teemu Hahl die beiden Kugeln erst nach dessen Tod verpasst hatte?

»Davon kannst du ausgehen.«

»Seit wann ist Teemu Hahl tot?«

»Gestern am frühen Abend. Nagel mich aber bloß nicht darauf fest. Genauso wenig kann ich dir hier und jetzt sagen, ob er auch am Fluss ins Jenseits befördert wurde«, erwiderte Kalle Friberg schroff, und Hämäläinen fragte sich, ob ihr Kollege mit dem falschen Fuß aufgestanden war.

»Wann rechnest du mit Ergebnissen?«

»Komme morgen Vormittag in die Rechtsmedizin. Dann sehen wir weiter.«

»Wo ist der Mann, der ihn gefunden hat?«

Hannu Mielonen zeigte auf einen Streifenwagen. »Tomi Lindbohn. Er sitzt da drin und ist ziemlich aufgelöst, der Gute.«

Hämäläinen öffnete die hintere Seitentür des Streifenwagens und stieg ein. Im Fußraum lag ein junger Dackel und wedelte freudig mit dem Schwanz.

»Tomi Lindbohn? Mika Hämäläinen, Polizei Helsinki«, sagte er und streckte die Hand aus.

Langsam schob sich ihm die andere Hand entgegen und drückte kraftlos zu. Tomi Lindbohn zitterte und hatte glasige Augen. Er schätzte ihn auf Ende 60.

»Sie kennen den Toten?«

»Wir waren Nachbarn«, antwortete Tomi Lindbohn mit leiser Stimme. »Wir wohnten nicht Tür an Tür, aber in derselben Straße.«

»Sie haben ihn aufgefunden?«

»Ich bin am Ufer mit Carlos gelaufen. Da sah ich den Körper im Wasser.«

»Ihre erste Leiche?«

»Wie? Was? Ja. Warum fragen Sie?«

Hämäläinen erkannte, wie taktlos er gewesen war. Aus irgendeinem Grund aber überraschte es ihn, wie aufgewühlt und geschockt Tomi Lindbohn war. In seinen Gedanken zeichnete sich das Bild eines Mannes ab, der sonst mit großer Selbstsicherheit durch das Leben schritt, und trotz des leisen Tonfalls vernahm er den klaren Klang von Tomi Lindbohns Stimme.

»Der Anblick eines Toten ist nie leicht«, verpackte Hämäläinen die missglückte Frage als Zeichen des Mitgefühls. »Teemu Hahl wurde ermordet. Wurde Ihnen das mitgeteilt?«

»Nein. Man hat mich sehr schnell zum Wagen gebracht. Ich war ziemlich schwach auf den Beinen. Das ist ja furchtbar. Warum tut jemand so etwas? Teemu Hahl hatte doch bestimmt mit niemandem Ärger.«

»Sie haben keine Vorstellung, wer das gewesen sein könnte?«

»Um Himmels willen, nein«, betonte Tomi Lindbohn, dessen Stimme allmählich an Stärke gewann.

»War er oft hier draußen?«

»Nein. Ich bin jeden Tag mit Carlos in diesem Gebiet unterwegs und sah ihn hier nur selten.«

»Haben Sie zufällig die Handynummer seiner Frau?«, fragte Hämäläinen und hoffte zugleich, dass er mit der Frage keine Zweideutigkeit erweckte.

»Nein.«

»Danke«, sagte er und klopfte Tomi Lindbohn aufmunternd auf die Schulter.

Auch Jaana Tiivola und Saara waren mittlerweile vor Ort angelangt. Der Regen machte eine Pause. Saara stand mit dem Rücken zu ihm gewandt, die Hände tief in die Hosentaschen vergraben und betrachtete die Leiche von Teemu Hahl. Hämäläinen trat neben sie.

»Hallo, Mika«, begrüßte sie ihn. »Was denkst du? Der Nächste auf unserer Liste?«

»Ich wünschte, nein. Doch es wäre ein großer Zufall, wenn die Todesfälle nicht in einem Zusammenhang stünden. Schließlich waren Ilari Valkonen und Teemu Hahl miteinander bekannt und hatten einen pharmazeutischen oder medizinischen Hintergrund.«

Er blickte zu Jaana Tiivola, die sich einige Meter entfernt mit Hannu Mielonen unterhielt und auf eine Stelle in Wassernähe deutete.

Saara fing seinen Blick auf. »Ein frischer Schuhabdruck an einer morastigen Stelle«, bemerkte sie. »Hannu prüft gerade, wie er einen Abdruck nehmen kann.«

»Im Morast wird es schwierig werden«, befürchtete Hämäläinen. »Wir beide fahren gleich zu Teemu Hahls Haus.«

»Gibt es Angehörige?«, fragte Saara.

»Er war verheiratet. Emma Hahl ist auf einer Auslandsreise und kommt wohl am Sonntag zurück.«

»Weiß sie schon Bescheid?«

»Nein. Wir müssen ihre Telefonnummer noch in Erfahrung bringen.«

Saara schaute ihn irritiert an. »Du willst in das Haus, obwohl Emma Hahl noch von nichts weiß? Hat das nicht bis morgen Zeit?«

»Nein. Wenn wir es mit einer Mordserie zu tun haben, können wir keinerlei Rücksicht nehmen.«

Saara zuckte verständnislos mit den Schultern.

»Der Untergrund ließ keinen Abdruck zu«, erklärte Hannu Mielonen, als sie alle beisammenstanden.

»Dann bleiben uns nur Fotos«, sagte Jaana Tiivola.

»Es passt in das Bild der bisherigen Ermittlungen«, ergänzte Hämäläinen. »Ich werde mit Saara zum Haus des

Opfers fahren. Kannst du dafür sorgen, dass diese Gegend großflächig abgesucht wird?«, fragte er Jaana Tiivola, die ihre Schuhe an den Hacken ungelenk gegeneinanderschlug. Vermutlich, um groben Schmutz abzulösen.

»Ich prüfe, wen ich von der Bereitschaft und von unseren Leuten auf die Schnelle herbeordern kann.«

»Soll ich Micke Nurmi zum Haus des Opfers schicken?«, fragte Hannu Mielonen.

»Darum wollte ich dich gerade bitten«, erwiderte Hämäläinen. Mittlerweile sendete sein rechter Fuß vereinzelte Schmerzreize. Die Kälte des Wassers war ihm längst bis in die Zehen gekrochen. Hämäläinen bewegte sie hin und her, damit sie auftauten.

»Saara«, sagte er, ohne sie anzusehen, »ich gehe zu Fuß. Nimm du meinen Wagen und benachrichtige einen Schlüsseldienst.«

Saara reckte den Kopf zum Himmel, wo sich der nächste Wolkenbruch in Stellung brachte, und zuckte erneut verständnislos mit den Schultern. »Den Schlüssel«, forderte sie und streckte die Hand aus.

Er legte ihr den Schlüssel in die geöffnete Handfläche. »Zehn Minuten, schätze ich.«

»20«, warf Hannu Mielonen ein. »Es sind etwas über zwei Kilometer.« Er zeigte auf sein Handy, auf dem das Ergebnis eines Routenplaners eingeblendet war. »20 Minuten, wenn du deine steife Hüfte auf Trab bringst.«

Hämäläinen ging zügig. Er war keine fünf Minuten vom Ort des Geschehens entfernt, als es neuerlich zu regnen begann. Gleichzeitig setzte ein starker Wind ein. Durch den zackigen Schritt und das fortwährende Bewegen der Zehen kehrte das Leben in seinen rechten Fuß zurück. Jedoch war er am gesamten Körper durchnässt. Der Regenschirm leistete längst keine Gegenwehr mehr. Der Wind hatte ihn in die Länge gezogen. Hämäläinen suchte Schutz unter einer großen Kiefer, die die umstehenden Bäume um einiges überragte. Ein grasbewachsener Forstweg führte rechts von ihm in den Wald. Hinter einem Schild, das auf Wildschweine hinwies, lagerte ein großer Stapel frisch geschlagenes Holz. Der Regen wurde von Minute zu Minute stärker. Hämäläinen fror und ärgerte sich über seine eigene Dummheit.

»Du Trottel«, schrie er in den Wald hinein.

Kurz darauf fuhr Saara langsam die Straße entlang. Sie ließ den Wagen neben ihm ausrollen und hatte das Seitenfenster heruntergelassen.

Sie grinste. »Suchen Sie eine Mitfahrgelegenheit?«

Hämäläinen stieg schweigend ein und genoss die Wärme, die ihm aus der aufgedrehten Heizung entgegenströmte, wenngleich sich die Nässe am Rücken nun noch mehr auf seine Haut legte. Jetzt war es an der Zeit für den Baumwollbeutel, der im Kofferraum beim Ersatzrad deponiert war und Wechselkleidung bereithielt. Vor ewigen Zeiten hatte er diesen Beutel geschnürt.

»Der Schlüsseldienst braucht 30 Minuten«, sagte Saara.

Am Ende vergingen fast 50 Minuten, bis der ältere Mann mit dem grauen Bart, dem gebückten Gang und dem angerosteten Lieferwagen vor Ort erschien. Hämäläinen hatte auf der Rückbank die muffelnde, aber trockene Wechselkleidung angezogen. Dabei war ihm nicht verborgen geblieben, dass Saara einen dezenten Blick in den Rückspiegel riskiert hatte. Micke Nurmi, der zwischenzeitlich ebenfalls eingetroffen war, reichte ihnen Überzüge für die Schuhe, damit sie keine Spuren verwischten. Solange sie nicht mit Sicherheit wussten, wo Teemu Hahl umgekommen war, durften sie kein Risiko eingehen.

Hämäläinen rannte zur Tür, streifte unter dem Vordach die nassen Schuhe ab und stülpte sich die Überzüge über die Socken. Künftig musste er auch ein paar alte Treter zur Wechselkleidung packen. Nach zehn Minuten war die Arbeit von Sami Eronen vom *Schloss24* Schlüsseldienst getan. Er gab Hämäläinen einen Schlüssel für das gewechselte Schloss und ein Formular, auf welchem dieser die Arbeitsdauer und die angefallenen Kosten quittierte. Hämäläinen staunte nicht schlecht, als er der Kostennote den Gesamtbetrag von 175 Euro entnahm und fasste den Entschluss, ab sofort noch gewissenhafter mit seinem eigenen Schlüsselbund umzugehen.

»Ich habe genug davon, in fremden Häusern herumzuwühlen«, fluchte er leise.

Es beruhigte ihn, dass Saara und Micke Nurmi keine Schreckensmeldungen verkündeten. Sie hatten keinen Hinweis gefunden, der auf das Haus als Tatort hindeutete. Auf ihn wirkte diese Nachricht wie eine Beruhigungspille. Er senkte die Schultern, die er unbewusst angespannt hatte. Dann öffneten sich seine Augen für die Räumlichkeiten. Die Diele war mit einer offenen Garderobe und einem schief an die Wand geschraubten Ablageboard ausgestattet. Hämäläinen ließ sich bedächtig in einen schwarzen Ledersessel am Wohnzimmerfenster sinken, betrachtete die Bilder, die in wahllosen Abständen zueinander über einem Sofa hingen, und fällte eine Entscheidung. Da nichts auf ein Verbrechen im Haus hindeutete, würde er vorerst davon absehen, seine Nase in Schränke, Kommoden und Abstellkammern zu stecken. Wonach sollten sie auch suchen, während sie weiterhin blind durch die Ermittlung stolperten? Nach einem weiteren Umschlag mit Bargeld, einem Handy oder einem Schlüssel für ein Schließfach?

Nur eine Sache gab es zu tun: Micke Nurmi musste die Computeranlage abbauen. Das Auswechseln der Computer durch Ilari Valkonen war der einzig helle Fleck in ihrer derzeitigen Blindheit. Wenngleich sie nicht den Ansatz einer Ahnung hatten, was darauf verborgen gewesen war.

Micke Nurmi trat in das Wohnzimmer. »Soll ich mich um die EDV kümmern?«, stellte er die erwartete Frage.

»Ja.«

»Was ist mit der Apotheke?«

Die Apotheke. Daran hatte Hämäläinen selbst noch gar nicht gedacht.

»Ich fahre direkt im Anschluss dahin«, ersparte ihm Micke Nurmi die Antwort. »Einen Beschluss werde ich kaum benötigen, wenn er selbst der Chef war.«

Hämäläinen nickte stumm, drückte sich aus dem Ledersessel nach oben, tätschelte Micke Nurmi im Vorbeigehen kumpelhaft den Rücken und suchte Saara. Wie er sie kannte, steckte Saara bereits in der intensiven Untersuchung des Hauses. Er entdeckte sie, im Schneidersitz hockend, vor einer Kommode im Flur des obersten Stockwerkes. Grob überschlagen war der halbe Inhalt des Möbelstückes auf dem Boden verteilt, während ihre Arme eifrig in dem noch in der Kommode befindlichen Inhalt wühlten.

»Ein staubiges Chaos«, befand Saara und wischte sich mit dem Handrücken über die Nase. Ihre Hände steckten in blauen Einweghandschuhen. Hämäläinen hasste diese Dinger, weil er in ihnen immer so schwitzte.

»Du kannst aufhören.«

Saara zog ihre Hände aus der Kommode hervor, legte sie stützend auf die oberen Kanten der beiden Türen und nahm eine halbwegs aufrechte Position ein. Anschließend blickte sie ihn schweigend mit weit aufgerissenen, aber völlig ausdruckslosen Augen an.

Hämäläinen spürte, wie der Trieb der Rechtfertigung in ihm aufbegehrte, dem er auch nahezu zeitgleich nachgab.

»Solange wir nicht mit Sicherheit beantworten können, ob der Fundort der Leiche auch der Tatort war, hatten wir das Haus als Ort des Geschehens auszuschließen«, versah er seine Rechtfertigung mit einer Belehrung.

Saara verharrte, einer Salzsäule gleich, für mehrere Sekunden. Dann nickte sie und begann damit, die Kommode wieder einzuräumen.

Hämäläinen wurmten seine Worte. Wieso rechtfertigen wir uns? Warum geben wir in steter Regelmäßigkeit Erklärungen für unser Verhalten ab?

Eine Viertelstunde später schlossen sie die Haustür hinter sich. Saara hatte angeboten, den Kontakt mit Emma Hahl herzustellen. Hämäläinen gab ihr den neuen Schlüssel für Emma Hahl. Er war selbst noch durch das Haus gegangen. Saara und Micke hatten recht gehabt. Für das Haus als Tatort sprach nicht das geringste Anzeichen. Er startete den Wagen und versuchte, das ekelhafte Gefühl zu ignorieren, das die nassen Schuhe hervorriefen. Da Saara bei Micke Nurmi mitfuhr, machte Hämäläinen einen Abstecher nach Hause, schlüpfte im Flur aus den nassen Schuhen und stopfte sie mit Zeitungspapier aus. Die Socken, die ebenfalls Feuchtigkeit aufgesogen hatten, legte er zum Trocknen über den Rand der Badewanne, drückte den Stöpsel in das Abflussloch und ließ knöcheltief heißes Wasser einlaufen. Er widerstand dem ersten Reflex und behielt die Füße in der Wanne, auch wenn das Wasser viel zu heiß war. Wenige Grad mehr, und Hämäläinen hätte ernsthafte Verbrühungen riskiert. Nach fünf Minuten rubbelte er die Füße trocken, schlüpfte in warme Wintersocken und ein festes Paar Schuhe und verließ die Wohnung.

Seine Füße strahlten noch einen Rest an Wärme aus, als er längst am Schreibtisch saß. Das Telefon zerriss die Stille. Hämäläinen fuhr regelrecht zusammen, da es urplötzlich einen anderen Klingelton hatte. Mit fragendem Blick nahm er den Anruf entgegen.

»Hier ist Nyholm«, dröhnte es durch die Leitung, gefolgt von »Moment«. Kurz darauf ertönte Nyholms Stimme erneut. Jetzt war sie klar und deutlich zu vernehmen. »Der Konferenzmodus«, fasste Nyholm in zwei Worten, die keiner weitergehenden Erklärung bedurften, zusammen. »Das war vielleicht ein Chaos in der letzten Stunde.«

»Wovon redest du?«

»Vom Stromausfall bei euch im Präsidium. Wovon denn sonst?«

»Stromausfall?«, sagte Hämäläinen in einem Tonfall, der verriet, dass es für ihn einerseits eine Erklärung für den fremdartigen Klingelton des Telefons war, andererseits aber auch eine an Nyholm gerichtete Rückfrage.

»Du hast es nicht mitbekommen?«

»Dazu hatte ich keine Zeit. Wir haben eine weitere Leiche. Teemu Hahl. Ich war mit Saara und Jaana vor Ort.«

»Teemu Hahl? Das ist einer der neuen Namen, die Kaisa Valkonen genannt hat«, sagte Nyholm.

»Richtig. Er trieb im Vantaanjoki mit zwei Schusswunden im Brustbereich. Wo genau er zu Tode kam, wissen wir noch nicht.«

»Wir müssen einen Zusammenhang finden. Wenn die Mordlust von diesem Schwein anhält, ist es mit dem nächsten Toten nicht weit her«, bemerkte Nyholm.

Drei Morde innerhalb kürzester Zeit, konstatierte Hämäläinen in Gedanken.

»Wir müssen uns die Morde noch einmal ganz genau ansehen. Jedes Detail. Die Art der Tatausführung, die Tatorte, die Waffe. Alles gehört auf den Prüfstand. Was war eigentlich der Grund für deinen Anruf?«, fragte Hämäläinen unvermittelt.

»Teuvo Keränen. Er hat sich die Überwachungsaufzeichnungen angesehen. Er ist soeben gegangen und könnte sich bei Gelegenheit ruhig in einem Fitnessklub anmelden. Er hat fast die Tür gesprengt. Also, er schätzt den Täter auf 1,90 Meter, kräftige Statur, Anfang bis Mitte 40. Weitere Aussagen Fehlanzeige. Es lag an der schlechten Qualität der Aufzeichnungen.«

»Das Alter und vor allem die Größe bieten Anhaltspunkte, die uns dabei helfen können, den Kreis der Verdächtigen einzugrenzen. Auch wenn wir davon aktuell noch weit entfernt sind.«

»Die Kollegen sind auf dem Rückweg. Die Tankstellen haben uns keinen Treffer erbracht.«

»Waren die Aufzeichnungen bereits überschrieben?«

»Ja.«

Unerwartet wurde Hämäläinen von einem Gefühl der Machtlosigkeit befallen. Es war, als würden sie einen dunklen Pfad entlanggeführt. Was sie auch taten, was sie auch versuchten, der Pfad der Erleuchtung blieb ihnen verborgen, und die drohende interne Ermittlung erschwerte es ihm zusätzlich. Es war wie eine Schlinge, die um seinen Hals lag und immer enger gezogen wurde.

»In dieser Ermittlung geht es mehr darum, Fehlschläge aufzulisten, und weniger darum, verheißungsvolle Spuren abzuarbeiten«, stellte er resigniert fest.

»Das ist mir zu pessimistisch«, entgegnete Nyholm. »Der Mord an Teemu Hahl liefert uns eine neue Chance, das Motiv und eine Spur zum Täter zu finden. Weiß der Teufel, was wir auf den Aufzeichnungen gesehen hätten.«

»Dein Wort in Gottes Ohr. Sind unsere Leute gut angekommen?«

»Ja. Die EDV ist eingerichtet, und es waren auf wundersame Weise doch ausreichend Zimmer vorhanden. Wir starten morgen mit der Suche.«

»Wir halten um 8 Uhr unsere Konferenz ab, danach legt ihr los«, definierte Hämäläinen den Ablauf des folgenden Tages.

»Ich gebe es weiter.«

»Was ist mit dem Mercedes?«

»Fehlanzeige. Keine Diebstahlanzeigen. Dafür gibt es 1.100 von diesen Fahrzeugen in ganz Finnland.«

»Und? Wir suchen ja nur nach einem grauen Mercedes.«

»Es sind alles graue Wagen. Eine ganze Menge für ein altes Modell. Es hat mich auch ziemlich überrascht.«

»Du weißt, was das bedeutet?«

»Natürlich! Wie sollen wir die Sache angehen? Trotz der Verstärkung arbeiten wir am Anschlag. Wir können unmöglich auch die landesweite Überprüfung übernehmen.«

»Ich werde mich selbst damit befassen. Irgendwer im Dezernat wird noch verfügbar sein. Im Notfall muss eine andere Abteilung oder das Sekretariat helfen. Wobei ich wenig Hoffnung darauf verwende, dass der Täter sein eigenes Fahrzeug genutzt hat.«

»Jetzt hör aber auf.« Nyholm klang ernst. »Du siehst scheinbar die gesamte Ermittlung negativ. Der Mercedes ist doch eine weitere Spur, in die wir unsere Hoffnung setzen können.«

Die Worte von Nyholm weckten Hämäläinen auf. Auf einmal wurden ihm seine eigenen widersprüchlichen Gedanken bewusst. Wir haben einen weiteren Mord, der uns neue Ansätze für die Ermittlung eröffnet, sagte er sich. Zudem wollte ich die gesamte Ermittlung nochmals auf den Prüfstand stellen. Zwei Minuten später sehe ich schwarz und jammere wegen der Spuren, die sich zerschlagen haben oder denen ich nur eine geringe Hoffnung beimesse.

»Wie recht du hast«, bestätigte er Nyholm. »Wir hören uns morgen.«

Hämäläinen legte auf und rief das Menü des Telefons auf, um wieder den alten Klingelton einzurichten. Im Anschluss forschte er im hausinternen Computersystem nach, welche Kollegen aus dem Dezernat im Haus waren. Urlaub, Krankheit, die Ermittlungen in Turku und das großflächige Absuchen des Fundorts der Leiche von Teemu Hahl sorgten für ein nahezu verwaistes Dezernat. Drei Namen blieben offen. Leena Orenius, Juha-Pekka Latvola und Aleksi Alatalo.

Mit Alatalo kann ich mich auch in zwei Jahren noch zusammenraufen, dachte er und ignorierte Jaana Tiivolas Worte. Wenngleich Hämäläinen das Amt als Stellvertreter miserabel ausgefüllt hatte, so war ihm doch nicht alles entgangen. Aktuell lagen kleinere Fälle von Körperverletzung und ein Fall versuchter Vergewaltigung, dessen Beweisaufnahme längst abgeschlossen war, im Zuständigkeitsbereich der beiden Ermittler. Er suchte sie in ihren Büros auf. Sie begegneten ihm aufgeschlossen und schienen den Willen für die Recherchen aufzubringen.

Er guckte zudem noch bei Jaana Tiivola und Saara vorbei und informierte sie über sein Vorhaben, am nächsten Tag um 8 Uhr eine Besprechung mit Konferenzschaltung nach Turku abzuhalten.

»Ich habe mit Emma Hahl gesprochen«, teilte Saara ihm mit, als Hämäläinen in ihrem Büro stand.

»Wie hat sie es aufgenommen?«

»Sie war natürlich sehr bestürzt und hat sich sofort auf die Heimreise begeben. Eine Streifenbesatzung wird ihr den Schlüssel morgen nach ihrer Ankunft bringen. Dann kannst du Emma Hahl auch treffen.«

Hämäläinen und Saara waren beide erleichtert, dass Sven Hansen durch den Mord an Teemu Hahl und dessen Verbindung zu Ilari Valkonen und Ville Kumpu nun auch offiziell höchstwahrscheinlich das Opfer einer Verwechslung war.

Im Anschluss an das Gespräch stürzte Hämäläinen ein Glas Wasser herunter, schaltete kurz darauf den Computer ab, ohne die Programme ordnungsgemäß zu schließen, und beendete diesen Arbeitstag. Er kaufte ein und wusch den Wagen mit dem letzten Münzgeld in einer Selbstwaschanlage von Hand. Er war in Vorfreude darauf, den restlichen Tag mit Anni zu verbringen.

FREITAG

Hämäläinen erwachte mit dem diffusen Gefühl, in der Nacht ein Geräusch oder eine Stimme wahrgenommen zu haben. Der Wecker zeigte 6 Uhr. Er richtete sich im Bett auf und blinzelte. Routiniert griff er zum Handy. Der Blick auf das Display lieferte ihm die Bestätigung: ein verpasster Anruf von Pesonen. Hämäläinen war noch müde und nahm es recht emotionslos zur Kenntnis.

Während er mit den ersten beiden Schlucken Kaffee den Geschmack der Zahnpasta vertrieb, rief er über das Handy seine E-Mails ab. Wie vermutet hatte ihm Pesonen nach dem vergeblichen Anruf eine E-Mail geschrieben.

Hallo Herr Hämäläinen,
mein Flug nach Brisbane geht um 9:25 Uhr. Das
war die Flugroute Ihrer Frau. Am 01.07. mit Flug
LX 4356. Ein Miguel war nicht an Bord.
Pesonen

Hämäläinen zitterte, stellte die Kaffeetasse auf dem Tisch ab und verarbeitete die Information. Er bebte vor Aufregung, und eine Vielzahl an Fragen schoss ihm kreuz und quer durch die Gehirnwindungen.

Er weckte Anni behutsam und richtete ihr nach dem gemeinsamen Gang ins Badezimmer eine große Schüssel mit Müsli und einen warmen Kakao. Hämäläinen selbst hatte keinen Hunger mehr. Stattdessen trank er die nächste Tasse Kaffee, als wäre es ein Glas Wasser. Er sah Anni zu, die mit strahlenden Augen das Müsli löffelte, und vergaß für einen Moment die Welt um sich herum. Nachdem Anni aus der Gaderobe der Kindertagesstätte singend zum Malbereich gerannt war, fuhr er mit überhöhter Geschwindigkeit ins Präsidium und bretterte beinahe über eine rote Ampel.

Im Präsidium ging Hämäläinen schnurstracks in Richtung Rechtsmedizin und stockte, als ihm einfiel, dass Kalle Friberg am Fundort von Teemu Hahl gesagt hatte, er solle am Vormittag vorbeikommen. Wenn Hämäläinen an die Laune zurückdachte, die Kalle Friberg gestern zur Schau getragen hatte, schien es klug, sich auch danach zu richten. Er machte kehrt. Es war früh am Morgen, und so blieb genug Zeit, die Besprechung vorzubereiten. Die am Donnerstag gefertigte Liste mit den Stichpunkten zur Ermittlung kam ihm sehr gelegen. Er vervollständigte sie um den Mord an Teemu Hahl und weitere Punkte. Es fiel ihm schwer, konzentriert zu bleiben, da die Fragen, die Niina betrafen, unaufhörlich von innen an seine Schädeldecke klopften. Brisbane. Sie war nach Brisbane geflogen.

Um 7.50 Uhr begab sich Hämäläinen mit einer Tasse Kaffee zum Besprechungsraum. Jaana Tiivola und auch Saara trafen pünktlich ein. Die Verbindung zu den Kollegen in Turku klappte.

»Guten Morgen«, startete Hämäläinen die Konferenz. »Beginnen wir mit Teemu Hahl. Er war 46 Jahre alt, wohnte in der Kuitupolku 55 in Helsinki und betrieb eine Apotheke im Stadtteil Grindbacka. Verheiratet war er mit Emma Hahl. Die Ehe war kinderlos. Ich werde mich nachher mit Emma Hahl treffen und mich mit ihr im Haus umsehen. Teemu Hahl war Apotheker, Ilari Valkonen war Zahnarzt. Gegebenenfalls liegt in ihrem beruflichen Hintergrund die Verbindung. Die Opfer kannten sich. Dadurch fällt es uns hoffentlich leichter, einen Zusammenhang zu finden. Eventuell finden wir auf dem Computer von Teemu Hahl eine Antwort darauf. Punkt zwei ist der Tatort. Ein Nachbar, Tomi Lindbohn, hat Teemu Hahl entdeckt. Dieser trieb im Vantaanjoki und wies zwei Schusswunden im Brustbereich auf. Kalle Friberg konnte gestern noch nicht sagen, wann genau Teemu Hahl verstorben ist, nannte aber den frühen Mittwochabend. Ich schaue im Anschluss bei ihm vorbei, dann erfahre ich vermutlich mehr. Die Bestimmung der Tatwaffe und die Suche nach Spuren an Teemu Hahls Kleidung wird noch Zeit brauchen. Es war gestern noch unklar, ob Teemu Hahl am Ufer des Flusses oder woanders ermordet wurde. Vielleicht sagt Jaana gleich etwas dazu. Sie hat ein Team zusammengestellt und die Uferböschung großflächig absuchen lassen«, endete er und blickte Jaana auffordernd an. Die von Kalle Friberg am Tatort gesponnene Idee, dass Teemu Hahl schon tot gewesen sein könnte, als auf ihn geschossen wurde, ließ er unerwähnt.

Jaana Tiivola ergriff das Wort.

»Wir haben das Ufer abgesucht, aber leider keine Spuren gefunden. Das Ufergras war an einer Stelle niedergetrampelt. Teemu Hahl könnte dort ins Wasser gelangt sein. Die Stelle liegt einen halben Kilometer vom Fundort entfernt. Hannu Mielonen berichtete, dass sich der Gürtel des Toten an einem unter dem Wasser befindlichen Ast verhakt hatte. Deswegen ist er den Fluss nicht weiter hinuntergetrieben und schwamm mit dem Kopf nach oben, was untypisch für eine Wasserleiche ist.«

Auch für Hämäläinen war diese Information neu. Er übernahm wieder das Wort.

»Wir müssen unsere Kräfte bündeln und sehen, welchen Dingen wir Vorrang einräumen. Durch die abgeschlossene Untersuchung des Uferbereichs stehen wieder freie Kräfte zur Verfügung. Wir werden sie für die Befragungen im Umfeld von Teemu und Emma Hahl einsetzen. Halten wir zuerst einmal fest, welche Spuren wir abgearbeitet haben. Es fehlt uns zwar die allerletzte Gewissheit, dass der Mord an unserem Kollegen Sven Hansen eine tragische Verwechslung war. Trotz alledem liegt die Priorität bei Ilari Valkonen und Teemu Hahl. Wir wissen das ungefähre Alter und die Körpergröße des Mörders. Ich war selbst in den Wipfeln der Kiefer. Es hat mich einige Anstrengungen gekostet. Der Täter muss gut in Form sein. Leider waren wir mit den Videoaufzeichnungen der Tankstellen erfolglos. Wir wissen vom Austausch der Rechner durch Ilari Valkonen, und es wurden unzählige Befragungen durchgeführt, die, abgesehen von Kaisa Valkonens Hinweis auf unser Opfer Teemu Hahl, ohne Ergebnis waren. Das Geheimnis um den Schlüssel ist gelüftet, wenngleich durch das Öffnen des Schließfachs mehr Fragen dazukamen.«

Hämäläinen trank einen Schluck Kaffee.

»Wenden wir uns daher den offenen Spuren und Fragen

zu. Da wären zum einen das Handy und natürlich das Geld, das Ilari Valkonen im Schlafzimmer und im Schließfach aufbewahrte. Was haben wir noch?«, fragte er, während er den nächsten Schluck Kaffee nahm. »Wir suchen weiter nach diesem Arviid und der Bedeutung der Zahlenkombination, die auf dem kleinen Zettel notiert ist, der im Schließfach lag. Die PIN-Nummer des Handys scheidet aus. Bislang bekam Paajanen keinen Zugang zu dem Gerät. Dann bleibt noch die Suchaktion nach der Tatwaffe, die ihr nachher in Turku startet, und die laufende Überprüfung einer vierstelligen Zahl von Haltern eines grauen Mercedes 300.«

Hämäläinen suchte den Blickkontakt zu Jaana Tiivola und sprach demonstrativ deutlich in das Telefon.

»Habe ich in Bezug auf Ilari Valkonen etwas unerwähnt gelassen?«

»Weder Valkonens Frau noch die Mitarbeiterinnen wussten von dem Schlüssel im Spülkasten und dem Geld«, sagte Saara.

»Richtig«, bekräftigte er. Obwohl die Liste mit den Stichworten vor ihm lag, hatte er sich plötzlich auf seine Erinnerungen verlassen, anstatt die aufgelisteten Punkte abzuarbeiten. »Ich möchte zudem an die schwarzen Kollagenfasern erinnern, die die Techniker aus Turku an der Kiefer sichern konnten«, machte Hämäläinen weiter. »Sie stammen mit ziemlicher Sicherheit von dem Mann auf den Videoaufzeichnungen. Diesbezüglich ist auch Kauko Koskinens Zeugenaussage erwähnenswert, der den Täter womöglich im Alppipuisto gesehen hat.«

Hämäläinen sprang zum nächsten Stichwort.

»Ilari Valkonen hatte offensichtliche Geheimnisse. Wenn wir diese Rätsel ergründen, kommen wir der Lösung dieses Falles ganz nahe. Der letzte Punkt in meinen Ausführungen sind die Zeugenmeldungen.«

»Da will ich direkt einhaken«, ergriff Nyqvist das Wort.

»Gestern Abend ist ein Hinweis eingegangen. Wir haben erst vor knapp einer Stunde davon erfahren. Der Anruf ging wieder direkt in Turku ein. Aki-Petteri Halonen. Er ist Zeitungsausträger, und einige der Straßen, die in Tatortnähe liegen, fallen in seinen Bezirk. Offenbar hat Halonen den Täter gesehen, als er eines Morgens zu spät dran war. Er hat wohl eine Perücke getragen. Darunter haben blonde Haare hervorgeblitzt.«

»Wie sicher ist sich Halonen wegen der Perücke?«, fragte Hämäläinen gespannt. »Haben die Kollegen aus Turku nachgehakt?«

»Das haben sie. Die Haare sahen künstlich aus. Dazu der Fakt mit den blonden Haaren, die hervorschauten.«

»Sprecht selbst mit ihm«, forderte Jaana Tiivola.

Hämäläinen dachte derweil, dass die Kollegen in Turku trotz des Ärgers ihre Arbeit gemacht hatten. »Wir haben die Fakten und die offenen Fragen erörtert. Jetzt liegt es an uns Ermittlern, neue Ansätze und bislang verborgene Antworten zu finden«, verdeutlichte er.

»Wir müssen Valkonens Umfeld erneut befragen«, meldete sich nun Aaltonen zu Wort. »Durch den Mord an Teemu Hahl hat sich die Situation geändert. Zwei Morde an Menschen, die einen ähnlichen beruflichen Hintergrund hatten. Die Personen aus Valkonens Umfeld sind zum Großteil Mediziner. Vielleicht ist dem einen oder anderen Teemu Hahl ein Begriff, und einer von ihnen kann sogar eine Verbindung zwischen den beiden herstellen. Zuvor gab es dafür keinen Anlass.«

»Sehr richtig«, meinte Hämäläinen.

Saara räusperte sich.

»Wir wissen von dem blonden Haar. Wir müssen nur nach einem Mercedes-Fahrer mit dieser Haarfarbe suchen«, sagte sie.

»Wir müssen zwar dennoch alle infrage kommenden

Halter ermitteln, aber in der Folge hilft es uns hoffentlich«, bestätigte Hämäläinen, der sich über den produktiven Verlauf der Konferenz freute.

Jaana Tiivola ergriff erneut das Wort. »Ich werde mir auch von diesem Mord ein Bild machen. Mal sehen, ob ich dann eine Beurteilung vornehmen kann.«

»Weitere Vorschläge?«

Nachdem alle stumm blieben, fuhr er, an die Kollegen in Turku gerichtet, fort. »Sobald ihr mit der umfangreichen Suchaktion am Ende seid, beginnt ihr mit den neuerlichen Befragungen von Valkonens Umfeld. Juuso, Mikko und Matti, ihr koordiniert das Ganze. Die Befragungen hier vor Ort nehmen wir selbst in die Hand«, schob Hämäläinen nach. Dadurch hatte er Alatalo erst einmal vom Hals.

Sie sprachen noch über organisatorische Dinge, im Wesentlichen der Zuteilung der Aufgaben. Saara wollte die Befragungen im Umfeld der Hahls organisieren. Er nahm es dankend zur Kenntnis, beendete die Konferenz und ging auf direktem Weg zu Kalle Friberg.

»Findet diesen kranken Spinner lieber heute als morgen«, waren die Worte, mit denen Hämäläinen begrüßt wurde.

Da er die Nachricht zwischen den Zeilen nicht erkannte, fuhr Kalle Friberg fort.

»Teemu Hahl ist ertrunken. Die zwei Schusswunden wären zweifelsohne tödlich gewesen, wurden ihm aber erst danach zugefügt.«

»Was?«, platzte es aus Hämäläinen heraus. Kalle Fribergs Hirngespinst hatte sich tatsächlich bewahrheitet. Im gleichen Atemzug keimte in ihm der Verdacht auf, dass Friberg am Fundort vielleicht doch schon einen Hinweis dafür gefunden hatte.

»Er hatte die Lunge voll mit Wasser. Der Täter muss mit angesehen haben, wie er im Wasser um sein Leben kämpfte.«

»Teemu Hahl war Nichtschwimmer?«

»Das habe ich nicht gesagt. Es ist jedoch eine naheliegende Erklärung. Der Körper zeigte keine Fesselungsspuren. Alkohol, Rückstände von Medikamenten oder anderen Substanzen hatte er auch nicht im Blut. Gesundheitliche Ursachen wie eine Herzattacke kann ich ebenfalls ausschließen.«

»Was ist mit dem Todeszeitpunkt?«

»Ich muss meine Aussage ändern. Es war zwischen 22 und 23 Uhr am Mittwochabend.«

»Sonst noch Neuigkeiten?«

»Ich habe die Geschossteile entfernt und Micke Nurmi zur Bestimmung des Waffentyps gebracht. Wie es aussieht, war es wieder eine andere Waffe«, sagte er und gab Mika Hämäläinen zum Abschied die Hand.

Während er zurück an seinen Arbeitsplatz lief, kam ihm ein Gedanke. Was, wenn der Täter Teemu Hahl vor dessen Haus überrascht und mit vorgehaltener Waffe zum Ort des Geschehens dirigiert hatte? Hämäläinen würde sich die Umgebung um das Haus nochmals sehr genau ansehen. Im Büro suchte er die Nummer von Emma Hahl heraus. Saara hatte sie gestern auf einen Zettel geschrieben, den er nach kurzer Suche fand. Der Zettel diente einer leeren Kaffeetasse als Unterlage.

»Hahl«, huschte eine schwache Stimme durch die Leitung, die ihn sogleich an Kaisa Valkonen erinnerte.

Wie sehr sich die Stimmen Trauernder doch gleichen, dachte Hämäläinen.

»Kommissar Mika Hämäläinen. Mein herzliches Beileid. Ich untersuche den Tod Ihres Mannes und würde mich gerne mit Ihnen gemeinsam im Haus umsehen. Meine Kollegin müsste Ihnen meinen Anruf schon angekündigt haben.«

»Er hat alles umgeräumt und umdekoriert«, antwortete Emma Hahl.

»Von wem sprechen Sie?«

»Der Täter. Teemu hätte das nie getan. Er hatte nicht den geringsten Sinn dafür.«

»Tut mir leid, ich verstehe noch immer nicht.«

»Es ist alles verstellt, verschoben, und Dinge wurden abmontiert.«

Langsam dämmerte Hämäläinen, was Emma Hahl ihm in diesem Augenblick offenbarte. »Was genau?«

»Er hat Möbel verschoben und die Bilder im Wohnzimmer an anderen Stellen angebracht. Er hat dabei sogar neue Nägel in die Wand geschlagen. Auch unsere Kleidung in den Schubladen und Schränken ist neu geordnet.«

Hämäläinen fehlten die Worte.

»Warum machte der Täter das alles? Reichte es nicht, mir meinen Mann zu nehmen?«

»Kann ich sofort vorbeikommen?«, wollte Hämäläinen wissen, der schlichtweg keine Antwort auf ihre Frage wusste.

»Sicher. Kommen Sie her.«

»Okay. Bitte fassen Sie nichts mehr ohne Handschuhe an.«

Nur Minuten später saß er hinter dem Steuer seines Wagens. Zuvor hatte er Saara und Jaana Tiivola informiert. Jaana Tiivola hatte ihn um Fotos vom Haus gebeten. Der Ermittler konnte sich keinen Reim darauf machen, was der Täter mit seinem Verhalten bezweckt hatte. Die Kriminaltechnik würde Hämäläinen nach seiner Rückkehr informieren. Er wollte sich erst selbst in Ruhe ein Bild machen und ungestört mit Emma Hahl sprechen.

Die Ruhe während der Fahrt ließ die Gedanken an Niina unaufhaltsam hervorsprudeln. Sie war also nach Australien geflogen. Hatte sie ihn über all die Jahre an der Nase herumgeführt? Wieso aber war sie freiwillig in die sengende Hitze Australiens geflogen? Wenn ihr Verhalten zumindest nachzuvollziehen wäre.

An der Abzweigung, die ihn in die Kuitupolku führte, stieg er spontan auf die Bremse und parkte den Wagen am Straßenrand. Dann öffnete Hämäläinen das Handschuhfach und holte eine Zigarre heraus, die schon lange Zeit dort gelegen hatte. Er steckte sie am Zigarettenanzünder an und zog mit hektischen Zügen. Ein Hustenanfall war die Folge. Zehn weitere Züge später war er leicht benebelt, doch es ging ihm gut. Er schaffte es, Niina keine weitere Beachtung zu schenken.

Hämäläinen parkte den Wagen ein kleines Stück vom Haus entfernt, um ein genaues Bild von der Umgebung zu bekommen. Während er langsam auf die Eingangstür zusteuerte, schoss er bereits einige Fotos. Sie könnten ihnen dabei helfen, das Risiko einzuschätzen, welches der Täter eingegangen war. Das Haus war vor Blicken geschützt. Eine hohe Hecke umschloss das Grundstück. Die Zufahrt zum Haus verlief in einer Linkskurve. Ein Fahrzeug war nur bei der unmittelbaren Ein- oder Ausfahrt auszumachen. Das Risiko war für den Täter kalkulierbar gewesen, folgerte er. Es gab nur wenige Häuser, und sie standen allesamt auf großen Grundstücken und waren ebenfalls von mannshohen Hecken umgeben.

Emma Hahl öffnete die Tür. Ein gequältes Lächeln huschte über ihr Gesicht, dann legte ihr die Trauer wieder tiefe Falten auf die Stirn. Ihr langes schwarzes Haar wirkte ungekämmt, und unter den geröteten Augen sammelte sich tränenverschmierte Wimperntusche. Das schwarze Kleid lag hauteng an ihrem schlanken Körper an.

»Mika Hämäläinen«, sagte er und reichte Emma Hahl die Hand. Ein leises »Guten Tag« schlich ihr über die Lippen. »Es fehlt nichts«, schob sie nach und kam damit seiner ersten Frage zuvor.

Emma Hahl ging voran ins Wohnzimmer, blieb neben der Couch stehen und legte ihre Hand auf das abgewetzte Leder. Sie zeigte in Richtung Fenster.

»Dort hat die Couch gestanden«, sagte sie und deutete danach auf die Bilder. »Sie hingen geordnet, auf gleicher Höhe und im gleichen Abstand. Sogar Bilder, die im Treppenhaus angebracht waren, wurden hier an die Wand genagelt.«

Hämäläinen stülpte sich Einweghandschuhe über und hob anschließend fragend die Kamera. Emma Hahl nickte. Sie hatte verstanden. Er zeigte auf zwei Fotos, die auf einer Kommode standen. Teemu Hahl war auf ihnen mit einer Gruppe Männer abgelichtet.

»Wir werden das Umfeld Ihres Mannes befragen müssen. Bitte erstellen Sie eine Liste aller Personen, mit denen Ihr Mann Kontakt hatte.« Er deutete auf Emma Hahls Hände.

»Wie ich am Telefon schon sagte, sollten Sie, wenn möglich, nichts mehr anfassen. Wenn der Täter im Haus gewesen ist und es derart umgestaltet hat, finden sich mit ein wenig Glück Fingerabdrücke oder DNA-Spuren«, erklärte Hämäläinen und schoss mehrere Fotos. »Ich habe leider kein weiteres Paar Einweghandschuhe dabei. Falls Sie doch etwas anfassen müssen, nehmen Sie einfach ein Paar Putzhandschuhe. Ich werde gleich die Kriminaltechnik verständigen.«

»Was heißt das für mich?«

»Haben Sie eine Freundin, bei der Sie einen Tag unterkommen können?«

»Ja«, erwiderte Emma Hahl nickend, während sie durch das Treppenhaus gingen. Am oberen Treppenabsatz machte er halt, richtete die Kamera auf die bilderlose Wand neben der Treppe und drückte auf den Auslöser. Emma Hahl öffnete derweil die Schubladen und Türen im Schlafzimmer.

»Der Unbekannte hat die Unterwäsche von den Schubladen in die Schränke geräumt. Dafür sind die Hemden von der Stange in die Schubladen gewandert. Sie wurden fein säuberlich zusammengelegt. Besser würde ich es selbst nicht hinbekommen. Wer macht so kranke Sachen?«

»Ich bin schon viele Jahre Polizist, doch dieses Täterverhalten ist mir noch nie untergekommen. Nur er selbst weiß, warum er auch die Hemden zusammengelegt hat«, antwortete Hämäläinen ratlos. Er zeigte auf die offenen Schubladen und Schranktüren. »Sie sollten ernst nehmen, was ich Ihnen gerade mitgeteilt habe. Bitte fassen Sie nichts mehr an, und wenn doch, dann nur mit Handschuhen.«

»Oh, Entschuldigung«, meinte Emma Hahl.

Sobald Hämäläinen weitere Fotos geschossen hatte, zeigte ihm Emma Hahl die verbleibenden Stellen im Haus, die von dem seltsamen Handeln des Täters betroffen waren. Überwiegend waren es Dekogegenstände, die an anderen Stellen standen. Nach dem Ende ihres Rundgangs traten sie in die Küche. Emma Hahl zog sich den Pullover über die Hand, öffnete vorsichtig den Unterschrank der Spüle und hatte sich kurze Zeit später gelbe Haushaltshandschuhe über die Hände gezogen.

»Es stand nicht gut um unsere Ehe«, sagte Emma Hahl völlig überraschend. »Wir hatten uns auseinandergelebt. Ich bin freie Journalistin, viel unterwegs, weltoffen und ein bisschen verrückt. Teemu stand den lieben langen Tag in seiner Apotheke und interessierte sich abseits davon für Schmetterlinge. Ich hätte es von Anfang an besser wissen müssen.«

»Irgendeine Ahnung, wer Ihrem Mann das angetan haben könnte?«

»Nein. Wir lebten schon länger jeder sein eigenes Leben. Lange wäre es nicht mehr gut gegangen. Ich weiß nicht viel über Teemus Kontakte. Doch wer sollte ihm etwas Böses wollen? Einem langweiligen Schmetterlingsfanatiker mit einem Gedächtnis vollgepackt mit Informationen über Medikamente, Arzneimittel, Salben und Tinkturen.« Sie hob ratlos die Schultern. »Entschuldigen Sie. Ich muss ziemlich kalt auf Sie wirken. Ich empfinde Trauer um meinen Mann, trotz alledem fehlten die Gemeinsamkeiten in unserem Leben.«

Hämäläinen verstand Emma Hahls Reaktion. Im Gegensatz zur Umräumwut des Täters war ihm diese Art der Trauer schon häufig untergekommen. Er formulierte gerade eine weitere Frage, als er einen bestimmten Geruch bewusst wahrnahm.

Seine Augen schweiften durch den Raum. »Haben Sie hier kürzlich gestrichen?«

»Bitte?«, erwiderte Emma Hahl ebenso verwundert wie verständnislos. Sie lief zur Wand, rieb mit zwei Fingern daran und betrachtete dann die betreffenden Stellen an den Handschuhen. »Oh mein Gott. Fassen Sie dieses kranke Schwein.«

»Wir werden alles tun, was in unserer Macht steht«, bekräftigte er. »Könnte der Täter die Farbe hier im Haus gefunden haben?«

»Nein«, entgegnete Emma Hahl. »Da ist aber noch eine Sache, die mir keine Ruhe lässt«, sagte sie aufgewühlt. »Ich werde das Gefühl nicht los, dass er auch auf einen Gang in unserer Sauna war.«

»Woran machen Sie das fest? Was ist mit Ihrem Mann?«

Emma Hahl machte eine abwehrende Handbewegung. »Die letzten Tage litt er unter grausigen Halsschmerzen. So viel hat Teemu selten gejammert. Er war dann konsequent und mied die Sauna. Die Kopfstütze liegt nicht an ihrem angestammten Platz, und im Wäschekorb liegt ein benutztes Saunahandtuch.«

»Sie waren doch im Ausland?«

»Wir telefonierten mehrfach, und er jammerte bei jedem Gespräch.«

Hämäläinen überlegte. Was geht hier vor? Es schien an der Zeit, die Frage zu stellen, die ihm auf der Zunge gelegen hatte, ehe er sich des Farbgeruchs bewusst geworden war.

»War Ihr Mann Nichtschwimmer?«

»Warum fragen Sie das?«

»Es ist ein wenig kompliziert«, begann Hämäläinen und merkte, wie unpassend diese Einleitung gewesen war. Er druckste nicht weiter herum. »Die Schusswunden wären zweifelsohne tödlich gewesen. Ihr Mann ist jedoch ertrunken, und der Täter hat erst danach auf ihn geschossen. Es tut mir leid, Ihnen so etwas Schlimmes sagen zu müssen. Die Frage nach dem Warum ist mir ebenso ein Rätsel wie das Verhalten des Täters hier im Haus.«

Emma Hahl wischte sich eine Träne aus dem Auge. »Ja. Er war Nichtschwimmer. Er wäre als Kleinkind fast ertrunken und hatte seither panische Angst vor Wasser. Saunieren ging nur mit anschließender Dusche.«

»Ich denke, es ist besser, wenn ich jetzt gehe. Die Kriminaltechnik wird zeitnah eintreffen. Kommen Sie klar?«

»Gehen Sie nur und finden Sie diesen Kerl«, antwortete Emma Hahl und zeigte demonstrativ die Handschuhe. »Ich fasse nichts mehr mit blanken Händen an.«

Auf der Rückfahrt stellte er sich den unbekannten Täter vor, der mit einem Eimer Farbe ins Haus von Teemu und Emma Hahl eindrang, die Sauna nutzte, das Haus umräumte und die Küche neu strich.

»Was sagst du da?«, kam es Hannu Mielonen über die Lippen, als Hämäläinen in den Räumen der Kriminaltechnik aufgetaucht war und die neueste Entwicklung dargelegt hatte.

Micke Nurmi schaute nur ungläubig.

»Es ist völlig bizarr. Vor allem, wenn Emma Hahl richtigliegen sollte und er die Sauna benutzt hat«, meinte Hämäläinen.

»Ein Typ mit solchen krankhaften Verhaltensweisen macht auf kurz oder lang genau den Fehler, auf den wir warten«, warf Micke Nurmi ein.

»Wann könnt ihr vor Ort sein?«

»Sofort«, sagte Hannu Mielonen. »In diesem Fall legen wir die Bestimmung der Waffe und die Spurensuche an der Kleidung von Teemu Hahl aber erst einmal auf Eis.«

»Legt los.«

Hämäläinen verließ die Kriminaltechnik und berichtete Nyholm am Telefon die neuesten Entwicklungen. Anschließend griff er nach der Digitalkamera und schaute bei Jaana Tiivola vorbei. Während er auch ihr Bericht erstattete, verbanden sie die Kamera mit dem Computer, um sich seine Bilder aus dem Haus der Hahls genauer anzusehen.

»Es muss gedauert haben, das Haus umzugestalten. Insbesondere, da der Täter noch frisch gestrichen hat«, bemerkte Jaana Tiivola.

Durch ihre Worte fiel es Hämäläinen wie Schuppen von den Augen.

»Es waren nirgendwo Farbkleckse«, erklärte er. »Aber der Täter hat doch mit Sicherheit keine Zeit gehabt, alles aufwendig abzukleben und abzudecken.«

»Du denkst an einen gelernten Maler?«, fragte Jaana Tiivola.

»Ich denke an eine Person, die entweder beruflich mit dem Auftragen von Farbe zu tun hat oder die im Privaten schon häufiger etwas in dieser Richtung getan hat.«

»Das ist naheliegend«, gab ihm Jaana Tiivola recht, während sie durch die einzelnen Bilder klickte. »Ich bin überzeugt, jetzt endlich eine Täteranalyse erstellen zu können. Die DNA des Täters haben wir auch, sofern die Sache mit der Sauna stimmt.«

Warum konnte Jaana Tiivola so plötzlich ein Bild des Täters zeichnen? Hämäläinen brütete über dieser Frage, als er am Schreibtisch saß. Zweifellos waren die nach dem Ertrinkungstod beigebrachten Schusswunden und das Umgestalten des Hauses samt Saunagang völlig untypisch und gaben viel über den Täter preis. Doch was war mit den bisherigen Informationen? Da war das geduldige Auflauern in den Wipfeln einer Kiefer, das Ausspionieren des Opfers und die große Wut, die der Täter hatte. Noch dazu hatte er das Gesicht von Ilari Valkonen nach dessen Tod in den Waldboden gedrückt. War dies nicht genug an Information für eine eingeschränkte Täterprognose gewesen? Aus diesen Überlegungen heraus erwuchs in ihm die Frage, warum in aller Welt ausgerechnet Jaana Tiivola die Fortbildung zur Fallanalytikern durchlaufen hatte? Waren es die drei Semester Psychologie gewesen, die sie vor dem Einstieg in den Polizeidienst studiert hatte? Er zweifelte an den Fähigkeiten seiner Vorgesetzten. Eigentlich sollte er sich glücklich schätzen, überhaupt wieder eine Fallanalytikerin zu haben, nachdem die beiden Frauen, die diesen Job bislang gemacht hatten, ziemlich zeitgleich schwanger wurden und gerade in ihrer Babypause waren. Zudem war Jaana Tiivola eine erfahrene Ermittlerin, die den Geruch eines Tatorts, den Anblick bereits angetrockneter Blutspuren und das Leid der Angehörigen kannte. Keine Schreibtischbeamtin, die nur alle paar Jahre ihre Aufwartung an einem Tatort machte. Hämäläinen formulierte die innerliche Bitte, dass die neuen Erkenntnisse für eine Analyse ausreichten und sie dem Täter den entscheidenden Schritt näherkamen.

Die Situation war neu zu bewerten. Ihre Besprechung vom Morgen war keinesfalls Makulatur. Doch das ungewöhnliche Verhalten des Täters und die hoffentlich zeitnahe Analyse von Jaana Tiivola waren bei den Befragungen miteinzubeziehen.

Es war Nachmittag, und sein Magen knurrte. Wie so oft war er am Morgen aufgebrochen, ohne sich Verpflegung für den Tag mitzunehmen. Daher suchte er das Café am Fähranleger in der Merisatamanranta auf. Die Warteschlange war kurz. Der Polizist wählte zwei Brötchen, die mit Käse, einem Salatblatt und knackigen Gurkenscheiben belegt waren. Dazu bestellte er einen frischen Orangensaft und setzte sich an einen der Tische am Fenster, mit Blick auf den Jachthafen. Die Segel- und Motorjachten schaukelten synchron im Wind. Dann holte er einen Zettel heraus, auf dem einige Informationen aus dem Internet über Brisbane enthalten waren. Obwohl er jedes Wort kannte, wollte Hämäläinen die Notizen nochmals schwarz auf weiß vor sich halten. Genau genommen interessierten ihn die Informationen in den ersten drei Sätzen.

»In Brisbane herrscht ein subtropisches Klima. Die Sommer sind schwül und warm, die Winter sehr mild. Oftmals lang anhaltende Trockenperioden im Sommer.«

Niinas Schritt war für ihn noch schwieriger nachzuvollziehen als das Verhalten des Täters im Haus von Teemu und Emma Hahl. Wie Mika es drehte und wendete, Antworten auf alle offenen Fragen würde er wohl erst erhalten, wenn er Niina gegenüberstand. Unentwegt warf Hämäläinen flüchtige Blicke auf sein Handy und wartete ungeduldig auf Pesonens nächste Nachricht.

Er brachte das Geschirr zu der vorgesehenen Ablage und verließ das Café. Draußen hing der Geruch von totem Fisch in der Luft. Hämäläinen lief ein Stück am Wasser entlang, bog dann am Eingang des Kaivopuisto links in die Neitsytpolku ab und marschierte zurück ins Präsidium.

Dort atmete er tief durch und telefonierte nacheinander mit seiner Mutter und seinen Schwiegereltern. Während Suvi seltsam nüchtern reagierte, brach Riita am Telefon nicht nur verbal zusammen. Seit sie vom freiwilligen Verschwinden ihrer Tochter erfahren hatte, wartete auch sie täglich auf eine Nachricht, wo genau sie sich befand. Hämäläinen wusste nicht, wie er reagieren sollte. Er war seit Monaten selbst am Limit und der Letzte, der Geduld und Zuversicht predigen konnte. Hämäläinen hörte, wie Lasse ihr zu Hilfe kam, und beeilte sich, das Gespräch, das er wie in Trance geführt hatte, zu beenden. Es trieb ihm jedes Mal die Schweißperlen auf die Stirn, wenn er mit Riita und Lasse über Niinas Verschwinden sprach.

Teemu Hahl war der Vorletzte auf seiner Liste gewesen. Langsam gefiel ihm das Morden. Vielleicht sollte er Auftragskiller werden? Wer auf einer Abschussliste stand, der hatte doch bestimmt Dreck am Stecken. Wieso also ein schlechtes Gewissen haben?

Teemu hatte entsetzlich um sein Leben gefleht, war dann aber viel zu schnell untergegangen und ersoffen. Danach war er ins Gras gesunken und hatte Zielübungen an dessen Leichnam gemacht. Zwei saubere Treffer im Brustbereich.

Jetzt fehlte noch einer. Er steckte in den letzten Vorbereitungen, die Polizei hatte er dabei einkalkuliert. Sie waren ihm womöglich längst auf den Fersen.

SAMSTAG

Es war ein verregneter Samstagmorgen. Saara war gerade aus Hämäläinens Büro gegangen. Sie hatte alle Personen aus dem Umfeld der Hahls kontaktiert. Montag und Dienstag würde die Mehrzahl von ihnen im Präsidium erscheinen. Mit drei Personen hatte Saara am Telefon sprechen müssen, ohne daraus neue Erkenntnisse zu gewinnen.

Hämäläinen erinnerte sich an den Vorabend. Er hatte Anni früher von der Kindertagesstätte abgeholt, damit sie wenigstens einige Stunden zusammen verbringen konnten. Auch wenn sie seit dem frühen Morgen wieder bei ihrer Oma war, spürte er dennoch die Kraft, die ihm ihre Nähe gegeben hatte. Das Leuchten in ihren Augen hatte Mika weg von Niina und dem Mord an Teemu Hahl und hinein in die kindliche Welt geführt.

Er wurde aus seinen Erinnerungen gerissen, als es an der geöffneten Tür klopfte und Micke Nurmi im Türrahmen stand.

»Hallo, Mika.«

»Neuigkeiten?«

»Das Saunahandtuch.«

»Du hast schon ein Ergebnis?«

»Ja«, erwiderte Micke Nurmi, während er die Stirn runzelte. »Jedoch kein Ergebnis, das dir gefallen wird.«

»Es war keine DNA auf dem Handtuch?«

»Es war nur Wasser. Wenn es wirklich der Täter war, wie Emma Hahl steif und fest behauptet, treibt er seine Mätzchen mit uns.«

»Ich glaube, Emma Hahl hat sich geirrt. Woher soll der Täter gewusst haben, dass Teemu Hahl krank war und dann die Sauna gemieden hat? Es kann andere Gründe für ein was-sergetränktes Handtuch geben, auf dem keine DNA ist. Wie sieht es mit anderen Spuren aus? Fingerabdrücke?«

»Im Haus waren nur die Spuren der Hahls. Wir unter-suchen gerade den Rest der Kleidung. Bislang findet sich darauf einzig die DNA von Teemu Hahl. Die Waffe ist eine *P-226* von *Sig Sauer*. Sie ist in großen Stückzahlen im Umlauf.«

»Bleibt noch die Frage, was auf den Rechnern verborgen ist«, sagte Hämäläinen.

»Die Sicherung läuft. Ich habe mit Paajanen gesprochen. Es sind immense Datenmengen«, antwortete Micke Nurmi.

»Danke dir. Gestern Abend *Jokerit* angeschaut?«

»Ja klar. Wir kommen immer besser in Schwung. Es ist nun viel mehr Tempo, Leidenschaft und Abschussstärke in unserem Spiel.«

»Das stimmt, trotzdem vermisse ich in jeder Saison die Spiele gegen *Helsingin IFK*«, bedauerte Hämäläinen. »Die Kontinentale Hockey-Liga ist attraktiv, die heimische Liga und die Stimmung gegen *Helsingin IFK* jedoch sind durch nichts zu ersetzen.«

Sie gaben sich die Hand, und Micke Nurmi verließ das Büro.

Hämäläinen sprang aus seinem Stuhl hoch und nahm das Handtuch vom Haken, das neben dem Waschbecken aufgehängt war. Mit dem Aufzug fuhr er in das Unterge-schoss des Polizeipräsidiums, ließ die Schießanlage links liegen und steuerte den Raum am Ende des Korridors an. Hämäläinen duschte und legte sich dann in die Sauna, die jeden Morgen vom Hausmeisterdienst angestellt wurde. Mit den ersten Schweißperlen goss er mehrere Kellen Was-ser auf die Steine. Die Hitze ergoss sich über ihn, und er lächelte zufrieden.

Wenig später hing das Handtuch wieder am Haken neben dem Waschbecken, und Hämäläinen saß ausgeruht an seinem Platz. Er hatte einen Anruf verpasst und drückte die Rückruftaste.

Die Stimme von Jussi Aaltonen drang durch den Hörer. »Wir haben die Waffe gefunden.«

»Das sind großartige Neuigkeiten«, stieß Hämäläinen aus, der sich insgeheim jedoch weit mehr über das Freiwerden der Kräfte in Turku freute. Der Waffe hatte er von Anfang an keine größere Bedeutung beigemessen, und das Verhalten des Täters beim Mord an Teemu Hahl minimierte den Glauben daran, dem Unbekannten über die Waffe auf die Spur zu kommen.

»Sie war unweit vom Tatort vergraben und gut in Folie eingewickelt worden«, sagte Jussi Aaltonen. »Es ist eine *Sako 85.*«

»Wie weit entfernt?«

»Schräg gegenüber, auf der anderen Seite des Weges, vielleicht 30 Meter.«

»Vor dem Mord muss er sie in den Wipfeln der Kiefer befestigt haben.«

»Das denke ich auch«, bekräftigte Aaltonen. »Er wird sie erst danach dort vergraben haben.«

MONTAG UND DIENSTAG

Hämäläinen saß an einem der Tische in der Kantine und biss in das belegte Brot, das er heute Morgen gekauft hatte. Irgendwie schaffte er es, seine Gedanken auszuknipsen, und verschwand für wenige Minuten in völliger Gedankenlosigkeit.

Genau acht Minuten und 35 Sekunden später saß er Jaana Tiivola gegenüber und lauschte deren Täteranalyse.

»Der Täter muss in einer engen Beziehung zu den Opfern gestanden und tiefgreifende seelische Verletzungen durch diese erlitten haben. Er hatte in der Vergangenheit ein geringes Selbstwertgefühl, das manchmal Züge von Hörigkeit annahm. Er ist auf einem Rachefeldzug, und jeder Mord gibt ihm ein Stück Stolz und Selbstachtung zurück. Die Umgestaltung des Hauses von Teemu Hahl hingegen ist Ausdruck einer neu gewonnenen inneren Stärke. Er will selbst Macht über seine Opfer ausüben, auch wenn sie schon tot sind, und auf diese Weise die Kontrolle zurückgewinnen, derer sie ihn beraubt hatten. Das Spiel mit dem wassergetränkten Saunahandtuch war möglicherweise der Schritt zu viel, sofern er es gewesen ist. Es ist ein schmaler Grat, der zwischen dem Zurückgewinnen von Stolz und Selbstachtung und dem Glauben an die eigene Unverletzlichkeit liegt. Er wird den entscheidenden Fehler begehen.«

Hämäläinen nickte und analysierte Jaana Tiivolas Worte für sich nochmals in Gedanken. Kurz darauf verständigte er auch die Kollegen in Turku, damit sie die Erkenntnisse bei den Befragungen nutzen konnten.

In den nächsten Stunden führten die Ermittler in Helsinki Befragungen durch, die allesamt ergebnislos verliefen.

Ernüchtert, müde und ausgelaugt verließ er am späten Nachmittag das Präsidium, und als es am nächsten Morgen um 9 Uhr mit den nächsten Befragungen weiterging, fühlte es sich mehrfach so an, als wäre Hämäläinen zwischendurch gar nicht nach Hause gekommen. Sodbrennen hinderte ihn daran, seine übliche Dosis Kaffee zu trinken. Gegen 12.30 Uhr am Nachmittag waren sie fertig und keinen Zentimeter vorangekommen. Umso mehr galt die stille Hoffnung den Kollegen in Turku.

Um 13 Uhr sprach Hämäläinen mit Kommissarin Leena Orenius.

Alle Halter des Typs Mercedes 300 waren ausfindig gemacht worden. Die Ermittler waren zudem an die Personen herangetreten, die neben den Haltern Zugriff auf die Fahrzeuge hatten. Selbst die Größe des Täters und das offensichtlich blonde Haar hatten die Ermittler berücksichtigt. Einige Personen hatten noch keine glaubhaften Alibis vorlegen können und wurden nun genauer unter die Lupe genommen. Ein dringender Tatverdacht hatte sich bis dato jedoch nicht ergeben. Ein Gefühl der Ungläubigkeit waberte in ihm. Stammten Fahrzeug und Täter aus dem Ausland? Vielmehr glaubte Hämäläinen an einen Diebstahl auf Zeit, von welchem der eigentliche Halter nichts mitbekommen hatte.

Mikko Jalvanti informierte das Team am Telefon, dass die Befragungen von Valkonens Umfeld in Turku gleichermaßen erfolglos geblieben waren wie bei ihnen in Helsinki.

Nach dem Gespräch bekam Hämäläinen Hunger. Im Treppenhaus traf er auf Micke Nurmi, der Valkonens Handy und einen Laptop in den Händen hielt.

»Zu dir wollte ich gerade«, sagte dieser.

»Hat Paajanen Zugang zum Handy bekommen?«

»Ja. Und auch zu Teemu Hahls Computern.«

»Gott sei Dank«, stieß Hämäläinen aus und spürte den Adrenalinstoß, der ihn durchströmte. »Was habt ihr gefunden?«

»Spuren auf der Kleidung haben wir absolut keine gefunden. Dafür hat Paajanen ein fieses kleines Virus gefunden«, kam Micke Nurmi zum Punkt und übergab ihm das Handy sowie einen Laptop der Kriminaltechnik. »Die Festplatte ist darauf gespiegelt«, erklärte er zu dem Laptop und gab Hämäläinen den Zettel mit der PIN-Nummer für das Handy.

»Was hat ein Computervirus mit dem Mord zu tun?«

»Ich habe nicht behauptet, dass es auf jeden Fall damit in Zusammenhang steht. Doch es kann durchaus eine Spur sein«, antwortete Micke Nurmi.

»Inwiefern?«

»Das Virus war in einer E-Mail versteckt. Teemu Hahl nutzte immer dieselbe Seite für die Bestellung von Medikamenten. Das Virus hat jedes Mal, wenn er die Seite aufgerufen hat, eine Kopie davon erschaffen, die dem Original zum Verwechseln ähnlich sah.«

»Was steckte dahinter?«

»Die Bankverbindung weicht von der Bankverbindung auf der Originalseite ab. Irgendeine Betrugsmasche. Alles Weitere ist jetzt dein Job. Das Ganze konnte aber nur funktionieren, wenn nach einer Bestellung auch wirklich Medikamente verschickt wurden.«

»Zum wem gehört die Bankverbindung?«

»Es ist eine Bankverbindung in Estland. Der Name ist mir gerade entfallen.«

»Nicht schon wieder Estland«, stöhnte er. »Und die Bankverbindung auf der Originalseite?«

»Auch Estland. Einer der größten Medikamentenhändler sitzt in Tallinn. Lass es mich wissen, wenn du noch Fragen hast«, sagte Micke Nurmi.

Hämäläinen schaltete den Auswertelaptop an und sichtete die Daten, die den Rechnern von Teemu Hahl entstammten. Plötzlich wähnte er sich der Lösung des Falles ganz nahe. Er hatte das Dokument gefunden, das die gefälschte Internetseite und die darauf hinterlegte Bankverbindung beinhaltete.

SCR Medicaments

3009930030

TB Bank of Tallinn

Mit Sorge dachte Hämäläinen daran, wie viel Zeit bei einem Rechtshilfeersuchen verstreichen würde. Sie mussten eine andere Lösung finden. Er wandte den Blick vom Computer ab, nahm das Handy von Ilari Valkonen zur Hand und tippte die PIN-Nummer ein, die ihm Micke Nurmi gegeben hatte. In dem Handy waren zwei Kontakte gespeichert.

Arviid

Teemu Hahl

Der zweite Adrenalinschub, der ihn in den letzten Minuten durchströmte, brachte seinen ganzen Körper zum Zittern. Hämäläinen wählte den Kontakt Arviid aus und drückte den Wahlknopf. Noch bevor das erste Freizeichen erklang, drückte er wieder auf Auflegen. Er öffnete im Register des Handys die Einstellungen und aktivierte die Funktion »Rufnummer verbergen«. Dann drückte Hämäläinen erneut die Wahltaste. Mit jedem Freizeichen wurde er nervöser.

»Arztpraxis Tony Rautakallio«, meldete sich eine weibliche Stimme.

Volltreffer. Der nächste Mediziner, dachte er. »Kommissar Mika Hämäläinen, Polizeidirektion Helsinki. Verbinden Sie mich bitte mit Ihrem Chef.«

Es folgte eine längere Wartephase untermalt von klassischer Musik. Hämäläinen nutzte die Zeit und suchte im Internet nach der Adresse der Praxis. Sie lag in Helsinki.

»Polizei?«, fragte Tony Rautakallio. »Ich habe bereits gestern mit einem Kollegen von Ihnen gesprochen. Habe ich etwas verbrochen?«

»Demnach ist Ihnen der Name Ilari Valkonen ein Begriff?«

»Ilari Valkonen? Ja. Ich kannte ihn von medizinischen Fortbildungen. Eine schreckliche Geschichte. Aber was hat das mit mir zu tun?«

»In seinem Handy waren Sie unter dem Namen ›Arviid‹ als Kontakt gespeichert.«

»Wie bitte? Ich kenne keinen Arviid.«

»Sie kennen keinen Arviid?«

»Nein. Das sagte ich doch gerade.«

»Ilari Valkonen hat vor einiger Zeit am Telefon mit einem Arviid einen Streit ausgetragen.«

»Davon faselten Ihre Kollegen gestern schon.«

»Arbeitet in Ihrer Praxis ein Arviid? Sind Sie Arviid?«

»Nein.«

»Warum ist dann die Nummer Ihrer Praxis unter dem Namen Arviid in Valkonens Handy gespeichert?«

»Das weiß ich nicht. Haben Sie noch Fragen? Ich müsste zurück an meine Arbeit.«

»Gehen Sie zurück an Ihre Arbeit. Ich erwarte Sie aber morgen um 10 Uhr auf dem Polizeipräsidium.«

»Ich habe Patienten.«

»Ich kann auch mit zwei oder drei Kollegen bei Ihnen in der Praxis vorbeischauen.«

»Das ist Erpressung.«

»Morgen um 10 Uhr«, wiederholte Hämäläinen und drückte Tony Rautakallio weg.

Nach dem Telefonat stellte Hämäläinen fest, wie geschafft er war. »Wir sind so verdammt nah dran«, sagte er zu sich selbst. »So verdammt nah dran.«

Sie hatten den Fall bei Weitem noch nicht gelöst, geschweige denn jemanden in Verdacht. Dennoch umwehte ihn ein Hauch von Erleichterung. Genau darauf hatten sie seit Anbeginn der Ermittlung gewartet. Auf den entscheidenden Durchbruch, den endgültigen Hinweis darauf, was die Opfer miteinander verbunden hatte. Oder war Hämäläinen zu optimistisch? Plötzlich regten sich leichte Zweifel in ihm. Tony Rautakallio alias Arviid sowie die Opfer Ilari Valkonen und Teemu Hahl hatten einen ähnlichen beruflichen Hintergrund. Dieser unumstößliche Fakt lag auf dem Tisch. Genauso wussten die Ermittler von dem Virus auf dem Rechner von Teemu Hahl und dem Austausch der Rechner durch Ilari Valkonen. Sie wussten jedoch nicht, ob die Morde aus diesen Tatsachen heraus ihren Ursprung gefunden hatten. Ganz abgesehen davon war Teemu Hahl das Virus ganz offenkundig untergeschoben worden. Stopp, dachte Hämäläinen. Tony Rautakallio lebte, und auch wenn er es vehement abstritt, war er sehr wahrscheinlich der ominöse Arviid. Die pharmazeutisch-medizinische Komponente war unverkennbar. Sie waren auf der richtigen Spur, und über Tony Rautakallio würden sie den Täter finden, davon war er fest überzeugt.

Er suchte Jaana Tiivola in deren Büro auf und berichtete ihr von den neuesten Erkenntnissen.

»Wir müssen Tony Rautakallio zum Reden bringen«, meinte Jaana Tiivola.

»Ganz genau. Tony Rautakallio ist jetzt gewarnt, und wir können nicht Wochen oder Monate auf das Rechtshilfeersuchen warten, bis wir wissen, wer sich hinter der Bankverbindung verbirgt, die auf der gefälschten Website angezeigt wird.«

»Trotzdem bereiten wir die Anfrage vor«, erwiderte Jaana Tiivola. »Ich nehme es selbst in die Hand.«

»Ich informiere die Kollegen in Turku«, sagte Hämäläinen.

Nachdem er mit Nyholm telefoniert und ihn stellvertretend für alle Kollegen in Turku über Tony Rautakallio alias Arviid und das Virus auf dem Rechner von Teemu Hahl aufgeklärt hatte, blieb er einige Minuten regungslos sitzen. Erneut landeten seine Überlegungen bei dem Mercedes 300. Was hatten sie übersehen? Er schaute nochmals bei Leena Orenius vorbei.

»Habt ihr bei der Abfrage der Kfz-Halterdaten irgendetwas ausgelassen?«

Leena Orenius schüttelte den Kopf. »Wir haben die gemeldeten und zusätzlich die gestohlenen Fahrzeuge abgefragt. Was soll es darüber hinaus noch geben?«

»Was ist mit Fahrzeugen, die zwangsabgemeldet wurden?«

»Zwangsabgemeldet? Nein. Wieso auch?«

»Weil die in den meisten Fällen dennoch fahrtüchtig sind.«

»Wie du willst«, antwortete Leena Orenius. »Ich erfrage die Daten und melde mich wieder.«

Für den heutigen Tag war es wieder einmal genug. Hämäläinen schaltete den Rechner ab und hastete durch das Treppenhaus zu seinem Wagen, sodass er leicht außer Atem geriet.

Im Wagen kehrten die Gedanken an Niina und Daavid Pesonen, der sich seit Tagen nicht mehr meldete, zurück. Der Vaterschaftstest, der unter der Schreibunterlage schlummerte, war zwar allgegenwärtig, hatte ihn heute aber kaltgelassen. Wie lange würde er noch auf eine Antwort warten müssen? War Pesonen etwas zugestoßen? Oder saß er bereits im nächsten Flieger? Die Ungewissheit kroch wie ein Parasit langsam durch seinen Körper. Dazu gesellte sich die Scham, die ihn wegen des Vaterschaftstests fest im Griff hatte. Sollte er ihn überhaupt öffnen?

Die verbleibenden Stunden dieses Tages verliefen an dem Übergang zwischen dem schlechten Gewissen, das jeder Blick in die wachen Augen von Anni hervorrief, und der grenzenlosen Freude, die die Liebe zu ihrem Vater in ihm auslöste. Als sie im Bett lag und schlief, war er völlig erschöpft und aufgezehrt von dem Wechsel an negativen und positiven Gefühlen. Er öffnete eine Flasche Bier, nahm sie mit in den beheizten Wintergarten und betrachtete durch die Scheibe das Lichtermeer der Stadt. Von hier aus waren Teile des Hafens und der Ostsee zu sehen.

Nach dem Austrinken ging auch er zu Bett und schlief fast unmittelbar ein.

MITTWOCH

Hämäläinen quälte sich frühmorgens aus dem Bett, da er den Gang zur Toilette nicht länger hinausschieben konnte. Er öffnete mehrere Fenster, ließ frische Luft in die Wohnung strömen und schaltete das Handy an. Ein lautes Pfeifen informierte ihn über eine verpasste Nachricht. Sie war von Daavid Pesonen. Mit pochendem Herzen klickte Hämäläinen auf das Nachrichtensymbol.

»Die Spur Ihrer Frau führt auf eine Farm nördlich von Brisbane. Ich bin auf dem Weg.«

Er ließ das Handy aus der Hand fallen und fühlte, wie ihm der Kreislauf absackte. Ihm wurde eiskalt. Sofort begann er mit der ruhigen Atmung, die sich auch in früheren Situationen bewährt hatte. Niina. Pesonen hat sie gefunden. Hämäläinen war wie erschlagen. Die monatelange Suche, die er teilweise aus purer Verzweiflung und weniger aus Überzeugung aufrechterhalten hatte, war fast beendet. Daavid Pesonen war es tatsächlich gelungen, Niina aufzuspüren. Mehr noch. Er war bereits auf dem Weg zu ihr. Jetzt würde Mika endlich erfahren, warum Niina fortgegangen war. Was auch immer ihre Gründe waren, er hegte die Hoffnung, es Anni irgendwann vernünftig erklären zu können.

Hämäläinen brachte Anni zur Kindertagesstätte. Er drückte sie, verließ den Eingangsbereich und stieg in den Wagen. Eilig und weiterhin aufgelöst von der Nachricht, die Pesonen ihm übermittelt hatte, fuhr er davon. Er überquerte die Brücke der Schnellstraße 51, die den Stadtteil Lauttasaari mit dem Zentrum verband. Normalerweise genoss der Polizist dabei den Blick auf das Wasser und die Stadt, heute jedoch starrte er stur auf das Fahrzeug vor ihm. Auf dem Parkplatz des Polizeipräsidiums schnitt er Grimassen und lächelte gequält, damit sein Zustand unbemerkt blieb. Vorsichtig schlich er in sein Büro.

Das Telefon klingelte.

»Hämäläinen.«

»Hier ist Leena.«

»Neue Erkenntnisse?«, fragte er und war verwundert, warum sie nicht persönlich bei ihm im Büro vorbeikam.

»Ja. Einen Treffer. Du wirst es nicht glauben.«

»Komm zur Sache.«

»Ville Kumpu.«

»Wie?«

»Es existieren keine zwangsabgemeldeten Mercedes 300 in Finnland. Allerdings hatte die Kraftfahrzeugstelle ein Problem mit der Datenbank. Die erste Abfrage war fehlerhaft. 32 Fahrzeuge fehlten auf der Liste, die wir hatten. Einer dieser Halter ist Ville Kumpu.«

»Ville Kumpu ist tot«, erwiderte Hämäläinen. »Er kann es unmöglich gewesen sein. Ich finde es dennoch seltsam, dass der Wagen nie abgemeldet wurde.«

»Ich sehe gleich mal im System nach, ob er für tot erklärt wurde.«

»Wir müssen in dessen Umfeld ermitteln. Vielleicht hat sich der Täter seinen Mercedes genommen. Wo hat Ville Kumpu zuletzt gewohnt?«

»In Vaanta.«

»Vielleicht lebt die ehemalige Verlobte von Ville Kumpu noch immer dort?«

»Nein«, erwiderte Leena Orenius. »Das habe ich überprüft. Sie ist nicht mehr dort gemeldet. Ich versuche, jemanden von der Familie zu erreichen.«

»Ich werde selbst mit den Nachbarn sprechen. Vielleicht weiß dort jemand, wo das Fahrzeug verblieben ist. Hast du die Adresse gerade zur Hand?«

»Harustie Nummer 135.«

»Ist das in Rastila?«

»Ja.«

Auf dem Weg informierte er Saara und die Kollegen in Turku über die neuen Erkenntnisse zu Ville Kumpu.

Hämäläinen war längere Zeit nicht mehr in Rastila, einem Viertel des Helsinkier Vorortstadtteils Vuosaari, gewesen. Bevor er Niina kennenlernte, hatte er mit Freunden hin und wieder ein Wochenende auf dem dortigen Campingplatz verbracht. Dieser lag am Wasser und war zum gemütlichen Abhängen und Feiern geradezu ideal. Einzig der stinkende Entenkot am Badestrand hatte ihn stets genervt. Aus Neugier drehte er eine Runde durch das Viertel. Südlich der U-Bahn-Station wurde das Viertel von großen Wohnblocks dominiert. Aus *Jussis Bierbar*, einer Säuferkneipe, war jetzt ein Friseurladen geworden, und in das ehemalige Sportwettenbüro bei der U-Bahn-Station war ein Discounter eingezogen. Während Hämäläinen den Wagen an der genannten Adresse parkte, schwelgte er in Erinnerungen.

Die Haustür stand offen. Er klingelte an der ersten Tür bei Söderholm.

Ein grauhaariger Mann mit wildem Bartwuchs und gebückter Haltung öffnete die Tür. Sein Gegenüber trug Jogginghose und einen verschmutzten Pullover. Hämäläinen glaubte, dass er die 60 längst überschritten hatte.

»Wer sind Sie?«, fragte der Mann mit alkoholgeschwängerter Stimme.

»Hämäläinen. Polizei«, antwortete er und zückte seinen Ausweis. »Herr Söderholm?«

»Ich habe nur zurückgeschlagen«, begann der Mann. »Lauri hat angefangen. Er hat mir zuerst eine gepfeffert.« Seine knöcherne Hand zeigte in die oberen Stockwerke.

»Ich bin nicht wegen Ihrer Streitigkeiten mit Lauri hier«, beruhigte der Ermittler und reichte ihm die Hand. »Hämäläinen«, wiederholte er.

»Tommi Söderholm.«

»Hören Sie, ich komme wegen Ville Kumpu.«

»Ville Kumpu? Ist vergebens! Schon lange tot, der Mann.«

»Ich weiß. Wie war er denn so? Hatte Ville Kumpu Freunde, bekam er Besuch?«

Tommi Söderholm zeigte auf die Tür gegenüber. »Hat da gewohnt. Zusammen mit seiner Freundin. Hab die beiden selten gesehen. Fremde habe ich nie bei ihnen gesehen.«

»Was machte er beruflich?«

Tommi Söderholm zuckte mit den Schultern.

»Wissen Sie, was mit dem Auto passiert ist, nachdem Ville Kumpu verstorben war?«

»Der Mercedes?«

»Ja.«

»War plötzlich weg. Keine Ahnung, wer den geholt hat. Vielleicht die Freundin. Ist kurz nach dem Unfall weggezogen.«

»Wann genau war der Wagen verschwunden?«

»Paar Monate nach dem Unfall.«

»Wissen Sie das mit Sicherheit?«

»Ja. Ein schönes Auto. Hat mir gefallen. Ich bin arm, kann mir kein Auto leisten.«

»Danke«, sagte Hämäläinen und gab ihm die Hand.

»Bitte«, sagte Tommi Söderholm und schloss die Tür. Hämäläinen brauchte eine halbe Stunde für die Befragungen, traf jedoch nicht an jeder Wohnungstür Bewohner an. Doch er machte sich auch so ein umfassendes Bild. Die Aussagen der Bewohner waren deckungsgleich. Sowohl, was die Zurückgezogenheit von Ville Kumpu anging, als auch in Bezug auf den Mercedes 300.

Mit der Ankunft beim Polizeipräsidium war er erneut bei der Frage angelangt, was Niina in der Gluthitze Australiens wollte. Pesonen würde ihm all diese Fragen hoffentlich bald beantworten. Gleichzeitig begleitete ihn der Wunsch, endlich selbst mit Niina zu sprechen. Er hielt das Warten auf weitere Nachrichten kaum noch aus, hatte Bauchkrämpfe und presste die Kiefer unentwegt gegeneinander. Während er zum Treppenhaus lief, musste Hämäläinen sich regelrecht daran erinnern, was er zuvor in Vaanta in Erfahrung gebracht hatte.

In seinem Büro lag eine Nachricht von Leena Orenius. Ville Kumpu war nie für tot erklärt worden. Merkwürdig, dachte er, griff nach einem Stift und notierte die wesentlichen Informationen über Ville Kumpu und dessen Mercedes 300. Während Hämäläinen schrieb, verspürte er noch immer einen letzten Hauch der Alkoholfahne von Tommi Söderholm in seiner Nase.

Tony Rautakallio, der pünktlich kam, trug einen grauen Seidenanzug mit rotem Einstecktuch, hatte das schwarze Haar akkurat gekämmt und den Raum mit raumgreifenden Schritten betreten. Es war unverkennbar, wie wenig Lust Rautakallio auf die Befragung hatte.

Hämäläinen führte ihn in den Vernehmungsraum.

»Sind Sie Arviid?«

»Nein. Das habe ich Ihnen gestern bereits mitgeteilt.«

»Verkaufen Sie mich nicht für dumm«, mahnte Hämäläinen und schob Tony Rautakallio das Handy von Ilari Valkonen entgegen. Er tippte auf das Display. »Arviid. Sie sehen es selbst. Unter diesem Namen ist Ihre Nummer gespeichert.«

Tony Rautakallio zuckte provokant mit den Schultern.

»Dann fahren wir jetzt zu Ihnen nach Hause und in die Praxis und drehen dort alles einmal auf links.«

»Sie bluffen.«

»Sie verheimlichen etwas. Der Schlüssel zu diesem Fall liegt bei Ihnen. Ich nehme an, Teemu Hahl kennen Sie auch?«

»Also gut«, lenkte Tony Rautakallio ein. »Arviid ist mein Spitzname. Er entstammt einem Film. Ich sehe dem Darsteller ähnlich.«

»Warum haben Sie es bisher vehement geleugnet?«

»Ich hatte Angst, Sie würden mich verdächtigen. Schließlich stimmt das mit dem Streit.«

»Worum ging es dabei?«

»Ilari Valkonen ist in andere Praxisräume umgezogen. Ich hatte ihm einen Nachmieter organisiert. Es war eigentlich alles klar. Plötzlich hatte es sich Ilari anders überlegt und dem Vermieter eine andere Person empfohlen. Ich war stinksauer. Was glauben Sie, wie ich vor dem potenziellen Nachfolger dastand?«

»Deswegen glaubten Sie, unter Verdacht zu stehen?« Hämäläinen nahm Tony Rautakallio nicht ein Wort ab.

»Ja.«

»Durch das Gespräch mit unserem Kollegen wissen Sie ja, was mit Teemu Hahl passiert ist.«

»Ja. Worauf wollen Sie hinaus?«

»Erst wurde Ilari Valkonen ermordet. Zuvor hat er noch seine Rechner ausgetauscht. Er wollte irgendetwas unwiderruflich aus seinem Leben löschen. Außerdem hatte er einen hohen Geldbetrag bei sich zu Hause und in einem Schließfach in Estland gebunkert. Aus diesem Schließfach stammt auch das Handy, in dem Sie und das letzte Mordopfer Teemu Hahl als einzige Kontakte gespeichert waren. Das Schließfach ist mit einem falschen Ausweis auf den Namen Ville Kumpu eröffnet worden. Bei Teemu Hahl haben wir einen Virus auf dem Rechner gefunden, der veranlasste, dass er die benötigten Medikamente über eine gefälschte Internetseite bestellte und das Geld wohl an Betrüger überwiesen wurde.«

»Das ist schrecklich und verrückt zugleich.« Tony Rautakallio schnitt eine genervte Grimasse. »Aber was spiele ich dabei für eine Rolle?«

»Ich glaube, der Täter hat es auch auf Sie abgesehen.«

»So ein Quatsch«, lachte Tony Rautakallio.

»Sie kannten Ville Kumpu?«

»Nein. Nie gehört.«

»Er war mit Ilari Valkonen und mit Teemu Hahl bekannt.«

»Das soll es geben«, erwiderte Tony Rautakallio süffisant.

»Mann. Reden Sie.« Die teilnahmslose und arrogante Art seines Gegenübers machte Hämäläinen wütend. »Sie könnten der Nächste auf der Liste des Mörders sein. Was verheimlichen Sie uns? Was war auf dem Rechner von Ilari Valkonen? Was verbindet Sie alle miteinander?«

»Kann ich jetzt gehen?«, fragte Tony Rautakallio mit ruhiger Stimme und sah erneut zur Uhr.

»Hauen Sie ab.«

Hämäläinen blieb noch eine Weile sitzen, unzufrieden mit seinem Vorgehen. Er hatte schon weitaus bessere Vernehmungen durchgeführt. Dann stand er auf und ging in sein Büro zurück. Dabei kam ihm eine Eingebung. Kurze Zeit später wählte er die Nummer von Kaisa Valkonen.

»Meine Frage wird Sie vielleicht überraschen«, sagte Hämäläinen. »Was ist Ville Kumpu beim Wandern genau widerfahren?«

»Er ist beim Wandern ausgerutscht und in eine Schlucht gestürzt. Warum fragen Sie das?«

»War noch jemand dabei und wo waren Sie untergebracht?«

»Ilari, Teemu Hahl und ein Mann, den ich nicht persönlich geschweige denn beim Namen kenne. Sie waren in einem kleinen Hotel außerhalb von Tallinn.«

»Ilari, Teemu Hahl und ein weiterer Mann«, murmelte Hämäläinen vor sich hin und wusste, er war auf dem richtigen Weg. »Durch die erneute polizeiliche Befragung wissen Sie ja, dass auch Teemu Hahl ermordet wurde.«

»Es ist schrecklich«, erwiderte Kaisa Valkonen.

»Deshalb habe ich mich gefragt, was mit Ville Kumpu

passiert ist. Haben Ihr Mann und die anderen vielleicht eine Mitschuld getragen, und der Täter nimmt jetzt Rache?«

»Nein. Sie hätten zwar nie aufbrechen dürfen, da das Wetter an diesem Tag zu schlecht war. Deswegen hat sich Ilari ja auch selbst schwere Vorwürfe gemacht. Aber es war eine gemeinschaftliche Entscheidung. Niemand hatte daher wirklich Schuld. Ville Kumpu ist in die Schlucht gestürzt und im Wasser untergegangen.«

»Er wurde nie für tot erklärt.«

»Wie bitte?«

»Welche Haarfarbe hat er?«

»Die Haarfarbe?« Kaisa Valkonen zögerte kurz. »Blond, soviel ich weiß. Was sagten Sie? Ville Kumpu wurde nie für tot erklärt?«

»Ja. Was hat er gearbeitet?«

»Er war im Pharmabereich tätig.«

»Danke«, antwortete Hämäläinen und legte auf.

»Du fabulierst«, befand Jaana Tiivola, als Hämäläinen ihr von seinem Verdacht berichtete.

»Es wäre doch möglich. Der vierte Mann bei der Wanderung. Ich könnte wetten, es war Tony Rautakallio.«

»Wie willst du das zeitnah beweisen? Bis wir die Gästeliste aus dem Hotel bei Tallinn vorliegen haben, dauert es wieder Ewigkeiten.«

»Wir müssen nichts beweisen. Wir überwachen Tony Rautakallio. Wenn wir Glück haben, taucht Ville Kumpu auf. Die kannten sich, glaube mir.«

»Wer weiß, ob Tony Rautakallio überhaupt im Visier des Täters steht. Wir sollten zuerst noch mal mit ihm sprechen. Dieses Mal aber mit einer kleinen Lüge im Gepäck«, schlug Jaana Tiivola vor.

»Woran denkst du?«

»An deine Vermutung. Wir behaupten, dass Ville Kumpu offensichtlich am Leben ist und wir Hinweise auf einen Rachefeldzug haben. Begründen lässt es sich im Nachgang immer. So wird aus einer kleinen Irreführung ein konkreter Verdacht. Die Hotelübernachtung in Estland ist noch ein Pfand, um Druck auf ihn auszuüben.«

»Der Gedanke gefällt mir. Ich bestelle Rautakallio gleich für morgen ein. Er wird toben.«

»Darin liegt vielleicht unsere Chance. Drücken wir die Daumen, dass er ohne anwaltlichen Beistand erscheint.«

Hämäläinen nickte, stand auf und rannte durch das Treppenhaus hinunter auf den Parkplatz. Dort blieb er stehen, verschnaufte und sog die frische, kalte Luft ein. Der Himmel war mittlerweile von dichten Quellwolken bedeckt. Morgen war der alles entscheidende Tag. Sie mussten Tony Rautakallio zum Reden bringen. Wenn er recht behalten sollte und Ville Kumpu der Täter war, mussten sie ihn auf frischer Tat ertappen. Andernfalls würde es schwer, ihm die Taten nachzuweisen. Wenn sie ihn denn überhaupt jemals aufspürten. Er ging zurück ins warme Präsidium und telefonierte mit Tony Rautakallio, der soeben in der Praxis angekommen war. Es kostete ihn einige Mühen, Rautakallio zum neuerlichen Erscheinen im Präsidium zu bewegen. Er ignorierte dessen Schimpftiraden und verlegte die Uhrzeit gegenüber dem heutigen Tag um eine Stunde nach vorne.

Hämäläinen beendete diesen Arbeitstag. Ihm fehlte die Kraft und die Lust, nur einen Deut für die Ermittlung zu tun, und Niina war wieder sehr präsent. Er wartete auf die nächste Nachricht von Daavid Pesonen. Wie würde es weitergehen? Würde Anni irgendwann wieder eine Mutter haben, die für sie da war, oder blieb es bei diesem eiskalten und plötzlichen Schnitt, den Niina vollzogen hatte? Mika traf eine egoistische Entscheidung und beschloss, Pesonens letzte Nachricht erst einmal für sich zu behalten. Er hielt es einfach nicht aus, die ganze Palette der Gefühle nochmals zu durchleben, wenn er seiner Mutter und seinen Schwiegereltern davon erzählte.

Hämäläinen sperrte den Wagen auf und kreuzte zuerst sinnlos durch die Straßen der Stadt. Schließlich fuhr er in Lauttasaari an eine ruhige Stelle am Wasser und drehte die Musik aus dem Radio laut auf. Er strampelte sich von den Emotionen frei, die die Nachricht von Daavid Pesonen in ihm freigesetzt hatten.

DONNERSTAG

Am nächsten Morgen stolperte Saara zur Tür herein.

»Meine neuen Schuhe«, lachte sie. »Ich laufe sie gerade ein.« Dann wurde sie ernst. »Nyqvist hat versucht, dich zu erreichen.«

Der Blick auf das Display bestätigte Hämäläinen den verpassten Anruf. »Was wollte er?«

»Es ging um die Befragungen. Teemu Hahl, Ilari Valkonen, Tony Rautakallio und Ville Kumpu wurden auf Seminaren und Fortbildungen tatsächlich hin und wieder zusammen gesehen. Sie wirkten nicht wie Freunde oder gute Bekannte.

Wahrscheinlich hat uns deshalb in den früheren Befragungen niemand auf diese Verbindung hingewiesen. Ville Kumpu hat an einigen Veranstaltungen als Vertreter für die Pharmaindustrie teilgenommen.«

»Da ist endlich die Verbindung«, war er erleichtert und schlug mit der flachen Hand auf den Tisch. Dann wurde er nachdenklich. Waren sie zum sofortigen Handeln gezwungen? Irgendetwas sagte ihm, dass es noch dauern sollte, ehe auch Tony Rautakallio in das konkrete Visier des Täters geriet.

»Ich habe mit Kaisa Valkonen gesprochen«, berichtete Hämäläinen. »Ville Kumpu ist in eine Schlucht gestürzt und im Wasser untergegangen. Er war auf einer Wanderung mit Teemu Hahl, Ilari Valkonen und vermutlich Tony Rautakallio. Er wurde nie für tot erklärt.«

»Du fragst dich, ob Ville Kumpu noch am Leben ist?«

»Ja.«

»Das ist doch Wunschdenken, wenn dieser in eine Schlucht gestürzt ist.«

»Abwarten«, zeigte sich Hämäläinen optimistisch.

Tony Rautakallio wirkte noch unnahbarer und aggressiver als tags zuvor. Er nahm im Vernehmungszimmer Platz und verschränkte die Arme vor der Brust.

»Bitte.« Er nickte den beiden Ermittlern zu.

»Sie haben gelogen«, begann Hämäläinen.

»Wieso?«, fragte Tony Rautakallio und suchte herausfordernd nur den Augenkontakt mit Jaana Tiivola.

»Weil Sie Ville Kumpu kannten. Sie wurden von Zeugen zusammen gesehen, im Beisein von Teemu Hahl und Ilari Valkonen. Sie waren zudem bei dessen angeblichem Todessturz in eine Schlucht dabei«, fuhr Hämäläinen unbeirrt fort.

»Angeblich? Was reden Sie da?«, entgegnete Tony Rautakallio genervt, während er weiterhin den Blickkontakt ausschließlich mit Jaana Tiivola hielt.

»Sie kannten ihn also?«, fragte Hämäläinen beharrlich nach.

»Ja. Ich kannte ihn«, bestätigte Tony Rautakallio, ohne das Spielchen mit dem Blickkontakt aufzugeben.

»Warum haben Sie gelogen?«

»Wie ich es Ihnen gestern schon erläuterte. Ich hatte das Gefühl, unter Verdacht zu stehen.«

»Durch Ihr Verhalten machen Sie sich verdächtig.«

»Ville Kumpu hat den Sturz sehr wahrscheinlich überlebt«, warf Jaana Tiivola ein.

»So ein Blödsinn«, widersprach Tony Rautakallio.

»Ville Kumpu ist der Täter. In Wahrheit haben Sie und Ihre Begleiter nachgeholfen und ihn in die Schlucht gestoßen«, legte Hämäläinen nach.

Tony Rautakallio sah dem Kommissar zum ersten Mal in diesem Gespräch in die Augen und lachte anschließend lauthals. »Die Sturzhöhe hat sicherlich 25 Meter betragen, und unten jagte ein reißender Fluss durch die Schlucht.«

Hämäläinen ließ sich nicht beirren.

»Ville Kumpu lebt. Was auch immer der Anlass war, er nimmt gerade Rache. Der Letzte auf seiner Liste sind Sie.«

»Ist das alles, was Sie haben? Ville Kumpu ist tot.«

»Hören Sie auf. Er lebt, und Sie sind in großer Gefahr.«

»Kann ich jetzt gehen?«, fragte Tony Rautakallio und verschränkte die Arme erneut vor der Brust.

Jaana Tiivola nickte, und Tony Rautakallio war Sekunden später aus dem Raum verschwunden.

»Wir müssen Ville Kumpu aufspüren«, sagte Hämäläinen. »Egal, wie.«

»Er gibt zu, was nicht mehr zu verheimlichen ist«, meinte

Jaana Tiivola. »Allmählich glaube auch ich an deine Theorie. Ich beantrage die Observierung.«

»Ich besorge ein Bild von Ville Kumpu«, erwiderte Hämäläinen, und fuhr sich mit Daumen und Zeigefinger über seine Bartstoppeln.

Minuten später sprach er am Telefon mit Anette Holmén, die laut hustete, als sie im Online-Register der Führerscheinstelle nach den Daten von Ville Kumpu suchte. Hämäläinen nutzte die Zeit, die Anette Holmén zum Senden der Daten brauchte, und holte sich den fünften Kaffee an diesem Tag. Er trank ihn halb im Sitzen und halb im Stehen in der Kantine. Er hatte keinen Beweis für seine Vermutung.

Er rief die Nachricht von Anette Holmén auf. Es blickte ihm eine unscheinbare Person entgegen, der Hämäläinen alles zuschreiben würde, aber keinen Mord. Doch er wähnte sich dem Ziel ein Stück näher, als er die blonden Haare betrachtete. Sie mussten das Bild an Hotels, Pensionen und die Polizeidienststellen im Land verschicken. Vielleicht war ihnen das Glück hold.

Das Telefon klingelte. Es war Aaltonen.

»Wir haben ihn«, sagte dieser.

»Wen habt ihr?«

»Den Täter.«

»Ihr konntet Ville Kumpu festnehmen?«, fragte Hämäläinen perplex.

»Was?«, entgegnete Aaltonen irritiert. »Nein. Wir haben niemanden festgenommen. Wie kommst du auf Ville Kumpu?«

»Er könnte den Sturz in die Schlucht überlebt haben. Es gab keine Festnahme?«

»Der Täter wurde gefilmt. Ohne Perücke und ohne Sonnenbrille. Die hatte er abgezogen.«

»Eine Überwachungskamera?«

»Nicht ganz«, antwortete Aaltonen, begleitet von einem lauten Husten. »Eine Wildtierkamera hat ihn beim Vergraben der Waffe fotografiert.«

Hämäläinen ballte die Faust. Sie waren am Ziel.

»Schick mir die Bilder.«

Er wollte sich bestätigt sehen und Ville Kumpu anhand der Bilder identifizieren.

»Wir konnten die Bilder noch nicht sehen. Es war ein Naturfotograf, der die Kamera installiert hat. Sie hing einige Bäume entfernt, ziemlich weit oben an einem Ast. Sie hätte der Kriminaltechnik doch eigentlich auffallen müssen. Er ist gerade auf dem Weg zu uns.« Aaltonen klang müde.

Auch die Kollegen laufen auf Reserve, dachte Hämäläinen. »Und wenn es einer dieser Spinner ist, die einmal im Mittelpunkt stehen wollen?«

»So hat der Mann nicht geklungen. Du bekommst ein Bild, sobald wir den Inhalt der Speicherkarte aus der Kamera auf einen Rechner übertragen haben«, erwiderte Aaltonen.

»An welchem seidenen Faden Erfolg und Misserfolg mitunter hängen«, stellte er fest. »Wer hätte je gedacht, dass eine Wildtierkamera bei der Überführung eines Täters hilft?«

»Du hältst das Szenario mit Ville Kumpu wirklich für denkbar?«

»Ja. Der Mercedes 300 war bereits kurz nach seinem Sturz in die Schlucht verschwunden. Offiziell wurde er nie für tot erklärt, und der Wagen ist noch angemeldet.«

»Dafür gibt es sicher eine logische Erklärung. Es muss noch eine weitere Person geben«, sagte Aaltonen voller Überzeugung. »Ein Sturz in eine Schlucht ist tödlich.«

»Bald haben wir die Bestätigung. Warten wir die Bilder ab, die auf der Wildtierkamera gespeichert sind.«

Sie beendeten ihr Gespräch, und Hämäläinen spürte eine wachsende Ungeduld.

Er zog das Handy aus der Tasche und warf einen hoffnungsvollen Blick auf das Display. Keine neue Nachricht von Daavid Pesonen. Plötzlich fühlte Mika Angst. Wie würde ein Treffen oder ein Gespräch mit Niina ablaufen? Was wäre die Antwort auf all die Fragen? Würden sie überhaupt ein vernünftiges Gespräch zustande bringen? Würde es überhaupt dazu kommen? Die Situation spitzte sich zu. Auf der einen Seite die Ermittlung, die endlich der Lösung entgegensteuerte. Auf der anderen Seite Mikas privates Schicksal, bei dem die Antwort ebenfalls näherkam. Er schloss die Tür ab, fischte die Kopfhörer aus der Schublade, verband sie mit dem Handy und wählte eines der Rockalben aus. Er drehte den Lautstärkeregler nach oben, legte die Füße auf den Tisch und schloss die Augen.

Das unangenehme Kribbeln seines eingeschlafenen Fußes riss ihn aus dem Schlaf. Hämäläinen setzte sich auf, bewegte den Fuß und erschrak beim Blick auf die Uhr. Eineinhalb Stunden war er weg gewesen. Er schaltete die Musik ab, zog die Stöpsel aus den Ohren, entsperrte den Computer und öffnete das E-Mail-Programm. Aaltonen hatte bereits eine Nachricht geschickt. Hastig speicherte Hämäläinen die Bilder auf der Festplatte und öffnete das erste. Das ist unmöglich, durchfuhr es ihn. Er öffnete das zweite Bild. Der Täter war zweifelsohne demaskiert, aber es war nicht Ville Kumpu. Stattdessen sah der Polizist die Erkenntnisse der bisherigen Ermittlungen bestätigt. Das Bild zeigte einen groß gewachsenen Mann mit kurz geschorenen blonden Haaren, der einen schwarzen Mantel anhatte. In der rechten Hand hielt der Namenlose die Schaufel, mit der er die Waffe vergraben hatte. Hämäläinen hatte falschgelegen und war wie vor den Kopf gestoßen. Es hatte doch alles gepasst. Wieder war die greifbare Lösung des Falles wie eine Seifenblase zerplatzt. Trotz alledem hatten sie einen entscheidenden Schritt getan. Der Täter hatte ein Gesicht erhalten.

20 Minuten später hielten sie eine weitere Telefonkonferenz ab. Was Hämäläinen für Ville Kumpu vermutet hatte, galt es, jetzt dem wahren Täter entgegenzusetzen. Sie würden das Bild an Hotels, Pensionen und Polizeidienststellen verschicken. Ein öffentliches Phantombild wäre ein falsches Signal an den Täter. Sie mussten sich dem Unbekannten lautlos nähern und Tony Rautakallio von der drohenden Gefahr überzeugen. Die Ermittler thematisierten die offenkundigen Parallelen zu Ilari Valkonen und wähnten sich durch Tony Rautakallios bisheriges Verhalten auf der richtigen Fährte. Er war der Nächste auf der Liste des Mörders, daran hegten sie nicht den geringsten Zweifel. Sie würden erneut das Gespräch mit ihm suchen.

Unmittelbar nach der Telefonkonferenz sprach Hämäläinen mit Leena Orenius. Sie sollte zusammen mit drei weiteren Kolleginnen anhand des Bildes überprüfen, ob der noch unbekannte Täter unter den Haltern oder Zugriffsberechtigten eines Mercedes 300 war. Leena Orenius hatte Neuigkeiten parat. Sie hatte mit der ehemaligen Verlobten von Ville Kumpu telefoniert. Seine Eltern, die in Oulu lebten, klammerten sich an die irrationale Hoffnung, dass ihr Sohn den Sturz überlebt, infolgedessen jedoch einen Gedächtnisverlust erlitten hatte, der ihn bis heute daran hinderte, nach Hause zurückzukehren. Sie wollten alles so belassen, wie es vor dem Verschwinden ihres Sohnes gewesen war. Sie hatten sogar die Miete für die gemeinsame Wohnung mit seiner Verlobten weiterhin bezahlen wollen. Doch diese hatte die Wohnung gekündigt und das Weite gesucht, da sie fest an den Tod ihres Partners glaubte. Da die Eltern weit entfernt wohnten, war es für den Täter somit ein leichtes gewesen, den Mercedes 300 zu nehmen. Hämäläinen konnte die Eltern von Ville Kumpu verstehen. Schließlich hatte er selbst für eine kurze Zeit daran geglaubt, dass dieser noch am Leben sei.

Um 13.30 Uhr stiegen Hämäläinen und Jaana Tiivola in einen Wagen der Bereitschaft und fuhren zur Praxis von Tony Rautakallio. In der Gegenwart von Jaana Tiivola dämmerte ihm auf einmal wieder, wie sehr er weiterhin der Gefahr einer internen Ermittlung ausgesetzt war. Hämäläinen hatte diese unbequeme Wahrheit in den vergangenen Tagen völlig verdrängt.

»Was ist mit der internen Ermittlung?«, fragte er frei heraus.

»Bislang konnte ich Kuusela davon abhalten.«

»Es wird keine Ermittlung geben?«

»Kuusela will den Abschluss der Mordermittlungen abwarten. Deine Konzentration darf nicht von der Ahndung deiner dienstlichen Verfehlungen durchkreuzt werden. Danach wird entschieden.«

»Gnadenfrist nennt man so etwas.«

»Nenne es, wie du willst. Es ist und bleibt deine eigene Verantwortung. Du hast die Strukturen des Polizeiapparates zum Wanken gebracht. Was erwartest du?«

»Jetzt mach aber mal einen Punkt. Die tägliche Arbeit der Polizei und die internen Strukturen blieben durch mein Vorgehen unberührt«, verteidigte er sich.

»Du machst es dir zu einfach«, entgegnete Jaana Tiivola.

»Nein. Ich habe nur getan, was getan werden musste.«

Seine letzten Worte wirkten wie ein hemmendes Serum, ein unausgesprochenes Abkommen zur Beendigung des Gesprächs. Das Autoradio half ihnen, die sprachlosen Minuten während der verbleibenden Fahrtzeit zu überbrücken.

Die Praxis lag im dritten Stock eines Wohnhauses, und der fehlende Aufzug war für ihn auch eine Art der Patientenauswahl. Es bestätigte sich, als sie die Anmeldung betraten und in dem offenen Wartebereich vornehmlich Menschen mittleren Alters auf ihren Termin warteten. Sie zeigten der jungen Arzthelferin hinter dem Tresen ihre Ausweise vor und erklärten den Grund für ihr Erscheinen. Sie verschwand im Behandlungsraum und kehrte mit einem angestrengten Gesichtsausdruck zurück.

»Nach diesem Patienten hat er Zeit für Sie.«

Hämäläinen nahm Platz und griff nach einer Fitnesszeitschrift, in der er ziellos blätterte, während sich Jaana Tiivola am Wasserspender bediente, der am Rand des Wartebereiches aufgestellt war. Nachdem der Patient endlich gegangen war, traten sie voller Ungeduld in den Behandlungsraum. Tony Rautakallio saß an einem kleinen Schreibtisch und machte eine böse Miene.

Hämäläinen zog ein Foto vom Täter hervor, legte es auf den Tisch und schob es Tony Rautakallio langsam entgegen.

»Kennen Sie diesen Mann?«

Sein Gesichtsausdruck verriet Tony Rautakallio.

»Nein. Wer ist das?«, log er dennoch.

»Hören Sie doch auf mit diesem unsäglichen Eiertanz«, platzte es aus Jaana Tiivola heraus.

»Ich habe Ihr Auftreten satt«, erwiderte Tony Rautakallio. »Ich werde mit meinem Anwalt in Kontakt treten.«

»Für wie naiv halten Sie uns? Die Verunsicherung stand Ihnen ins Gesicht geschrieben«, antwortete Jaana Tiivola barsch. »Dieser Mann ist ein Mörder. Er hat Ilari Valkonen, Teemu Hahl und einen deutschen Polizeibeamten, der zur falschen Zeit am falschen Ort war, umgebracht. Eiskalt und ohne jeden Skrupel. Und Sie sind der Nächste, auf den er es abzielt.«

Auch wenn Tony Rautakallio die Lippen geschlossen hielt, war zu sehen, wie er die richtigen Worte zu formen versuchte. Hämäläinen wusste, dass der alles entscheidende Moment gekommen war.

»Janne Elomo«, sprach Tony Rautakallio die erlösenden Worte. »Er heißt Janne Elomo. Es hängt alles mit dem Virus zusammen, den Sie bei einem unserer Gespräche ins Spiel gebracht haben.«

»Das Virus? Was ist damit?«

»Das war unsere eigene Idee.«

»Wie bitte?«, sagte Jaana Tiivola mit weit aufgerissenen Augen.

»Die Medikamente und Arzneien wurden immer teurer. Irgendwann machte Ilari den Vorschlag, auf die billigeren Versionen aus dem Ausland umzusteigen.«

»Sprechen Sie von gefälschten Medikamenten?«, fragte Hämäläinen entgeistert.

»Ja. Wir bestellten Medikamente, die keinen Schaden anrichteten, wenn sie von geringerer Qualität waren. Salben, Tinkturen und Ähnliches.«

»Warum das Virus?«

»Das wissen Sie doch längst. Bei einer Überprüfung der Medikamente hätte es den Anschein gehabt, als wäre uns das Virus untergeschoben worden.«

»Sie sind krank«, tat Jaana Tiivola aus ihrer Abneigung keinen Hehl.

»Wenn ich weiter mit Ihnen kooperieren soll, unterlassen Sie solche Aussagen«, sprang Tony Rautakallio zurück in den aggressiven Modus.

»In welcher Weise war Janne Elomo darin verwickelt?«, fragte Hämäläinen unbeirrt weiter.

»Er ist ein Computerfreak und hat das Virus programmiert. Außerdem hat er die Medikamente besorgt und verschickt. Er war viel in Estland.«

»Woher kannten Sie ihn?«

»Er war wegen einer Wirbelsäulenverkrümmung Studienobjekt auf Fortbildungen.«

»Wie konnten Sie ihn überzeugen?«

»Er war fast schon kindlich naiv. Die Anerkennung von Akademikern hat ihm etwas bedeutet.«

»Wie haben Sie ihn zur Eröffnung des Kontos in Estland unter *SCR Medicaments* überredet?«

»Er nutzte natürlich einen gefälschten Ausweis.«

»Trotzdem war er darauf doch mit einem Foto abgebildet. Er hätte jederzeit identifiziert werden können.«

»Da kam Jannes Naivität ins Spiel. Wir behaupteten, dass das Bild nicht über die Landesgrenzen hinaus weitergegeben würde, sollte es Ärger geben.«

»So naiv kann kein Mensch sein«, meinte Hämäläinen.

»Er war es.«

»Was arbeitete Janne Elomo?«

»Er ist gelernter Maler und Lackierer.«

Sofort dachte Hämäläinen an die frisch gestrichene Küche im Haus von Teemu und Emma Hahl.

»Warum nimmt er Rache?«, fragte Jaana Tiivola.

»Im Ernstfall wäre es nur ihm an den Kragen gegangen. Irgendwann hatte auch er es verstanden. Das Ganze war auf ein Jahr ausgelegt. Die Transaktionen auf dem Konto in Estland wären irgendwann von den estnischen Steuerbehörden hinterfragt worden.«

»Was passierte dann?«

»Janne drohte damit, uns auffliegen zu lassen. Ilari wurde plötzlich nervös und wollte ihn umbringen. Es war völliger Schwachsinn. Janne hatte nichts gegen uns in der Hand. Ilari bekam geistige Aussetzer, sobald er Ärger hatte oder nervös war. In solchen Momenten war es unmöglich, ihn aus seinen krankhaften Denkweisen herauszulösen. Was meinen Sie, weshalb er die Computer austauschte? Damit beraubte er sich selbst eines Beweises dafür, dass ihm das Virus untergeschoben wurde.«

»Das ist Wahnsinn«, sagte Hämäläinen und schlug die Hände vor das Gesicht. »Wie ist er vorgegangen?«

»Ilari spielte den Verständnisvollen und Reumütigen, füllte Janne nebenbei mit Alkohol ab und mischte ihm ein Schlafmittel bei. Außerdem hat er ihm im Suff noch einen Abschiedsbrief untergeschoben.«

Blankes Entsetzen erfasste Hämäläinen. Er bremste seinen Zorn, der durch die teilnahmslose Art von Tony Rautakallio freigesetzt worden war.

»Was heißt untergeschoben?«

»Janne erledigte einfach alles mit dem Computer. Ilari brauchte nur einen Abschiedsbrief zu schreiben und ihn im Suff von Janne unterzeichnen zu lassen.«

»Janne überlebte es.«

»Ich weiß. Er ist abgehauen. Er hatte sicher Angst und stellte sich die Frage, ob es Ilari erneut probieren würde. Was hätte er denn anderes tun sollen? Die Polizei hätte ihm kaum geglaubt. Janne wäre in den Knast gewandert und wir auf freiem Fuß geblieben.«

»Was bezweckte Ilari Valkonen mit dem Schließfach?«, wollte Hämäläinen wissen. »Er hat es auf den Namen Ville Kumpu eröffnet. In dem darin liegenden Handy waren tatsächlich nur sie und Teemu Hahl als Kontakte gespeichert.«

»Er war hin und wieder in Estland und überprüfte neue Medikamente, die Janne organisiert hatte. Das Handy hatte Ilari besorgt, um uns anzurufen, sollte es Probleme geben. Von dem Schließfach wusste ich nichts. Vielleicht hatte er noch andere Geschäfte am Laufen.«

»Sie werden für Jahre ins Gefängnis wandern«, meinte Hämäläinen und wies Tony Rautakallio den Weg zur Tür.

Stumm fuhren sie ins Präsidium und ließen Tony Rautakallio dort in die Arrestzelle bringen.

»Eigentlich habe ich in dem Glauben gelebt, die tiefsten Abgründe der Menschen schon kennengelernt zu haben«, offenbarte er seine Gedanken, die ihm während der schockierenden Aussage von Tony Rautakallio gekommen waren.

»Die Gier nach Geld verschlingt den Menschen«, erwiderte Jaana Tiivola. »Wir müssen geschickt vorgehen, um Janne Elomo zu fassen. Ich schreibe ihn zur Fahndung aus. Es ist unwahrscheinlich, dass er sich unter seiner letzten Meldeadresse aufhält, dennoch werden wir das natürlich sofort überprüfen und das Objekt durchsuchen. Wir benötigen zudem die Erlaubnis des Staatsanwalts, um Tony Rautakallio als Lockvogel einzusetzen. Und wir brauchen auch einen Köder, damit Tony Rautakallio sich überhaupt dazu bereit erklärt. Hafterleichterungen werden ihm kaum reichen. Wir dürften wohl nur dann auf ihn zählen, wenn ihm der Staatsanwalt eine Verkürzung der Strafe in Aussicht stellt.«

»Bekommen wir grünes Licht, müssen wir unauffällig, aber mit voller Mannstärke das Wohnhaus und die Praxis überwachen.«

»Ich werde sofort alle Ermittler aus Turku abziehen, mit dem Staatsanwalt und mit Tony Rautakallio verhandeln und den Namen des Täters bekanntgeben.«

»Ich suche Janne Elomo in unseren Registern und schicke ein Team raus«, sagte Hämäläinen und saß kurz darauf vor dem Computer und notierte dessen letzte gültige Meldeadresse. Zuvor hatte er mit Leena Orenius gesprochen. Unter den Haltern und Zugriffsberechtigten eines Mercedes 300 befand sich kein Janne Elomo.

Gegen 16 Uhr machte er Feierabend. Anni war mit ihrer Oma im Korkeasaari Zoo und würde auch über Nacht bei ihr bleiben. Obwohl er Anni vermisste, war Mika an diesem Tag ein Stück weit froh darüber. Er schaltete die Sauna an und trank ein Bier.

Endlich wussten sie, wer der Täter war. Janne Elomo lief noch frei herum, dennoch schien das Ende der Ermittlungen absehbar. So sehr es ihn geistig befreite, so sehr lähmte es ihn auch. Sobald Janne Elomo gefasst und der Fall geschlossen war, würde Tuomas Kuusela in der Frage wegen der internen Ermittlung eine Entscheidung treffen. In den letzten Tagen hatte sich mehr und mehr der Gedanke in ihm festgesetzt, den Polizeidienst vorübergehend zu quittieren. Die Wohnung war abbezahlt und sein Erspartes trotz der langwierigen Suche nach Niina längst nicht aufgebraucht. Ohne Probleme würde Hämäläinen mehrere Monate über die Runden kommen. Er könnte ein Wohnmobil anmieten und mit Anni durch Europa touren. Weit weg von all den Erinnerungen und Erlebnissen, die seiner Psyche in den letzten Wochen und Monaten zugesetzt hatten.

Er öffnete die Tür zur Sauna, die noch lauwarm war, und behalf sich, indem er gleich fünf Kellen Wasser auf die Steine goss. Während der heiße Dampf aufstieg, fasste er den Entschluss, die Schichten am Haus von Tony Rautakallio zu unterstützen, sofern sie die Freigabe zur Überwachung erhielten und Tony Rautakallio selbst mitspielte. Janne Elomo würde nicht das Risiko eingehen und in der Praxis zuschlagen. Sie würden sehr vorsichtig, fast schon unsichtbar vorgehen müssen.

Nach dem Saunagang wollte er auf der Couch entspannen, als es an der Tür klingelte. Hämäläinen trat an den Spion. Es wartete niemand vor der Tür. Er rannte ins Schlafzimmer und schlüpfte hastig in eine Hose, ein T-Shirt und die warmen Hausschuhe. Erst danach drückte er den Türöffner, trat ins Treppenhaus und blickte zum Eingang herunter. Die Klingel ertönte erneut.

Wieder drückte er den Türöffner und rief ins Treppenhaus: »Hallo! Wer ist da?«

Es ertönte keine Antwort, stattdessen klingelte es zum dritten Mal. Ein Kinderstreich, vermutete er, lief aber dennoch nach unten und fuhr zusammen, als er um die letzte Kehre der Treppe bog und den Mann in der Eingangstür sah.

»Pesonen?«, stieß Hämäläinen ungläubig aus und hoffte einen Atemzug lang auf eine filmreife Inszenierung. Doch sie blieb aus. Pesonen war allein, wirkte müde und nickte zur Begrüßung.

»Warum kommen Sie nicht hoch?«, wollte Hämäläinen wissen. Er vermochte nicht einzuschätzen, inwieweit das Erscheinen von Pesonen ein gutes oder schlechtes Zeichen war. Angst, Anspannung und Neugierde wechselten sich ab.

»Die frische Luft wird Ihnen helfen, wenn Sie erfahren, warum Niina gegangen ist«, erwiderte Pesonen mit ernster Miene.

»Fangen Sie an«, forderte Hämäläinen zitternd.

»Ihre Frau hat nie Mutterliebe entwickelt«, begann Pesonen. »Sie schaffte es nie, Liebe zu ihrer Tochter zu entwickeln. Anni ist ihr gleichgültig. Das ist die bittere Wahrheit. Sie hat ihr Bestes gegeben, so gut es ging die liebende Mutter gespielt. Schließlich hat sie aufgegeben und ist abgehauen. Australien ist ihre Art der Selbstbestrafung.«

Mika erstarrte. »Niina sagte nie ein Wort, und niemand von uns hatte nur im Ansatz Zweifel an ihrer Liebe zu Anni.«

»Sie konnte einfach nicht aussprechen, wie gleichgültig Anni ihr seit der Geburt ist.«

Hämäläinen wurde schlecht, und Ekel überkam ihn. Er verstand, warum Pesonen ihm die Nachricht an der frischen Luft überbracht hatte. »Möchte sie Kontakt mit mir, oder wie soll das alles weitergehen?«

»Sie muss Australien in diesen Tagen verlassen, da ihr Visum ausläuft. Sie werden von ihr hören.«

Pesonen gab Hämäläinen die Hand, sah ihm tief in die Augen und nickte aufmunternd.

Dann ging Mika die Treppe wieder hoch und realisierte die Worte von Pesonen vollends. Er sackte auf der Couch zusammen und weinte hemmungslos.

FREITAG

Am nächsten Tag saß Hämäläinen vormittags mit Jaana Tiivola zusammen und verlor kein Wort über Niina. Die Gespräche mit Riita und Lasse sowie seiner Mutter wirkten nach. Riita und Lasse hatten seinen Worten erst keinen Glauben geschenkt und waren ihn barsch angegangen. Dann jedoch hatten sie verstanden, dass er die Wahrheit sprach. Es war ein entsetzlicher Schock für sie gewesen. Ihre eigene Tochter als gefühlskalte Mutter, die vor der Verantwortung geflohen war. Hämäläinen hatte die letzten Minuten des Telefonates längst vergessen. Er hatte einfach funktioniert.

»Nico Lamberg hat mir die Freigabe für die Überwachungen erteilt, aber nur Hafterleichterungen in Aussicht gestellt. Entgegen unseren Erwartungen hat sich Tony Rautakallio dennoch darauf eingelassen«, berichtete Jaana Tiivola zufrieden.

»Wann beginnen die Überwachungen?«, fragte Hämäläinen, während er von der nächsten Welle an Emotionen überrollt wurde. Das halbe Jahr der Suche, die monatelange quälende Ungewissheit und der Glaube an Niinas freiwilliges Verschwinden zogen an seinem inneren Auge vorbei. Am schlimmsten aber war die Sorge um Anni. Wie sollte Mika ihr das alles jemals erklären? Sie würde nun ohne Mutter aufwachsen müssen.

»Bereits in zwei Stunden«, antwortete Jaana Tiivola. »Du bist ab Montag früh eingeteilt.«

Jaana Tiivola nahm das Telefon ab, das seit einer halben Ewigkeit klingelte, und signalisierte ihm damit, dass das Gespräch beendet war.

Er trat in sein Büro und gab der Tür mit dem Fuß einen Tritt. Mit einem lauten Knall fiel sie ins Schloss.

Hämäläinen dachte an die Erkenntnisse zu Janne Elomo, die sie gestern noch erhalten hatten. Elomo war untergetaucht und hatte die Miete nicht mehr gezahlt. Der Vermieter hatte irgendwann Strom und Wasser abstellen und die Sachen einlagern lassen. Sie würden ihn finden. Die Frage war nur, wann. Er setzte sich, mit dem Rücken an die Tür gelehnt, auf den Boden.

Jetzt kommt alles zu einem Ende, resümierte er. Ich habe Klarheit wegen Niina, und der Name des Täters ist bekannt. Die letzten Wochen waren noch härter gewesen als die unmittelbare Zeit nach Niinas Verschwinden. Pesonens Nachricht hatte ihm zwei Fragen beantwortet: Hämäläinen verstand nun, warum Niina ihrer Bekannten

Janika Vänttinen gegenüber verheimlicht hatte, Mutter zu sein. Genauso verstand er aber auch, wie unnötig der Vaterschaftstest gewesen war. Er war Annis Vater. Daran bestand kein Zweifel. Nichtsdestotrotz versetzte ihn die Nachricht von Pesonen noch immer in eine Schockstarre. Mika hatte vieles in Betracht gezogen. Doch eine Mutter, die ihr Kind nicht lieben konnte und ihrem gesamten Umfeld von der Geburt des Kindes an etwas vorspielte, war außerhalb jeglicher Vorstellungskraft gewesen. Erneut wurde ihm bei dem Gedanken daran schlecht.

Er stand auf, verdrängte Niina und fasste die Ermittlungsergebnisse der letzten Tage im vorläufigen Ermittlungsbericht zusammen. Drei Stunden später legte er halbwegs zufrieden den Stift aus der Hand. Müde tippte Hämäläinen das Geschriebene in den Computer ein, heftete anschließend die Befragungen und die verschiedenen Berichte der Kollegen in der umfangreichen Ermittlungsakte ab und nummerierte die neu eingefügten Seiten durch.

Um 15 Uhr war Hämäläinen fertig. Er legte die Akte beiseite, räumte sein Büro auf und staubte die Fensterbank ab. Im Anschluss fragte er bei Jaana Tiivola nach, wie die Überwachungsmaßnahmen angelaufen waren. Tony Rautakallio kooperierte. Davon abgesehen war alles ruhig. Er legte den Hörer auf, schaltete den Computer aus und fuhr nach Hause.

MONTAG

Hämäläinen, Nyholm, Aaltonen und Nyqvist trafen morgens um 5 Uhr am Wohnhaus von Tony Rautakallio ein. Die Dunkelheit erinnerte ihn an die nahende Winterzeit, der er mit starker innerer Abwehr entgegensah.

Nyholm lenkte den Wagen in die Garage, und Tony Rautakallio öffnete ihnen die Tür. Er trug einen Morgenmantel, ausgetretene Hausschuhe und hatte die Zeitung unter den linken Arm geklemmt. Tony Rautakallio begrüßte sie kurz mit einem »Hallo« und lief in Richtung Küche davon. Sie sprachen mit den Kollegen der Nachtschicht, die dann das Fahrzeug übernahmen und übermüdet zum Präsidium zurückfuhren.

Gegen 9 Uhr wollte Tony Rautakallio in seine Praxis fahren, wo Aaltonen und Nyholm den ganzen Tag im Wartebereich Wache schieben würden. Die Fahrt dorthin würden die beiden gebückt auf der Rückbank des Wagens von Tony Rautakallio begleiten. Vor Ort gab es eine Tiefgaragenzufahrt, wodurch sie Janne Elomo wenig Gelegenheit boten, die Überwachungsmaßnahme zu bemerken. Einzig morgens, wenn die Ablösung der Schichten anstand, ergab sich eine Schwachstelle. Dieses Risiko mussten sie eingehen.

Hämäläinen nahm die Treppe ins Obergeschoss und betrat das Schlafzimmer. Von oben hatte er einen umfassenden Blick auf die Straße.

Die letzten Tage waren ein ständiges Auf und Ab gewesen. In manchen Momenten hatte Hämäläinen Mut geschöpft. Er hatte sich vor Augen geführt, was für ein wunderbares Glück er mit Anni hatte. Sie war ein fröhliches Kind, auch ohne Mutter, und gemeinsam meisterten sie ihren Alltag. Im nächsten Moment war es Mika eiskalt den Rücken heruntergelaufen. Niina hatte Anni einer Bekannten gegenüber verheimlicht, weil sie ihr gleichgültig war. Sie war ihr gleichgültig, weil sie keine Liebe für Anni empfand. Sie hatte das Weite gesucht. Niina war vor ihrem eigenen Kind geflohen.

Die Sonne kroch langsam hinter den Häusern hervor und vertrieb das Dunkel der Nacht. Hämäläinen bekam kalte Füße. Er drehte die Heizung an und gähnte. Langsam erwachte die Straße. Die Lichter in den Fenstern sprangen an, und vereinzelt fuhren Autos aus den Hofeinfahrten.

Er bemerkte den Postboten, der am oberen Ende der Straße die ersten Briefe einwarf, und erinnerte sich an seinen eigenen Briefkasten, den er auch wieder einmal leeren sollte.

»Der Postbote«, rief Hämäläinen den Kollegen zu. Kurz darauf erreichte das orangefarbene Fahrzeug mit der Aufschrift »posti« die Einfahrt. »Verstanden«, rief Aaltonen zurück.

Er drückte den Rücken durch, die Augen weiterhin zur Straße gerichtet.

Er hörte den Zusteller klingeln und sinnierte darüber, ob der Job heutzutage noch erstrebenswert war. Die Zunahme an Paketen, die große Versandhändler durch die Gegend schickten, hatte diese Arbeit erschwert.

»Halt«, rief er plötzlich. »Nicht öffnen.« Er stürzte aus dem Zimmer, rannte die Treppe hinunter und zerrte gleichzeitig an seiner Waffe. Er kam beinahe ins Straucheln, da die Waffe im ledernen Holster feststeckte und er beide Hände zu Hilfe nehmen musste. Als das Sichtfeld auf die Tür frei lag, flackerte ein Lichtblitz zwischen Tony Rautakallio und dem Postboten auf, und es knallte laut. Er zögerte nicht und drückte den Hahn seiner Waffe, die er dem Holster mittlerweile entrissen hatte, nach hinten durch. Das Geschoss löste sich. Es folgte eine kurze Stille. Hämäläinen hielt die Waffe weiter auf Augenhöhe. Eine kleine Rauchwolke stieg aus dem Lauf auf. Er scannte Janne Elomo in Sekundenbruchteilen von oben bis unten ab. Dessen Waffe lag auf dem Boden, weit genug von ihm entfernt. Janne Elomo selbst lehnte am Türrahmen und hielt sich mit schmerzverzerrtem Gesicht die linke Schulter.

In der Zwischenzeit waren auch die anderen drei Ermittler zur Tür gehastet. Unvermittelt lief Janne Elomo los Richtung Straße. Hämäläinen richtete einen verzweifelten Blick auf Tony Rautakallio. Dieser saß am Boden, den Rücken an die Wand der Diele gepresst und war kreidebleich. Hämäläinen entdeckte das kleine schwarze Loch auf Brusthöhe. Er schickte ein Stoßgebet nach oben und pries den Erfinder der Schutzweste im Stillen.

Janne Elomo öffnete die Fahrertür des Postautos, und Hämäläinen, der ihm gerade nachlaufen wollte, stoppte plötzlich. Er hielt auch Aaltonen zurück, der mit ihm die Verfolgung aufnehmen wollte.

»Bringt Rautakallio aus der Schusslinie«, rief er und zog Aaltonen ins Haus zurück, seitlich hinter den Türrahmen.

Einen Wimpernschlag später donnerte das erste Geschoss durch den Hausflur und bestätigte seine Vorahnung. Janne Elomo hatte noch eine Waffe im Fahrzeug. Hämäläinen und Aaltonen sahen, dass Tony Rautakallio rechtzeitig aus der Schusslinie gelangt war. Hämäläinen legte sich auf den Boden, verließ die Deckung und feuerte auf die Reifen. Ein lautes Pfeifen lieferte ihm die gewünschte Erfolgsmeldung. Sie sahen, wie Janne Elomo ein zweites Mal losrannte, die Waffe in der rechten Hand. Hämäläinen und Aaltonen folgten ihm in einiger Entfernung in gebückter Haltung. Immer wenn sich Janne Elomo umdrehte, nutzten sie die Mülltonnen, die zur Leerung bereitstanden, als Deckung.

Janne Elomo rannte um die nächste Straßenecke. Er wartete, bis die beiden ebenfalls um die Ecke gebogen waren, und feuerte urplötzlich in ihre Richtung. Instinktiv sprangen beide Polizisten zur Seite. Aaltonen rollte durch einen Lorbeerbusch auf die Rasenfläche des angrenzenden Grundstückes und krabbelte auf allen vieren hinter einen großen Baum. Keine Sekunde zu spät. Wenige Augenblicke danach peitschten Schüsse in seine Richtung. Hämäläinen hatte die Lücke zwischen zwei geparkten Fahrzeugen anvisiert, war mit dem rechten Arm am Kofferraum des zuvorderst geparkten Autos hängen geblieben und hatte die Waffe dabei fallen lassen. Jetzt lag sie auf dem Gehweg, während Hämäläinen selbst bäuchlings zwischen den Fahrzeugen, mit Blickrichtung zur Straße, verharrte. Er hörte, wie die Schritte schnell näherkamen, und sah keine Chance mehr, die Waffe zu greifen. Er rappelte sich auf, um gebückt hinter den Autos auf der Straßenseite zu entkommen.

Er wollte gerade loslaufen, da spürte er kaltes Metall am Hinterkopf. Mika schloss mit dem Leben ab. Anni und Niina drängten vor sein geistiges Auge. Dann klickte es. Noch während Hämäläinen realisierte, hier und heute nicht sterben zu müssen, verpasste er Janne Elomo im Aufstehen einen Schlag mit dem Ellenbogen mitten in das Gesicht. Es krachte hörbar, und er frohlockte über das erste gebrochene Nasenbein in seinem Leben.

Aaltonen sprang durch die Hecke. Sie legten Janne Elomo Handschellen an, der wegen der Schusswunde in der Schulter und dem gebrochenen Nasenbein erbärmlich jammerte. Danach sank Hämäläinen auf den Randstein. Allmählich begriff er, dass er keinen Menschen auf dem Gewissen und selbst nur knapp überlebt hatte.

Irgendwann, die Sanitäter waren längst vor Ort und versorgten die Verletzungen von Janne Elomo, setzte sich Nyholm neben seinem Kollegen auf den Randstein und klopfte ihm aufmunternd auf die Schulter. Lange saßen sie einfach nur da und schwiegen. Endlich hatten sie den Mörder gefasst und den Fall gelöst. Nyholm führte Hämäläinen zurück zum Haus und öffnete ihm die Beifahrertür zum Streifenwagen. Hämäläinen wusste nicht, weshalb er die Gefahr gewittert hatte. Er wusste nur, wie sicher er sich dieser auf einmal gewesen war, nachdem es an der Tür geklingelt hatte. Aaltonen stieg hinten zu.

Plötzlich kam Hämäläinen eine wichtige Frage in den Sinn. »Was ist mit dem echten Postboten?«

Aaltonen zeigte auf das Postfahrzeug und einen Krankenwagen, der direkt daneben parkte. »Ich habe mich gerade erkundigt. Er lag gefesselt und geknebelt und nur in Unterwäsche zwischen den Briefen im Laderaum des Postfahrzeuges. Der Mann hat einen Schock und ein paar Striemen. Er wird wieder auf die Beine kommen.«

Hämäläinen lächelte, schloss die Augen und war glücklich, noch am Leben zu sein.

FREITAG

Hämäläinen, Nyholm und Aaltonen saßen mit alkohol-freiem Bier in der Sauna des Präsidiums und stießen auf den Abschluss der Ermittlungen an. Er überlegte noch, wie es für ihn weitergehen sollte. Die interne Untersuchung war abge-wendet. Er hatte mit dem Personalrat gesprochen. Wenngleich es das ungeschriebene Gesetz der eigenständigen Ermittlungs-macht jeder Polizeidienststelle gab, waren die landesweiten Befugnisse der Polizeidirektion Helsinki dennoch in den ver-alteten Vorschriften festgehalten. Außerdem hatte er als Stell-vertreter von Jaana Tiivola in deren Abwesenheit jegliche Handlungs- und Entscheidungsvollmacht. Kuusela waren die Hände gebunden. Im Nachhinein grübelte Hämäläinen deshalb über der Frage, ob ihm Kuusela und Jaana Tiivola nur Angst machen wollten, da sie die Vorschriften eigentlich besser als jeder andere kennen müssten.

Der Gedanke, die Tätigkeit im Dezernat an den Nagel zu hängen, war wieder präsent. Hämäläinen war unsagbar erleichtert über das Ende der Ermittlungen. Der Moment der Todesangst hatte etwas in ihm verändert. Ein leer geschos-senes Magazin hatte ihm weitere Lebenszeit geschenkt. Um ein Haar wäre Anni auch ohne Vater aufgewachsen. Niina war jetzt unwichtig geworden. Anni hatte einen Vater, der Freude darüber empfand, sie aufwachsen zu sehen, anstatt zwei Meter tief unter der Erde zu liegen. Dennoch blieb eine Frage hängen, die Mika sich die ganze Zeit über seltsa-merweise nicht gestellt und die auch Daavid Pesonen völlig außer Acht gelassen hatte: Woher hatte Niina das ganze Geld für ihr Verschwinden genommen? Auf ihren gemeinsamen Konten waren keine außergewöhnlichen Abhebungen oder

Buchungen gewesen. Mika würde Niina fragen, wenn er sie wiedersah, um die Zukunft zu klären. Für die Zukunft, für die es nur eine Antwort gab. Er würde das alleinige Sorgerecht für Anni beantragen.

Janne Elomo war sofort geständig gewesen und hatte Tony Rautakallios Version bestätigt. Valkonens Mordanschlag war misslungen, weil sich Janne Elomo von dem vielen Alkohol übergeben hatte. Obwohl er dennoch einige Promille Alkohol im Blut gehabt hatte, war er am nächsten Tag imstande gewesen, sich an viele Einzelheiten zu erinnern. Er hatte seine Wohnung wenige Tage später verlassen und war aus den von Tony Rautakallio geäußerten Gründen untergetaucht.

Hämäläinen schockierte es noch immer, mit welcher Kälte Janne Elomo die Morde geschildert hatte. Natürlich hatte er gefragt, warum er selbst ins Visier geraten war. Irrsinnigerweise hatte er dabei und während der ganzen Vernehmung keinen Hass gespürt. Janne Elomo hatte lange überlegt, bis ihm eine Antwort über die Lippen gekommen war. Er hatte alle seine früheren Peiniger erledigen wollen und war von rasender Wut gepackt worden, da Tony Rautakallio überlebt hatte. Dadurch war Hämäläinen unfreiwillig zur Zielscheibe geworden. Er hatte auch nach Sven Hansens Handy gefragt. Janne Elomo hatte darauf beharrt, dass er es an Ort und Stelle im Hotelzimmer gelassen habe. Der Ermittler hatte ihm geglaubt und sogleich an den Zeugen Antti Juusela gedacht. Er war wohl doch ein Dieb und ihnen eine Erklärung schuldig.

Das Auto von Ville Kumpu war in Elomos Fokus gerückt, als er zufällig das irrationale Verhalten von dessen Eltern mitbekam. Janne Elomo hatte Ville Kumpu ebenfalls durch sein gelegentliches Fungieren als Studienobjekt gekannt, wenngleich Ville Kumpu nicht an der Betrugsmasche beteiligt gewesen war. Janne Elomo hatte die Fahrertür mit dem Tennisballtrick geöffnet und das Fahrzeug kurzgeschlossen.

Bei manchen Fragen hatte Janne Elomo geschwiegen. So war es weiterhin ein Rätsel, warum er das Haus der Hahls umgestaltet, die Wände in der Küche gestrichen und, wenn er es denn gewesen war, ein nasses Saunahandtuch deponiert hatte. Hämäläinen vertraute auf den Wahrheitsgehalt der Täteranalyse seiner Vorgesetzten Jaana Tiivola. Die Ermittler wussten auch nicht, wie er Valkonens Zimmernummer herausgefunden hatte. Ein breites Grinsen war ihm über das Gesicht gehuscht, als sie ihm diese Frage gestellt hatten.

Letzten Endes konnte Hämäläinen damit leben. Er war mit den Kräften am Ende und der Abschluss der Ermittlung ein Segen. Die Antwort schien ohnehin denkbar einfach. Er ging davon aus, dass Janne Elomo die Rezeption des Hotels angerufen und nach der Zimmernummer des Gastes Ville Kumpu gefragt hatte. Der Gebrauch dieses Namens durch Ilari Valkonen war ihm offensichtlich nicht entgangen. Ganz gleich, wer vom Personal am Apparat gewesen war – er oder sie hatte den Anrufer Sekunden später wieder vergessen. Hämäläinen hatte während des Verhörs auf die Hände von Janne Elomo geblickt, die rissigen Stellen bemerkt und an den Seifenspender im Alppipuisto zurückgedacht.

Bezüglich des Geldes von Ilari Valkonen aus dem Schließfach und dem eigenen Schlafzimmer fanden sie keine Hinweise auf einen kriminellen Ursprung, weshalb es Kaisa Valkonen in den nächsten Tagen zurückerhalten würde.

Hämäläinen nahm einen Schluck Bier, leerte eine Kelle Wasser auf die Steine und schloss die Augen. Er spürte den Schweiß, der ihm über die Wangen lief, und die Wärme auf seiner Haut.

Doris Althoff
Der stumme Tod am Ijsselmeer
Kriminalroman
281 Seiten, 13,5 x 21 cm,
Klappenbroschur
ISBN 978-3-8392-0575-4

Die deutsche Hauptkommissarin Wallis Winds-
braut will ein Sabbatjahr am IJsselmeer verbringen.
Nur der Leichenwagen des elterlichen Bestattungs-
unternehmens, der sie mit ihrem verstorbenen Vater
verbindet, kommt mit. Direkt nach ihrer Ankunft
geschieht ein mysteriöser Mord am Strand von
Medemblik. Die Leiche verschwindet und taucht
ausgerechnet in Wallis' Garten wieder auf. Als dann
noch eine Urne bei ihr entdeckt wird, gerät sie ins
Visier der niederländischen Polizei …

GMEINER SPANNUNG

WWW.GMEINER-VERLAG.DE
Wir machen's spannend